Grete de Vries
Frau Kapitän

Hamburg, in den späten Zwanzigerjahren. Friederike (Fritzi) van Appen, Tochter aus gutem Hause, wird von einer tiefen, unverwüstlichen Leidenschaft beherrscht – sie will zur See fahren. Und zwar als Kapitän! Und das in einer Zeit, in der eine Frau an Bord Unglück bedeutet.

Vom strengen Vater gezwungen absolviert Fritzi ein Lehramtsstudium. Heimlich aber begibt sie sich immer wieder als Mann verkleidet an Deck. Vorurteile und Aberglaube machen die harte Arbeit an Bord nicht einfacher. Und sie hat einen Gegenspieler, der nicht müde wird, ihre Pläne zu durchkreuzen. Fritzi wehrt sich und bringt große persönliche Opfer. Und kommt ihrem Ziel ganz allmählich näher …

Grete de Vries studierte Pharmazie und Germanistik. Sie ist Wissenschaftsjournalistin, Autorin und Co-Autorin zahlreicher Ratgeber. Als Kapitänstochter und -schwester an der Nordseeküste bei Hamburg aufgewachsen, lebt sie mit ihrer Familie in der Nähe von Frankfurt. Grete de Vries ist ein Pseudonym, angelehnt an den Namen der Großmutter der Autorin.

Grete de Vries

FRAU KAPITÄN

Aus Liebe zum Meer

Roman

dtv

MIX
Papier aus verantwortungsvollen Quellen
FSC® C019821
www.fsc.org

Originalausgabe 2023

Dieses Werk wurde vermittelt durch die
Montasser Medienagentur, München.
Umschlaggestaltung: ZERO Werbeagentur GmbH
Umschlagmotive: Rekha Garton/Arcangel Images;
mauritius images/JT Vintage/circaimages; shutterstock.com
Satz: C.H.Beck.Media.Solutions, Nördlingen
Gesetzt aus der Stempel Garamond
Druck und Bindung: Druckerei C.H.Beck, Nördlingen
Printed in Germany · ISBN 978-3-423-21885-6

Prolog

Silbrig glänzende Wassertropfen begleiten die kraftvollen Züge der beiden Schwimmer, die sich in der Elbe bei Blankenese ein Kopf-an-Kopf-Rennen liefern. Elegant wie springende Delfine schießen die Arme aus den Fluten, ehe sie wieder in das graublaue Wasser eintauchen. Die Sommerspiele von 1928 stehen bevor und der heraufbeschworene olympische Geist versetzt viele junge Sportler in Begeisterung. So wie die beiden Jugendlichen, die sich zum Wettschwimmen im Freiwasser verabredet hatten. Die Zuschauer erkennen die Kontrahenten vom Ufer des Elbstrands aus nur schemenhaft. Obwohl die Elbe heute kaum Wellengang hat, entschwinden die Sportler immer wieder aus deren Blickfeld. Mal geht ein sorgenvolles Raunen durch die Menge, mal ein erleichtertes Seufzen, sobald die beiden wieder zu sehen sind. Die Elbe schwimmend zu durchqueren ist alles andere als ungefährlich. Die beiden liegen nahezu gleichauf. Ein, zwei Armlängen trennen sie vom seichten Ufer der in der Elbe gelagerten Insel Neßsand.

Fräulein Friederike Stein hält ihre Hand gegen die Sonne abschirmend an die Stirn. Das junge Mädchen im luftigen Baumwollkleid kontrolliert besorgt die kippelige Flussoberfläche. Angespannt streicht sie sich eine blonde Strähne hinters Ohr, die sich aus den geflochtenen Zöpfen gelöst hat. Die beiden Schwimmer müssten gleich am Wendepunkt ankommen. Rike stellt sich auf die Zehenspitzen und kneift die

Augen zusammen, um die Wettkämpfer besser zu sehen. Nervös schaut sie die Elbe hinauf. Die hohen Aufbauten eines Frachtdampfers nähern sich rasch. Zu rasch. Die Zeit für die Rivalen wird knapp.

Eine elegante Dame bleibt neben ihr stehen und schüttelt sich den Sand aus den Schuhen. Die Sommerfrischler und Tagesausflügler nutzen das sonnige Wetter, um die »Riviera der Elbe« zu besuchen. Es ist heiß und die Hamburger genießen die Frische der Meeresnähe. Unbesorgtes Kreischen der im Elbwasser planschenden Sprösslinge vermischt sich mit dem heiseren Krächzen der Möwen. Kleine Kinder stehen bis zum Bauch im kühlenden Wasser der Elbe. In Ufernähe verweilen einige Männer mit gezwirbeltem Schnurrbart, stemmen ihre Hände selbstbewusst in die Hüften. In ihren langen blau-weiß geringelten Badeanzügen, die wie nasse Lappen an den prallen Bäuchen hängen, sehen sie aus wie ans Ufer getriebene Schwimmbojen. Einige jüngere Männer tragen kurze Dreieckshosen, die skandalös wenig bedecken, oder gar schlichte Unterhosen aus verwaschener Baumwolle.

Rike weiß sofort, dass die elegante Dame neben ihr eine schnieke Hamburgerin ist. Im Gegensatz zu der alteingesessenen Bevölkerung von Blankenese, die aus Fischern und Bauern besteht, trägt sie ein bodenlanges Kleid aus weißer Baumwolle und schützt sich mit einem stoffbespannten Schirm vor der brennenden Julisonne. In den höheren hanseatischen Kreisen gilt das Baden im Freien als unschicklich. Man trifft sich bevorzugt in der mondänen Alsterbadeanstalt »Alsterlust«, wo man nach Geschlechtern getrennt in der Alster schwimmen kann. Zudem verhindert das seitlich angebrachte Gitter, dass sich Fische in die Becken verirren und die Damen ängstigen.

»Da sind sie!«, schreit Erich Fokken in diesem Moment und reißt Rike damit aus ihren Gedanken.

Am etwa siebenhundert Meter entfernten Ufer, dem Inselstrandabschnitt Schweinsand, steigt eine Person aus der Elbe. Trotz aller Anstrengung erkennt Rike nicht, wer von den Kontrahenten es ist, denn sie tragen beide lange, dunkle Badeanzüge.

Jetzt steigt auch der zweite Schwimmer am Wendepunkt aus dem Wasser, rammt zum Beweis ein Stück Holz in den Sand und taucht sogleich wieder in die Fluten. Die beiden mussten sich wirklich beeilen. Das Dampfschiff war erschreckend schnell näher gekommen.

Die Mitglieder des Segelklubs Rhe hält jetzt nichts mehr auf ihren Decken. Sie rennen zum Ufer und feuern lautstark ihren Kameraden an. Die Jungen vom Eimsbüttler Turnverein springen ebenfalls auf und versuchen die anderen zu übertönen. Von allen Seiten sind aufgeregte Rufe zu hören. Kinder lassen ihre Sandschaufeln fallen und stürmen zum Wasser. Männer in nassen Badeanzügen stellen sich neben die Städter im feinen Anzug und mit Hut, um besser zu sehen. Das Gedränge und die Kakophonie nimmt zu und vereinigt sich mit dem aufgeregten Rufen der Jugendlichen.

»Aus dem Weg. Platz machen!«, verschafft sich der Dorfpolizist in diesem Moment Gehör und schiebt sich mit gewichtiger Miene durch die Menge.

Gebannt starren alle auf das Wasser. Die beiden Kontrahenten kommen näher. Noch ist es Rike nicht möglich, zu erkennen, wer vorne liegt.

Dröhnend erfüllt der dunkle Signalton des Frachtdampfers die Luft. Seine gewaltigen Stahlwände ragen aus dem Wasser. Die Wellen brechen sich am Bug und peitschen das Elbwasser seitlich auf. Der Lotse an Bord hat die Elbe im Fernglas kontrolliert und die Schwimmenden wahrgenommen. Alle wissen, er kann nicht ausweichen. Am Ufer nimmt die aufgeregte Stimmung zu. Die Anspannung der Menschen an Land ist mit den Händen zu greifen. Getragen von dem Geschrei setzen die Schwimmer zum Endspurt an. Ihre Arme durchstoßen das Wasser kraftvoller. Endlich kommen sie in die Nähe des Ufers, wo aufgeschüttete Steinwälle den Wellengang abmildern.

Erleichtert öffnet Rike ihre zu Fäusten geballten Hände und fällt begeistert in die Anfeuerungsrufe ein.

»Jonny, Jonny!«, erklingt es von der Seite der ETV-Mitglieder.

»Fiete, Fiete!«, von den ortsansässigen Sportkameraden.

Jetzt wird es ernst. Die beiden trennen nur noch wenige Züge vom Ziel. Rike drängelt sich weiter nach vorne.

Der erste Körper hebt sich aus der Elbe und platscht die restlichen Meter rasch durch das flache Uferwasser. Die anfeuernden Rufe der Blankeneser verstummen schlagartig. Die Eimsbüttler jubeln und schreien.

»Jonny, los schneller!«

Wassertropfen spritzen durch die Luft. Jonny hechtet über den kurzen Strandabschnitt zu der im Sand steckenden Fahne, reißt sie im Laufen heraus und hält sie triumphierend hoch. Der nasse Badeanzug klebt am Körper und zeichnet, in der Geste des Jubelns, einen sehr weiblichen Körper ab.

»Aber das … das ist ja ein Mädchen«, stottert die Frau in dem weißen Kleid erstaunt. »Wieso hat sie denn einen Männernamen?«

»Jonny? So wird sie im Verein genannt. Weil sie so schnell schwimmen kann, wie Johnny Weissmüller«, erklärt Rike lachend, bevor sie sich umdreht und auf ihre beste Freundin zuläuft.

»Bemerkenswert«, hört sie noch den Kommentar der Frau hinter sich.

Rike lacht. Die Dame ahnt ja gar nicht, wie recht sie hat. Friederike van Appen ist wirklich außerordentlich bemerkenswert.

I

Das Geräusch der stumpfen Schere, die sich durch ihre dicken Haare kämpfte, brannte sich für alle Zeiten in Fritzis Seele ein. Gelockte Haarsträhnen fielen geräuschlos wie dunkle Schneeflocken, in die Waschschüssel. Erst langsam und vorsichtig, dann schneller und beherzter fuhr sie mit der Schere über ihren Kopf. Intensiv verfolgten ihre dunklen Augen jeden einzelnen Schnitt im matten Spiegel, der über der emaillierten Waschschüssel hing. Mit jeder Strähne entfernte sie sich ein Stück von ihrem alten Leben. Sie hielt den Atem an. Hatte sie sich diesen Schritt, diese Entscheidung gegen den Willen ihres autoritären Vaters, wirklich gründlich überlegt? Die Haare in der Schüssel waren zur sichtbaren Konsequenz ihres Aufbäumens geworden. Es gab kein Zurück. Ihre dunklen Augen funkelten ihr in der beschlagenen Spiegelscheibe entgegen. Sie würde nun ihrem Vater, der Welt und nicht zuletzt auch sich selbst beweisen müssen, dass sie der Herausforderung gewachsen war.

Fasziniert verfolgte Fritzi im Spiegelbild ihre eigene Verwandlung. Die einundzwanzigjährige Pädagogikstudentin wurde zu einem jungen Mann. Die Seitenpartien an den Ohren und den Hinterkopf schnitt sie so kurz wie möglich. Das darüberfallende Deckhaar ließ sie gerade lang genug, um es sich hinters Ohr streichen zu können, so wie sie es bei ihren männlichen Kommilitonen in Hamburg und Innsbruck gesehen hatte. Voller Unmut schüttelte sie den Kopf, als sie an ihre Studienzeit in Innsbruck dachte. Sie hatte, in der Hoffnung, in den Bergen mehr Freiheiten zu haben, zwei Semester an der Partneruniversität studiert. Doch auch in der Stadt mit dem »Goldenen Dachl« war sie als Frau von sämtlichen Sportarten ausgeschlossen gewesen, die ihr Spaß gemacht hätten. Schließlich hatte sie die Berge der Umgebung auf eigene Faust bewandert. Sie war auf Höhenzüge gestiegen und über Gletscher geklettert. Die sich vor ihr erstreckende Aussicht vom eroberten Berggipfel erfüllte sie nach der körperlichen Anstrengung mit einer ähnlichen Zufriedenheit, wie es der Blick auf das endlose Meer vermochte.

Fritzi spürte die Veränderung. Kräftig rubbelte sie das Baumwollhandtuch durch die kurzen Haare und wunderte sich, wie schnell es trocken war. Vielleicht war das Abschneiden der langen Haare unabhängig von ihrem Abenteuer ohnehin keine schlechte Entscheidung. Sie blickte erneut in den kleinen Spiegel über ihrer Waschschüssel. Ein fremdes Gesicht sah ihr entgegen. Jetzt endlich würde sie Teil einer eingeschworenen, unbekannten Männerwelt werden, dachte sie, ein wichtiger Schritt war getan.

Aufmunternd begrüßte Fritzi ihr neues Ich. »Moin, Jonny aus Hamburg!«

Sie verzog das Gesicht zu einer Grimasse und betrachtete sich von allen Seiten. Ihr Gesicht war markant geschnitten und wies männliche Züge auf, die durch die kurzen Haare nun stärker hervortraten. Mit der Hand fuhr sie sich gegen den Strich über den rasierten Nacken. Unwillkürlich lächelte sie. Schluss damit, schalt sie sich dann sogleich, das machen nur Frauen. Ab jetzt war sie Jonny und musste lernen, männlich zu denken und zu agieren. Und dazu gehörte, das Lächeln durch ein dröhnendes Lachen zu ersetzen.

Das tiefe, laute Gelächter der Männer an Bord des lettischen Dampfers kam ihr in den Sinn, ihre zotigen Bemerkungen. Sie war in den Ferien nach ihrem Abitur mit dem Kanu alleine von Lübeck nach Swinemünde gepaddelt und hatte dann die Fähre nach Danzig genommen, um sich die berühmten Kranhäuser anzuschauen. In Danzig hatte sie festgestellt, dass eine Rückfahrt mit der Fähre nach Hamburg ihre finanziellen Möglichkeiten überstieg und kurzerhand bei einem auslaufenden Passagierdampfer als Stewardess angeheuert. Seit sie denken konnte, hatte sie von der Seefahrt geträumt. Als sie nach einigen Tagen von Bord gegangen war, hatte sich ihr Berufswunsch einmal mehr gefestigt. Sie wollte zur See. Sie wollte Seemann werden.

Fritzi war von Kindheit an kein typisches Mädchen gewesen. Statt mit Puppen zu spielen, hatte sie sich mit älteren Jungs gerauft, war auf Bäume geklettert und hatte Obst stibitzt. Immer schon hatte sie eine jungenhafte, ungestüme Seite gehabt, die ausgelebt werden wollte. Mit ihrem Vater zusammen verbrachte sie ihre freie Zeit oft am Hafen und am Elbstrand, beobachtete die auslaufenden Schiffe und verschlang alle Bücher, die auch nur im Entferntesten mit der Seefahrt zu tun hatten.

Hätte ihr Vater geahnt, welche Leidenschaft er in seiner Tochter entzündete, hätte er seine Schritte gewiss eher in den Park gelenkt. Schon bald war ihr ganzes Wesen, ihr ganzes Denken von dem Wunsch erfüllt, später zur See zu fahren und als Kapitän ein Schiff zu führen. Doch so begeistert ihr Vater, Studienrat Johannes van Appen, auch von der Seefahrt war, es blieb ihm unvorstellbar, dass seine einzige Tochter zur See fahren wollte. Für ihn stand fest, dass seine Tochter in seine Fußstapfen treten sollte, bis sie dann eines Tages heiraten würde. Widerwillig musste er immer wieder zur Kenntnis nehmen, dass Friederike ihre verrückte Idee,

Kapitän zu werden, trotz aller Interventionen ihrer Eltern nicht aufgab.

Forsch probierte Fritzi jetzt vor dem Spiegel ein tiefes, lautes Lachen. Gar nicht so übel, dachte sie amüsiert. Ihre Stimme war zum Glück von Natur aus eher tief und laut. Viele Jungen in ihrem Alter standen noch vor dem Stimmbruch und hatten wenig Bartwuchs. Das war also zu bewältigen. Ihr Busen allerdings würde ihr Schwierigkeiten bereiten.

Lage um Lage hatte sie sich das zugeschnittene Bettlaken um die Brust gewickelt. Ihr Körper war durch die viele Bewegung gestählt und athletisch, die Arme waren muskulös. Mit gutem Willen konnte man denken, dass sie eben auch einen trainierten Oberkörper hatte. Optisch würde sie als junger Mann durchgehen. Dazu trugen nicht zuletzt auch die dicken Wollsocken bei, die sie sich in die Unterhose gestopft hatte. Mit Arbeitshose und in schweren Stiefeln, in die sie ihre Hose zwängte, sah sie stämmiger aus, als sie war.

Aber würde sie das männliche Auftreten ausreichend beherrschen, um die Mannschaft wirklich eine ganze Fahrt lang zu täuschen? Fritzi versuchte, sich damit zu beruhigen, dass sie sicherlich der einzige Student unter den Seeleuten war und somit ein Exot, dem man ohnehin unterstellen würde, verweichlicht zu sein.

Einige Staubflocken spielten im Licht der ersten Sonnenstrahlen des Morgens, die sich durch die Ritzen der verschlossenen Fensterläden zwängten. Fritzi musste sich sputen. Entschlossen pustete sie die Kerze aus. Die Knöpfe ihres Hemdes aus derber Baumwolle schlossen sich locker über der flach gebundenen Brust. Als Letztes zog sie den Isländer über ihren geschorenen Kopf. Der naturfarbene Pullover war aufgrund des Fettgehalts der Wolle kälte- und wasserabweisend und hüllte sie augenblicklich in wohlige Wärme.

Fritzi hatte ihn aus Grömitz mitgebracht, wo sie den Sommer mit ihrer Freundin Rike verbracht hatte, um segeln zu lernen. Finn hatte ihr sein Kleidungsstück zum Abschied hinterlassen. Sie steckte ihre Nase in die helle Wolle und sog den Duft ein. Das Bild des grinsenden Freundes erschien vor ihrem inneren Auge und erwärmte sie zusätzlich.

Melancholisch erinnerte sie sich an den unbeschwerten Sommer an der Ostsee. An Finns sanfte Augen. An seine unbeholfenen Annäherungsversuche, an sein Lächeln. Den intensiven, verzehrenden Kuss. Ein warmes, sehnendes Gefühl erfüllte sie. Doch der Blick auf die Uhr ermahnte sie, sich zu sputen.

Endlich, endlich würde sie ihrem Traum von der Seefahrt ein Stück näher kommen. Endlich würde sie die Benachteiligung, die ihr als junge Frau widerfahren war, zumindest im Ansatz zurücklassen. Der Segelkutter der Universität war nur für Junglehrer und Studenten der höheren Semester zugelassen. Sie hatte sich bei der Freiwilligen Feuerwehr gemeldet, durfte aber nur zuschauen und den Schlauch zum Trocknen in den Trockenturm hängen. Beim Roten Kreuz hatte sie sich als freiwillige Krankenpflegerin gemeldet, war in Uniform geschwommen und hatte alle Geländeübungen genauso erfolgreich absolviert wie die männlichen Bewerber. Die Erlaubnis, als vollwertiges Mitglied Uniform tragen zu dürfen, hatte sie jedoch nicht bekommen.

Fritzi spürte förmlich, dass ihre unbändige Energie und ihr mutiger Lebenshunger ein Ventil brauchten, wollte sie nicht verrückt werden. Sie sehnte sich nach einem Beruf, der sie ausfüllte und befriedigte.

Deshalb war sie in der vergangenen Woche von Reederei zu Reederei gelaufen, hatte sich bei Maklern und Heuerbasen vorgestellt und auf der Seefahrtschule beworben. Höhnisches Lachen oder bedauerndes Achselzucken waren ihre Erfolge.

Zweifellos war das Klima im Land rauer geworden, nach der Weltwirtschaftskrise herrschte große Arbeitslosigkeit und Armut in der Bevölkerung. Fritzi fröstelte, als sie an die Veränderungen dachte, die sie täglich wahrnehmen konnte. Bei ihrem Weg durch die Stadt hatte sie unzählige Schlangen vor den wenigen geöffneten Geschäften gesehen. Lebensmittel waren schwer zu bekommen. Fritzi interessierte sich nicht für Politik, trotzdem spürte sie, dass eine Veränderung in der Luft lag und es unter der Bevölkerung zu gären begann. Der klirrend kalte Winter stand vor der Tür und würde die Not der Menschen vergrößern.

Dennoch war es ihr schließlich gelungen, bei dem Reeder Emil Offen vorzusprechen. Sie hatte eine flammende Rede gehalten, voller Leidenschaft und Inbrunst, hatte an seine eigene Liebe zur See appelliert und ihn schließlich davon überzeugen können, ihr zu helfen, an Bord zu kommen.

Der Reeder hatte ihr ein Empfehlungsschreiben mitgegeben und ihr den Kontakt zu Günther Gerdes vermittelt, einem Finkenwerder Unternehmer aus alteingesessener Reederfamilie, der eine kleine Flotte von Fischereischiffen besaß. Tags darauf lernte Fritzi den bemerkenswerten Mann kennen. Trotz seines hohen Alters von siebzig Jahren ließ er es sich nicht nehmen, stets am Ufer zu stehen, wenn seine Fischdampfer den Finkenwerder Hafen verließen und Richtung Nordsee ausliefen.

»Du bist also die Deern, die für die Wissenschaft mit auf See will!«, hatte er Fritzi begrüßt und sie dabei prüfend angesehen. »Du bist 'ne Deern, und eine recht stramme dazu. Wie stellst du dir das vor. Das gibt nur Ärger an Bord.«

Enttäuscht hatte Fritzi die Hände in die Hosentasche gesteckt, um sich ihre Wut nicht anmerken zu lassen. Gerdes hatte ihren intensiven Blick bemerkt und versucht, seine Absage zu unterstreichen, indem er die harte Arbeit der Fischer an Bord, die körperliche Anstrengung, den Schlafentzug und die Seekrankheit in all ihren Schrecken schilderte. Doch je mehr er ihr vom anstrengenden und gefährlichen Leben auf dem Meer erzählte, desto mehr hatten ihre wachen Augen gefunkelt.

2

»Genau. Das will ich alles auch erleben.« Fritzi war voller Begeisterung. »Ich meine, darüber möchte ich schreiben. Wie soll ich denn einen wahrhaftigen Bericht verfassen, wenn ich es nicht selbst erlebt habe. Das Meer nicht selbst geschmeckt habe. Schon als Kind war ich eine Wassernixe, weshalb meine Mutter mir mit drei Jahren das Schwimmen beibrachte. Als Schülerin lernte ich rudern, wriggen und Knoten knüpfen. Ich bin von der Lübecker Bucht bis Swinemünde gepaddelt. Habe in Grömitz bei Kröger Segeln und Fischen gelernt. Im Hafen habe ich Heringe ausgenommen und Rost geklopft«, schoss es ohne Punkt und Komma aus ihrem Mund. »Ich studiere zwar an der Hamburger Universität Pädagogik, aber sobald der Westwind das Heulen der Dampfsirenen in die Bibliothek trägt, spring ich auf und radel mit dem Fahrrad zum Hafen. Mein Schulpraktikum habe ich extra in Finkenwerder gemacht, in der Hoffnung, dort Fischer kennenzulernen, die mich mit auf See nähmen. Im geografischen Seminar habe ich einen Vortrag über die Hochseefischerei gehalten und die schriftliche Arbeit für das Staatsexamen möchte ich über den deutschen Heringsfang schreiben. Mein ganzes Streben gehört der See. Ich will nichts anderes als an Bord gehen.« Noch nie hatte Fritzi so begeistert und inbrünstig von ihrer Leidenschaft erzählt. Erschöpft hielt sie inne. Sie hatte ihr Herz geöffnet und ihre Zukunft in die Hände dieses Mannes gelegt.

Nachdenklich ließ er ihren Redefluss über sich ergehen. Er betrachtete sie noch einen Moment, während sie sich fasste, sah den unbeugsamen Willen in ihren Augen, ihren Weg zu gehen. Sie wäre bestimmt ein guter Seemann – wäre sie nicht eine Frau, überlegte er. Schlussendlich lag es nicht in seiner Verantwortung, sie davon abzuhalten, in ihr Unglück zu rennen. Er willigte schließlich brummend ein. »Wenn es der Wissenschaft dient …«

Fritzi traute ihren Ohren kaum und unterdrückte einen Jubelschrei. Doch der alte Reeder war noch nicht fertig.

»Einer meiner Heringsfänger läuft demnächst für zehn Tage aus. Die ›Ingrid‹ fährt hoch bis Island. Ich werde Kapitän Gustav Cordes darüber unterrichten, dass ein Student an Bord kommt, um im Rahmen seines Pädagogikstudiums über den Heringsfang zu schreiben. Traust du dir die Reise zu? Die Nordsee ist jetzt, Ende August, oft schon wild, die ersten Herbststürme können aufkommen. Das Schiff kann während der Reise kein Festland anlaufen. Es gibt kein Zurück. Bist du dir sicher, dass du das kannst, Deern?«, fragte er nachdrücklich und betrachtete sie ernst.

Fritzi nickte eifrig. »Ja, das traue ich mir zu. Ich habe keine Angst vor körperlicher Arbeit und Schlafentzug, und mit dem Sturm komme ich schon klar. Ich bin dabei.«

Sie hielt die Hand ausgestreckt und wollte in das Angebot einschlagen. Doch der Reeder zögerte noch. »Eine Bedingung habe ich, bevor wir uns einig werden«, sagte er leise.

Skeptisch schaute sie dem alten Mann in die Augen. Er hielt einen Moment inne und schien seine Worte abzuwägen. Fritzi schossen eine Reihe Forderungen durch den Kopf, von denen eine unangenehmer als die nächste war. Was war sie bereit, für ihren Traum zu investieren?

»Also gut, Deern. Ich sehe schon, du bist aus besonderem

Holz geschnitzt. Du kannst an Bord gehen. Aber – du musst dich als Mann verkleiden.« Mit diesen Worten streckte er ihr seine knochige Hand entgegen.

Ohne zu zögern, schlug Fritzi ein. Gedanken über die Konsequenzen dieses faustischen Paktes waren ihr erst in der Nacht gekommen, als sie aufgeregt wach lag und sich ihr Abenteuer ausmalte. Zehn Tage lang würde sie die Mannschaft an Bord anlügen und täuschen müssen. Sie durfte sich keine Minute der Schwäche oder Unachtsamkeit leisten, weder tagsüber noch des Nachts. Zudem würde die Fahrt nicht im offiziellen Seefahrtbuch vermerkt. Sie wollte doch als Frau an Bord gehen, mit hocherhobenem Kopf, und sich nicht an Bord schleichen wie ein Dieb. Sollte das der einzige Weg sein, der ihr zur Verfügung stand, um ihren Traum zu erfüllen? Als Mann verkleidet zur See zu fahren? War das der Schlüssel? Musste sie den Männern erst beweisen, dass sie wie ein Mann anpacken konnte? Würde sie dann endlich gleichberechtigt behandelt werden?

Dem alten Reeder Günther Gerdes und ihrem Vater hatte sie überzeugend weisgemacht, dass sie nur als stille Beobachterin an Bord gehen wollte. Das war natürlich geschwindelt gewesen. Die Arbeit für ihr Examen wollte sie zwar schreiben, aber sie hatte fest vor, mit ungestümer Kraft und großem Einsatz zuzupacken.

Nervös strich Fritzi jetzt die kurzen Haare aus der Stirn, zog sich die dunkelblaue Wollmütze über die Ohren und schickte ein Stoßgebet zum Himmel. Hoffentlich war ihr Opfer nicht umsonst. Sie schaute ein letztes Mal in den Spiegel. »Du bist jetzt Jonny! Benimm dich auch so!«, raunte sie sich zu.

Entschlossen griff sie nach dem Seesack und warf ihn sich lässig über die Schulter, wie sie es schon oft bei den Matrosen im Hafen beobachtet hatte. Als sie die Treppe hinunterging, stellte sie staunend fest, dass sich ihr Gang verändert hatte. Ihr war, als hätte sich in ihrem Inneren ein Rädchen gelöst, das die ganze Zeit blockiert war. Jetzt endlich durfte sie eine Seite in ihr ausleben, die sie bislang hatte unterdrücken müssen. Jetzt durfte sie alles tun, was Männer eben taten. Ihr war, als würde sie wie Alice im Wunderland durch einen Zauberspiegel gehen. Durfte sie jetzt endlich so leben, wie es ihr zumute war?, fragte sie sich im Stillen. Boxen, raufen, Kräfte messen und laut lachen? Durfte sie endlich aufhören, verschämt innezuhalten? Durfte sie endlich aufhören, zu überlegen, was sich für ein Fräulein aus besserem Hause geziemte? Durfte sie moralische Regeln endlich außer Acht lassen?

Ihre Augen sprühten, als sie ihrem jüngeren Bruder Karl-Otto, den alle nur Karlo nannten, in die Arme lief.

Karlo blieb erstarrt stehen. »Mensch, Fritzi! Wie siehst du denn aus! Du willst wirklich an Bord gehen?«, platzte er laut prustend heraus.

»Warum nicht?«, fragte Fritzi gereizt zurück.

Karlo biss sich auf die Zunge. Weil du ein Mädchen bist, wäre ihm um Haaresbreite herausgerutscht. Aber er kannte seine Schwester gut genug und verkniff sich die Bemerkung.

»Überleg doch mal, Fritzi«, sagte er stattdessen. »Welcher Mann würde denn eine nach tranigem Fisch stinkende Frau heiraten, die Fischer sein will.«

»Ich habe weder behauptet, dass ich Fischer werden, noch, dass ich heiraten will. Nein, ich will das Steuermannpatent ablegen und dann Kapitän werden. Nur so wird man mich an Bord respektieren.« Sie sprach ihren unerhörten Wunsch gelassen aus.

»Fritzi, du bist noch bekloppter, als ich dachte«, lachte Karlo.

Fritzi holte zu einer Backpfeife aus, der er gerade noch ausweichen konnte. »Ach, Schwesterlein, lass dich nicht ärgern!«, meinte er versöhnlich und nahm sie ungestüm in den Arm. »Du weißt doch, dass du immer meine Lieblingsschwester sein wirst, ob mit oder ohne Bart.«

Fritzi befreite sich aus seiner Umarmung. »Na, da ich deine einzige Schwester bin, ist das ja auch nicht so schwer«, gab sie zurück.

Obwohl Karlo jünger war als Fritzi, überragte er sie schon um einen Kopf. Wie sie war er athletisch gebaut und sportlich. Auch Karlo hatte markant geschnittene Gesichtszüge und einen intensiven Blick, der jeden in den Bann zog. Mit den kurzen Haaren sahen sie fast wie Zwillinge aus. Fritzi war bewusst, dass sie nicht hübsch im klassischen Sinne war, dennoch hatte sie eine Reihe von Verehrern, die sie anziehend fanden, weil sie ihr wildes und überbordendes Temperament schätzten. Sie war stets präsent und strahlte ein inneres Leuchten aus.

Karlo drückte ihr einen flüchtigen Kuss auf die Stirn. »Du weißt, dass ich dich liebe, Fritzi, und immer für dich da sein werde. Und ich weiß, dass du deinen Weg gehen und Kapitän werden wirst. Ich glaube fest an dich.«

Fritzi ließ die Zärtlichkeit diesmal geschehen. Dankbarkeit durchströmte sie. Die Zustimmung ihres Bruders bedeutete ihr viel. Wenn doch auch ihr Vater ein Einsehen hätte und ihren Berufswunsch akzeptieren würde.

»Also dann«, meinte sie kurz, um nicht vor Rührung zu weinen, »ich muss jetzt weiter, sonst legen sie ohne mich ab.« Sie wandte sich zum Gehen, drehte sich dann aber noch einmal zu ihm um. »Danke, dass du an mich glaubst.«

Mit schnellen Schritten betrat sie die Küche, um sich rasch noch ein Frühstück zu holen.

Marie, die Köchin, sah auf und ließ entsetzt die Rührschüssel fallen.

»Jesus, hast du mich erschreckt«, rief sie und hielt sich die Hände vor die Augen.« Was hast du denn mit deinen Haaren gemacht, Deern? Du siehst ja aus wie 'n Kerl.«

Fritzi warf ihr einen amüsierten Blick zu.

Marie bückte sich und fegte schimpfend die Scherben zusammen. »Was macht die Deern nur für Sachen«, murmelte sie immer noch ungläubig und warf die Scherben in den Kehricht.

Fritzi sah ihr seelenruhig zu, während sie einen Apfel aß und ein Glas Milch trank. Dann verließ sie breitbeinig von links nach rechts schaukelnd, wie ein Matrose auf Landgang, die Küche. Noch im Flur hörte sie das Gejammer der Köchin, die sich weinerlich klagend um das Ansehen der Familie und den Tratsch der Nachbarn sorgte.

3

Das schwarze Fahrrad ihres Vaters lehnte im Hof neben dem Kellereingang. Sie packte den Lenker und bugsierte es leise durch den gemauerten Torbogen. Dann schob sie es auf den Pflastersteinen an. Das Herrenrad war ihr eigentlich zu groß. Obwohl Fritzi größer als ihre Freundinnen war, kam sie im Sitzen nur mit Mühe an die Pedale. Kraftvoll nahm sie Schwung auf und genoss das Gefühl, durch die schlafende Großstadt zu radeln. Sie liebte diese frühmorgendliche Stimmung. Die Natur schien gerade erst zu erwachen. Vielstimmiges Vogelgezwitscher drang aus dem Volkspark, als Fritzi vorbeifuhr. Im Osten schickte die Morgensonne erste Lichtstrahlen über den Himmel und tauchte die Wolken zart in Rosa und Gelb. An der Kreuzung hielt sie kurz an und betrachtete einen Moment lang das farbenfrohe Gemälde. Der dunkle Glockenschlag einer Kirchturmuhr erinnerte sie daran, sich zu sputen, wollte sie rechtzeitig am Hafen sein.

Mit kaltem Atem kündigte der Spätsommertag bereits den bevorstehenden Herbst an. Fröstelnd zog Fritzi den roten Wollschal fester um ihren Hals. Kaum zu glauben, dass sie in der vergangenen Woche im strahlenden Sonnenschein bei der Apfelernte im Alten Land geholfen hatte. Unwillkürlich lief ihr das Wasser im Mund zusammen, als sie sich an den süßsauren Geschmack erinnerte, den der »Finkenwerder Herbstprinz« hinterlassen hatte. Pfeifend bog sie in die Straße zum Hafen ein und wäre beinahe mit der Karre eines Kohlenhändlers zusammengestoßen, die von einem riesigen Pferd gezogen wurde.

Um Fritzi herum erwachte nun das Leben. Fenster öffneten sich und trugen lautes Parlieren von Menschen auf die Straße. Auf dem Weg zum Hafen nahm der Verkehr beständig zu. Vereinzelt tuckerten motorisierte Automobile durch die Stadt. Die Straßenbahn quietschte. Transportkutschen überholten Fritzi rücksichtslos knapp. Fritzi radelte aus diesem Grund lieber auf dem Bürgersteig. Doch auch dieser begann sich zu füllen und sie wich so mancher Hausfrau aus, die auf dem Weg zum Markt war, um ihre Einkäufe zu erledigen.

Die Anlegestelle war nicht mehr weit entfernt. Das Meer war schon zu riechen. Der Geruch von Seetang, Diesel und Fisch stieg Fritzi in die Nase wie ein kostbares Parfüm. Schwärme von Möwen kreisten über dem Hafen. Sie stiegen aufgeregt in die Lüfte und ließen sich kreischend in die Tiefe fallen. Ein untrüglicher Beweis dafür, dass die Fischkutter von ihrem Fang zurück waren, den Fisch an Land brachten und die Abfälle über Bord warfen. Fritzi konnte es kaum erwarten, in das Getümmel einzutauchen und sich den »echten Männern« im Hafen zugehörig zu fühlen. Im Hafen herrschte schon seit Stunden reger Betrieb. Das erste Sonnenlicht fiel auf die Stahlkolosse von Finkenwerder. In langsamen Bewegungen be- oder entluden die hohen Lastenkräne die Schiffe. Fritzi fühlte sich an die langen Giraffenhälse erinnert, die sie in ihrer Kindheit in Hagenbecks Tierpark gesehen hatte. Von der Werft klang der klirrende Laut von Schlägen auf Metall herüber.

Fritzis Blick wanderte den Flusslauf entlang. Auf der Elbe manövrierten Schlepper die größeren Frachtschiffe in die richtige Position. Staunend betrachtete sie die prächtigen

Dreimastsegler, die an den Elbbrücken vertäut lagen. Die »Maritta«, ein Frachtdampfer aus Bremerhaven, zog tuckernd an ihr vorbei. Die Bootsjungen an Deck standen bereit, um das Schiff an der Anlegestelle festzumachen. In der Bugwelle schienen die Möwen, die sich von ihrem morgendlichen Flug ausruhten, auf und nieder zu tanzen. Die Luft war von vielfältigen Geräuschen erfüllt. Die Rufe der Schauerleute, das Kreischen der Möwen, die auslaufenden Bugwellen, die platschend gegen die Kaimauer schlugen, und das Tuckern der Dieselmotoren verbanden sich für sie zu einem unendlich schönen Klang des Lebens. Fritzi schloss einen Moment lang die Augen und nahm alles in sich auf.

Noch hing Morgennebel über dem Finkenwerder Hafen, die am Pier vertäuten Schuten und Fischkutter waren nur schemenhaft zu erkennen. Fritzi betrat die wackeligen Bretter des Stegs, der zu der schwimmenden Pier hinunterführte. Unbeachtet von den anderen Männern, die konzentriert ihrer Arbeit nachgingen, schritt sie zielstrebig den schwankenden Bootsanleger entlang. Im Vorbeigehen las sie auf der Suche nach der »Ingrid« die am Bug angebrachten Namen der vertäuten Schiffe. Von den Kuttern ertönten heisere Rufe übers Wasser. Auf den Schiffen, die mit der bevorstehenden Tiede auslaufen wollten, herrschte in der Morgendämmerung schon betriebsame Hektik. Hafenarbeiter sprangen über die armdicken Taue, während sie Körbe und Fässer mit Lebensmitteln von den Lastkarren luden, die wiederum von den Matrosen rasch an Bord gebracht und dort verstaut wurden.

Die meisten größeren Fischkutter waren für mindestens zwei Wochen auf See und konnten erst heimkehren, wenn der Bauch ihres Schiffes randvoll mit Fischen war. In der Regel musste die Besatzung für ausreichend Proviant sorgen und sich unterwegs selbst verpflegen. Die »Ingrid« jedoch hatte einen Smutje an Bord, der kochte, und der Reeder stellte die Lebensmittel für die Besatzung zur Verfügung. Das hieß, dass die Matrosen dreimal täglich eine richtige Mahlzeit bekamen. Fritzi hoffte, dass Gerd von Eitzen das Verpflegungsbudget erhöht hatte. Ansonsten müssten die anderen ihre Ration mit ihr teilen, was ihr mit Sicherheit keine Wertschätzung einbringen würde.

Vorsichtshalber hatte sie in der Früh eine Packung Kaffee aus der Vorratskammer ihrer Eltern stibitzt, um den einen oder anderen Matrosen gelegentlich bestechen zu können. Außerdem hatte sie selbst eine Schwäche für echten starken Bohnenkaffee.

Vor allen Schiffen, die gleich auslaufen würden, standen Frauen in langen Röcken oder junge Mütter mit kleinen Kindern auf dem Arm oder an der Hand. Die Frauen waren da, um sich von ihren Männern und Söhnen zu verabschieden. Immer lag die Gefahr in der Luft, dass der eine oder andere nicht zurückkehren könnte. Viele Fischer blieben auf dem Meer, dennoch konnte nichts die Männer davon abhalten, dem Ruf des Windes zu folgen und in See zu stechen. Mich auch nicht, dachte Fritzi. Auch in ihr brannte diese Leidenschaft, vielleicht mehr, als ihr guttat, das war ihr klar, aber sie konnte sich nicht dagegen wehren. Jetzt war die Chance gekommen, herauszufinden, ob wirklich ein waschechter Seemann in ihr steckte.

Fritzi hatte die besorgte Stimme ihrer Mutter noch in den Ohren. »Die Seefahrt ist knochenharte Arbeit, für die die Konstitution der Frau nicht geschaffen ist, auch nicht, wenn sie so stark ist wie deine. Du weißt nicht, was es bedeutet, auf hoher See zu sein, und kannst nicht beurteilen, wie furchtbar die Stürme sind, bei denen die Matrosen hilflos über Bord gehen, um für immer auf den Grund des Meeres zu sinken.

Du hast keine Ahnung vom Alltag an Bord, von der Schinderei, dem Schlafmangel, der Nässe, der Kälte und der harten Arbeit.«

Fritzi hatte genickt. Es stimmte, sie kannte diesen Beruf nur aus Büchern. Aber jedes gedruckte Wort hatte ihren Willen gestärkt, dass dies das Leben war, das sie führen wollte. Jetzt war der Moment gekommen, da sie sich nicht länger mit der Lektüre begnügen musste. Sie war jetzt einundzwanzig Jahre alt und wollte endlich die Seefahrt selbst erleben.

Am Ende des Stegs lag ein großes Schiff. Fritzi konnte beim Näherkommen erkennen, dass es in einem miserablen Zustand war. Die Farbe war großflächig abgeblättert, die Metallteile waren bis aufs Mark verrostet und an der Schiffswand hatten sich die von Seemännern gefürchteten Seepocken angesiedelt. Fritzi staunte, wie unbarmherzig die See gegen jegliches organische Material war. Das Meer nagte an allem, das wagte, sich ihm auszusetzen. Erleichtert stellte Fritzi fest, dass es sich bei diesem Seelenverkäufer um die »Magda« und nicht um die »Ingrid« handelte. Diese lag direkt hinter dem verfallenen Ewer und schien in besserem Zustand zu sein. Auch bei der »Ingrid« handelte es sich um einen Ewer, einen flachbodigen Küstensegler mit Seitenschwert, das man zum Fischfang einsetzte.

Beherzt ging sie auf eine Gruppe ins Gespräch vertiefter Männer zu, die vor dem Fischewer herumstanden und schnackten. Sie standen breitbeinig da, wie es die Art der Seemänner war, wenn sie festen Boden unter den Füßen hatten. Als Fritzi näher kam, wandten sich die Gesichter ihr zu. Die Gespräche verstummten.

Augenblicklich schoss ihr das Adrenalin durch die Adern, sie spürte, wie sich ihre Wangen röteten. In diesem Moment wurde ihr klar, dass ihr großes, atemberaubendes Abenteuer jetzt wirklich mit allen Konsequenzen anfing. Jetzt musste sie die erste Hürde nehmen, um als Mann getarnt an Bord zu kommen. Sie durfte keine Schwäche zeigen! Du schaffst das!, machte sie sich selbst Mut.

Ein Mann trat aus der Gruppe heraus und kam auf sie zu. Fritzi überlegte, ob er der Kapitän der »Ingrid« war.

»Na, mien Jung, nu geiht dat wohl los. Käpten Cordes«, stellte er sich wortkarg vor. Er sprach, ohne die kalte Pfeife aus dem Mund zu nehmen.

Fritzi hatte das belustigte Funkeln in seinen Augen gesehen, als er sie als Junge bezeichnete. Kein Zweifel: Er war der Kapitän, er wusste Bescheid und hatte offenbar eingewilligt, sie an Bord zu nehmen. Sein buschiger Schnurrbart und die dunklen Augenbrauen erinnerten an ein freundliches Walross, dem man eine Wollmütze über den Kopf gezogen hatte. Er trug einen blauen Rollkragenpullover aus dicker Wolle. Die Pfeife wanderte in den anderen Mundwinkel, bevor er sich zu seinen Männern umdrehte und auf Fritzi deutete.

»Mannslüüd, dat is Jonny, der Herr Student.«

Vier weitere Augenpaare musterten sie. Sie gehörten zu zwei jungen Fischern, die lässig von Deck aus auf sie heruntersahen. Sie mochten im selben Alter wie Fritzi sein. Der vertraute Blick männlicher Überheblichkeit entging ihr nicht. Obwohl sie vermutlich kaum seemännische Erfahrung hatten, glaubten sie wohl, sie seien dem Studenten vom Land überlegen. Na wartet, euch werde ich es schon zeigen, dachte Fritzi grimmig. Da hilft es euch auch nicht, dass ihr wie der Kapitän eine Pfeife im Mund habt, nicht, solange ihr noch einen solch zarten Bartflaum im Gesicht stehen habt.

Beherzt trat sie einen Schritt näher und stellte sich breitbeinig vor die Gruppe. »Moin, ich bin Jonny«, sagte sie mit fester dunkler Stimme.

Anders als erwartet begrüßten die übrigen Männer Fritzi nordisch knapp, aber freundlich. Riefen sich dann gegenseitig gute Ratschläge und derbe Sprüche zu und sprangen an Bord.

Der junge Seemann, der sie von oben gemustert hatte, erkundigte sich selbstbewusst: »Na, Jonny, deine erste Seefahrt? Da werden sich die Fische aber über Futter freuen!« Er trug ein dunkelblau-weiß gestreiftes Fischerhemd aus festem Stoff, das er sich in den Hosenbund gestopft hatte. Ein Tau, um den Bund gewickelt, ersetzte den Gürtel. Er sah wie das junge Ebenbild des Kapitäns aus. Sogar die Wollmütze trug er in ähnlicher Manier.

»Gorch, lass gut sein. Nicht jeder hat das Glück, schon als Kind mit an Bord zu dürfen. Pack lieber mit an. Die Tiede, die uns zum Meer rauszieht, wartet nicht auf dich«, tadelte ihn der ältere Mann, der neben ihm stand. »Ich bin Erwin Hermsmeyer, der Bestmann«, fügte er dann an Fritzi gewandt hinzu, bevor er dem Kapitän folgte. Als Bestmann, das wusste Fritzi, war er an Bord der Erste Steuermann und Stellvertreter des Kapitäns. Hermsmeyer war ein derber Seebär mit wettergegerbtem Gesicht und freundlichen Augen. Mindestens ein Kopf kleiner als Fritzi, aber doppelt so breit.

»Leinen los«, donnerte jetzt die dunkle Stimme des Kapitäns über Deck.

»Jo, Vadder, warrt maakt«, brüllte Gorch zurück. Er ließ Fritzi stehen und rannte zum großen Poller auf dem Steg, um das schwere Tau zu lösen, das die »Ingrid« festhielt.

Vadder – Vater! Das erklärte natürlich alles. Fritzi musste schmunzeln, weil sie gedacht hatte, er würde nur den Kapitän imitieren. Nein, er war wirklich sein Ebenbild und hatte ihr selbst einiges an Seemeilen voraus. Das Signal zum Ablegen kam. Sie ging rasch an Bord und verstaute ihren Seesack unter Deck, um mit anzupacken. Doch die Mannschaft war so gut eingespielt, dass ihre Hilfe nicht gebraucht wurde. Das Schiff nahm rasch Fahrt auf.

Fritzi versuchte, alle Arbeitsschritte der Männer gleichzeitig zu beobachten und sich einzuprägen. Ihr Blick wanderte von einem Matrosen zum anderen. Auf die Schnelle machte sie acht Mann Besatzung aus, die mit ihr gemeinsam auf Fischfang gehen würden. Um den arbeitenden Seeleuten nicht im Weg zu stehen, ging sie ins Steuerhaus und sah dem Kapitän zu, wie er das Schiff in die tiefere Fahrrinne der Elbe steuerte. Prüfend betrachtete sie den Ewer von ihrer erhöhten Position im Ruderhaus aus. Soweit sie das beurteilen konnte, war der Kahn in ordentlichem Zustand, die Wanten, die dicken Verspannungen zu den Seiten eines Mastes, waren schwarz von neuem Teer und die Masten frisch gefirnisst. Der große Mast knarrte und Fritzi ließ ihren Blick an ihm entlang hoch in den Himmel steigen. Möwen umkreisten das Schiff und begleiteten es eine Weile in der Hoffnung, dass schon Fische über Bord geworfen wurden. Fritzi spürte das Vibrieren des Motors unter den Füßen. Das Besansegel am hintersten Mast war gesetzt und knatterte im leichten Wind. Auf der Elbe lichtete sich der Nebel und ließ nur noch das Ufer im Dunst zurück. Auf dem Deich konnte sie die schemenhaften Umrisse von Günther Gerdes ausmachen, der sich auf seinen Stock stützte. Der Kapitän grüßte kurz in seine Richtung.

Einzelne Rufe der Fischhändler im Altonaer Hafen schallten herüber. Schon glitten sie an Övelgönne vorbei, dem kleinen Fischerdorf, in dem die Menschen vom Fischfang oder vom Fährbetrieb lebten. Direkt an der Elbe, in der vordersten Reihe, standen prächtige Häuser, die von Kapitänen und Lotsen bewohnt wurden. Dort hielten die zurückgebliebenen

Kapitänsfrauen sehnsüchtig Ausschau nach den heimkehrenden Schiffen. Der Süllberg in Blankenese erhob sich aus dem Nebel und Fritzi beobachtete fasziniert, wie idyllisch sich das Treppenviertel an den Hügel schmiegte. Vom Wasser aus sah die vertraute Gegend befremdlich und neu aus. Fritzi fühlte sich fast majestätisch, wie sie so am Ufer vorbeiglitt. Ein Gefühl unendlicher Freiheit durchströmte sie und sie konnte sich das Grinsen nicht verkneifen.

Gustav Cordes bemerkte ihren Gesichtsausdruck. »Na, Deern, gefällt dir dein Abenteuer?«

Erschrocken drehte sie sich um, doch bei dem Getöse des Windes konnte niemand von der Mannschaft sie verstehen.

»Keine Angst. Dein Geheimnis ist bei mir sicher. Ich werde den Teufel tun und meinen Männern davon erzählen. Die schmeißen dich sonst gleich über Bord«, sagte er trocken und lachte über ihr erschrockenes Gesicht. Fritzi registrierte staunend, dass er Hochdeutsch sprach.

»Wirst schon sehen, die sind in Ordnung. Da leg ich meine Hand für ins Feuer. Aber ich muss dich trotzdem warnen. Mit meinem Zweiten Steuermann, dem Henryk Pawlowski, ist nicht gut Kirschen essen. Er ist ein guter Steuermann, aber charakterlich ein Leuteschinder. Versuch ihm aus dem Weg zu gehen und so hart zu arbeiten, wie du kannst.«

Fritzi lachte laut auf. »Das muss mir niemand befehlen, das erledige ich schon von allein.«

»Sicher?« Einen Moment lang schaute er in ihre Richtung.

Fritzi erwiderte seinen Blick mit grimmigem Ernst.

Er nickte flüchtig und sah wieder konzentriert auf die Fahrstrecke vor sich. »Dann übernimmst du die Schweinswache von Mitternacht bis acht Glasen, vor der sich immer alle drücken wollen. Vielleicht sind die anderen dann erst einmal still«, meinte er, ohne die Strecke aus den Augen zu lassen, und verfiel nach der langen Ansprache in Schweigen. Offenbar war für ihn damit alles gesagt.

Fritzi wagte nicht, die Stille zu stören und nachzufragen, was denn die unbeliebte Schweinswache eigentlich war. Sie würde es schon früh genug herausfinden, tröstete sie sich. Sie wusste, dass mit den »Glasen« jeweils eine halbe Stunde einer Deckswache gemeint war, die Wache also bis vier Uhr in der Früh gehen würde.

Cordes sah unverwandt aufs Wasser und hielt routiniert den Kurs. Fritzi staunte über die vielen Fischkutter und Ewer, die sie umgaben und Richtung Elbmündung begleiteten. Sie hatte nicht geahnt, wie viel Betrieb auf der Schifffahrtsstraße herrschte. Tanker, Küstenmotorschiffe, Kümos genannt, Fähren, Schlepper und Fischkutter versuchten aneinander vorbeizukommen, ohne sich zu gefährden oder zu kollidieren.

Da Kapitän Cordes scheinbar keine weiteren Fragen oder Aufgaben für sie hatte, verließ sie das Steuerhaus, um zu kieken, ob sie irgendwo mit anpacken könnte. Als sie die Tür des Schutzhauses öffnete, wehte ihr augenblicklich eine heftige Brise um die Nase. Schnell zog sie sich die Mütze fester in die Stirn und lehnte sich dem aufgefrischten Wind entgegen. Schon fuhren sie an Brunsbüttelkoog vorbei. Fritzi erkannte die Einfahrt des Kaiser-Wilhelm-Kanals an dem schwarz-weiß lackierten Leuchtturm, der Mole eins. Sie glitten rasch an den mächtigen Schleusentoren vorbei, die sogar von der Elbe aus zu sehen waren. Fritzi zählte die Leuchttürme mit, es waren vier.

Jetzt würde sie das bekannte und vertraute Revier verlassen und schon bald die offene See erreichen. Die Nordsee! Fritzis Herz schlug schneller. Sie konnte immer noch nicht glauben, dass sie nun wirklich an Bord eines Fischewers stand und Richtung Island fuhr. Was für ein Abenteuer! Ihr wurde flau im Magen und Fritzi hoffte, dass es der Aufregung geschuldet war.

Langsam verlor sie den Uferstreifen aus den Augen. Die Elbe war an dieser Stelle schon mindestens drei Kilometer breit und die Mündung der Unterelbe verschmolz mit der Deutschen Bucht. Fritzi löste ihren Blick vom grauen Schatten, in den sich das Ufer verwandelt hatte. Besorgt blickte sie hinauf zu der bleigrauen Wolkenmasse, die sich bedrohlich über ihr aufbaute.

Kein Zweifel. Das Wetter war umgeschlagen und hatte sich rasch verschlechtert, als sie die offene Nordsee erreichten. Der scharfe Ostwind nahm beständig an Stärke zu. Die ersten Ausläufer der sich nähernden Gewitterfront verschlangen den blassblauen Himmel. Die Wellen wurden steiler. Fritzi hatte den Eindruck, dass die regenschweren Wolken hier draußen tiefer als über dem Festland hingen und sie nur die Hand zu heben bräuchte, um sie zu berühren.

Nachdem sie die schützende Ufernähe verlassen hatten, begann die See stärker zu kippeln. Eiskalte Gischt schlug mit lautem Zischen an der Bordwand herauf. Der Ewer kämpfte immer mehr gegen den Wellengang an. Fritzi versuchte sich an der Reling festzuhalten, rutschte jedoch aus. Auf dem Hosenboden sitzend klammerte sie sich mit beiden Händen an den Belegsteg und schüttelte sich die Wasserspritzer aus den Haaren. Über ihr Ungeschick lachend stand sie schnell wieder auf. Rasch sah sie sich um, ob es jemand bemerkt hatte. Doch die anderen Besatzungsmitglieder hatten ihre zugewiesene Beschäftigung und schienen das schlechte Wetter nicht einmal zu bemerken. Im Gegensatz zu Fritzi, die das Schwanken des Bootes sehr wohl spürte. Ihre Übelkeit ließ sich nicht mehr mit der Aufregung erklären. Es gab keinen Zweifel. Sie wurde seekrank. Wie hatte sie sich nur einbilden können, von dieser Krankheit verschont zu bleiben, nur weil sie sämtliche Seefahrerliteratur verschlungen hatte. Sie musste sich ablenken. Noch die Aufforderung des Kapitäns im Ohr, mit anzupacken, ging sie entschlossen zu Georg, den Sohn des Kapitäns, oder Gorch, wie ihn die Übrigen nannten.

»He! Gorch! Wo kann ich mitarbeiten?«, schrie sie gegen den Wind. Erschrocken registrierte sie, dass sich ihre Stimme dadurch hob. Georg schien es aber nicht bemerkt zu haben. Vielleicht dachte er sich aber auch, dass sie noch im Stimmbruch sei.

»Pass op, dass du nicht gleich beim ersten Windhauch über Bord gehst«, antwortete er spöttisch, als er ihre nasse Kleidung sah. Doch ihr eiskalter Gesichtsausdruck ließ sein Grinsen gefrieren.

»Du meinst das ernst, Döösbaddel? Also gut! Pass op, sobald wir vor den Wind gehen, müssen wir halsen. Du kannst die Gaffel lösen. Aber nimm dich in Acht. Der Gaffelbaum knallt übers Deck, wenn der Wind ins Segel springt, und schleudert jeden ins Meer, der ihm im Weg steht«, rief er ihr überheblich lachend zu.

»Jo, ich meine es ernst! Also, was soll ich machen? Die Gaffelschot vom Bolzen reißen oder die Backbordschoten lösen!«, antwortete Fritzi mit fester Stimme und genoss seinen verdutzten Gesichtsausdruck. Wollen wir doch mal sehen, wer hier der Döösbaddel war, dachte sie kämpferisch. So schnell würde er sie nicht vorführen können. Hatte sie doch einst in Grömitz beim Fischer Ernst Kröger auf seinem Fischerboot segeln gelernt. Die »Ingrid« war zwar um einiges größer und der Wellengang stärker, aber ein Segelschiff war ein Segelschiff und segeln konnte sie.

Georg starrte sie immer noch verdutzt an. Dann riss er

sich zusammen und wies sie an, die Leinen zu lösen, sobald der Befehl vom »Alten« kam, wie hier alle den Kapitän nannten.

»Halsen« dröhnte der Befehl kurze Zeit später über Deck und alle Männer sprangen gleichzeitig auf, um das Wendemanöver einzuleiten. Fritzi löste die Schot, die Leine, die das Segel in die richtige Stellung brachte. Das Vorsegel klapperte und der Baum fiel nach steuerbord um. Dort zurrte sie die Schoten wieder fest. Der Ewer legte sich vor den Wind und nahm rasch Fahrt auf. Fritzi hielt kurz inne und schaute dem mächtigen Mast entlang nach oben. Es kam ihr vor, als würden die Masten direkt bis in den Himmel hochreichen und die Wolken berühren. Um den Bug herum verwirbelte sich das Wasser im weißen Schaum. Die Küstenlinie war endgültig verschwunden. Sie konnte die Grautöne vom Himmel, Festland und Meerwasser nicht mehr unterscheiden. Die trüben Farben umgaben sie wie ein nebliges Spinnennetz.

Plötzlich traf ein heftiger Brecher das Boot seitlich. Fritzi musste sich erneut mit aller Kraft an der Reling festhalten, um nicht umgerissen zu werden. Die »Ingrid« schlingerte kurz im Rhythmus der Wellen, bevor sie sich wieder fing. Fritzi spürte die Übelkeit jetzt wie eine Faust, die ihren Magen packen und mit eisernem Griff zerquetschen wollte. Ihre Augen versuchten einen festen Punkt am Horizont zu fixieren, wie es ihr Ernst Kröger beigebracht hatte, doch der Horizont hatte sich im Grau aufgelöst. Die Übelkeit schwoll an und Fritzi konnte nicht mehr dagegen ankämpfen. Sie umklammerte krampfhaft die Reling und übergab sich mehrmals in die aufgewirbelten Fluten. Tränen mischten sich mit den Wassertropfen der Gischt, die ihr ins Gesicht klatschte. Sie ekelte sich vor sich selber. Erschöpft kniete sie auf dem

Deck, die Hände noch um die Reling gekrallt. Endlich löste sie eine Hand und wischte entschieden Tränen, Meerwasser und Erbrochenes weg. »So schnell gebe ich nicht auf. Elender Rasmus, da musst du schon größere Wellen schicken, um mich zum Aufgeben zu zwingen«, schrie sie den tosenden Fluten trotzig entgegen. Dann würde sie eben nichts mehr essen, bis sie die Seekrankheit überwunden hätte, dachte sie bockig.

Die aufgebrauste Dünung hob das Schiff, leicht wie einen Weinkorken, auf und nieder, dem rhythmischen Intervall der Wellen folgend. Ein erneuter Wellenbrecher forderte seinen Tribut. Fritzi bekam eine volle Breitseite eiskalten Wassers ins Gesicht, während sie sich erneut übergab. Ihre Beine zitterten vor Anstrengung und Erschöpfung und sie ließ sich abermals auf das Deck sinken. Die ganze Welt schien auf Schwindel und Übelkeit begrenzt zu sein. Erst als sie mehrmals geschüttelt wurde, registrierte sie, dass jemand mit ihr sprach.

Georg war neben sie getreten und beugte sich besorgt zu ihr hinunter. Er nahm seine erloschene Pfeife aus dem Mund und steckte sie in seine ausgebeulte Hosentasche. »He! Kopf hoch! Mach dir nichts draus, passiert den besten Männern«, versuchte er sie aufzumuntern. »Hut ab, hast ein gutes Händchen für den richtigen Moment beim Halsen. Ich bin Gorch«, fügte er kameradschaftlich hinzu und reichte ihr seine Hand, um ihr aufzuhelfen.

4

Leiser Glockenschlag drang warnend über das Meer, als sie am letzten Feuerschiff der Helgoländer Bucht vorbeisegelten. Angst vor den realen Gefahren setzte sich ihr in den Nacken und sie schüttelte sich. Einen Moment lang kam Fritzi in den Sinn, wie viele gesunkene Schiffe wohl auf dem Meeresboden lagen. Aber sie schob den Gedanken rasch wieder beiseite. Ihr würde schon nichts passieren.

Und dann öffnete sich endgültig das weite Meer vor ihnen. Fritzi blickte sich nach allen Seiten um. Sie konnte kein Festland mehr sehen. Erwin, der Bestmann, schob sich an ihr vorbei und betrat zum Wachwechsel das Steuerhaus. Kapitän Cordes übergab das Ruder und damit die Verantwortung für das Schiff. Die »Ingrid« hielt nun Kurs auf Island.

Fritzi fror schrecklich in ihrer durchnässten Kleidung. Wenigstens musste sie sich mangels Mageninhalts nicht mehr übergeben. Mit wackeligen Beinen erhob sie sich, um Platz zu machen. Kapitän Cordes ging an ihr vorbei und schlug die Schiffsglocke zum Wachwechsel. Fragend sah sie Gorch an, der wortlos zur Stiege wies, die unter Deck führte. Sie folgte ihm die Stufen hinunter, froh, das Getöse des Windes hinter sich zu lassen. Stille und Wärme nahmen sie in Empfang. Fritzi spürte erst, wie durchgefroren sie war, als sich die heimelige Behaglichkeit wie eine Decke um sie legte. Allerdings war unter Deck das Schlingern des Schiffes deutlicher zu spüren. Alles war in Bewegung. Die Lampe an der Decke pendelte hin und her, das Geschirr klapperte und die Männer, die bereits an der Back, dem Tisch in der Speisekajüte, saßen, schwankten wie beim Schunkeln auf dem Volksfest hin und her. Das Holz des alten Ewers ächzte.

Ich muss wieder an die frische Luft!, dachte Fritzi panisch, drehte sich um und rannte die Leiter wieder hoch. Ihr war zum Heulen zumute. Sie fühlte sich todkrank, schwindelig und ihr Kopf schmerzte. Je mehr sie aber litt, desto mehr ärgerte sich darüber, dass sie keine Kontrolle über ihren Körper hatte. Sie wollte nicht seekrank sein. Sie hatte sich eingebildet, dass sie diese peinliche Schwäche einfach unterdrücken könnte, wenn sie es sich nur fest genug vornahm. Aber jetzt musste sie einsehen, dass sie machtlos war. So hatte sie sich ihren ersten Tag an Bord nicht vorgestellt.

Aus dem Augenwinkel bemerkte sie, dass Gorch wieder neben sie getreten war. Wahrscheinlich hatte sein Vater ihn beauftragt, auf »den Studenten« aufzupassen, damit er nicht versehentlich über Bord ging, dachte sie spöttisch. Ihre vermeintliche Schwäche wandelte sich jetzt in Wut. Sie wollte nicht bemuttert werden. Sie brauchte weder einen Fürsprecher noch jemanden, der beweisen wollte, dass er mit seiner Prophezeiung recht hatte.

»Na, genug gesehen?«, blaffte sie ihn an und vergaß dabei ganz, ihre Stimme zu verstellen. Was soll's, fügte sie im Stillen hinzu. Sie würde den Tag eh nicht überleben und da war der Rest auch egal.

»Krieg dich ein! Hier!« Er reichte ihr ein Stück einer verschrumpelten bräunlichen Wurzel. »Das ist Ingwer. Hab ich dem Smutje geklaut. Kau so lange wie möglich darauf herum und schluck den Saft dann runter. Das hilft. Versprochen! Aber Vorsicht, die Wurzel ist ziemlich scharf.« Er drückte ihr das Stück Ingwer in die Hand und ließ sie stehen. Fritzi ärgerte sich über sich selbst. Keine Frage: Falls sie den Tag überlebte, musste sie sich unbedingt bei ihm entschuldigen. Aber erst einmal musste sie die Übelkeit überwinden.

Sie starrte in das graue Wasser, das sie von allen Seiten umgab. Die »Ingrid« hatte das Feuerschiff längst hinter sich gelassen und steuerte die Fischgründe vor Island an. In der Ferne leuchteten vereinzelt die Positionslichter anderer Schiffe auf. Fritzi wurde sich der unendlichen Weite des Meeres bewusst. Neben all ihrer Begeisterung spürte sie jetzt auch Furcht und Respekt vor dem nassen Element.

Sie steckte sich das Stück Wurzel ganz in den Mund und biss kräftig zu. Die Schärfe raubte ihr für einen Moment den Atem. Sie konnte nur hoffen, dass sich Georg nicht einen Scherz mit ihr erlaubt und ihr irgendein unverdauliches Zeug angedreht hatte. Trotzig kaute sie auf der holzigen Wurzel. Tatsächlich besserte sich ihre Übelkeit ein wenig. Schließlich kam sie etwas zu Kräften. Sie wollte noch einen Versuch wagen, unter Deck zu gehen. Schüchtern blieb sie neben der Treppe im Logis stehen und rieb sich die klammen Hände. Der Smutje hatte soeben eine Portion starken schwarzen Tee mit Rum und Zucker ausgegeben. Seine rote Nase zeugte davon, dass er jede Gelegenheit nutzte, sich selbst eine Portion des starken Alkohols zu gönnen. Aber Fritzi wollte im Moment nichts anderes, als sich in Ruhe aufzuwärmen. Der Matrose, der sich ihr als Klaas vorgestellt hatte, forderte sie auf, neben ihm an der Back Platz zu nehmen. Die Mannschaft schien die Bewegungen, im Gegensatz zu ihr, eh nicht zu bemerken. Sie saßen gutgelaunt im Logis zusammen.

Klaas setzte sich sogar sein Schifferklavier auf den Schoß und begann zu spielen. Er trug wie die anderen ein gestreiftes Baumwollhemd über dem dicken Wollpullover, was seine untersetzte Figur noch hervorhob. Feine Lachfältchen umgaben seine wachen Augen. Aufmunternd zwinkerte er Fritzi zu und begann, mehr schlecht als recht zu spielen und zu singen. Einer nach dem anderen fielen die Fischer in den schiefen Gesang ein.

Genauso hatte Fritzi sich die Seefahrt vorgestellt. Wäre ihr nur nicht so verflixt übel. Sie erhob sich unauffällig und schlich in den Schlafraum, in dem die Hängematten hingen. Jan hatte ihr einen Platz zugewiesen, als sie an Bord gekommen war. Sie legte sich in ihren Kleidern zum Schlafen hin. Das Schaukeln des Schiffes war in der mitschwingenden Hängematte gut auszuhalten und ihr fielen augenblicklich die Augen zu.

Die Glocke erklang zum nächsten Wachwechsel. Fritzi öffnete mühsam die Augen. Das war ihre Schicht. Sie stand auf und zog ihr Ölzeug über ihre Kleidung, die inzwischen einigermaßen getrocknet war.

Fritzi würde jetzt die dritte Wache ablösen. Unter lautstarken Flüchen kamen die müden Männer zum Wachwechsel die Treppe heruntergepoltert. Das Wasser rann an ihren gefetteten Öljacken hinab und hinterließ dunkle Wasserflecken auf den blank geschrubbten Holzdielen. Sie nahmen ihre triefenden Südwester vom Kopf und wischten sich das Gesicht trocken. Ihr Ölzeug hängten sie zum Trocknen in die Nähe des Ofens.

»He, Decksjunge, der Käpten hat befohlen, dass du den Himmelshaken holen sollst, bevor du auf Wache gehst!«, rief Gorch ihr lautstark zu.

»Mach ich, aber erst wenn du die Kielschweine gefüttert hast«, konterte Fritzi schlagfertig.

Den Brauch, den Neuen immer mal wieder mit einer sinnlosen Aufgabe loszuschicken, hatte sie schon an Bord der »Kurland« kennengelernt. Damals hatte ein Anfänger den

Auftrag bekommen, den Kompassschlüssel aus dem Maschinenraum zu holen. Der Heizer gab ihm den schwersten Maschinenschlüssel, den er hatte. Als der Junge schließlich mit der schweren Last von vierzig Kilo auf der Brücke auftauchte, wurde er lachend abgewiesen. Und der Steuermann hatte Fritzi den echten Kompassschlüssel gezeigt. Ein filigranes Werkzeug zum Justieren, der in einer Schublade unter dem Kompass aufbewahrt wurde.

Erwin, der Bestmann, prustete los und verschluckte sich fast an seinem Tee. Fritzi grinste triumphierend, als sie das beleidigte Gesicht von Gorch sah.

Oben fuhr ihr sofort ein kräftiger Wind um die Ohren und löschte alle Geräusche unter Deck aus. Auf dem Meer hatten sich Schaumkronen gebildet, die im Mondlicht leuchteten. Darüber hinaus war kaum etwas zu erkennen. Es war äußerst gefährlich, jetzt über die nassen Dielen zu schwanken, dachte Fritzi, und doch würde sie genau das tun müssen. Sie verharrte einige Augenblicke, bis sich ihre Augen an die Dunkelheit gewöhnt hatten, und trat dann beherzt auf das rutschige Holz. Schritt für Schritt tastete sie sich Richtung Steuerhaus, hielt sich dabei an dem hölzernen Dingi fest, dem Ruderboot, das an der Reling vertäut war. Regen und Gischt trafen sie mit eisiger Kälte. Das Schiff gierte von einer Seite auf die andere. Wieder spürte Fritzi die Übelkeit aufkommen. Aber jetzt hatte sie etwas zu tun und konnte sich ablenken. Ihre Schritte wurden sicherer. Sie bewegte sich auf das Ruderhaus zu und trat schließlich triefend durch die Tür, um sich zur Wache zu melden.

»Das wird aber nun auch mal Zeit, dass du kommst. Die anderen sind schon längst auf ihren Posten«, begrüßte sie der Kapitän mürrisch, die Pfeife klemmte im Mundwinkel.

Fritzi deutete auf die Lichtblitze, die immer wieder durch die dunklen Wolkenberge aufleuchteten.

»Jo, das ist noch das Leuchtfeuer von Helgoland. Auch wenn wir die Insel längst hinter uns gelassen haben, dient uns der Lichtkegel noch als Orientierungsmarke. Nimm den Kieker. Du machst heute den Ausguck. Ich kann dich bei dem Wellengang nicht rausschicken, nachher gehst du mir noch über Bord.«

Das Fernglas aus schwarzlackiertem Metall lag schwer in Fritzis Hand, als sie versuchte, das Leuchtfeuer zu orten. Der Lichtblitz kam mit der Regelmäßigkeit eines Chronometers. Eine Sekunde blitzte er auf, drehte sich dann für fünf Sekunden um die eigene Achse, während der Lichtstrahl über die Wellen tanzte, und blitzte dann wieder für eine Sekunde auf.

»Das Licht muss immer hinter uns bleiben. Sobald wir den Kurs verlieren, sagst du Bescheid.«

»Wird gemacht!«

Cordes lächelte ihr aufmunternd zu. Die Hundswache ist gar nicht so schlimm, dachte Fritzi. Sie hatte inzwischen herausgefunden, dass man so die unbeliebteste Wache zwischen Mitternacht und vier Uhr früh so nannte, weil die Müdigkeit dann am schmerzhaftesten war. Fritzi war dagegen in ihrem Element. Hier oben im Steuerhaus empfand sie kaum Übelkeit. Das weißschaumige Wasser spritzte bei jeder Welle über den Bug und stäubte übers ganze Schiff. Sie hatte das Leuchtfeuer von Helgoland fest im Blick.

Seit geraumer Zeit wurden sie von einigen Fischkuttern begleitet. Fritzi hielt auch sie fest im Blick, damit es nicht zu einer Kollision kam. Die an den Masten der anderen Boote befestigten Positionsleuchten folgten den tanzenden Bewegungen, mit denen sich die Fischerboote durch das aufgebrachte Meer kämpften. Die kleineren Fischerjollen waren bereits zurückgefallen und Richtung Juist abgedreht, um dort Schollen zu fangen. Die großen Dampfer dagegen nahmen Fahrt auf und überholten die »Ingrid«. Sie fuhren bestimmt zu den Fischgründen der Barentssee oder zum Weißen Meer, dachte Fritzi. Schließlich verloren sich ihre Positionslichter in der Weite der Nordsee.

Als plötzlich geräuschvoll die Tür geöffnet wurde, fuhr Fritzi zusammen, so sehr hatte sie sich auf ihre Aufgabe konzentriert. Sie ließ das Glas sinken. Im Rahmen standen Klaas und der Zweite Steuermann Pawlowski. Fritzi konnte nicht fassen, wie schnell die Zeit vergangen war. Jetzt hatte sie acht Stunden Freiwache und konnte endlich schlafen. Erleichtert verabschiedete sie sich. Sie hatte ihre Wache fehlerfrei absolviert.

5

Fritzi zog ihren trotz des Ölzeugs komplett durchnässten Wollpullover aus und hängte ihn zum Trocknen auf. Ihre übrige Kleidung behielt sie an. Sie kletterte wieder in das muffige Bettzeug. Fritzi konnte nur hoffen, dass ihr Vorbesitzer einigermaßen reinlich gewesen war und sie sich weder Läuse noch die Krätze einfing. Die Decke aus gefilzter Wolle, die sie bis zum Kinn hochzog, roch modrig und sporig. Fritzi bezweifelte, dass sie bei dem Seegang auch nur für eine Sekunde schlafen könnte. Die Übelkeit nahm in dem stickigen, beengten Schlafraum bei jeder Welle zu. Das Ächzen der Masten, die sich gegen den Wind legten, dröhnte unheilvoll.

Der Himmel hatte erneut seine Schleusen geöffnet. Die Regenschauer ergossen sich sintflutartig über das Deck und mischten sich mit dem Salzwasser der Brecher, die über den Bug brachen. Das Schiff nahm mehr Wasser auf, als über die Löcher in den Seitenaufbauten, den Speigatten, ablaufen konnte, und so begann erst ein Rinnsal, dann eine beträchtliche Menge Wasser die Treppe hinab in die Logis und die Schlafkajüte zu rinnen. Schrille Alarmrufe ertönten, als die ersten Besatzungsmitglieder den Wassereinbruch bemerkten. Mit einem Satz waren Klaas und Gorch aus ihren Hängematten gesprungen. Fritzi war froh, dass sie einen Meter über dem Boden hing, als sie die dunkle Pfütze entdeckte, die über die alten Holzdielen hinweg bis unter ihre Hängematte leckte. Dunkles Schlagen und gedämpfte Rufe dröhnten von oben hinunter. Fritzi schaute unwillkürlich zu der niedrigen Decke hoch. Es klang, als würde eine ganze Schar von Klabautermännern über das Deck hüpfen, sich jagen, an den Segeln zerren und vom Mast springen, dachte Fritzi einen Moment lang ängstlich. Offenbar war ein Sturm aufgekommen, der mit Heftigkeit über das Meer toste.

»Oh Gott, lass uns bitte nicht sinken!«, schickte sie zur Sicherheit ein Stoßgebet himmelwärts.

Der Wind pfiff kräftig aus Nordwest und trieb schwere Regenwolken vor sich her. Die See stand hoch und brach immer wieder auf dem Deck des Ewers. Der Steuermann hatte die Segel bis auf das geraffte Großsegel einholen lassen und das Schiff aus dem Wind genommen. Von oben drang ein neuer Schwall Wasser durch die Luke. Jan rief ihr zu, dass Cordes den Notdiesel angeworfen hatte, um das ächzende Schiff sicher durch den Sturm zu lenken.

»Segel einholen und Treibanker werfen!«, drang der Befehl des Kapitäns unter Deck.

Im selben Moment rief der Zweite bellend die Freiwache zu sich. Gorch und Klaas hatten sich derweil schon ihr Ölzeug und die schweren Stiefel angezogen und rannten zur Treppe. »Alle Mann an Deck. Wir müssen abriggen. Jan! Jonny! Lenzen! Ihr pumpt das Wasser aus der Bilge!«, schrie er. Offenbar war in den Kielraum des Schiffes Wasser eingedrungen.

Mit einem Sprung waren alle auf den Beinen. Unbeholfen zog sich Fritzi die Stiefel über die nassen Socken und rannte nach Achtern. Dort stand Jan schon an der Handpumpe und pumpte nach Leibeskräften. Schweißtropfen standen ihm auf der Stirn. Er keuchte schwer vor Anstrengung. Hektik hatte das ganze Schiff erfasst.

»Was soll ich tun?«, schrie Fritzi.

»Nimm die Pütz!« Er zeigte auf den schwarzen Eimer, der an eine Leine gebunden am Balken hing.

Fritzi begann das Wasser zu schöpfen und lief mit der schweren Last Richtung Treppe. Immer wieder stieß sie gegen Balken, die Back und den Ofen. Morgen würde sie grün und blau sein. Doch sie gab nicht auf, sie schöpfte Wasser und trug es die Treppe hinauf. Gerade als sie den Kopf hinausstreckte, um den Eimer auszugießen, brach ein rückläufiger Brecher über das Deck und übergoss sie mit eiskaltem Nordseewasser. Verdammt, sie hatte in der Hektik vergessen, ihr Ölzeug anzuziehen. Doch dafür war es jetzt zu spät. Brecher krachten auf das Deck und das Salzwasser lief über die Treppenstufen ins Logis, den Räumen unter Deck, wo es nun schon knöchelhoch stand. Der Kampf schien aussichtslos, sie spürte, wie ihre Kräfte nachließen. Ihre Arme brannten unter der schweren Last. Die Kälte biss sich durch ihre Kleidung und krallte sich in ihre Haut. Das hektische Rufen der anderen drang an ihr Ohr, die Worte vom Wind zerhackt.

»Fastholln«, schrie der Kapitän über das Deck, als wieder ein schwerer Brecher übers Deck brach und Gorch noch beim Einholen der Segel war. Fritzi sah, wie die schwere See über Deck rollte und mit weißen Schaumkronen über Gorch zusammenschlug. Ihr stockte der Atem, doch der Sohn des Kapitäns hatte sich vorsorglich mit einem Seil gesichert und war nicht über Bord gegangen. Mit beiden Händen umklammerte er die Bordwand und zog sich wieder auf die Beine. Das Wasser spritzte von seinem Südwester und der Ölkleidung ab, als er sich wie ein Hund schüttelte. Für einen kurzen Moment schauten sie sich in die Augen und sie sah darin eine unerschütterliche Ruhe. Der Sturm schien für eine Sekunde innezuhalten.

»Keine Bange. Alles gut!«, schrie er ihr durch den Sturm zu und lachte laut. Fritzi glaubte ihm. Seine Ruhe erfüllte sie mit neuer Zuversicht. Wenn er der Meinung war, dass sie dem Sturm trotzen würden, dann war das so.

Der Kapitän und sein Bestmann standen im Ruderhaus und versuchten, den Kurs trotz des Sturms zu halten.

»Peilen können wir so nicht!«, rief der Kapitän. Er zeigte auf den Kompass, nahm eine Leine unter dem Steuerrad hervor und band das Ruder fest. »Nimm die Männer und geh unter Deck. Das ist sicherer. In zwei Glasen löst du mich ab.«

Der Bestmann zögerte einen Moment, doch dann nickte er. Er klammerte sich an die Reling und zog sich rasch über Deck, um nicht vom Wasser fortgespült zu werden. Ein kleiner Brecher überspülte ihn, warf ihn aber nicht von den Beinen. An der Luke signalisierte er den anderen, mit unter Deck zu kommen. Die erschöpfte Deckmannschaft stieg pitschnass die Stiege hinunter. Die Segel waren eingezogen, die beweglichen Teile der Ladung gesichert. Im Moment gab es für sie keine Arbeit mehr zu verrichten.

Jan und Fritzi wechselten sich nach wie vor mit dem Eimer und der Lenzpumpe ab, um das Wasser abzupumpen. Erschöpft und müde begann sich Fritzis Körper nach einer Pause zu sehnen. Gleichzeitig war sie von Stolz erfüllt. Sie hatte eine wichtige Aufgabe übernommen und bewältigt. Und der Stolz ließ sie verbissen weiterarbeiten. Sie wollte auf keinen Fall Schwäche zeigen. Und außerdem, dachte sie innerlich grinsend, blieb ihre keine Zeit, an ihre Übelkeit zu denken.

Fritzi hatte keine Ahnung, wie viel Zeit vergangen war, als der Bestmann neben ihr und Jan auftauchte.

»Holt die zweite Wache, sie sollen die Pumpe übernehmen«, rief er ihnen zu, bevor er die Treppe hinaufstieg, um den Kapitän abzulösen.

Unendlich erleichtert und erschöpft rieb Fritzi sich die nassen, kalten Hände. Schwielen und Blasen hatten sich gebildet. Fritzi versuchte, sie an irgendeinem trockenen Fleck Kleidung abzutrocknen, aber sie fand keinen. Schwankend tastete sie sich durch den schlingernden Rumpf des Schiffes. Die Hängematten waren von den Männern der dritten Wache belegt. Die Männer der zweiten Wache saßen einsatzbereit im Logis. Mürrisch hob ein älterer Matrose den Kopf, als Jan ihn kräftig an der Schulter schüttelte.

»Aufstehen, Erwin hat gesagt, ihr sollt uns ablösen!«, rief er. Dann stieg er aus seinen triefenden Wasserstiefeln und zog die durchnässte Kleidung aus.

Wortlos erhoben sich die Männer und gingen Achtern, um zu pumpen. Jedem war klar, dass jetzt alle helfen mussten. Ob Freiwache oder nicht. Fritzi aber durfte sich ausruhen. Erschöpft rutschte sie auf den noch angewärmten Sitzplatz an der Back. Todmüde legte sie den Kopf in ihre Arme auf dem Tisch. Doch die Kälte der durchnässten Kleidung hinderte sie daran, einzuschlafen. Sie stand mühsam wieder auf. Ihre Beine zitterten noch von der geleisteten Anstrengung. Vorsichtig lief sie zu der Kiste mit ihrem Seesack, der glücklicherweise trocken geblieben war. Sie zog ihren tropfnassen Wollpullover aus, das ebenfalls feuchte Hemd darunter wagte sie nicht auszuziehen. Zu groß war das Risiko, dass die anderen ihre Bandagen sahen. Sie musste den trockenen Pullover überziehen und konnte nur hoffen, dass ihre Körperwärme das feuchte Hemd von innen trocknen würde.

Seufzend nahm sie ihre Wolldecke vom Stapel und setzte sich angezogen auf die harte Bank. Sie war am Ende ihrer Kräfte – und das schon nach so kurzer Zeit, dachte sie verbittert. Dann riss sie sich zusammen. Die erfahrene Mannschaft war gelassen geblieben, dachte sie. Sie würde diesen Sturm überstehen. Nichts würde sie davon abbringen, weiter zur See zu fahren. Der Sturm fegte über das Deck, die alten Holzbalken knarzten und im Logis schlugen die Töpfe gegeneinander. Und so, im Sitzen, nahm der Schlaf endlich Besitz von ihr.

6

Die Nacht mit all ihren Schrecken endete und brachte den Morgen hervor, mit neuer Hoffnung. Lichtstreifen schoben sich im Osten über den Horizont und verkündeten orangeglänzend den neuen Tag.

Fritzi stand an der Reling und genoss das farbenfrohe Spektakel des Sonnenaufgangs. Die Erinnerung an die Erschöpfung der vergangenen Nacht verblasste unter dem überwältigenden Eindruck der unendlichen Freiheit, die sie jetzt spürte. Die Erschöpfung ihrer Muskeln und blauen Flecken ließ sich in Anbetracht der Schönheit des Augenblicks ignorieren. Gorch hatte sie noch in der Dunkelheit der ersten Morgenstunde geweckt. Es gab viel zu tun. Die See hatte sich beruhigt. Der Wind war abgeflaut und blies jetzt schwach von backbord in das kleine Notsegel, das noch stand, um die Manövrierfähigkeit des Schiffes zu gewährleisten. Die großen Hauptsegel mussten gehievt und die Schäden der Nacht begutachtet und gegebenenfalls repariert werden. Fritzi blickte sich um. Der Fischewer hatte den heftigen Sturm erstaunlich gut überstanden. Trotzdem sah das Deck verheerend aus. Im Wasser treibende Äste, abgerissener Strandhafer und Seetang waren mit den Brechern übers Holz gespült worden. Sie hatten sich in den Deckaufbauten verfangen. Zudem bildete sich bereits jetzt eine Salzkruste auf dem Holz. Fritzi ahnte, was dieser Tag bringen würde. Deckschrubben!

Gorch kam an Deck. »Na, hast du den Himmelshaken schon gefunden?«, rief er ihr lachend zu und hob dabei die randvoll mit starkem schwarzem Kaffee gefüllte Mug zum Gruß.

»Jo, den wollten die Kielschweine gerade auffressen!«, konterte Fritzi wieder schlagfertig und erntete zustimmendes Gelächter. Sie führte ihren Becher zum Mund und trank genussvoll einen kleinen Schluck des bitteren Gebräus. Sie hatte aus ihrem persönlichen Vorrat eine Kanne gekocht und mit der Mannschaft geteilt. Das aufputschende Koffein spülte die Müdigkeit aus ihren Knochen, ließ sie die blauen Flecken, aufgerissenen Hände und die Übelkeit der vergangenen Nacht vergessen und weckte neuen Tatendrang. Ihr Blick schweifte über das endlose Meer. Vereinzelt hingen noch dunkle Wolken tief am Himmel, aber von ihnen ging keine Gefahr mehr aus. Fritzi sah zu, wie Klaas und Gorch die Schoten lösten und das Segel setzten. Die imposanten Segel schlugen locker gegen den Mast, bis der Kapitän den Ewer abfallen ließ und der Luftzug das Tuch erfasste und prall aufblies. Fritzi liebte das Geräusch des raschelnden Tuchs und der Leinen, die an den Mast schlugen. Die »Ingrid« hatte volle Fahrt aufgenommen und glitt sanft durch die Wellen.

Fritzi stieg die Treppe zum Steuerhaus hinauf. Der Kapitän peilte mit dem Sextanten den Horizont an. Er trug die gemessenen Daten auf der Seekarte ein und erklärte Fritzi mit Stolz in der Stimme, dass das Schiff nur etwa eine Meile von der geplanten Route abgetrieben worden sei. Er setzte den neuen Kurs ab und änderte die zu steuernde Richtung entsprechend. Wehte der Wind weiterhin beständig aus Nordost, würden sie die Kursabweichung schnell ausgleichen können und ihre Fischfanggebiete südlich von Island pünktlich erreichen, erklärte Cordes seiner wissbegierigen

Zuhörerin. Die Glocke läutete und der Smutje rief zum Frühstück. Das ließ sich die Besatzung nicht zweimal sagen, und schon bald versammelten sich alle Männer der Freiwache um die Back.

Kurz darauf kam die abtretende Wache polternd die Treppe ins Logis hinab. »Gode Wach!«, riefen sie den ablösenden Fischern entgegen. Von denen wiederum schallte ein »Gode Ruh!« zurück. Die Männer stiegen in die noch gewärmten Hängematten, die die Vorgänger gerade erst frei gemacht hatten. Fritzi beeilte sich, ihren nassen Pullover und die muffige Decke ans Tageslicht zu holen. Sie befestigte beides so zwischen Mast und Baum, dass es in der aufgehenden Sonne und der frischen Brise trocknen konnte.

Gorch hatte schon auf sie gewartet. »Deine Wache beginnt zwar erst um zwölf Uhr mittags, aber nach dem Sturm brauchen wir jede helfende Hand. Und dass du anpacken kannst, haben wir ja letzte Nacht gesehen. Alle Achtung! Hätte ich einem Schulmeister gar nicht zugetraut.«

Fritzi konnte sich gerade noch beherrschen, nicht unmännlich zu lächeln. Stattdessen machte sie eine wegwerfende Bewegung. Wenn der wüsste, dachte sie amüsiert, dass er nicht nur einem Studenten zu seiner körperlichen Leistung gratulierte, sondern dazu noch einem Mädchen.

»Hier hast du einen Leuwagen. Ab auf Deck«, meinte er nüchtern und drückte ihr den breiten Schrubber mit harten Borsten in die Hand. Fritzi sah sich um. Zwei Männer knieten bereits auf den verdreckten Planken und schrubbten. Jan goss gerade einen Eimer voll Seifenlauge auf das Holz. Klaas hatte seine langen Wasserstiefel angezogen und schüttete Wasser über die geputzten Stellen, um den gelösten Dreck über Bord zu spülen. Das verdreckte Wasser floss durch die Speigatten ab.

Sie nickten ihr kurz zu, als sie sich zu ihnen gesellte und ihre Arbeit aufnahm. Kaum fuhr Fritzi mit dem schweren Schrubber über die Planken, spürte sie wieder die Erschöpfung der Nacht. Doch sie wollte sich die Müdigkeit nicht anmerken lassen. Und auch nicht den Schmerz, den das Salzwasser in ihren offenen Blasen verursachte. Immerhin ließ sich so eine Entzündung verhindern, dachte Fritzi. Schweißperlen bildeten sich auf ihrer Stirn. Neben der körperlichen Anstrengung nahm die wärmende Kraft der Sonne zu und erinnerte die Besatzung daran, dass der Sommer noch nicht vorüber war.

Gleichmäßig blies der Ostwind mit mittlerer Stärke über das Meer, das jetzt friedlich und harmlos unter dem Kiel lag. Die Mannschaft hatte sämtliche Segel aufgeriggt und die »Ingrid« machte gute Fahrt. Gut gelaunt unterhielten sich die Männer, mal mehr, mal weniger zotig. Trotz der Plackerei fühlte sich Fritzi zunehmend wohl. Genau so hatte sie sich ihr Abenteuer vorgestellt und erhofft. Die Geräusche des Windes, der sich in den Segeln verfing, das Plätschern der Wellen gegen den Bug und die Gesprächsfetzen bildeten eine wunderbare Geräuschkulisse. Der Luftstrom spielte mit ihren immer noch ungewohnt kurzen Haaren.

Mit der aufkommenden Hitze stellte Fritzi fest, dass die Decksjungen, wie die Lehrlinge zum Matrosen im ersten Lehrjahr hießen, ihre Oberteile auszogen und die wärmenden Strahlen der Sonne auf der nackten gebräunten Haut genossen. Fritzi zog ebenfalls den dicken Wollpullover aus, behielt aber ihr Fischerhemd an.

Die Jungs beobachteten sie dabei und nahmen sie auf den Arm. Der Herr Student habe wahrscheinlich noch nie die Sonne gesehen und komme nur nachts aus seinem Studierkämmerlein heraus. Fritzi widersprach nicht und ließ den

Spott an sich abperlen. Diese Taktik hatte sie schon früh beim Spiel mit ihrem Bruder gelernt. Ein Spaßopfer, das sich weder auflehnte noch einschüchtern ließ, wurde schnell langweilig.

Unbeirrt scheuerte sie das Holz und versuchte keine Angriffsfläche für Hänseleien zu bieten. Ihre Hände brannten wie Feuer. Sie hielt einen Moment inne und wischte sich die aufgerissenen Finger vorsichtig an ihrem Hemd trocken.

Genau in diesem Moment stand Henryk Pawlowski, der Zweite Steuermann, plötzlich neben ihr. Mit voller Wucht trat er gegen ihren Eimer mit Seifenlauge, der laut scheppernd umkippte. Er packte Fritzi am Hemdkragen und zog sie hoch.

»Na, sieh an, der Herr Student drückt sich vor der Arbeit und schaut zu, wie die anderen schuften. Das haben wir gerne. Geht aber auch andersherum. Gorch, hol Sand und Bimsstein und dann zeig dem Herrn Studenten mal, wie ein echter Seemann schrubbt. Die anderen machen zehn Minuten Teepause«, brüllte er seine schlechte Laune heraus, bevor er von Fritzi abließ und unter Deck ging.

Eingeschüchtert sah Fritzi ihm hinterher. Das war nicht fair. Nur einen kurzen Moment hatte sie in der Arbeit innegehalten. Sie betrachtete ihre rissigen, schwieligen Hände. Unterstützungsheischend schaute sie sich um. Würden ihr die anderen Rückhalt bieten? Wohl eher nicht, dachte sie ernüchtert, als sie in die grinsenden Gesichter sah. Augenblicklich hatten alle Decksjungen ihren Schrubber fallen gelassen und sich auf den Weg zur Pause gemacht. Das ließen sie sich nun wirklich nicht zweimal sagen. Gorch war ebenfalls mitgegangen. Allerdings kehrte er kurz darauf mit einem Eimer voll Sand und einem großen Block Bimsstein zurück.

»Mach dir nichts daraus, Jonny. Der Pawlowski ist halt

nur Zweiter Steuermann. Der Kapitän und der Bestmann stehen über ihm. Der Rest der Mannschaft steht unter ihm. Der Leuteschinder tobt sich immer an den Neuen aus, wenn ihm eine Laus über die Leber gelaufen ist. Haben wir alle durchgemacht. Jetzt hat er dich auf dem Kieker. Besser, du gibst ihm keinen Vorwand, dich zu schikanieren.«

Fritzi schluckte ihren Ärger über die Ungerechtigkeit hinunter. Sie würde sie erdulden müssen, wollte sie in der männerdominierten Welt an Bord bestehen.

Gorch nickte anerkennend, als sie nicht widersprach, und zeigte ihr, wie sie mithilfe von feuchtem Sand und von Bimsstein das Holz glatt polieren konnte. Diese Behandlung verhinderte einerseits, dass die Planken spröde oder rissig wurden, und andererseits, dass sich Algen auf dem Holz festsetzten und es dadurch glitschig wurde.

Einen alten Sack unter den Knien, rutschte sie über den Boden, warf eine Handvoll Sand auf das Holz und schrubbte mit vollem Körpereinsatz über jede einzelne Holzplanke. Die Arbeit war schweißtreibend und anstrengend, dennoch genoss sie diesen unerwarteten Moment der Ruhe sogar. Endlich konnte sie einmal ihren Gedanken nachhängen, ohne auf der Hut sein zu müssen. Die körperliche Bewegung machte ihr weniger aus als die dummen Sprüche oder gar das arrogante männliche Machtgehabe. Ihr Atem verband sich mit dem Rhythmus der Bewegung. Das Meer schien den Fischewer jetzt fast zärtlich zu schaukeln, als würde es für den Zornausbruch der vergangenen Nacht um Vergebung bitten wollen. Sie schrak hoch, als sie plötzlich die Schritte schwerer Stiefel hinter sich hörte.

»Hier, nimm einen Schluck Tee«, meinte Gorch, der neben sie getreten war. Er reichte ihr den noch dampfenden Becher. »Kannst aufhören. Deine Wache fängt gleich an.«

Fritzi nickte, nahm dankend die Mug mit dem gesüßten schwarzen Tee entgegen. Ihre Hände brannten wie Feuer und sie hatte Schwierigkeiten, den heißen Becher festzuhalten. Gorch schien ihre Schmerzen zu bemerken und auf eine Reaktion zu warten. Den Gefallen tu ich dir nicht, dachte sie trotzig. Stattdessen beschattete sie mit der Hand ihr Gesicht und trank durstig den Tee. Fritzi ahnte, dass sie sich auf Wangen und Nase bereits einen Sonnenbrand geholt hatte.

Gorch hockte sich lächelnd zu ihr. Anerkennend strich er mit der Hand über das polierte Stück. »Glatt, wie ein Babypopo! Richtig gut!«, lobte er und sah ihr in die Augen.

Fritzi beantwortete das Lob mit einem skeptischen Blick auf der Suche nach Spott. Ahnte er etwas? Hatte sein Vater ihn eingeweiht? Oder war seine Anerkennung ernst gemeint? Sie war sich nicht sicher.

7

Fritzi reichte ihm den leeren Becher zurück, nickte kurz und stand dann wackelig auf. Das lange Knien ließ sie ein paar Schritte windschief über das Deck humpeln, bis sich ihr Rücken wieder gerade aufgerichtet hatte. Sie streckte sich und dehnte die Waden, wie sie es beim Turnen im Verein gelernt hatte, und spürte, wie sich die Muskulatur entspannte. Trotzdem würde sie diese Schinderei nicht durchhalten, bis sie alt war, überlegte sie, während ihre Fingerspitzen die Zehen berührten. Mein Ziel kann ich nur erreichen, wenn ich schnell in der Hierarchie aufsteige. An Bord eines Fischkutters wird mir das nicht gelingen. Ich muss an die Seefahrtschule, aber die nimmt mich erst auf, wenn ich genügend Fahrzeit aufweise. Sie musste unbedingt den Kapitän dazu bringen, ihr diese Fahrt unter ihrem echten Namen zu bestätigen. Schnell stieg sie die steilen Stufen zum Steuerhaus hinauf, um sich pünktlich beim Kapitän zur Wache zu melden.

»Wie ich sehe, hat dich der Zweite schon ordentlich rangenommen«, lachte Cordes bei ihrem Eintreten dröhnend und deutete auf die sauberen Planken unter dem großen Fenster. »Glück gehabt, dass du jetzt Wache hast, sonst hätte er dich das ganze Deck schrubben lassen.«

Fritzi hatte offenbar eine andere Vorstellung von Glück im Kopf und verdrehte unwillkürlich die Augen.

Eine kleine Geste, auf die der Kapitän aber sofort reagierte. »Pass up! Ich will keine Beschwerden hören! Auf meinen

Zweiten lasse ich nichts kommen! Der ist ein guter Mann«, polterte er.

Fritzi wusste, dass es besser war, zu schweigen.

»Aber ich will auch nicht, dass du mir gleich umfällst!«, fuhr er etwas nachsichtiger fort. »Bist ja ein Stubenhocker und harte Arbeit an Bord nicht gewöhnt. Deshalb machst du noch mal Ausguck.« Er drückte Fritzi den schwarzen Kieker in die Hand.

»Nach was soll ich Ausschau halten?«, wagte sie nachzufragen und griff nach dem Fernglas, das er ihr reichte. Sie konnte ringsum nur Wasser sehen.

Cordes lachte gutmütig. »Nach allem. Nach Leuchttürmen, anderen Schiffen, Treibgut oder einem Meerungeheuer. Egal, was es ist, du rennst sofort zum Bestmann und berichtest es ihm«, nuschelte er und schob sich mit der Zunge seine Pfeife vom einen zum anderen Mundwinkel.

Er beugte sich über die Seekarten und deutete nach einer Weile mit seinem Finger auf einen Punkt im Meer, der sich von den anderen Stellen in nichts unterschied. »Hier gibt es Fische.«

Fritzi sah ihn fragend an. Wie wollte er das auf einer Karte erkennen?, wunderte sie sich. Die Fischschwärme waren ja nicht in der Seekarte eingezeichnet.

»Das habe ich im Gefühl«, erklärte er schlicht und strich sich gedankenverloren über den Bart. Der Bestmann am Ruder nickte stumm und korrigierte das Steuerrad um ein Grad in die angegebene Position, voller Vertrauen in das Gefühl des Kapitäns.

Fritzi verließ das Steuerhaus und machte sich schlingernd auf den Weg zum Bug. Auch wenn sich das Schiff nur leicht bewegte, brauchte es doch Übung, einigermaßen geradeaus zu gehen. Ganz vorne setzte sie sich bequem in eine große

Taurolle und weidete sich an dem freien Blick. Der Wind blies hier vorne stärker und Gischt stäubte über sie hinweg. Glücklich genoss sie das Geräusch der knatternden Segel im Hintergrund. Die Rufe der Männer an Deck, wenn sie ein Manöver einleiteten, waren die einzigen Stimmen, die an ihr Ohr drangen. Ein überwältigendes Gefühl von grenzenloser Freiheit durchströmte sie und ließ sie ihre Müdigkeit vergessen. Gab es einen besseren Platz an Bord, von dem man uneingeschränkte Sicht auf das Meer hatte und nur das Fernglas anheben musste, während die anderen das Deck schrubbten, Taue reparierten und Rost klopften? Fritzi grinste zufrieden in sich hinein.

Hin und wieder erhob sie sich und meldete dem Bestmann ein Fischerboot, das in der Ferne auftauchte. Eine Zeitlang begleiteten einige Delfine das Schiff, bevor sie das Interesse verloren und sich einem anderen Spiel zuwandten. Erneut suchte Fritzi mit dem Fernglas den Horizont ab und ließ es dann sinken. Die Seekrankheit, die sie die ganze Nacht gequält hatte, war nun nahezu verschwunden und sie hoffte, das Schlimmste überstanden zu haben. Es gab nichts zu tun und sie ließ ihren Gedanken freien Lauf. Der Abschied von ihren Eltern, die ihre Missbilligung für Fritzis ungewöhnliche Lebensplanung offen gezeigt und sie nur notgedrungen unterstützt hatten, schmerzte sie immer noch. Der Entscheidung, in den Semesterferien an Bord zu gehen, war wieder einmal ein heftiger Streit gefolgt.

Schon immer hatte der Vater von seinen Kindern absoluten Gehorsam verlangt. Besonders arg wurde es, wenn sich ihre Mutter schützend und Verständnis einfordernd vor Fritzi und ihren Bruder stellte. Dann sah der Schulmeister Johannes van Appen rot. Als Pädagoge hatte er den Anspruch, seine Kinder zu gehorsamen, strebsamen und sittsamen Menschen zu erziehen. Fritzi war wohlerzogen und zielstrebig, aber eben auch sehr dickköpfig. Und das wurde vom Vater stets hart bestraft.

Die Mutter dagegen verfiel bei Unstimmigkeiten in tagelanges vorwurfsvolles Schweigen, das nur schwer auszuhalten war. Fritzi hatte das Gefühl, zu ersticken. Vielleicht wollte sie deshalb zur See zu fahren, um der spießigen Enge ihres Elternhauses zu entkommen, überlegte sie nicht zum ersten Mal.

Der Streit über ihren Berufswunsch war schon vor drei Jahren eskaliert. Sie hatte die Sommerferien nach der Hochschulreife mit ihrer Schulfreundin Rike in Grömitz an der Ostsee verbracht. In diesem Sommer hatte sie die Freiheit gekostet, weit weg vom strengen Vater. Sie hatte die See gesehen und sich verliebt. In die See und in einen jungen Mann!

Das freundliche Gesicht von Finn erschien, wie so oft, vor ihrem inneren Auge und sie spürte ein fast körperliches Sehnen. Kurze Episoden flackerten in ihrem Gedächtnis auf. Erinnerungen an das Gefühl seiner Haare unter ihren streichelnden Fingern. Finn gab ihr immer das Gefühl, etwas Besonderes zu sein, nicht merkwürdig, wie andere es manchmal bezeichneten. Immer bestärkte er sie darin, sich ihren ungewöhnlichen Lebenstraum zu erfüllen. Verdammt, dachte sie, jetzt kann ich endlich mein Fernweh stillen, das mich so lange unglücklich gemacht hat. Das ist der falsche Moment, um mich an Land zurückzusehnen, an die Seite eines Mannes. Ein bisschen unwirsch schüttelte sie die melancholischen Gedanken ab und versuchte die Schönheit des Augenblicks mit allen Sinnen zu genießen und in ihrem Herzen zu verwahren, damit sie auch nach der Fahrt darauf zugreifen könnte. Sie beschloss, Finn einen Brief zu schreiben, ihn teilhaben zu lassen an diesem Gefühl. Vielleicht würde er dann verstehen, warum sie nicht an seiner Seite sein konnte, sondern aufs Meer musste.

Als ihre Schicht schließlich zu Ende war, war sie trotz der berauschenden Aussicht froh und dankbar endlich schlafen zu dürfen. Sie schlang ihre warme Mahlzeit im Stehen in sich hinein, weil sie Angst hatte, auf der Stelle einzuschlafen, sobald sie sich zum Essen setzte. Nach kurzem Überlegen nahm sie ihre Hängematte von der Aufhängung, rollte sie zusammen und trug das Bündel samt Decke die Treppe hoch. Erstaunt beobachteten die anderen sie.

»He, Jonny, wir gehen erst in ein paar Tagen auf Fang. Und mit den Löchern in deiner Hängematte kannst du nur Wale fangen«, feixte Klaas.

Fritzi antwortete nicht, sondern stieg mit ihrer Last an Deck. Sie hakte die Matte zwischen Baum und Mast ein und legte sich in den Windschatten unter dem knatternden Leintuch. Einen kurzen Augenblick genoss sie den Blick in den klaren blauen Himmel, das im Wind liegende Segel und das sanfte Schaukeln der Hängematte. Dann schlief sie bereits und bemerkte nicht einmal, dass Klaas und Gorch ihrem Beispiel gefolgt waren und ihre Hängematten ebenfalls an Deck geholt hatten. »Vielleicht ist so ein Student an Bord ja doch zu was zu gebrauchen«, meinte Gorch zu Klaas. »Jedenfalls hat er gute Ideen.«

Abends saß die Mannschaft nach der gemeinsamen Mahlzeit noch an Deck. Die Männer hockten auf den Tauen oder hatten es sich auf den sonnengewärmten Planken bequem gemacht. Es wurde geraucht, getrunken und Karten gespielt. Klaas quälte sein Schifferklavier und die Männer grölten lauthals unanständige Lieder. Als die Sonne unterging, wurden die Seemänner plötzlich still. Schweigend lehnten sie sich an die Reling und genossen das farbenprächtige Spektakel am nahezu wolkenlosen Himmel.

Klaas legte seinen Arm über das Akkordeon und stützte

sein Kinn darauf ab. Einen Moment lang hing er seinen Gedanken nach. Dann schien ihm etwas einzufallen. Er hob den Kopf und beugte sich zu Fritzi hinüber.

»Vielleicht hast du Glück und kannst das grüne Leuchten sehen. Das Wetter würde passen.«

Fritzi hob interessiert den Blick und beugte sich ebenfalls verschwörerisch zu ihm hinüber, bis sich fast ihre Köpfe berührten.

»Grünes Leuchten? Was für ein Seemannsgarn willst du mir jetzt wieder erzählen?«, fragte sie laut, worauf sich die Köpfe der anderen interessiert zu ihnen wendeten.

Klaas lachte. »Kannst du mir ruhig glauben. Stimmt's, Männer?«

Von einigen kam Zustimmung. Auch Gorch nickte bekräftigend und mischte sich in das Gespräch ein.

»Klar, das haben wir alle schon gesehen, aber man muss den richtigen Moment erwischen. Das grüne Licht schwebt nur für eine Sekunde über der untergegangenen Sonne. Und das auch nur bei ruhiger See und wenn es keine Wolken hat.«

Fritzi glaubte ihnen nicht.

»Grünes Leuchten? So ein Quatsch! Das habe ich noch nie gehört und ich habe Geografie und Meteorologie an der Universität in Innsbruck studiert.«

»Na, das erklärt doch alles. Wo sollen die Herren Akademiker in den Bergen auch schon ein grünes Sonnenleuchten gesehen haben«, meinte Klaas und schob sich seine Mütze aus der Stirn.

»Und wo muss ich hingucken?«

»Dööskoop, auf die Sonne natürlich«, sagte Klaas langsam und deutlich, wie zu einem kleinen Kind, und deutete zur Sonne.

Die Männer neben ihr lachten kehlig und stupsten sich

gegenseitig in die Seite. Jetzt hatte es Klaas dem Klugschnacker aber gezeigt.

»Wenn die Sonne schon fast komplett in die Fluten eingetaucht ist, dann schwebt manchmal für einen Moment ein grünes Leuchten auf der untergegangenen Sonne.«

Fritzi verdrehte genervt die Augen und wendete ihren Blick wieder dem Horizont zu. Die Sonne näherte sich dem Punkt, an dem sie den Horizont berühren würde. Fritzi wollte gerade noch einmal kontern, dass das »grüne Leuchten« nichts als Seemannsgarn sei, als die Sonne wirklich, einen Wimpernschlag lang, eine Art grüne Mütze entwickelte, bevor sie untertauchte.

Mit offenem Mund blickte Fritzi auf den Horizont.

Klaas lachte selbstsicher. »Mund zu, sonst kriegst du noch einen fliegenden Fisch ins Maul.«

»Unglaublich, ich habe es wirklich gesehen«, antwortete Fritzi fast andächtig. In dem Moment erinnerte sie sich, doch schon von dem »grünen Leuchten« gehört zu haben. Dies hatte sie aber als eine romantische Legende abgetan. Der Begriff lautete anders, beschrieb aber dasselbe Wetterphänomen. Jules Vernes hatte in einem seiner Romane darüber geschrieben. Fritzi hatte das Buch vor einigen Jahren gelesen, als sie alles von Verne verschlungen hatte. Es war eine Liebesgeschichte, die Fritzi nur zu Ende gelesen hatte, weil sie auf einem Schiff spielte. Der alten Legende zufolge konnte, wer das grüne Licht gesehen hatte, in Liebesfragen nicht irren.

Fritzi erzählte Klaas von dem Roman. Die anderen Männer lauschten ebenfalls interessiert. Sie forderten Fritzi auf, ihnen mehr zu erzählen. Geschichten und Geschichtenerzähler waren an Bord immer sehr willkommen, brachten sie doch Abwechslung in den harten Alltag. Fritzi versuchte die Handlung aus dem Gedächtnis wiederzugeben. Auf einer langen Schiffsreise buhlten zwei reiche Männer um die Gunst einer hübschen Frau, erinnerte sie sich. Die Frau versprach, sich für denjenigen der beiden zu entscheiden, der es ihr ermöglichte, den grünen Strahl zu sehen, wie es in dem Buch hieß. Während der Seefahrt verhinderte aber immer etwas anderes, dass sie das Leuchten sah, dafür verliebte sie sich aber während der langen Reise in einen Matrosen. Da es schon einige Jahre her war, dass Fritzi das Buch gelesen hatte, konnte sie sich nicht mehr so recht an das Ende erinnern. Sie hielt inne und überlegte, ob die Frau am Ende das Leuchten noch gesehen hatte. Die anderen nutzten diese Pause, um mit irgendwelchen Weibergeschichten anzugeben. Sie würzten sie mit zotigen Sprüchen und gepfefferten Erinnerungen und waren ganz in ihrem Element.

»Na, der Matrose hat es ihr bestimmt so lange besorgt, bis sie ein grünes Licht gesehen hat«, rief Gorch dazwischen und plusterte sich unter dem Gelächter der anderen ein wenig auf.

»He! Schietbüddel! Weißt gar nicht, wovon wir reden, oder?«, feixte Paul und beugte sich zu ihr. Seine rötlichen Haare strahlten im Licht, das der Himmel zurückwarf, wie Feuer. Seine Sommersprossen leuchteten im Abendrot.

»Der? Ach was. Unser Jonny hat ja noch nicht mal anständige Bartstoppeln«, mischte sich Jan ein. Fritzi wollte gerade etwas kontern, als das Geplänkel eine unangenehme Wendung nahm.

Paul, der gerne stänkerte und provozierte, war ganz in seinem Element und rückte ihr auf die Pelle. »Bist du etwa noch Jungfrau?«

Die launigen Gespräche verstummten augenblicklich und alle sahen sensationsheischend zu Fritzi herüber. Gorch schob seine Pfeife von einem Mundwinkel in den anderen und stupste Klaas grinsend an. Jetzt wurde es spannend.

8

»Quatsch«, gab Fritzi wortkarg zurück. Das war nun wirklich kein Gespräch, auf das sie sich einlassen wollte. Keck nahm sie Klaas das Schifferklavier aus der Hand und versuchte, dem glänzenden Instrument ein paar Töne zu entlocken. Das Akkordeon ließ nur Luft ab und weigerte sich, auch nur einen schönen Ton preiszugeben. Klaas nahm es ihr entrüstet aus der Hand und streichelte es. »Sachte, die muss man bespielen wie eine heiße Braut.«

Gorch lachte und griff das Gespräch wieder auf. Als sie aufstehen und weggehen wollte, packte er Fritzi fest am Arm.

»Komm schon, Jonny, erzähl kein Tüddelkram! Du willst echt schon ein Mädchen im Bett gehabt haben?«, fragte Gorch und schwankte zwischen Unglauben und Bewunderung. Die meisten der Decksjungen und Fischer um sie herum waren noch recht grün hinter den Ohren und Fritzi zweifelte, dass schon alle eigene Erfahrungen mit Frauen gemacht hatten, auch wenn sie jetzt damit prahlten.

»Na klar, aber jetzt geh ich schlafen, in ein paar Stunden habe ich wieder Wache«, sagte sie, entschlossen, das Gespräch zu beenden, aber sie hatte natürlich das Interesse der jungen Männer geweckt.

»Nee, mien Jung, so geiht dat nich. Hiergeblieben und raus mit der Sprache.«

Gorch keilte sie so ein, dass sie weder abhauen noch sich wehren konnte.

»Also gut«, gab sie nach und hoffte, dass sie glaubwürdig wirkte. Die Jungs hatten ja recht. Sie hatte noch keine eigenen sexuellen Erfahrungen, bis auf die vorsichtigen Zärtlichkeiten, die sie mit Finn ausgetauscht hatte. Natürlich war sie noch Jungfrau, im wahrsten Sinne des Wortes. Sie musste sich schleunigst etwas einfallen lassen.

»Wenn es unbedingt sein muss, erzähl ich es euch: In einem kleinen Ort an der Ostsee habe ich mal ein Mädchen kennengelernt. Eine dralle Deern, mit großen Titten.« Fritzi fuhr die große Oberweite in der Luft nach und leuchtende Augen folgten ihrer Bewegung. So langsam kam sie in Fahrt. Die sollten staunen, was sie für Seemannsgarn stricken konnte. »Also, wir waren erst im Kurhaus tanzen. Dann habe ich mir den Spaß was kosten lassen und Champagner für sie bestellt. Ihr hättet mal sehen sollen, wie die auf das Zeug stand. Die war ganz schnell tipsi, und dann habe ich sie nach Hause gebracht.« Fritzi zwinkerte den Männern zu und machte eine Kunstpause in der Hoffnung, dass sich das Thema damit erledigte. Doch sie wurde bestürmt, mehr zu erzählen. Fritzi beschwor die Erinnerung an den Abend herauf, an dem sie im Kurhaus von Grömitz Finn kennengelernt und so einige Gerüchte über leicht zu habende Mädchen aufgeschnappt hatte. Fritzi versuchte, sich in die Rolle eines Verführers hineinzuversetzen und die Geschichte aus seiner Sicht zu erzählen.

»Und sie hat dich wirklich gleich rangelassen?«, fragte Klaas staunend.

»Ne, natürlich nicht gleich. Sie war ja keine Schlampe«, versuchte Fritzi Zeit zu gewinnen.

»Und wie hast du sie dann rumgekriegt? War sie betrunken?« Jan hing an ihren Lippen.

Fritzi sah zum Himmel. Schon war das Glitzern der ersten

Sterne zu sehen. Der Nordstern strahlte bereits hoch über ihnen, während sich ein dunkles Tuch über den Himmel legte. Sie musste sich dringend hinlegen, wollte sie noch eine Mütze Schlaf nehmen, bevor sie zur Wache um Mitternacht geweckt werden würde.

»Ne, war sie nicht. Ich habe ihr erzählt, dass ich wahnsinnig in sie verliebt bin, wir heiraten und in einem großen Haus mit Dienstpersonal wohnen werden. Und da hat sie mich machen lassen.«

»Und war es schön?«, fragte Jan schüchtern nach. Er war der sensible Romantiker unter den Jungs und hatte einen weichen Kern unter seiner zur Schau gestellten rauen Schale.

Fritzi stand auf, streckte sich und ging einen Schritt nach vorne. Dann drehte sie sich noch mal um. »Für mich schon«, sagte sie grinsend.

Die Männer lachten dreckig auf und schlugen sich auf die Oberschenkel. Fritzi hörte sie noch laut lachen und weitere Zoten erzählen, als sie unter Deck in ihrer Hängematte lag. Ihre Gedanken wanderten. Zurück zu dem Abend vor etwa drei Jahren in Grömitz.

Damals hatte ihre Freundin Rike, die schon oft die Ferien in dem Ferienort verbracht hatte, sie selbstbewusst durch den Saal geführt. Die beiden Freundinnen kannten sich schon seit der Grundschule, als sie amüsiert festgestellt hatten, dass sie trotz verschiedener Rufnamen beide Friederike hießen. Rike studierte ebenso wie Fritzi Pädagogik, wenn auch mit anderen Schwerpunkten, so dass sie an der Universität nur selten dieselben Kurse besuchten. Daher hatte Rike ihre Freundin eingeladen, sie an die Ostsee zu begleiten und ein paar gemeinsame Tage zu verbringen. Fritzi hatte begeistert zugestimmt. Zudem wollte sie die Zeit nutzen, um segeln zu lernen. Rikes Tante besaß ein stattliches Haus direkt an der belebten Promenade. Sie hatte die Mädchen eingeladen, bei ihr zu wohnen. Nach einem langen Tag am Meer wollte Fritzi eigentlich früh schlafen gehen. Sie hatte sich aber von Rike überreden lassen, sie zu begleiten. Schlußendlich war sie froh gewesen, mitgegangen zu sein und die Strandhalle in diesem nächtlichen Glanz zu erleben. Die ausladenden Kronleuchter verströmten ein glamouröses Licht, das sich in den deckenhohen Fenstern spiegelte. Festlich eingedeckte Tische waren an den Rand geschoben worden und ließen in der Mitte eine großzügige Tanzfläche entstehen. Die Tanzkapelle spielte eingängige Musik und über das Parkett schoben sich Tänzer jeglichen Alters. Die Frauen trugen Ballkleider mit tiefem Ausschnitt, hatten sich mit Diamanten und Perlen geschmückt. Ihre Begleiter trugen schwarzen Smokings und Zylinder. Fritzi staunte über so viel zur Schau gestellten Luxus. Kellner in dunklen Anzügen glitten elegant durch den Saal und wichen geschickt den tanzenden Menschen aus.

Rike nahm sie bei der Hand und zog sie kichernd hinter sich her, als sie durch den Saal zu einer Gruppe junger Herren in exklusiver Kleidung eilte. Die beiden Mädchen wurden mit begeisterten Ausrufen empfangen. Rike kannte ein paar der anwesenden Männer und stellte sie Fritzi vor, die eingeschüchtert einen Knicks machte. Die jungen Herren waren überwiegend Sommergäste aus Berlin. Nur ein Junge am Tisch war aus dem Dorf. Er hatte große abstehende Ohren, eine knubbelige Nase, Sommersprossen und ein breites Lachen, das von einem zum anderen Ohr zu reichen schien. Fritzi mochte ihn auf Anhieb gut leiden, gerade weil er so normal war.

Die meisten der jungen Herren hatten ihr Haar nach der

neuesten Mode akkurat gescheitelt und gegelt. Der Haarschnitt mochte bei ihm derselbe sein, aber seine Locken hielten sich nicht an die Vorgabe und standen lustig nach allen Seiten ab. Er hieß Finn und trug als Einziger einen Baumwollpullover über der einfachen hellen Stoffhose. Vorbildlich sprang er auf, als die Mädchen an den Tisch traten, und bot Fritzi seinen Platz an. Dann drehte er sich um und zog sich einen neuen Stuhl vom Nachbartisch heran. Es stießen noch zwei weitere Mädchen aus dem Ort dazu und komplettierten die junge Gruppe. Fritzi genoss die Unbeschwertheit des Augenblicks und warf Rike einen dankbaren Blick zu. Vielleicht sollte sie sich doch öfter mal trauen, etwas zu unternehmen. Aufgeregt freute sie sich darauf, diese unbekannte Welt zu erforschen. In ihrem Elternhaus wurde nur harte Arbeit großgeschrieben. Ihr Vater verdammte jegliche Form von Vergnügen und Zerstreuung als gotteslästernden Unsinn. Gut, dass er sie jetzt nicht sehen konnte. Fritzi schüttelte den Gedanken an ihren Vater ab. Plötzlich tauchte ein Kellner neben der fröhlichen Runde auf und stellte mehrere Gläser sowie eine ganze Flasche Champagner auf den Tisch.

»Jetzt wird gefeiert!«, rief der Junge in die Runde, der sich als Peter aus Berlin vorgestellt hatte. »Die erste Flasche geht auf mich!«, rief er und genoss den Beifall, der ihm zukam.

Die Mädchen kicherten, als Peter ihnen das prickelnde Getränk einschenkte. Er war ein gutaussehender Mann, etwa Mitte zwanzig. Rike saß mit glühenden Wangen neben ihm und himmelte ihn offensichtlich verliebt an.

Champagner!, dachte Fritzi beeindruckt. So eine Flasche kostete sicherlich ein Vermögen. Sie nippte vorsichtig an ihrem Glas und spürte die perlende Kohlensäure auf ihrer Zunge. Das Getränk schien direkt in ihr Gehirn und in ihren

Unterleib zu sacken und hinterließ ein ungewohntes, aber sehr angenehmes Prickeln. Fritzi genoss ihr Abenteuer in vollen Zügen. Angeheitert beteiligte sie sich an den Gesprächen und legte die Schüchternheit ab. Sie erzählte die Geschichte, wie sie als kleines Kind unbedingt mit Rollschuhen den Deich hinunterfahren wollte und sich dabei das Bein brach. Doch der Einzige, der lauthals über ihre Geschichten lachen konnte, war Finn. Die Übrigen schienen von ihrer burschikosen Art eher irritiert als amüsiert zu sein. Eingeschüchtert nahm sich Fritzi zurück und versuchte, sich den anderen Mädchen anzupassen, die damenhaft auf ihren Plätzen saßen, mit leuchtenden Augen am Glas nippten und anhimmelnd an den Lippen der jungen Männer hingen. Doch dann legte Finn seine Hand auf ihren Arm und beugte sich zu ihr.

»Du bist klasse. Nicht so eine alberne Gans wie die Püppchen hier«, flüsterte er ihr ins Ohr und deutete auf die kichernden Mädchen.

Fritzi, die die anderen gerade noch genau um diese Art beneidet hatte, freute sich über das besondere Kompliment. »Danke. Und du bist auch in Ordnung, ganz anders als die lackierten Gockel hier«, erwiderte Fritzi das Kompliment und zeigte ihr strahlendes Lächeln.

Finn schaute kurz zu seinen Kameraden, bevor er ihr Lächeln erwiderte. Die Zeit verging schnell und Fritzi konnte sich nicht erinnern, jemals so viel Spaß gehabt zu haben. Das Leben konnte so leicht sein, wie sie es nicht für möglich gehalten hatte. Vielleicht hatte auch der Alkohol zu ihrer Hochstimmung beigetragen. Übermütig stimmte sie sogar zu, als Finn die zum Tanz aufforderte, obwohl sie noch nie zuvor mit einem Mann getanzt hatte. Sie ergriff seine Hand und ließ sich auf die Tanzfläche führen. Finn zog sie an sich heran und Fritzis Herz klopfte heftig, als er seine Brust an ihre presste. Der Saal bewegte sich um sie herum, und Fritzi war nicht in der Lage, zu unterscheiden, ob sie oder der Boden schwankte.

»Mir wird schlecht, ich muss raus«, stammelte sie hilflos, ließ Finn stehen und bahnte sich taumelnd ihren Weg durch die Menschen auf der Tanzfläche, die ihr nur widerwillig Platz machten. Mit Schwung öffnete sie die große Flügeltür und stürmte an die frische Luft. Sie lief zum Wasser und zog heftig atmend die kalte Meeresluft ein. Langsam vergingen der Schwindel und die Übelkeit. Fritzi ließ sich auf den Boden sinken und versuchte, tief ein- und auszuatmen. Sanft legte Finn, der ihr besorgt nachgeeilt war, seine Hand auf ihre Schulter.

»Geht es dir wieder etwas besser?«, erkundigte er sich fürsorglich. »Ich glaube, ich habe dich etwas zu energisch im Kreis gewirbelt«, entschuldigte er sich zerknirscht. »Tut mir leid. Ich bin nicht der beste Tänzer.«

Fritzi sah ihn an. Das Mondlicht schien in sein sorgenvolles Gesicht. Er macht sich wirklich Sorgen um mich, dachte sie gerührt. Ihr Herz schlug schneller.

»Nein, alles gut. Ich musste nur mal frische Luft schnappen. Entschuldige! Mir ist das alles viel zu viel. Der Champagner, die vielen Gesichter und Stimmen. Ich fühle mich einfach hier draußen an der frischen Luft viel wohler«, erklärte sie. »Ich hoffe, du bist mir nicht böse, aber ich möchte gerne nach Hause gehen. Vielleicht sehen wir uns ja mal wieder?« Hoffnungsvoll hatte sich ihre Stimme am Ende gehoben.

»Davon kannst du ausgehen. Du bist ja noch eine Weile hier, da können wir bestimmt noch einmal ein Tänzchen probieren«, antwortete er schelmisch. Und dann strich er ihr zärtlich eine Strähne aus dem Gesicht.

Fritzi zuckte bei der Berührung zusammen. Er erwartet doch jetzt wohl keinen Kuss, erschrak sie. Das ging ihr viel zu schnell. Sie kannte den Mann ja gar nicht. Sie stand abrupt auf und wollte sich rasch verabschieden. Er versuchte, etwas zu erwidern, doch Fritzi hatte sich schon wortlos umgedreht und war den Steg entlanggelaufen. Einen Moment dachte sie, sie würde seinen Atem in ihrem Nacken spüren, doch als sie sich im Laufen umdrehte, sah sie ihn noch an derselben Stelle an die Balustrade gelehnt stehen und ihr fragend nachschauen.

Erst als er sie nicht mehr sehen konnte, hielt sie an und holte tief Luft. Sie fing an zu lachen, als sie an das verdutzte Gesicht von Finn zurückdachte. Der arme Kerl musste sie für vollkommen verrückt halten. Wahrscheinlich hat er damit auch noch recht, schloss sie bedauernd. Denn eigentlich hatte er ihr sehr gefallen. Sie spürte eine ungewohnte Vertrautheit zu einem Menschen, den sie ja gar nicht kannte. Vielleicht bin ich ja doch gar nicht so anders als die anderen Mädchen, wenn mich schon die kleinste Beachtung eines Mannes so berührt, überlegte sie. Im Grunde sind wir doch alle gleich, wir wollen einfach nur von einem Menschen geliebt werden, und zwar so, wie wir sind. Sie machte sich auf den Nachhauseweg. Männer in Ölzeug schoben die massigen, kiellosen Fischerboote vom Strand ins Wasser und sprangen auf. Fritzi blieb einen Moment stehen und sah ihnen zu. Wie sehr hatte sie sich damals gewünscht, mitkommen zu dürfen.

Fritzi kehrte wieder in die Gegenwart zurück. Und jetzt, nur wenige Jahre später, war sie endlich da, wo sie sein wollte – an Bord! Mit diesem zufriedenen Gedanken sank sie in einen traumlosen Schlaf. Ihre Hängematte schaukelte sanft im Rhythmus der Wellen, die das Schiff von einer Seite zur anderen rollten.

9

Der nächste Tag tauchte schon am frühen Morgen die Schönwetterwolken in goldenes Licht und ließ die sanften Wellen im Sonnenlicht wie Diamanten glitzern. Träge plätscherte das Wasser an Bug und Heck. Die »Ingrid« lag auf ihrem Weg in die nordischen Fanggebiete bei Island ruhig im Wasser.

Die Mannschaft genoss die Flaute. Einige Besatzungsmitglieder lungerten in ihrer Hängematte, andere klönten an Deck, wobei die Blicke immer wieder in die Ferne wanderten, oder ärgerten die Bordkatze Luna. Die Stimmung war gelöst. Klaas hatte sein Schifferklavier rausgeholt und sich auf den Schoß gestellt. Barfuß und mit nacktem Oberkörper genoss er, auf der leeren Fischkiste sitzend, die spätsommerliche Sonne. Seine muskulösen gebräunten Arme bewegten den Balg und entlockten der Quetschkommode schöne Melodien. Immer mehr Fischer stimmten voller Inbrunst in die Lieder ein. Fritzi musste sich von dem anmutigen Bild, das der junge Mann bot, losreißen und sich auf ihre Arbeit konzentrieren. Nicht auszudenken, was passieren würde, wenn man ihren Blick falsch deuten würde. Gorch sah sie schon so skeptisch an. Sie grinste zurück und machte sich über Klaas' inniges Spiel lustig. Gorch lachte und schob die Pfeife im Mund hin und her. Ob er sie wohl je anzündete? Oder hatte er sie nur kalt zwischen den Lippen kleben?

Fritzi hockte mit Gorch und Jan im Schneidersitz auf den harten Decksplanken und half ihnen, die Taue und Netze zu sichten und zu reparieren. Gorch erzählte von seinen Abenteuern auf See. Fritzi hörte begeistert zu.

»... und dann tauchte aus dem Meer das Ungeheuer auf, das schon so viele Schiffe in die Tiefe gerissen hatte.«

Fritzi unterbrach ihn mit ihrem lauten Lachen.

»Du lachst, weil du noch nie Geisterschiffe über das Wasser hast schweben sehen. Dir wird das Lachen schon noch vergehen ...«

So habe ich mir die Zeit an Bord vorgestellt, dachte sie glücklich. Endlich, endlich hatte die Übelkeit nachgelassen. Der laue Wind blies ihr angenehm durch die kurzen Haare. Der weite Himmel öffnete ihr das Herz und schenkte ihr das Gefühl tiefer Zufriedenheit. Die Geräusche an Deck drangen leise an ihr Ohr und Fritzi ließ ihren Gedanken freien Lauf. Das Erstarken einer großen Unzufriedenheit und Armut, die an Land jedes Gespräch beherrschten, spielten an Bord kaum eine Rolle. Eher war jeder froh, seine Sorgen hinter sich gelassen zu haben. Sorgen, die sonst den Alltag bestimmten. Und trotz dem offen zur Schau gestellten Vorurteil hatten sich die Seeleute vom Arbeitswillen und der Persönlichkeit des »Studenten« beeindrucken lassen. Fritzi fühlte sich in die Gemeinschaft aufgenommen, eine Erfahrung, die ihr als Frau verwehrt bleiben würde. Sie spürte, dass sich an dieser Situation nichts ändern würde. Sie konnte noch so gut mitarbeiten und den anderen kameradschaftlich verbunden sein, sobald sie ihre Identität lüften würde, wäre sie nur noch eine Frau, die nichts an Bord zu suchen hatte und Unglück über das Schiff brachte.

Als ob Gorch ihre Gedanken lesen könnte, gab er eine Geschichte zum Besten, die sich auf einem Großsegler am Kap Hoorn zugetragen haben sollte.

»Das Schiff lag schon zehn Tage an einer Stelle, wie auf

einer Glasplatte festgeleimt. Die Mannschaft wurde unruhig, denn die Wetterbedingungen schienen sich auf absehbare Zeit nicht zu ändern. Die Männer beratschlagten, was zu tun sei, um Rasmus, den Gott des Meeres, der das Schiff festhielt, zu besänftigen«, erzählte Gorch mit lauter Stimme. Einige Männer gesellten sich zu ihnen, zündeten sich eine Pfeife an oder tranken einen Schluck Tee mit Kluntje, einem harten Brocken Kandis.

»Na ja, sie hätten sich die Bärte abschneiden können!«, rief Paul ungefragt dazwischen. Alle lachten, denn Paul war der einzige Matrose ohne haarigen Gesichtsschmuck.

»Oder die Katze über Bord werfen!«, rief Klaas übermütig, was Jan wiederum nicht lustig fand, gab er Luna doch heimlich zu fressen, was nicht gerne gesehen war, da sie nur zum Mäusejagen an Bord geduldet war und deshalb nur spärlich gefüttert werden durfte. Manchmal erlaubte er ihr sogar, nachts in seine Hängematte zu springen, um ein wenig Wärme abzubekommen.

»Ne, man muss Kleingeld über Bord werfen, damit der alte Rasmus einen weiterfahren lässt«, ließ Hein wissen.

»Stimmt alles«, beendete Gorch die Diskussion. »Die Mannschaft hat sich erst rasiert, worauf für ein Glasen der Wind stärker wurde, dann aber wieder abflaute. Dann haben sie die Katze in einen Sack genäht und über Bord geworfen. Eine prächtige Brise kam auf, die aber schnell wieder abflaute. Die Männer waren verzweifelt und sammelten ihr Kleingeld.«

»Das können sie sich sparen!«, fuhr Pawlowski, der Zweite Steuermann, dazwischen, der zu der Gruppe getreten war, um zu hören, worüber so angeregt gesprochen wurde.

Gorch blickte enttäuscht auf. Offensichtlich hasste er es, wenn jemand seine Geschichte unterbrach, aber vor Henryk

Pawlowski musste man sich hüten. Auch der Sohn des Kapitäns.

»Wieso denn das?«, fragte Jan und Fritzi merkte, dass sie nicht die Einzige war, die dem Zweiten gehörig Respekt entgegenbrachte.

Pawlowski sah ihn spöttisch an. Er war ein hochgewachsener, kräftiger Mann in den Vierzigern. Er litt unter dem »Fluch der Kelten«, einer im Norden verbreiteten Hautkrankheit, die mit eitrigen Entzündungen einherging. Sein Gesicht war voller Narben und roter Flecken. Wer es wagte, sich darüber lustig zu machen, würde sein blaues Wunder erleben, da war Fritzi sich sicher.

»Na, ist doch klar: Wenn Rasmus ein Schiff über Tage auf der Stelle festhält, dann ist ein Unglück an Bord. Unglück in Form einer Frau«, erklärte er herablassend und spuckte abfällig eine Portion Kautabak aus, was ein klarer Verstoß gegen die Regeln an Bord darstellte. Der schwarze Brocken landete auf einer frisch gescheuerten Planke. Jeder wusste, wie schwer es war, den hartnäckigen Fleck, der sich augenblicklich im Holz bildete, wieder zu entfernen. Eine extra Schicht Deckschrubben war angesagt. Fragte sich nur, für wen. Fritzi schluckte. Niemand sagte etwas.

Gorch warf Pawlowski einen wütenden Blick zu. Er hielt nichts von ihm und hatte sich schon des Öfteren bei seinem Vater über ihn beschwert. Es ärgerte Gorch bis ins Mark, dass der Kapitän dennoch an seinem Zweiten Steuermann festhielt. Angespannt biss er auf seine Pfeife.

Jan, der schmächtige Junge, der stets die Harmonie suchte, versuchte zu vermitteln. »Und wie ging die Geschichte dann weiter? War wirklich eine Frau an Bord?«

»Ja, er hat recht«, murmelte Gorch missmutig, da ihm die Pointe verdorben worden war. »Die Männer werfen ihre letzten Groschen in den Ozean und prompt fahren ein paar Böen in die Segel. Doch schon kurz danach flautet der Wind wieder ab. Die Mannschaft ist ratlos und überlegt, was sie Rasmus noch opfern können, damit er sie freilässt. Sie suchen das Schiff nach brauchbaren Opfergaben ab. Dabei finden sie unterm Rettungsboot versteckt tatsächlich eine dralle Deern. Der Kapitän hielt sie dort tagsüber versteckt und nahm sie nachts mit in seine Koje. Er wollte sie als Beutegut nach Hause schmuggeln.« Er hielt in seiner Erzählung inne und genoss es, wieder im Mittelpunkt der Aufmerksamkeit zu stehen.

Jan hakte ungeduldig nach. »Und? Sie haben die Pussi doch wohl nicht über Bord geworfen, oder?«, fragte er.

»Welche Pussi, die Frau oder die Katze?«, rief Paul launig dazwischen. Seine Sommersprossen, die wie mit der Schrotflinte auf seinem Gesicht verteilt zu sein schienen, tanzten bei seinem kräftigen Lachen auf und ab.

Fritzi schauderte und hoffte, dass die heutige Flaute nur von kurzer Dauer sein würde und sie nicht auf die Idee kämen, eine Frau an Bord zu suchen, die für das Unglück verantwortlich war.

»Niemand flog über Bord. Das konnte der Kapitän gerade noch verhindern. Er kam dazwischen, als die Männer die Deern gerade wie eine Katze in einen Sack einnähen wollten«, löste Georg die Spannung.

»Na, von da an konnte sie aber nicht mehr die Koje des Kapitäns wärmen«, rief Paul dazwischen. Die Männer lachten dreckig.

»Und der Wind?« Mit großen Augen forderte Jan das Ende der Geschichte ein. Einen Moment lang fragte sich Fritzi, ob Jan noch jünger war, als er ohnehin schon wirkte, oder ob er ein wenig einfältig war und das Seemannsgarn tatsächlich glaubte, das Gorch da strickte.

»Na, der pustete natürlich wie verrückt. Gerade so, als wäre er endlich aus seinem Gefängnis entlassen worden. Mit vollen Segeln flog das Schiff geradezu über das Meer«, beeilte sich Gorch die Geschichte zu Ende zu erzählen. Denn die Schiffsglocke läutete bereits den Wachwechsel ein. Die Männer der Freiwache sprangen rasch auf, um sich an die Arbeit zu machen.

Im Steuerhaus stand Kapitän Cordes am Fenster und beobachtete die Gruppe. Stolz durchflutete ihn, als er sah, wie sein Sohn die Männer bei Laune hielt. Er würde einmal in seine Fußstapfen treten, so wie er selbst vor Jahren in die seines Vaters. In seiner Familie waren alle Männer zur See gefahren. Einige waren nicht zurückgekommen, andere hatten sich kaputt gearbeitet. Trotzdem hatte es für ihn, Gustav Cordes, nie eine Alternative gegeben. Einmal Fischer, immer Fischer. Das lag ihm im Blut und er hatte es an seinen Sohn weitergegeben. Sorgfältig trug er die Position seines Schiffes, die er gerade mithilfe des Sextanten gemessen hatte, in die Karte ein. Er war noch eine Tagesreise von den Fanggründen entfernt, und wenn der Wind nicht anhob, würden sie noch mehr Zeit verlieren. Die Heuer für die Mannschaft reichte nur für vierzehn Tage. Um ertragreich zu verkaufen, musste er mindestens drei volle Tage fischen, um die großen Fischkisten, die schon unter Deck warteten, zu füllen. Die Fische würden am Mittwoch, am Markttag, auf der Auktion verkauft werden, bis dahin mussten sie zurück sein.

Cordes zündete sich seine Pfeife an und zog den aromatischen Tabakrauch tief ein. Zur Sicherheit orientierte er sich an den Sternen, die sich inzwischen am Himmel eingefunden und den dunklen Horizont mit einem Netz funkelnder Diamanten überzogen hatten. Er steckte die Position erneut auf der Seekarte ab. »Peerschiet«, sagte er mehrmals aus tiefstem Herzen und machte so seinem Ärger Luft. »Wir kleben hier fest. So ein verflixtes Pech.«

»Jo! Scheint so, als würde uns der Neue kein Segelglück bringen«, gab Erwin, der Bestmann, zu bedenken.

»Jetzt fang du nicht auch noch mit der verdammten Spökenkiekerei an«, raunzte Cordes ungehalten zurück.

»Wer weiß, Käpten? Ich gebe ja nichts auf das abergläubische Geschwätz der Männer, aber vielleicht ist ja doch etwas dran. Vielleicht sollten wir zur Sicherheit die Katze über Bord werfen oder das Schiff nach einer Frau absuchen.«

Kapitän Cordes starrte seinen Stellvertreter an, der seinem Blick mit undurchschaubarer Miene standhielt.

Er schüttelte den Kopf. Vielleicht brachten Frauen ja doch Unglück an Bord und die junge Deern war wirklich schuld daran, wenn sie einen schlechten Fang mit nach Hause brächten. Er dachte an seine Männer. Deren Wut wäre groß, wenn sie mit kargem Lohn entlassen würden. Er konnte nur hoffen, dass sich die Flaute bald legte. Er hob das Fernglas und sah besorgt den Horizont nach Anzeichen für eine Wetteränderung ab.

10

Der Nachthimmel verlor zunehmend seine Schwärze. Im Osten erschienen zarte, rosafarbene Streifen und kündigten den kommenden Sonnenaufgang an.

Am nächsten Morgen stand Klaas am Bug und blickte durchs Fernglas in alle Richtungen. Das Wasser erstreckte sich glatt und ruhig bis zum Horizont. Richtung Norden lagen Nebelschwaden wie weiße Laken auf der stillen See. In einiger Entfernung dümpelten andere Schiffe ebenso wie das ihre auf dem Meer. Nur der Fischdampfer einer hanseatischen Reederei überholte sie mit dröhnendem Motor und verlor sich rasch wieder im Dunst der See. Die angespannte Stimmung nahm zu. Jeder an Bord wusste, dass die Flaute sie um einen Teil ihres bitter benötigten Lohns bringen konnte.

Gorch hatte wie immer Flausen im Kopf. Er zog das Fischerhemd samt Pulli aus und stieg aus Hose und Stiefel. Johlend nahm er Anlauf und schrie: »Mann über Bord!«

Nur mit einer Unnerbüx bekleidet sprang er kopfüber in die spiegelglatte See. Tauchte prustend wieder auf und sah mit seinem triefend nassen Schnauzer wie ein Seelöwe aus. Gorch schnappte den Eimer, den Jan gerade herunterließ, um Putzwasser zu schöpfen, und zog ihn zu sich heran. Einigermaßen überrascht musste sich dieser mit ganzem Körpergewicht gegen den Zug stellen. Fast wäre er dabei über Bord gegangen. Doch dann erfasste er die Ursache für den Zug und ließ das Seil unvermittelt los. Gorch, der in dem Moment versuchte, wieder an Bord zu klettern, fiel ins Wasser zurück, begleitet von vielfältigem Gelächter der übrigen Männer. Angespornt von Gorchs jugendlichem Leichtsinn warfen weitere Besatzungsmitglieder ihre schmutzige Kleidung ab und sprangen ebenfalls ins Wasser. Sie drückten sich übermütig unter oder forderten sich zum Wettschwimmen auf. Fritzi stand grinsend an der Reling und beobachtete die ungezwungenen Kabbeleien.

Gorch hielt kurz in seinem Tun inne. »He, der Herr Student! Schon ausgeschlafen? Es wird Zeit für das Morgenbad. Spring rein, Jonny, wenn du kein Feigling bist!«, rief er ihr zu.

Die anderen richteten ihre Aufmerksamkeit augenblicklich auf Fritzi und forderten sie auf, mit ins Wasser zu kommen. Nichts lieber als das, dachte Fritzi sehnsüchtig.

»Traust dich wohl nicht, was?«, rief Paul herausfordernd und schlug mit der Hand aufs Wasser, so dass es bis zu ihr hinaufspritzte. Das Salzwasser flog nach allen Seiten aus seinen rötlichen Haaren, als er den Kopf hin und her warf.

»Oder kann der Herr Student aus Innsbruck am Ende gar nicht schwimmen?«, setzte Gorch nach.

»Ach, ne. Sieh an, da traut sich die Landratte an Bord und kann nicht mal schwimmen«, krächzte Pawlowskis markante Stimme bedrohlich nah an ihrem Ohr. Erschrocken drehte sie sich um und starrte direkt in sein rotfleckiges Gesicht. Fieberhaft überlegte sie, wie sie sich aus dieser Situation befreien könnte. Ausgerechnet jetzt zog sich auch noch ihr Unterleib krampfhaft zusammen. Sie hielt die Luft an vor Schmerz. Schweißtropfen traten auf ihre Stirn. Und sie spürte, wie ihr das Blut aus dem Gesicht wich. Jetzt nur nicht ohnmächtig werden, befahl sie sich, wie es ihr schon manchmal am Beginn der Monatsblutung passiert war. Verdammt, das konnte sie nun wirklich nicht gebrauchen. In diesem Moment verfluchte sie, eine Frau zu sein und dass ihr Körper allmonatlich schmerzhaft dafür sorgte, diese Tatsache nicht zu vergessen.

Pawlowski deutete ihr Erblassen falsch. Seine Lippen spannten sich zu einem fiesen Lächeln. »Hab ich mir doch gleich gedacht, dass du nichts taugst. Ein Seemann, der nicht schwimmen kann, bringt Hohn und Spott über das ganze Schiff und seine Mannschaft.«

Die Männer stimmten dem Zweiten Steuermann zu, auch wenn sie ihn fürchteten. Sie waren froh, dass sich sein beißender Spott über jemand anderen ergoss. Diesmal würden sie nur Zuschauer sein und mussten seine Schikanen nicht selbst ertragen. Das dabei der junge Student eine Lektion erteilt bekam, machte die Sache umso spannender.

Pawlowski genoss es, im Mittelpunkt zu stehen. Er war sich der Wirkung seines Auftritts bewusst. Hier war eine gute Gelegenheit, dem verweichlichten jungen Mann zu zeigen, wer an Bord das Sagen hatte. Jonny war seiner Willkür ausgesetzt. Pawlowski grunzte zufrieden. Das Gefühl, seine Macht auszuspielen und Untergebene spüren zu lassen, dass er über ihnen stand, berauschte ihn. Schnell überprüfte er die Lage. Der Moment war günstig. Aufgrund der Flaute lagen der Kapitän und sein Bestmann in den Kojen. Solange sie unter Deck pennten, hatte Pawlowski alleine die rechtmäßige Befehlsgewalt. »Na, wenn er nicht schwimmen kann, dann werden wir es ihm wohl beibringen müssen«, rief er und sah sich beifallheischend um.

Die Seemänner lachten. Das würde ein Spektakel geben.

»Los, Mann, zieh dich aus oder wir helfen dir dabei«, forderte er Fritzi nachdrücklich auf.

»Fass mich nicht an«, erwiderte sie beherrscht, um sich die Anspannung nicht anmerken zu lassen. »Natürlich kann ich schwimmen. Aber ich entscheide selbst, wann ich schwimmen gehe.«

»Na, das wollen wir doch mal sehen. Entweder springst du auf der Stelle freiwillig ins Wasser oder ich helfe nach«, befahl Pawlowski und senkte die Stimme bedrohlich.

Mit dem Mann war nicht gut Kirschen essen, vor allem, wenn er seine Autorität bedroht sah, das war Fritzi klar. Sie steckte in einer Zwickmühle. »Das ist ein Paradoxon. Ich kann nicht gezwungen werden, freiwillig zu springen«, konterte Fritzi, um Zeit zu gewinnen. Sie verschränkte die Arme vor der Brust und starrte ihm wütend in die Augen.

Pawlowskis Wangen wurden dunkelrot, als Zorn in ihm aufloderte. Das war ja nicht zu fassen. Was bildete sich dieser Jungspunt ein. Wollte er ihn etwa vor der Mannschaft belehren und lächerlich machen? Na warte! »Los, Männer«, platzte ihm der Kragen, »zieht den Schulmeister aus und werft ihn über Bord.«

Klaas, der den Streit mit verschränkten Armen bislang stumm verfolgt hatte, kam ihr unerwartet zu Hilfe. »Mensch, lass ihn doch, wenn er nicht will«, versuchte er die Situation zu entschärfen. Ihm schmeckte die Machtgier nicht, die er in Pawlowskis Augen hatte aufblitzen sehen. Man konnte sich nie sicher sein, ob der Zweite Steuermann den Spaß übertrieb. Der Junge war doch eigentlich in Ordnung.

»Was erlaubst du dir?«, brüllte Pawlowski und klatschte Klaas eine Ohrfeige ins Gesicht. Sofort war der Abdruck der Hand auf der Haut zu sehen. »Wage es nicht noch einmal, meinem Befehl zu widersprechen.«

Kalte Wut stieg in Fritzi auf. Galle stieg in ihr auf angesichts dieser Ungerechtigkeit und sie verlor ihren kühlen

Kopf. »He, lass ihn in Ruhe. Natürlich kann ich schwimmen, und zwar besser als du!«, platzte es aus ihr heraus.

Alle Augen wandten sich erschrocken zu ihr. Selbst Gorch, der den Spaß angefangen hatte, kletterte schuldbewusst aus dem Wasser.

Verdammt, dachte Fritzi, da war ihr Temperament mit ihr durchgegangen. Aber sie konnte nicht dulden, dass Klaas so behandelt wurde, nur weil er sie verteidigt hatte.

»Soso, besser als ich! Das wollen wir ja mal sehen«, murmelte Pawlowski mit bedrohlich ruhiger Stimme. Verächtlich begann er seinen Seemantel aufzuknöpfen.

Jetzt musste sich Fritzi etwas einfallen lassen, wollte sie verhindern, dass sie gleich nackt vor der versammelten Mannschaft stand. Mist, Mist, Mist, dachte sie, warum konnte sie nicht einfach den Mund halten. Jetzt half nur noch die Flucht nach vorne.

»Nackt schwimmen? Das ist ja einfach. Nur Mädchen ziehen sich aus. Echte Männer können auch mit Kleidung schwimmen, oder?«, forderte sie den Steuermann mit vorgetäuschtem Selbstbewusstsein heraus.

»Ganz wie du willst. Dann behalten wir die Klamotten eben an. Wir schwimmen einmal um das Schiff herum. Wer als Erstes wieder an Bord kommt und die Schiffsglocke schlägt, hat gewonnen«, bestimmte er die Regeln. Erneut schob sich das fiese Grinsen über sein gerötetes Gesicht. Er streckte die Hand aus.

Fritzi, die gerade einschlagen wollte, zog ihre Hand zurück. Was heckte der Kerl aus.

Pawlowski weidete sich an ihrem Zögern. »Wenn du gewinnst«, fuhr er fort, »was nicht passieren wird, verzeihe ich dir deine Frechheit, mich herauszufordern. Wenn du verlierst, und es wird so kommen, oder gar nicht erst antrittst, dann trifft dich die volle Strafe für Befehlsverweigerung. Ich dulde kein Widerwort. Du wirst den Rest der Fahrt das Deck schrubben und danach nie wieder einen Fuß an Bord eines Schiffes bekommen, dafür sorge ich persönlich.« Damit spuckte er wieder Kautabak auf die Planken.

Einen Moment lang zögerte Fritzi, dann schlug sie ein. Ich habe keine Wahl, erkannte sie. Ich kann nur hoffen, dass ich wirklich schneller bin als er.

Für die Aufnahmeprüfung der Freiwilligen Feuerwehr hatte Fritzi gelernt, mit voller Uniform zu schwimmen. Es war die einzige Möglichkeit, nicht enttarnt zu werden, die ihr einfiel. Kurz überlegte sie, ob es das Risiko wert war, sich in Gefahr zu bringen, oder ob es sicherer wäre, sich einfach als Frau zu erkennen zu geben und die Heimlichtuerei zu beenden. Vom Kapitän und seinem Bestmann konnte sie im Augenblick keine Hilfe erwarten und die verflixte Flaute hatte die Mannschaft zur Untätigkeit verdonnert. Mit einem kleinen Schauder dachte sie an die gestrige Geschichte. Sie wollte den Seemännern keinen Anlass geben, sie über Bord zu werfen.

Fritzi zog sich den Wollpullover, der sich mit Wasser vollsaugen würde, über den Kopf und krempelte die Ärmel ihres Fischerhemdes aus festem Zwirn hoch. Entschlossen strich sie sich ein paar Haarsträhnen aus dem Gesicht. Hoffentlich halten meine Bandagen und drücken die Brust auch im nassen Zustand platt, betete sie, sonst würde sie wie die schaumgeborene Venus aus dem Meer steigen. Sprungbereit an die Reling gelehnt wartete der Steuermann ungeduldig. Er hatte die Stiefel ausgezogen und seinen Mantel über den Baum gehängt. Der grobschlächtige Mann überragte sie mindestens um einen Kopf.

»Paul! Schlag die Schiffsglocke als Startsignal. Und noch

einmal: Wir schwimmen einmal vorne um den Bug herum. Wer als Erstes wieder an Bord ist und die Glocke schlägt, gewinnt. Gorch, du übernimmst meine Stelle im Ruderhaus! Jan, du gehst in den Ausguck!«

Er kletterte auf die Reling und sprang mit einem Köpper in die Fluten. Paul erschrak und schlug schnell die Glocke. Der Klang weckte alle Zuschauer aus ihrer Starre und sofort feuerten sie mit ihren lauten Rufen die Kontrahenten an. Der Steuermann begann zügig zu kraulen, während Fritzi noch an Bord stand. Was für ein fieser Mistkerl, fluchte sie, warte nur, dir zeig ich's.

Sie schob sich ebenfalls rasch über die Reling, kletterte an der Strickleiter herunter und glitt sanft ins Wasser. Sie wollte verhindern, dass die Bandagen bei einem Sprung verrutschten. Das kalte Wasser drang durch ihre Kleidung und elektrisierte ihre Haut. Mit einem Schlag erwachte alles in ihr zum Leben. Pawlowski war bereits ein gutes Stück vor ihr, doch Fritzi wollte sich nicht entmutigen lassen.

11

Kräftig durchpflügten ihre trainierten Arme das Wasser. Unter den Anfeuerungsrufen der Matrosen und Decksjungen konzentrierte sie sich ganz auf ihr Rennen. Meter um Meter kam sie ihrem Kontrahenten näher und holte schließlich auf. Das Gewicht der nassen Kleidung zog an ihrem Körper. Ihre Muskeln brannten, doch das Adrenalin, das durch ihren Körper schoss, ließ sie alle Schmerzen vergessen. Offensichtlich machten die erschwerten Bedingungen des Duells auch dem Zweiten Steuermann zu schaffen. Er verlor an Geschwindigkeit und lag nun schon einige Armlängen hinter ihr zurück, als plötzlich lautstarke Rufe an ihr Ohr drangen. Die Schiffsglocke läutete heftig.

Fritzi blickte suchend die Bordwand hoch und erkannte hinter der holzverkleideten Reling den Kapitän. Seine Züge waren vor Wut verzerrt. Mit ausladenen Gesten signalisierte er den Schwimmern, auf der Stelle wieder an Bord zu kommen. Sie ergriff die Strickleiter, deren Ende neben ihr ins Wasser klatschte. Behände kletterte sie hinauf und sprang nur Sekunden darauf an Deck. Flink rannte sie zu der Stelle, wo sie Pullover und Jacke abgelegt hatte. Mit klammen Händen griff sie danach und schlüpfte schnell hinein, bevor jemand auf die weiblichen Konturen aufmerksam wurde, die sich unter dem nassen Fischerhemd abzeichneten.

Cordes war zusammen mit Pawlowski bereits unter Deck gegangen. Einige der Matrosen klopften Fritzi auf die Schulter und zeigten sich beeindruckt, dass sie es nicht nur verbal mit dem Zweiten Steuermann aufgenommen, sondern beim Schwimmen vorne gelegen hatte. Doch als der Kapitän an Deck auftauchte und Fritzi zu sich rief, verstummten sofort alle.

Cordes ging voraus ins Ruderhaus und schickte Gorch mit dem Befehl »Kapitän auf der Brücke« hinaus. Inzwischen war sich Cordes nicht mehr so sicher, ob an dem alten Aberglauben, dass Frauen an Bord Unglück brachten, nicht doch was dran war. Er schloss die Tür hinter Fritzi und vergewisserte sich, dass niemand in der Nähe lauschte.

»Also, Deern, so geiht dat nich!« Zunächst bemühte er sich, leise zu sprechen, damit an Deck nicht jedes Wort zu hören war, doch dann brach die Wut durch und er wurde lauter. Was folgte, war ein Donnerwetter, das sich gewaschen hatte. »Niemals, verstehst du? Niemals widerspricht man an Bord dem Käpten oder seinem Stellvertreter. Was hast du dir dabei gedacht, dich dem Befehl des Zweiten Steuermanns zu widersetzen und ihn dann auch noch zum Wettschwimmen herauszufordern. An Bord herrschen strenge Hierarchien und Regeln. Du machst, was dein Vorgesetzter dir befehlt, verstanden? Ob es dir passt oder nicht. Ich dulde nicht, dass du die Autorität meiner Stellvertreter infrage stellst oder untergräbst. Das Wort des Kapitäns oder seiner Vertreter gilt. Ich dulde keinerlei Respektlosigkeit!«

Fritzi war schlau genug, abzuwarten, bis er seinen Ärger abgelassen hatte, bevor sie wagte etwas zu ihrer Verteidigung zu sagen. Sie fühlte sich drei Jahre zurückversetzt, als ihr Vater mit einem ähnlichen Donnerwetter auf den Skandal reagiert hatte, der dem gewonnenen Wettschwimmen in der Elbe gefolgt war.

»Käpten, ich wollte mich nicht seinem Befehl widersetzen,

sondern nur meine Tarnung wahren. Der Steuermann wollte mir die Kleidung herunterreißen und mich nackt ins Wasser werfen. Das musste ich verhindern, oder?«, versuchte sie sich bei allem Respekt, den sie dem Kapitän entgegenbrachte, zu verteidigen. Es war aber auch zu ungerecht, dass ihr immer der Lohn für einen gewonnenen Wettkampf verwehrt wurde.

Inzwischen wieder gefasst kaute Cordes auf seiner Pfeife und ließ sich ihre Worte durch den Kopf gehen. Er musste gestehen, dass der Einwand des vermaledeiten Mädchens richtig war, aber das brachte ihn erst recht in die Zwickmühle. »Peerschiet«, fluchte er grimmig, »hätte ich mich doch nie auf die verrückte Idee eingelassen.«

In seiner Abhängigkeit vom Reeder und dessen Gunst hatte er sich einen Vorteil erhofft, wenn er diesem eine Gefälligkeit tat. Aber diese Frau brachte nichts als Ärger an Bord, obwohl die anderen davon noch gar nichts ahnten. Wahrscheinlich hingen sie doch aus diesem Grund in der Flaute fest. »Wiwerröcke an Bord bringt Stried un Moord.« An dem alten Spruch war bestimmt was dran, schließlich wurden derlei Weisheiten von Generation zu Generation weitergegeben.

»Das mag sein«, wandte er sich jetzt wieder an Fritzi, »aber wie soll ich das der Mannschaft erklären. Ich kann nicht anders, als dir einen Strafdienst aufzubrummen, der es in sich hat. Wenn ich dir dein Verhalten durchgehen lasse, tanzt mir die ganze Mannschaft auf der Nase herum. Ich kann mich nicht zum Gespött machen lassen«, erklärte er leise, aber bestimmt. Umso mehr zuckte sie zusammen, als er brüllend fortfuhr: »Mach, dass du in die Kombüse kommst und Kartoffeln schälst!« Dieses Mal schien er es darauf anzulegen, von einigen Zuhörern draußen gehört zu werden.

»Aye, aye, Käpten!«, antwortete sie zackig und war heilfroh, so glimpflich davongekommen zu sein. Cordes winkte ab und wandte sich seiner Arbeit zu. Wieder galt es, die aktuelle Position neu zu vermessen.

Fritzi verließ erleichtert das Ruderhaus und stieg rückwärts die steilen Treppenstufen aufs Deck hinunter. Dabei senkte sie den Kopf und setzte für ihr Publikum eine zerknirschte Miene auf. Die anderen Decksjungen grinsten sie neugierig an.

»Und? Was hat der Alte gesagt?«, rief Paul frech zu ihr herüber. Er hatte sich seine Sachen wieder angezogen und löste gerade die Schot.

Sie zuckte abgebrüht die Schultern. »Nichts, ich soll Kartoffeln schälen.«

Paul stupste Jan an.

»Siehst du, habe dir doch gleich gesagt, dass dem Studenten nichts passiert. Der ist ja nur Zuschauer und soll für seine Lehranstalt einen Bericht über die Arbeit an Bord schreiben«, meinte er herablassend und drehte sich weg. Offenbar hatte er eine strengere Strafe für offene Meuterei erwartet und ärgerte sich über Fritzis Sonderbehandlung.

Fritzi seufzte. Es war viel schwerer, es allen recht zu machen, als sie gedacht hatte. Sie hatte gehofft, die anderen allein durch ihren Arbeitswillen und den unermüdlichen Einsatz zu beeindrucken, aber an Bord ging es viel mehr um Autorität und Rang, als sie vermutet hatte. Es ging nicht um Mann oder Frau, jedenfalls im Moment nicht, sondern um ihren Platz ganz unten in der Hierarchie. Sie musste die Schikanen ertragen, wollte sie sich Respekt erarbeiten. Sie war bereit, hart zu arbeiten, aber war sie auch bereit, sich jedem Befehl unterzuordnen?

Wartet nur ab, wenn es erst mit dem Fischen losgeht,

dachte sie grimmig. Dann würde sie kräftig zupacken und es allen zeigen. Sie trollte sich ins Logis, holte den Eimer mit Kartoffeln und setzte sich an Deck auf eine Taurolle, um dort zu schälen. Die Arbeit an der frischen Luft und unter dem weiten Himmel machte ihr wider Erwarten sogar Spaß. Die gleichmäßige Handbewegung brachte sie innerlich zur Ruhe. Die Kartoffelschalen fielen in langen Streifen in den Abfalleimer, die geschälten Kartoffeln landeten im Kochtopf. Fritzis Gedanken wanderten zurück zu dem letzten Wettschwimmen, vor einigen Jahren, das sie gewonnen hatte. Gewonnen gegen Fiete, den schnellsten Schwimmer von Blankenese. Noch immer ärgerte sie sich, dass der Triumph damals unmittelbar im Anschluss zur bitteren Niederlage geworden war.

In seinem Unvermögen, ihren Sieg anzuerkennen, hatte Fiete sie abfällig als »Mannweib« bezeichnet. Das Wort echote noch immer in ihrem Kopf. Immer wenn die Jungs sich in die Enge getrieben fühlten und ihre Männlichkeit bedroht sahen, griffen sie danach. Fritzi hasste dieses Wort. Zu oft schon hatte sie es hinter ihrem Rücken getuschelt vernommen. Sie schmeckte wieder den bitteren Geschmack der Ungerechtigkeit, der sie schon ihr junges Leben lang begleitete. Sie war damals so unglaublich wütend gewesen, dass ihr der Triumph nicht vergönnt war: nur weil sie ein Mädchen war! Sie hatte rotgesehen und Fiete eine gescheuert. Die darauf folgende Schlägerei hatte einen Skandal ausgelöst, der am nächsten Morgen in Form eines Zeitungsartikels zu ihrem Vater vorgedrungen war. »Schlägerei am Falkensteiner Ufer« prangte die Überschrift in dicken Lettern gleich auf der ersten Seite. Darunter war ein Foto abgebildet gewesen, das die Blankeneser Jugend in ebendem Handgemenge zeigte, das der Ohrfeige gefolgt war. Fritzi hatte im nassen Badeanzug, der ihre Konturen deutlich abzeichnete, zwischen den sich raufenden nackten Oberkörpern der jungen Männer gestanden. Skandalös!

Der Zorn ihres Vaters hatte zu jenem Bruch zwischen ihnen geführt, der nicht mehr zu reparieren war. Aus dem Streit mit der Tochter hatte sich ein Streit mit seiner Frau entwickelt. Und Fritzi hatte sich noch elender gefühlt. Die damals gefallenen Worte hallten noch immer in ihr nach.

»Da siehst du, was du mit deinen verrückten Ideen angerichtet hast. Du hast dem Kind diese Flausen in den Kopf gesetzt, als du es schon als Kleinkind zum Schwimmunterricht gebracht hast«, hatte Johannes van Appen seine Frau beschuldigt.

Fritzis Mutter hatte mit jener sanften Stimme widersprochen, mit der sie stets ihren eigenen Zorn im Zaum gehalten hatte. »Johannes, beruhige dich. Willst du mir etwa vorwerfen, dass ich damals nicht nach bestem Wissen und Gewissen und aus reiner Mutterliebe gehandelt habe? Es war meine Pflicht, unser Kind schon früh Schwimmen lernen zu lassen. Du weißt, wie versessen Friederike von Geburt an aufs Wasser war. Sie hätte ertrinken können.«

Doch der Vater war nicht zu beruhigen gewesen. »Das«, und er schlug dabei mit der flachen Hand auf die Zeitung vor ihm, »ist allein deine Schuld. Du bist kein gutes Vorbild für ein junges Mädchen. Ich weiß, dass du ihr hinter meinem Rücken erlaubst, Hosen anzuziehen. Das muss ein Ende haben.«

Fritzi erinnerte sich, wie er kerzengerade und starr auf der Kante seines Stuhls saß, jede Faser seiner asketischen Figur gespannt. Das Pochen der Halsschlagader war zu sehen gewesen. Fritzi hatte damals nichts Warmes, Liebenswürdiges in diesem Mann erkennen können, dessen moralische Vorstellungen ihn zu leiten schienen. Sie respektierte ihren Vater, doch ebenso hatte sie ihn gefürchtet. Trotzdem war sie blind vor Wut aufgesprungen und hatte sich mit geballten Fäusten vor ihn gestellt.

»Macht es mich in deinen Augen zu einem Mann, wenn ich Hosen trage? Zeichnet euch Männer nur ein profanes Kleidungsstück aus? Hast du nicht viel mehr Angst davor, dass ich meine eigenen Entscheidungen treffen möchte? Ist es nur Männern erlaubt, ihr Leben selbst zu bestimmen? Befürchtest du, dass dein Ruf als Pädagoge Schaden nimmt, wenn du eine selbstbewusste Tochter hast? Ich bin kein Mann. Ich will auch keiner sein. Aber ich will mein Leben leben, wie ich es will, als Frau.«

Ihr Vater hatte sie zutiefst empört angestarrt. »Du wagst es, mir zu widersprechen und meine Autorität infrage zu stellen?«, hatte er mit nur mäßig unterdrücktem Zorn geflüstert. »Dein Platz als Frau ist an der Seite deines Mannes und deiner Kinder. Keine Widerrede! Ich erlaube dir, einen Beruf auszuüben, bis du deine wahre Bestimmung erfüllst und Kinder bekommst. Bis es so weit ist, entscheide ich, was für dich das Beste ist. Nach deiner Hochzeit wird dies dein zukünftiger Mann übernehmen.« Seine verschlossene Miene, die keinen Widerspruch duldete, hatte ihrem zornigen Blick standgehalten.

Fritzi konnte sich nur zu gut an das bittere Gefühl ohnmächtigen Zorns erinnern, als er seinen unumstößlichen Entschluss kundgetan hatte. »Im Herbst, nach den großen Ferien, wirst du dich an der Hamburger Universität für eine pädagogische Ausbildung zur Lehrkraft anmelden.«

Sie hatte in dem Moment, da alles verloren schien, all ihren Mut zusammengenommen und den unglaublichen Satz ausgesprochen. »Das werde ich nicht. Der Lehrberuf ist durchaus achtbar. Ich weiß es zu schätzen, dass du für deine Tochter eine akademische Laufbahn wünschst, die eurem Lebensziel folgt, aber ich strebe für mich ein anderes Ziel an. Mein Leben gehört der Seefahrt. Mein Entschluss steht unverrückbar fest. Ich werde Nautik studieren und das Kapitänspatent erlangen.«

Die Farbe war aus dem Gesicht ihres Vater gewichen. Fassungslos hatte er Fritzi angestarrt. Die Ohrfeige hatte sie vorausgeahnt, aber ihre Heftigkeit hatte sie erschüttert. Ihre Wange, auf der die einzelnen Finger wie rote Schandmale zu sehen waren, hatte wie Feuer gebrannt. Aber das war nichts verglichen mit dem Schmerz, der in ihrer Seele getobt hatte.

Da sie noch nicht volljährig gewesen war, hatte sie sich fügen müssen und das Pädagogikstudium begonnen. Den Traum, zur See zu fahren, jedoch hatte sie tief in ihrem Herzen versiegelt. Nie würde sie ihn aufgeben.

Fritzi seufzte. Damals wie heute hatte sie zur Strafe in der Küche helfen müssen. Sie ließ ihren Blick über den Himmel schweifen.

Im Westen hatten sich einige Wolken gebildet, die sich nun zu einer Wand zusammenzogen. Das Segeltuch knatterte und Wellen umspielten den Bug. Es dauerte einen Moment, bis Fritzi klar wurde, was das bedeutete. Wind! Die Flaute schien vorüber. Der Wind blies günstig in die Segel und würde sie hoffentlich endlich die Fahrt wieder aufnehmen lassen.

12

Endlich hatten sie die Fischgründe südlich von Island erreicht. Hier war die See rauer. Der Morgen brachte neben einer frischen Brise und steilen Wellenbrechern, die über die Holzplanken schlugen, das alte Leiden zurück. Fritzi stand an der windabgewandten Bordseite und erbrach bittere Galle. Die Übelkeit hatte sich wieder einmal wie eine Krake in ihr ausgebreitet. Die Seekrankheit ließ sie ununterbrochen würgen, obwohl ihr Magen längst nichts mehr hergab. Mit zittrigen Beinen hielt sie sich an dem Handlauf fest. Ihr war hundeelend zumute. Zudem war das unangenehme Ziehen im Unterleib in der Nacht zu heftigen Bauchschmerzen angewachsen und hatte sich in einem Schwall Blut entladen. Während ihrer Monatsblutung diente ihr glücklicherweise eine dicke Wollsocke, die sie eigentlich als Penisattrappe in den Schlüpfer gesteckt hatte, als Binde. Sie hatte sie im ersten Licht des Tages unauffällig ausgewaschen, indem sie die Socke an einem Stück Schnur befestigt und ins Meerwasser hinabgelassen hatte. Der Zug des unter dem Kiel fließenden Wassers war enorm. Aus Angst, die Socke könnte verloren gehen, zog Fritzi sie rasch wieder aus dem Wasser. Erleichtert sah sie, dass das kalte Meerwasser bereits gute Dienste geleistet hatte. Rasch versteckte sie die ausgewrungene Socke unter ihrem Hemd, bevor die anderen an Deck kamen.

»Dat gift't hier allens vör ümsunst«, lachte Gorch, der sie in ihrem Elend stehen sah.

Fritzi schüttelte den Kopf. »Nichts im Leben ist umsonst.« Und damit wankte sie Richtung Logis. Es war ihr egal, ob er sie für unfreundlich hielt, sie war zu erschöpft. Wichtig war nur, dass sie auch jetzt nicht bereute, das Abenteuer gewagt zu haben. Denn obwohl ihre Muskeln zitterten, spürte sie gleichzeitig eine tiefe Zufriedenheit, ein Glücksgefühl darüber, an Bord zu sein und sich körperlich zu verausgaben. Sie war da, wo sie sein wollte.

Dennoch: Ihre Wache würde in zwei Stunden beginnen. Obwohl sie in der Nacht kaum geschlafen hatte, würde für sie keine Ausnahme gemacht werden. Komplett angekleidet, ließ sie sich in die schwingende Hängematte fallen, um die verbleibende Zeit noch für eine Runde Schlaf zu nutzen. Die Geräusche der Männer neben ihr, die sie zu Beginn der Reise um den Schlaf gebracht hatten, lullten sie jetzt ein. Das Bild eines zerzausten Eisbärenkostüms erschien im Dämmerschlaf vor ihrem inneren Auge. Ihre Gedanken wanderten zurück zu jenem Moment, wo sie »Susi« den Eisbär kennengelernt hatte. Sie war entspannt die Promenade von Grömitz entlangflaniert und hatte sich auf eine Bank gesetzt, um das muntere Treiben am Strand zu beobachten. Plötzlich hatte sich neben ihr ein Eisbär auf die Bank fallen gelassen. Fritzi hatte sich zunächst erschrocken, dann aber gelacht, als sie erkannte, dass es sich nur um ein Eisbärenkostüm handelte. Ein Eisbär am Strand, wie komisch, hatte sie noch gedacht, bevor der Polarbär seinen Fellkopf abgezogen hatte. Zum Vorschein war das freche Gesicht von Finn gekommen. Schweißtropfen hatten sich in seinen Haaren verfangen, die feucht am Kopf klebten. Es war ein warmer Hochsommertag und der Arme hatte fürchterlich in dem dicken Kostüm geschwitzt.

»Finn, was macht du denn da und was ist das?«, hatte

Fritzi ihn gefragt und lachend auf den leeren Eisbärenkopf in seinem Arm gedeutet. Der Junge hatte entwaffnend gegrinst und ein strahlendes Lächeln zwischen den großen, abstehenden Ohren gezeigt.

»Nicht was, wer! Das ist Susi. Sie ist der Star am Strand und jeder möchte sich mit ihr fotografieren lassen«, hatte er selbstbewusst geantwortet und übers ganze Gesicht gegrinst.

»Aha, hallo Susi, schön, dich kennenzulernen«, hatte sie freundlich geantwortet, seine Eisbärenpfote gegriffen und geschüttelt.

»Susi freut sich auch sehr, dich zu sehen, ich meine, ich freue mich«, hatte er verlegen gestottert und zur Seite gesehen. Eine Röte, die nicht von der Sommerhitze herrührte, hatte sein freches Lausbubengesicht leuchten lassen.

»Ich freue mich auch sehr, dich zu sehen«, hatte Fritzi schüchtern geantwortet und die zottelige Eisbärenpfote in ihrer Hand gehalten. Voller Scham hatte sie sich daran erinnert, dass sie ihn in der letzten Nacht einfach so vor dem Kurhaus hatte stehen lassen und weggelaufen war. Finn hatte ihr Unbehagen gespürt und schnell das Thema gewechselt. »Ich habe nur ein paar Minuten Pause, solange mein Vater den Film in der Kamera tauscht«, hatte er erklärt und mit einer leichten Kopfbewegung Richtung Strandpromenade gedeutet. Fritzi erkannte den Fotografen, den sie am ersten Tag gesehen hatte, als er Segelgäste im Fischerboot porträtierte.

In dem Moment schien er den Film eingelegt zu haben und signalisierte Finn, dass Gäste darauf warteten, sich mit »Susi« fotografieren zu lassen. Fritzi erinnerte sich noch daran, dass sie gestaunt hatte, dass es Menschen gab, die für ein Foto mit einem Plüscheisbären Geld bezahlten, bevor sie in einen tiefen Schlaf abdriftete. In dieser Nacht träumte sie von majestätischen Viermastseglern, wilden Abenteuern auf hoher See und einem Eisbären namens »Susi«.

Seit Tagen waren sie nun schon am Fischen. Meist waren nur ein, zwei Stunden Schlaf möglich. Der Kapitän gönnte sich noch weniger. Keine Ahnung, wie der Alte das durchhielt, dachte Fritzi. Die Mannschaft hatte gefordert, dass Fritzi beim Fischen half, und der Kapitän hatte zugestimmt. Das ließ sie sich natürlich nicht zweimal sagen. Jetzt gab es kein Zurück. Sie konnte sich nicht über Schlafmangel beklagen oder über ihre Rückenschmerzen jammern. Jetzt galt es zuzupacken, wollte sie als vollwertiges Mitglied der Mannschaft akzeptiert werden. Und das wollte sie. Dies war ihre Chance. Sie musste nur stärker werden. Aber das würde mit der Zeit kommen, hoffte sie. Sie würde mit dem Schlafmangel und der Seekrankheit leben. Und natürlich war und blieb es ihr Ziel, Nautik zu studieren und Kapitän werden. Weil Fritzi nicht unter ihrem Namen an Bord war und kein Seefahrtsbuch vom Seemannsamt bekam, hatte sie sich ein kleines, schwarzes Notizbuch angelegt und die erste Fahrt darin eingetragen. Am Ende der Reise würde sie den Kapitän bitten, ihr die Mitarbeit zu bestätigen. Sie hegte die Hoffnung, diese Dokumente später einmal einzureichen und offiziell anerkannt zu bekommen.

Die Schiffsglocke riss sie aus ihren Gedanken. Von oben drang der Lärm schwerer Schritte an ihr Ohr. Der Netzmacher Paul sprang polternd unter Deck und weckte die Männer.

»Hieven!«

Wie von der Tarantel gestochen fuhren alle Seeleute gleichzeitig aus den Kojen. Rasch zogen sie sich ihr Ölzeug über. Fritzi war aus der Hängematte direkt in die bis zu den Oberschenkeln reichenden Wasserstiefel gestiegen, die dort noch von ihrem nächtlichen Ausflug standen. Da sie sich in voller Montur hingelegt hatte, musste sie sich nur ihren Südwester schnappen und konnte damit als Erste die Treppe zum Deck hinaufsteigen.

Als sie ihren Kopf aus der Lucke streckte, flogen ihr auch schon Befehle um die Ohren.

»Hieven! Los Männer, packt an!«, feuerte der wachhabende Bestmann sie an.

Wie oft hatte sie diesen Befehl in den letzten Stunden gehört. Und jedes Mal aufs Neue versetzte der Ruf die Mannschaft in bange Spannung.

Während die Seilwinde ratternd das starke Tau einholte, kuschten sich die Männer fröstelnd in den Windschatten der seitlichen Aufbauten. Das schwere Ölzeug und die langen Stiefel hielten das Wasser zwar einigermaßen ab, aber der Wind blies ihnen eisig ins Gesicht. Paul ließ eine Zigarette herumgehen. Stumm beobachtete die Gruppe mit schmalen Augen, wie der Fang langsam an die Oberfläche kam. Unter der Meeresoberfläche brodelte das Wasser förmlich. Ein gutes Zeichen, vermutete Fritzi erleichtert. Das Netz war voll bis oben hin. Die gefangenen Fische schlugen gegen das gespannte Maschenwerk. Die Männer starrten ins aufgewühlte Meer. Die Anspannung war greifbar. Würde das Geflecht halten oder würde ihnen die Beute beim Einholen verloren gehen?

Das beutelartige Schleppnetz hob sich schwer aus dem Wasser und schwenkte triefend über die Bordwand.

Auf der Stelle sprang Gorch vor und riss das Netz auf. Zappelnd fielen die silbrig glänzenden Fische aufs Deck. Jan, Klaas und Fritzi begannen sofort nach den glitschigen Tieren zu greifen und den Fang zu sortieren. Gorch und Paul ließen das Netz wieder ins Wasser, bevor sie sich zu ihnen gesellten. Wenn die Fische erst mal an Bord waren, gab es kein Pardon. Jeder packte an und gab sein Bestes. Und plötzlich wurde Fritzi bewusst, dass sie gerade wirklich ein gleichberechtigter Teil der Mannschaft war. Stolz erkannte sie, dass es jetzt nicht darauf ankam, wer sie war, sondern nur darauf, was sie tat. Sie richtete sich auf, drückte den schmerzenden Rücken durch und versuchte, den kostbaren Augenblick mit allen Sinnen in sich aufzunehmen.

Stunde um Stunde verging im Rhythmus der Arbeit. Hieven, leeren, sortieren, ausnehmen, verstauen. Der Fang beherrschte die Gedanken, die Aufmerksamkeit aller richtete sich auf ihn. Schnell standen die Männer bis über die Knie zwischen zappelnden Meerestieren und blutigen Eingeweiden.

»He, Deeksjung. Steih dar nich rüm und starr Lökers in de Luft. Pack mit to«, rief eine raue Stimme neben ihr und holte Fritzi zurück. Sie war tatsächlich für einen Moment im Stehen eingeschlafen.

Fritzi schaute in das wettergegerbte Gesicht des Bestmanns Hermsmeyer. Sein rötlicher Vollbart ging in einen blonden Haarschopf über, der unter einer abgenutzten Schiffermütze verschwand. Seine blauen Augen leuchteten wie Saphire. Um den Hals trug er ein geknotetes Dreieckstuch aus blauer Baumwolle. Über dem dicken Strickpullover trug er ein ausgewaschenes Fischerhemd aus derbem Twill. Beides hatte er in den Bund seiner abgenutzten Hose gestopft. Die Beine steckten bis über die Knie in Stiefeln.

Er zog ein Messer mit kurzer, gebogener Klinge aus der Hosentasche und drückte es ihr in die Hand. Das benutzte warf Hermsmeyer in den Eimer mit Seifenlauge.

Fritzi nahm das Messer mit einem Nicken entgegen. Dann

griff sie sich einen Fisch, tötete das Tier mit einem raschen Schnitt und zog die Eingeweide heraus, genauso, wie sie es bei Jan und Klaas gesehen hatte. Die beiden hatten nur kurz aufgeschaut, sich dann aber wieder ihrer Arbeit zugewandt, was sie nicht davon abhielt, ununterbrochen zu schnacken. Die ausgenommenen Fische schichtete Gorch mit dem geöffneten Bauch nach oben in ein Eichenholzfass und bedeckte sie mit Salz.

Fritzi konzentrierte sich wieder auf ihre eigene Arbeit. Das Ausnehmen der Fische ging ihr jetzt schneller von der Hand und sie genoss die gleichmäßigen Bewegungen.

»Na, geiht doch. Bist ja doch nicht so ein ungelenker Bücherwurm, wie ich gedacht hab«, meinte Gorch und schob seine Mütze aus dem Gesicht.

Fritzi spürte, wie sich ihre Wangen röteten. Zum Glück konnte das auch vom Wind und der Anstrengung kommen. Das Kompliment ließ sie für einen Moment vergessen, dass ihre Oberschenkel brannten, ihr Rücken und ihre Hände schmerzten. Trotzdem spürte sie einen tiefen inneren Frieden.

Mit derselben Routine, mit der sie den ausgenommenen Fisch in die Kiste warf, griff sie sich den nächsten zum Ausnehmen. Zu Beginn hatte sie die Fische gezählt, die durch ihre Hände wanderten, inzwischen nahm sie kaum wahr, was ihre Finger erledigten. Sie machte sich nicht mehr die Mühe, sich das Blut oder die Innereien der Fische von den Händen zu wischen. Beeindruckt registrierte sie, dass alle an Bord zupackten. Selbst der Smutje, der selten an Deck kam, hatte seine Küchenschürze gegen Ölzeug getauscht. Keiner zeigte, dass ihm das Kreuz oder die Hände schmerzten. Netz um Netz landeten die zappelnden Fische an Deck und die Mannschaft arbeitete ohne Unterbrechung. Die Männer gingen nur abwechselnd in die Kombüse, um einen Happen zu essen.

Nur Cordes war auf der Brücke und steuerte das Schiff von einem erfolgversprechenden Fischgrund zum nächsten. Die Flaute hatte sie in Verzug gebracht. Aber bislang war alles gut gegangen. Beim letzten Hieven jedoch klaffte plötzlich ein großes Loch im Netz und ein Teil der Fische fiel klatschend ins Meer zurück.

Die Männer starrten ins aufgewühlte Wasser. Jetzt mussten sie gezwungenermaßen eine Pause einlegen, bevor sie den nächsten Fang einholen konnten. Der Steuermann schickte die Hälfte der Männer in die Koje, um sich eine Mütze Schlaf abzuholen. Die anderen wurden zum Flicken eingeteilt. Netzmacher Paul saß bereits seit Stunden auf einem Holzbalken unterhalb des Ruderhauses und verknotete die gerissenen Enden der Netze. Nasse Strähnen seines roten Haares lugten wie Kupferdraht unter seiner dicken Wollmütze hervor. Der Zweite Steuermann ging mit schweren Schritten an ihm vorbei, eine Portion Kautabak zwischen den Zähnen malmend.

»He, Stüürmann, wie steht's«, rief Paul ihm frech nach. »Wir schuften seit Tagen an Deck. Kann die Buddel nicht mal rumgehen?«

Fritzi hob den Kopf und erwartete ein Donnerwetter oder zumindest einen Anpfiff, aber der Steuermann knöpfte seinen dicken Mantel auf und zog einen Flachmann mit Rum aus der Innentasche. Er reichte Paul die Flasche und nickte den anderen Männern zu, die jetzt ebenfalls ihre Hand ausstreckten.

»Hier, aber nur einen Schluck und dann weitergeben!«

Paul nickte eifrig und setzte die Flasche an. Aber es blieb nicht bei einem Schluck. Empört sprang Gorch auf und riss ihm die Flasche vom Mund. Er trank selbst einen Schluck, hustete, als ihm der scharfe Alkohol durch die Kehle rann, und bot Fritzi die Flasche an, da sie ihm am nächsten stand. Sie nahm die Flasche, tat so, als würde sie einen Schluck trinken, verschloss den Flaschenhals aber mit der Zunge. Dann gab sie die Buddel an Jan weiter.

Paul zog seine Wollmütze tiefer in die Stirn. »Hier sind ein paar kleinere Löcher, die du flicken kannst!«, wies er Fritzi an und gab ihr eine fingerlange Stopfnadel. Sein Atem stank nach Alkohol.

Fritzi mühte sich mit den Löchern ab, aber ihre steifen Finger gehorchten ihr kaum. Nach einer Weile merkte sie, dass mit Paul etwas nicht stimmte. Ständig rief er sie zu sich, um ihm zu helfen. Fritzi kniete sich neben ihn und entdeckte eine halbleere Flasche Rum, die in seiner Tasche steckte. Kein Wunder, daher hatten seine Finger zunehmend Schwierigkeiten, das Netz zu greifen. Oh Mann, dachte Fritzi, der Kerl war sternhagelvoll! Rasch sah sie sich um und hoffte, dass der Zweite Steuermann nichts davon mitbekommen hatte. Schweigend versuchte sie, die Netze zu flicken, wie er ihr es gezeigt hatte. Paul war der Alkohol inzwischen so zu Kopf gestiegen, dass er kaum noch arbeiten konnte. Außerdem wurde er immer lauter. Fritzi stupste ihn unsanft an, als sie bemerkte, dass Pawlowski zu ihnen herübersah.

»Mensch, Paul, halt die Schnuut, sonst kriegt der Zweite noch mit, dass du besoffen bist«, raunte sie ihm zu und ließ dabei das Netz auf der Suche nach weiteren Löchern durch ihre Hände gleiten.

»Du hast mir gar nichts zu befehlen, Decksjung! Was glaubst du, wer du bist?!«, gab er unfreundlich zurück und stieß Fritzi zur Seite. Wackelig erhob er sich, und in dem Moment rutschte ihm die halbleere Flasche aus der Jackentasche. Er ließ Fritzi los und starrte der Flasche nach, die über die Deckplanken rollte. Schwankenden Schrittes wollte er sein kostbares Gesöff zurückholen. Dabei schlug er der Länge nach hin. Das Gelächter der anderen musste er sich gefallen lassen. Zum Glück war Pawlowski nicht mehr in der Nähe. Und so sah er auch nicht, wie Gorch einen Eimer füllte und Paul einen ganzen Schwall kaltes Wasser ins Gesicht schüttete.

Augenblicklich war Paul wieder nüchtern. Zerknirscht schüttelte er sich das Wasser aus den Haaren und sah in die Runde. Aber die anderen Männer lächelten nur müde. Und so nahm Paul das schwere Netz wieder auf. Emsig hantierte er mit seinem Werkzeug und flickte weiter Löcher.

Fritzi konnte nicht anders, als die Arbeitsmoral der Fischer zu bewundern. Jeder gab sein Bestes, auch wenn sie sich oft kabbelten und in Streit gerieten. In brenzligen Situationen hielten sie einander den Rücken frei.

13

Über vierhundert Körbe hatten sie jetzt schon an Bord gehievt. Zudem sieben Schweinswale, die gutes Geld einbrachten und nach dem Ausschlachten gesondert gelagert wurden. Und natürlich gab es immer wieder zerfetzte Netze. Ständig mussten sie ihre Arbeit unterbrechen und die Netze unter Anleitung von Paul stopfen.

»Na, sind deine Beine schon schwer?«, rief Gorch Fritzi anerkennend zu.

»Noch lange nicht«, schwindelte Fritzi so überzeugend, dass sie fast gewillt war, sich selbst zu glauben.

»Wir fischen, bis der Bauch voll ist!«, erklärte Gorch und ballte die Faust zum Himmel. Der Rest der Mannschaft fiel in den Schlachtruf ein, der ihr wie ein kraftgebendes Zauberwort vorkam. Fritzi ertappte sich dabei, dass sie aus vollem Hals mitschrie. Mit verbissenem Eifer arbeiteten alle weiter. Keiner wollte aufgeben, bevor die Arbeit nicht erledigt war.

Als kurz darauf die Schiffsglocke schlug, konnte sie ihre Erleichterung jedoch nicht verbergen. Gorch klopfte ihr anerkennend auf die Schulter. »He, Schoolmeester! Büst doch en goden Seemann!«

Fritzi errötete, so sehr freute sie sich über das Lob. Ihre Müdigkeit war wie weggeblasen. Munter schnackend ging sie mit den Matrosen in die Kombüse. Geräuschvoll setzten sich alle mit steifen Händen und vom Wind geröteten Gesichtern um den blank gescheuerten Holztisch und schlangen die warme Mahlzeit in sich hinein, die der Smutje zubereitet hatte. Es gab Bratkartoffeln mit Resten. Und wenn sich manch einer vielleicht etwas anderes als »Hoppelpoppel« gewünscht hätte, der Hunger trieb es rein, wie es so schön hieß.

Der Smutje setzte eine frische Kanne Tee auf und stellte ausnahmsweise eine ganze Packung Kluntjes auf die Back, statt den Kandis wie sonst zu rationieren. Fritzi warf einen großen Zuckerbrocken in ihre Mug und goss heißen Tee aus dem gusseisernen Teekessel darüber. Der harte Zucker knackte und knisterte und löste sich dann in Schlieren auf. Fritzi genoss den Geschmack des stärkenden Tees. In einem unbeobachteten Moment stibitzte sie sich einen weiteren Kluntje aus der Packung, bevor der Smutje sie wegräumte. Heimlich schob sie ihn sich in den Mund und genoss die kostbare Süße, bevor sie viel zu schnell geschmolzen war.

Fritzi lehnte sich zurück. Sie hatte das Gefühl, dass sich die Wärme im Logis wie etwas Lebendiges um sie legte, in sie eindrang und sie einlullte. Die Müdigkeit kam wie ein Hammerschlag über sie. Doch Fritzi war nicht die Einzige, deren Kopf auf die Back sackte. Auch die gestandenen Fischer, die mit ihr am Tisch kauerten, schliefen im Sitzen ein. Gorch und Klaas, die in der Ecke saßen, hatten ihre Schädel auf die Schulter des jeweils anderen gelehnt. Jan lag mit der bloßen Stirn auf der Back. Peer versuchte krampfhaft, die Augen aufzuhalten, vergeblich. Einträchtige Stille herrschte im Logis, die nur von vereinzeltem Schnarchen oder Furzen gestört wurde. Doch der Friede hielt nicht lange an.

»Hieven!«, schallte der Ruf des Zweiten Steuermanns unter Deck.

Fritzi brauchte einen Moment, um sich zu orientieren. Unwillig öffneten alle schlaftrunken die Augen und stiegen knurrend in die nassen Stiefel. Fritzi griff nach ihrem von Fischschleim glitschigen Ölzeug und zog es naserümpfend über. Der durchdringende Geruch war in der warmen Luft zu echtem Gestank geworden. Während Fritzi noch mit ihrer Ausrüstung kämpfte, polterten Gorch und Jan schon die Treppe hinauf. Der Wind war in der Zwischenzeit aufgefrischt und peitschte die See auf. Die »Ingrid« kämpfte sich durch die Wellen. Die Arbeit an Bord war bei dem Seegang nur noch schwer zu bewältigen. Einzelne Brecher schlugen immer wieder aufs Deck. In gebückter Haltung versuchte Fritzi, dem schneidenden Wind möglichst wenig Angriffsfläche zu geben. Routiniert packte sie den nächsten Fisch zum Ausnehmen. Bei dem Wellengang war Fritzi froh, an Deck und nicht im Bauch des schaukelnden Schiffes zu sein. Doch die Seekrankheit meldete sich jäh zurück und die gerade zu sich genommene Mahlzeit ging über Bord. Entkräftet stellte Fritzi fest, dass ihre Beine zitterten.

Nach dreißig Stunden harter körperlicher Arbeit war sie sichtlich am Ende ihrer Kraft. Ihre Hände warfen, schon fast in Trance, die ausgenommenen Fische in die Kisten. Ihre Konzentration nahm ab. Schon zweimal hatte sie sich mit dem Fischmesser geschnitten. Das Blut, das aus der Wunde am Mittelfinger austrat, vermischte sich mit den Innereien und dem Schleim der ausgenommenen Fische. Sie zuckte vor Schmerzen zusammen, achtete aber nicht weiter darauf und wischte sich die blutenden Finger an ihrem ebenfalls dreckstarren Ölzeug ab.

Nach der letzten Fuhre ging es für sie wieder ans Netzflicken. Klaas und Jan spülten die Fische und säuberten das Deck.

Fritzi saß neben Paul auf dem zusammengerollten Tampen im Lee des Ruderhauses und half beim Stopfen.

»Nähgarn fehlt«, rief er ihr zu.

»Nähgarn fehlt«, wiederholte Fritzi benommen und stakste los, um das Verlangte aus seiner Koje zu holen.

Schlingernd lief sie über das nasse Deck, wich den Wellen aus, die auf den Planken brachen, und hielt trotz schleimiger Fischreste auf den Bootsplanken die aufrechte Haltung. Die Koordination ihrer erschöpften Muskeln funktionierte unterbewusst. Ihr sturer Dickkopf zwang sie durchzuhalten.

Als sie Paul das geteerte Netzgarn in die Hand drückte und die leere Nadel einforderte, um weiterzumachen, sah er sie voller Respekt an.

»Mensch, deinen Willen möchte ich haben«, meinte er und nickte bekräftigend. »Als ich noch Decksjunge war, hätte ich mich an deiner Stelle fein in die Koje verdrückt und schön die anderen arbeiten lassen.«

Fritzi grinste und konnte sich die freche Antwort nicht verkneifen. »Na, das hättest du vorhin am liebsten auch gemacht, was?!«

Für einen Moment verfinsterte sich sein Gesicht und sie bemerkte erschrocken, dass sie zu weit gegangen war.

Aber Paul lenkte ein. »Hast ja recht zu spotten, soll nicht mehr vorkommen. Jetzt bin ich ja schließlich wer. Ich bin jetzt Netzmacher und drück mich nicht mehr vor der Arbeit.«

Fritzi verstand allmählich, dass auf dem Meer andere Gesetze herrschten. Eine feststehende Rangordnung war immens wichtig für das Überleben dieser Gemeinschaft.

»Aber früher, als ich Moses war, habe ich mich gedrückt, wo ich nur konnte. Habe oft genug den Striemel übern Mörs gezogen bekommen«, erzählte er. Sein Blick fiel auf Fritzis Wunde am Finger.

»Du bist schon richtig, Jonny. Respekt, dass du bis zum

Umfallen mitarbeitest. Aber nun ist auch mal gut. Du kannst ja kaum noch stehen. Ich komm hier schon zurecht. Jan kann mir beim Flicken helfen, wenn er mit dem Tranpumpen fertig ist. Los, ab in die Koje!«, befahl er und versuchte, ihr die Nadel abzunehmen.

Fritzi lachte überdreht auf. »Na klar, damit ich dann an Land erzählen muss: ›Ja, wie das mit der Fischerei ist, weiß ich nicht, ich habe immer geschlafen.‹«

Paul fiel in das Lachen ein.

In dem Moment ertönte die Bordglocke und der Ruf des Zweiten drang durch den böigen Wind zerrüttet an ihr Ohr:

»Alle Mann in die Kojen, der Käptain und der Bestmann übernehmen die Wache.«

Erstaunt sahen Fritzi und Paul sich an. Hatten sie richtig gehört oder spielte der Wind ihnen einen Streich und hatte den Befehl verzerrt. Der Kapitän und sein Stellvertreter standen schon seit Stunden im Ruderhaus. Aber der Seegang hatte weiter zugenommen und machte das Arbeiten an Deck unmöglich. An Fischen war nicht mehr zu denken. Im aufziehenden Sturm war die Gefahr zu groß, dass die Aufbauten brachen oder jemand über Bord ging, daher wurden alle Mann unter Deck geschickt.

»Ist doch ein feiner Kerl, der Alte«, brachte Paul seinen Respekt auf den Punkt, legte das Flickzeug zur Seite und stand mit steifen Beinen auf. Fritzi tat es ihm nach und wankte dem Mann hinterher. Das Ziel, die Koje, so nah vor Augen, überkam sie schlagartig bleierne Müdigkeit und sie schaffte es gerade noch die Stufen hinab und zu ihrer Hängematte. Das stinkende Ölzeug fiel mit einem schmatzenden Klatsch auf den Boden vor ihrer Koje. Die nassen Stiefel landeten kurz darauf auf dem Haufen. Gefolgt von den feuchten Socken und dem dicken Pullover. In Hose und Hemd rollte sie sich in die schwere Wolldecke ein. Es dauerte keine Minute bis sie in einen tiefen, erschöpften Schlaf fiel. Noch im Traum nahm sie Fische aus und stopfte Netze. Sie träumte, dass sie von einem Katzenhai gebissen wurde, der sich gegen das Ausweiden wehrte. Er verbiss sich in ihrer Hand und riss ein Stück ihres Fingers ab. Als sie nach vier Stunden vom Ruf des Bestmanns geweckt wurde, hörte der Schmerz nicht auf. Mist, das war kein Traum, erkannte sie. Ihr blutverkrusteter Mittelfinger der rechten Hand war geschwollen. Hoffentlich hatte sie sich keine Blutvergiftung zugezogen. Sie wusch die Wunde mit Salzwasser aus und band ein Stofftaschentuch darum in der Hoffnung, dass sie schnell heilen würde.

Die See hatte sich in der beginnenden Dämmerung beruhigt. Der Nordwind blies ihr um die Nase und sie genoss den Moment, obwohl ihr Finger vor Schmerz pochte. In der sternenklaren Nacht sanken die Temperaturen. Eine steife Brise ließ Fritzi frösteln. Sie war froh darüber, dass sie den Ausguck im Ruderhaus machen durfte. In dem kleinen Holzhaus erfüllte der rußschwarze Kohleofen den Raum mit wohliger Wärme. Das Mondlicht tanzte über die See und spiegelte sich auf den Wellen. Durch das Fernglas erkannte sie in der Ferne die Umrisse der Färöer-Inseln. Düster hoben sich die Felsen der kleinen Landerhebungen gegen den klaren Himmel ab, über den gespenstische Nebelschwaden tanzten. Grünes Nordlicht waberte, wie in Falten gelegt, unheimlich über den Nachthimmel. Nur die Positionslampen der Schiffe in ihrer Nähe und das ferne Leuchtfeuer der zum Teil bewohnten Inseln erinnerten sie daran, dass es dort draußen Menschen gab. Die Nacht hatte etwas Beklemmendes. Fritzi fröstelte trotz des heimeligen Feuers. Tief, bedrohlich und finster kam ihr das Meer heute vor, das sie doch sonst so liebte. Sie schüttelte die düsteren Gefühle ab, wahrscheinlich brachte sie der im stärker werdende Schmerz in ihrem Mittelfinger auf dunkle Gedanken.

Tags darauf änderte die »Ingrid« den Kurs und begann die Heimreise von den ertragreichen Fischgründen, die sie Richtung Island geführt hatten. Jetzt war der Bauch des Ewers randvoll gefüllt und die Mannschaft lag erschöpft, aber zufrieden in den Kojen, was nicht zuletzt an den drei Buddeln Rum lag, die der Kapitän spendiert hatte.

Fritzi war froh, dass sie Wache hatte und nicht gezwungen war mitzutrinken. Sie gönnte den anderen den Rausch. Sollten sie trinken, soviel sie wollten. Ihr eigener Rausch war beseelter, tiefer. Stolz erfüllte ihre Brust, als sie an die getane Arbeit dachte. Sie hatte nicht aufgegeben und kräftig zugepackt. Niemand hatte sich beschwert. Sie grinste. Und außerdem hatte niemand Verdacht geschöpft, dass sie nicht der war, der sie vorgab zu sein. Der Plan war aufgegangen. Sie hatte alle körperlichen Strapazen weggesteckt. In drei Tagen würden sie Hamburg erreichen und damit würde ihr Abenteuer enden.

Am nächsten Tag stand Fritzi pfeifend mit Gorch und Jan an Deck. Mit Schlauch und Besen ausgestattet, beseitigten sie die letzten Reste des blutigen Schlachtens. Die Brecher überschwemmten die Planken immer wieder und wuschen alle Überreste über Bord. Sie mussten nur mit dem Schrubber nachhelfen, um die schleimigen Rückstände durch die Speigaten, die Löcher in der Bordwand, zu schieben. Wie zum Abschied zeigte sich die Nordsee noch einmal von ihrer wilden Seite.

»Sogar Neptun hilft uns schrubben!«, rief Gorch übermütig, als ihn ein gewaltiger Brecher erwischte. Er schüttelte sich wie ein nasser Hund. Seine Pfeife hatte er vorsichtshalber in seiner Hosentasche verstaut. Seine sonnengebleichten blonden Haare trieften und das Salzwasser hinterließ eine feine Kruste auf der getrockneten Haut.

Fritzi nickte zustimmend und fiel in sein ansteckendes Lachen ein, das den Elementen zu trotzen schien. Mit jeder Faser ihres Körpers spürte sie die Urkräfte der Natur und hätte nicht glücklicher sein können. Sie fühlte sich wie im Rausch und war eins mit dem Meer, dem Wind und dem Leben. Im Gegensatz zu den anderen ging sie nicht, sich schützend gegen den Wind, gebückt übers Deck, sondern ließ sich lachend die Gischt voll ins Gesicht blasen.

Im Ruderhaus betrachteten der Kapitän und sein Bestmann die Szene an Deck.

»Dat giv 'n tüchtigen Matroos«, murmelte Erwin, nahm die Pfeife aus dem Mund und klopfte die verbrannten Tabakreste am Holz des Steuerrads aus.

Cordes grinste übers ganze Gesicht. Am liebsten hätte er in diesem Moment die Identität des »Matrosen« gelüftet und das ungläubige Gesicht seines Stellvertreters genossen. Er kannte Erwin Hermsmeyer nun schon seit über zwanzig Jahren und sie hatten zusammen so manchen Sturm überstanden. Niemals zuvor hatte er ein Geheimnis vor ihm gehabt und er hoffte, dass Erwin niemals erfuhr, dass er eine junge Frau an Bord gehabt und sie darüber hinaus auch noch als tüchtig bezeichnet hatte.

14

Die Arbeit war erledigt, der Bauch des Ewers voller Fische. Die Netze waren eingeholt, geflickt und verstaut. Die Besatzung saß bräsig an Deck und vertrieb sich die Zeit bis zur Ankunft in Hamburg. Paul saß wieder einmal auf dem Balken und spleißte, indem er die Taue ineinanderflocht. Klaas unterhielt die Gruppe mit Musik und schrägem Gesang. Gorch gab eine neue Geschichte aus seinem unerschöpflichen Schatz zum Besten. Fritzi hätte gerne dem Netzmacher geholfen, aber sie konnte mit ihrer schmerzenden Hand kaum noch anpacken. Aus diesem Grund war sie wieder für den Ausguck eingeteilt. Stetig nahm die Zahl der sie begleitenden Schiffe zu. Ein untrügliches Zeichen, dass sie sich der Küste näherten. Nach ihrer Wache saßen die anderen Matrosen an der Back und forderten Fritzi auf, mit Karten zu spielen, aber sie winkte ab. Ihr war hundeelend zumute. Ihr Kopf dröhnte und sie fühlte sich fiebrig. Erschöpft schleppte sie sich zu ihrer Hängematte und hoffte darauf, schnell einzuschlafen, um dem hellen Pochen zu entkommen. Ruhelos wälzte sie sich hin und her.

Mitten in der Nacht wachte sie schweißgebadet auf. Der Schmerz schien sie zu vereinnahmen. Sie robbte aus der Hängematte und schlich sich ins Logis, wo immer eine Öllampe brannte. Mit schmerzverzerrtem Gesicht öffnete sie den verklebten Verband. Ihr wurde übel vor Entsetzen und Ekel, als sie die Verletzung sah. Die nässende Wunde war aufgeplatzt und gelblicher Eiter quoll aus den eingerissenen Wundrändern. Die Fingerkuppe hatte sich dunkel verfärbt und rote Striemen liefen Richtung Handgelenk. Fritzi starrte auf die verheerende Läsion.

»Lass mich mal sehen«, tönte die Stimme des Smutjes neben ihr. Er hatte ein Geräusch aus der Kombüse gehört und wollte sichergehen, dass sich weder Mäuse noch Matrosen über seine Vorräte hermachten.

»Das sieht aber gar nicht gut aus. Wenn das man keine Blutvergiftung ist«, stellte er besorgt fest und legte seine Hand auf ihre Stirn. »Mensch, Junge, du glühst ja.« Erschrocken sprang er auf. »Ich hole den Kapitän. Bleib hier sitzen, ich bin gleich wieder da!« Mit diesen Worten rannte er die Stiege hoch.

Als wenn ich einfach so von hier verschwinden könnte, dachte Fritzi und legte ihren schweren Kopf auf die Back. Um sie herum begann sich alles zu drehen. Kraftlos schloss sie die Augen und versank augenblicklich in einen unruhigen Fiebertraum.

Die besorgte Stimme des Kapitäns holte sie in die Gegenwart zurück. Er beugte sich mit ernstem Blick über ihre Hand und bewegte den Finger im spärlichen Licht der Öllampe hin und her.

Fritzi hörte, dass er sich mit dem Bestmann beriet. Beide tuschelten und betrachteten das Malheur.

»Peerschiet. Da gibt's nicht zu vertun. Der Finger muss ab!«, entschied der Bestmann trocken. Fritzi verstand nicht, was er meinte.

»Ich befürchte, du hast recht«, bekräftigte die sonore Stimme des Kapitäns. Fritzi fühlte sich wie in einem Albtraum gefangen, aus dem sie nicht aufwachte. Redeten die beiden wirklich darüber, ihr den Finger abzunehmen?

Erschrocken riss sie die Augen auf und versuchte, ihren Verstand zu klären. Sie hatte das Gefühl, neben sich zu stehen. Cordes' ernste Miene verunsicherte sie umso mehr.

»Smutje, glüh dein schärfstes Messer. Wir müssen den Eiter rausschneiden«, befahl er dem Koch, der eilig seinen Stahl aus der Schublade holte und ihn in der Glut des Kohleofens erhitzte. Das Metall glühte rot auf und der Smutje reichte dem Kapitän die heiße Klinge.

Die wollen mir doch wohl nicht ernsthaft meinen Finger abschneiden? Fritzi schrie auf und löste sich, um sich schlagend, aus ihrer Starre. Der Bestmann setzte sich neben ihr an die Back. Er umklammerte ihren Oberkörper, so dass sie sich nicht mehr wehren konnte, und flüsterte ihr beruhigend ins Ohr.

»Alles gut, mien Jung. Gleich ist alles vorbei.«

»Nein, das dürft ihr nicht!«, schrie Fritzi verzweifelt, als der Kapitän ein sauberes Küchentuch auf die Back legte und ihren rechten Arm darauf zwang. Der Bestmann hielt sie enger an sich gedrückt. Ihr Protest verlor sich in seinem Bart. Er drückte ihren Oberkörper und ihr Gesicht fest an sich, so dass sie sich weder bewegen noch sehen konnte, was geschah. Der plötzlich einsetzende helle Schmerz schoss wie ein Blitz durch ihren Körper. Sie schrie aus Leibeskräften, doch ihr Schrei war nur gedämpft hörbar.

»Alles gut, das wird schon wieder«, raunte ihr Erwin ins Ohr und wiegte sie wie ein Kleinkind tröstend im Arm. Der fiese Schmerz ließ etwas nach, ebenso wie der Druck um ihren Körper. Sie befreite ihren Kopf und starrte angstvoll zu ihrer Hand, die immer noch auf dem Tisch gehalten wurde. Auf dem Handtuch war Blut und eitriges Wundsekret zu sehen. Cordes hatte die Wunde geöffnet, um das Sekret abfließen zu lassen. Der Smutje stellte die Flasche Rum auf den

Tisch und der Kapitän goss einen Schwall über die offene Stelle. Erneut wurde Fritzi vom Schmerz überrollt. Tränen schossen ihr in die Augen und sie biss vor Verzweiflung in den Stoff von Erwins Fischerhemd.

»Mehr kann ich nicht tun«, erklärte Cordes. »Ich musste verhindern, dass du an einer Blutvergiftung stirbst. Tut mir leid. Wenn wir wieder an Land sind, gehst du gleich zum Chirurgen, hörst du? Ich befürchte, dass er den vorderen Teil des Fingers amputieren muss.«

Der Smutje öffnete eine Kiste mit verrotteten Obstabfällen. Sachte hob er das Baumwolltuch, das die schimmeligen Früchte bedeckte, hoch. Blaugrüner Belag klebte sporig am Stoff. Fritzi sträubte sich. Der Ekel ließ sie aufstöhnen, als er ihr das verschimmelte Tuch auf die offene Stelle legte. Beruhigend erklärte er ihr die Notwendigkeit für die Verwendung des natürlichen Antibiotikums im Schimmel. Rasch band er eine Mullbinde um den Finger und befestigte den Verband an ihrem Handgelenk, damit er nicht verrutschte. Geschockt starrte Fritzi auf den Verband. Doch trotz der tiefen Schnittwunde und der ekeligen Auflage schien der Schmerz ein bisschen abzuebben. Das entzündete Pochen verstummte und wich einem gleichmäßigen Wundschmerz, der erträglich war.

»Büst en tapfer Jung!«, meinte der Bestmann anerkennend und lockerte seine Umklammerung endgültig.

Der Kapitän stand auf. Klopfte ihr bestätigend auf die Schulter. Sein grauer Schnauzbart bebte über seinem Mund. »Dat waart all wedder!«, raunte er schuldbewusst, während der Smutje die blutigen Sachen wegräumte.

»Smutje, gib ihm noch einen großen Schluck Rum«, befahl er dem Koch und kehrte mit dem Bestmann ins Ruderhaus zurück, um Gorch abzulösen, der die Stellung gehalten hatte.

Fritzi wischte sich mit dem Ärmel Rotz und Tränen aus dem Gesicht.

»Jetzt ab in die Koje! Ruh dich aus«, sagte der Koch und stellte ihr einen randvoll gefüllten Becher mit Rum vor die Nase. Fritzi, die grundsätzlich keinen Alkohol trank, zuckte nur mit den Schultern, hob das Glas und stürzte es in einem Zug hinunter. Die Wirkung des hochprozentigen Gebräus setzte fast augenblicklich ein. Sie torkelte, als der Smutje sie zu ihrer Hängematte führte und ihr dabei half, hineinzusteigen. Noch bevor Fritzi den Kopf auflegte, war sie schon in einen gnädigen Schlaf gefallen, aus dem sie erst nach über zwölf Stunden wieder erwachte.

Als sie die Augen öffnete, fühlte sie noch den dumpfen Schmerz des Eingriffs, aber ihr Geist war wieder klar. Das Fieber war abgeklungen. Sie richtete sich auf, schwang die Beine aus der Hängematte und stand auf. Der anfängliche Schwindel verschwand rasch und sie zog sich vorsichtig an, um an Deck zu steigen.

In der blauen Stunde, bevor die Sonne aufging, blitzte das Feuer von Helgoland über die Nordsee. Sie hatten bereits das knallrot angestrichene Feuerschiff »Elbe 1« hinter sich gelassen und steuerten die Elbmündung an.

Fritzi meldete sich freiwillig für den Ausguck. Sie konnte das Fernglas problemlos mit einer Hand halten. Fritzi wähnte sich noch mitten auf der See, als sich plötzlich die Ufer der Elbmündung vor ihr öffneten und ihr die Markierungen den Weg in die Fahrrinne wiesen. Als sie die »Alte Liebe« passierten, ließ die Dünung der See nach und die »Ingrid« lag augenblicklich ruhig im Fahrwasser. Sie erreichten die Leuchtfeuer von Brunsbüttelkoog, die den Eingang des Kaiser-Wilhelm-Kanals anzeigten, und kamen mithilfe der Flut rasch stromaufwärts Richtung Hamburg.

Pawlowski stellte sich neben sie und nahm ihr wortlos das Fernglas aus der Hand, hob es vor die Augen und suchte das Ufer nach Landmarken ab.

»Wo genau sind wir eigentlich?«, murmelte er wohl mehr zu sich selbst. Jedenfalls erstarrten seine Gesichtszüge, als Fritzi ungefragt antwortete.

»Bei Glückstadt, wir hatten gerade die Tonne F.«

»Was weißt du schon?«, knurrte Pawlowski durch die Zähne, verärgert darüber, dass sie mehr wusste als er.

Fritzi zuckte innerlich zusammen. Schlagartig kam ihr wieder in den Sinn, dass sie hier nur halb hergehörte. In wenigen Tagen schon würde sie wieder im Hörsaal sitzen. Würde sie jemals als Frau an Bord geduldet werden? Geknickt ließ sie Pawlowski stehen und ging zu Gorch, der auf der Backseite Ausguck hatte.

Die Leinwand hatte der Kapitän schon bei Brunsbüttelkoog einholen lassen, und so tuckerten sie jetzt gemächlich an Schulau vorbei. Fritzi erkannte den Süllberg von Blankenese. Ihr Herzschlag beschleunigte sich. Bald würden sie im Hafen von Altona bei den Fischhallen anlegen, die Kisten mit Fischen abladen, die direkt zur Auktionshalle gebracht wurden, ihren Lohn erhalten und von Bord gehen. Wehmütig blickte sie über Deck und betrachtete die Männer, die noch vor kurzem Fremde für sie gewesen waren. Der stämmige Klaas, der lustige Lieder auf dem Schifferklavier zu spielen wusste und sie mutig verteidigt hatte. Der Rotschopf Paul, der ihr das Netzstopfen und das Spleißen beigebracht hatte. Gorch, der sie oft geneckt, aber in der Not zu ihr gehalten hatte. Zu gerne hätte sie diese Freundschaften weiter gepflegt, aber ihr war klar, dass sie keinen von ihnen je wiedersehen würde. Der Zweite Steuermann, der seinen Spaß daran gehabt hatte, sie zu schikanieren, war der Einzige, bei dem sie gerne auf eine weitere Begegnung verzichtete.

Je näher sie Hamburg kamen, desto deutlicher schienen die Probleme zu werden, die sie zu Hause zurückgelassen hatten. Auf dem Meer hatten sie losgelöst von den Herausforderungen des Alltags gelebt. Die wirtschaftliche Krise, die ungewisse politische Lage, die steigende Arbeitslosigkeit und die Inflation, all diese Probleme hatte es an Bord nicht gegeben.

Auf den Landungsbrücken herrschte reges Treiben. An den Pontons hatten schon die Kutter der Elbfischer festgemacht. Sie warfen ihren Fang aus den Körben an Deck und sortierten die Fische nach Größe und Sorte. Schollen und Knurrhähne krümmten sich und schlugen mit den Flossen, um ins rettende Wasser zurückzuspringen.

Die Fischer standen inmitten des quirligen Gewimmels und schnappten nach den Fischen. Zum Gruß hoben sie eine Hand, als die »Ingrid« an ihnen vorbeizog und an den Landungsbrücken anlegte. Gorch sprang behände an Land, griff das schwere Seil und versuchte, es über den Poller am Kai zu heben. Ein Festmacher, der am Ufer bereitstand, half ihm, das massive Tau über den Poller zu wuchten. Klaas vertäute das Heck und hob die Gangway auf die Pier, so dass sie mit der Ladung gut an Land gehen konnten. Der Kapitän ließ die Luken aufschlagen und den ausgenommenen und eingelegten Fisch holen. An Land standen schon die Lagerarbeiter und Schauerleute mit Schubkarren bereit. Händler waren gekommen, begutachteten den Fang und verhandelten mit dem Kapitän über den Preis. Man wurde sich schnell handelseinig und die Ladung, die sie in fünf Tagen gefischt hatten, wurde in nicht mal zwanzig Minuten von Bord gebracht. Die Mannschaft machte derweil das Schiff klar. Ein paar Fischer kamen an Bord, um über den Fang und den neuesten Klatsch zu klönen. An den gedrückten Mienen konnte Fritzi ablesen, dass etwas passiert sein musste. Neugierig stellte sie sich neben Klaas und Gorch, die mit einem Matrosen sprachen.

In der Nacht, in der sie während ihrer Wache die Nordlichter gesehen hatte, war ganz in der Nähe ein Ewer gesunken. Der Fischer, sein Steuermann und ein Matrose der »Magda« würden nicht mehr zurückkehren. Fritzi fröstelte und schüttelte den gruseligen Gedanken an die ertrunkenen Männer ab, die nun ihr kaltes Grab tief in der Nordsee gefunden hatten.

Der Zweite Steuermann pfiff mit der Bootspfeife und die Mannschaft eilte zum Kapitän, um die Heuer abzuholen. Feixend steckten sie die Scheine in die Taschen. Der Fang war gut ausgefallen und hatte eine erkleckliche Summe eingebracht. Da die nahen Fischgründe abgefischt waren und die Elbfischer kaum noch dicke Schollen fingen, waren die fetten Fische aus dem Atlantik begehrt. Die Nachfrage bestimmte den Markt und die Elbfischer blieben auf ihren mickrigen Schollen sitzen.

»Kommst du mit in die ›Heiße Liebe‹ hinter der großen Markthalle? Wir wollen den Fang begießen, bevor unsere Weiber auftauchen und uns den Lohn für sich und die Gören abknöpfen«, erkundigte sich Gorch. Die Spelunke war dafür bekannt, dass die Seeleute hier ihren Lohn versoffen. Frauen, vor allem Ehefrauen, war der Zutritt verwehrt und die Pinte hatte für den Notfall eine Hintertür, falls sich jemand nicht abwimmeln ließ, was durchaus vorkam.

»Sag bloß, du hast schon eine Familie«, erwiderte Fritzi erstaunt. Sie konnte sich nur schwer vorstellen, dass der junge Fischer, der im gleichen Alter wie sie zu sein schien, schon eine Familie haben sollte.

»Klar. Ich bin ja schon zwanzig. Klein Erna ist zwei und Peterchen ist noch ganz frisch. Meine Frau, Ella, kenne ich aus der Volksschule. Sie war meine erste Freundin. Wir haben sogar eine eigene Kammer, oben im Dachboden bei den Eltern«, erzählte er stolz und seine Augen strahlten. Trotzdem wollte er sich für die Mühen der vergangenen Wochen in der Hafenkneipe belohnen. Nachdem Fritzi abgelehnt hatte, war er den Matrosen hinterhergeeilt, die sich schon auf den Weg zur »Heiße Liebe« gemacht hatten.

Jetzt war nur noch der Kapitän an Bord. Er stand im Ruderhaus und erledigte alles Schriftliche, das noch getan werden musste. Er füllte Formulare aus, bezahlte den Hafenmeister und den Liegeplatz und trug die Daten ins Bordbuch ein. All das würde seine Zeit in Anspruch nehmen. Fritzi aber wollte sich schnell ihrer stinkenden Klamotten entledigen und sich nach all den Tagen auf See endlich wieder waschen. Keine Sekunde war sie ungestört gewesen und es war nicht einmal an eine Katzenwäsche zu denken gewesen. Sie ging in den Schlafraum, holte ihre Seekiste und entnahm Waschlappen und Seife sowie frische Wäsche. Ihr Mittelfinger brannte, als sie die Bandagen abnahm. Sie hielt die Luft an, als sie den Finger im flackernden Licht der Funzel betrachtete, die an der Decke hing. Die Wunde war blasig und nässte. Der Finger war rötlich geschwollen. Sie nahm sich vor, gleich am nächsten Tag einen Wundarzt aufzusuchen. Mit zusammengebissenen Zähnen säuberte sie die Wunde, trug Ringelblumensalbe auf, die ihr der Koch gegeben hatte, und wickelte ein frisches Tuch um die Wunde. Das natürliche Penicillin hatte die Wundheilung in der Tat beschleunigt. Vorsichtig begann sie sich auszuziehen.

Erst jetzt nahm sie wahr, dass sie aus jeder Pore stank. Ob ich jemals den Fischgeruch wieder loswerde?, dachte sie und goss heißes Wasser aus dem Kessel in die Emailschüssel. Das Gefühl von warmem Seifenwasser auf ihrer Haut ließ sie wohlig seufzen und sie begann sich vorsichtig zu schrubben, ohne den verletzten Finger zu berühren. Schicht um Schicht ließ sie die schmutzige Kleidung an sich herunter auf die Holzbohlen gleiten und wickelte die Bandagen von der Brust. Die Haut roch käsig, da sie immer wieder feucht geworden war und sich der Schweiß mit Meerwasser verbunden hatte. Fritzi tauchte den Waschlappen in die Schüssel und rieb die Seife darüber, dann endlich schrubbte sie sich all die unangenehmen Gerüche vom Körper. Ihre Brustwarzen wurden hart, als ein kühler Luftzug über die feuchte Haut strich.

15

»Was zur Hölle!«, schnarrte der Zweite Steuermann, der in diesem Moment die Stiege herunterkam. Mit offenem Mund starrte er auf die bis zu den Hüften nackte Frau.

Zu Tode erschrocken griff Fritzi nach dem Erstbesten, das sie in die Finger bekam. Es war das verschmutzte Ölzeug. Kalt und schmierig klebte es auf ihrer ungeschützten Haut. Nicht weniger schockiert starrte sie Pawlowski an.

»Na, wen haben wir denn da!«, murmelte er, nachdem er sich aus seiner Starre gelöst hatte. Gier und Boshaftigkeit lagen in seinem Blick, während er sich an ihrer Verzweiflung weidete.

»Ein verdammtes Weibsstück! Was erdreistest du dich, als Mann verkleidet an Bord zu gehen und gegen die gottgegebene Ordnung zu verstoßen! Hure! Du bringst Schimpf und Schande über uns!«

Bedrohlich baute er sich vor ihr auf und versperrte ihr den Fluchtweg. Seine Hand packte ihr Ölzeug, riss es ihr aus den Händen. Fritzi versuchte krampfhaft, daran festzuhalten. Es gelang ihr nicht. Das schwere Ölzeug landete vor ihren nackten Füßen. Pawlowski kam bedrohlich nah. Sie spürte seine aufdringliche Nähe. Sein Atem stieß ihr ins Gesicht, obwohl er sie um mindestens einen Kopf überragte. Er betrachtete sie mit gierigem Blick. Fritzi stand stocksteif da. Ihre entblößte Brust hob und senkte sich im Rhythmus ihres Herzschlags. Eisern zwang sie sich, seinen Blick zu erwidern. Wie zwei Duellanten starrten sich die beiden an.

Mit einer raschen Bewegung drückte er seine grobschlächtige Hand, mit der er sie entblößt hatte, auf ihre Brust und begann sie mit festem Griff zu kneten. Fritzi war sich sicher, dass er das Gefühl von männlicher Überlegenheit auskostete. Dabei sah er ihr provokant ins Gesicht. Ihr Herzschlag dröhnte in ihren Ohren. Die aufsteigende Panik ließ nur noch einen Gedanken zu: Flucht! Doch sie zwang sich, äußerlich kühl zu bleiben. Die Macht, sich an ihrer Hilflosigkeit aufzugeilen, wollte sie ihm nicht geben. Pawlowskis massiger Körper versperrte ihr jegliche Sicht und vor allem jede Fluchtmöglichkeit. Immer fester drückte und knetete er ihre Brust, während sie ihn weiter böse anstarrte. Ein tiefes Stöhnen entfuhr plötzlich seiner Kehle. Fritzi erstarrte, als er nun sein Bein grob zwischen ihre Beine drängte und sich an sie presste. Sie spürte sein hartes Glied, das sich an ihr zu reiben begann. Wie sollte sie sich nur aus dieser Situation befreien, überlegte sie angsterfüllt.

Pawlowskis Mund war ihren Lippen jetzt so nahe gekommen, dass sie seinen fauligen Mundgeruch roch. Er versuchte, ihr einen Kuss aufzuzwingen. Seine Augen wurden glasig, er schien nicht mehr in ihr Gesicht zu starren, sondern durch sie hindurch. Sein Oberkörper krümmte sich und er umklammerte sie vollends, drückte sie an die Wand und presste sich an sie. Fritzi entfuhr ein Wimmern, was seine Lust umso mehr zu entfachen schien. Er packte sie fest und versuchte mit der anderen Hand ihre Hose herunterzuziehen. In diesem Moment wurde Fritzi vollends klar, dass sie auf sich selbst gestellt war. Jetzt endlich erwachte sie aus ihrer Passivität. Die Wut über die unglaubliche Unverschämtheit dieses Mannes und ihre eigene Hilflosigkeit stieg eiskalt in ihr auf und verlieh ihr unbändige Kraft.

Ihre Hände ballten sich zu Fäusten. Der Schmerz im Mittelfinger war fast vergessen. Genug war genug. Sie würde sich wehren und lieber Prügel kassieren, als sich von dem Mistkerl vergewaltigen zu lassen. Mit aller Wucht, die sie aufbringen konnte, riss sie ihr Knie hoch und traf ihn zwischen den Beinen.

Mit schmerzverzerrtem Gesicht ließ er sie los und fasste sich stöhnend in den Schritt. Sie war frei! Rasch hob sie ihren Stiefel vom Boden auf und schlug ihn mit aller Wucht Pawlowski ins Gesicht, der laut aufjaulte. Empfindlich getroffen taumelte er einige Schritte zurück und hielt sich die Nase. Blut tropfte auf den Kragen seines Fischerhemdes. Er war krebsrot im Gesicht und machte den Anschein, als würde er jeden Moment explodieren. Stattdessen aber wurden seine Augen zu Schlitzen. »Verpiss dich, du Mannweib!«, zischte er.

Fritzi zuckte zusammen.

»Du Schlange!« Er spuckte Speichel und Blut auf den Boden. »Warte nur! Du weißt nicht, mit wem du dich angelegt hast. Ich werde dir das Leben zur Hölle machen! Ich werde dafür sorgen, dass du nie wieder ein Schiff betrittst!« Zornig wischte er sich das Blut mit dem Ärmel aus dem Gesicht und stürmte aus der Kabine.

Es dauerte eine ganze Weile, bis sich Fritzis Herzschlag wieder beruhigte. Ihre Brust schmerzte, sie spürte noch immer den groben Griff seiner Hände. Sie musste sofort verschwinden! Nichts wie fort, dachte sie, bevor er es sich anders überlegte und wiederkam. Wütend und voller Angst zugleich wischte sich die Tränen aus den Augen. Rasch griff sie nach dem erstbesten Kleidungsstück und zog es über. Alles andere verstaute sie in ihrem Seesack. Entschlossen, nicht eine Sekunde länger hierzubleiben, warf sie sich das Bündel auf den Rücken, nahm die Stiefel und zog sich die

Wollmütze tief ins Gesicht. Äußerlich war sie nun wieder der Student Jonny, aber innerlich fühlte sie sich nackt, beschmutzt und schutzlos.

Mit einem letzten Blick sah sie sich in der Kajüte um. Hatte sie sich hier gerade noch zu Hause gefühlt, konnte sie es jetzt nicht mehr erwarten, diesem Gefängnis zu entkommen. Als sie die steilen Stufen hoch aufs Deck stieg, hörte sie schon die laute Stimme des zweiten Steuermanns im Ruderhaus.

Gustav Cordes versuchte wohl, ihn zu beruhigen. Doch Pawlowski war außer sich vor Zorn. Fritzi war klar, dass sein männlicher Stolz bis ins Mark verletzt war. Ernüchtert vermutete sie, dass er hartnäckig sein Ziel verfolgen würde: sie zu bestrafen und sich zu rächen. Fritzi schluckte schwer. Sie hatte sich gerade einen mächtigen Feind geschaffen, auch wenn sie unschuldig an dem Vorfall war.

An dem sichtbaren Ergebnis des Kampfes war sie allerdings sehr wohl schuld. Da sie ihn, für jeden sichtbar, mitten im Gesicht getroffen hatte. Wie ein Schandmal leuchtete seine blutverschmierte Nase mitten in seinem zornroten Gesicht.

Der Kapitän, der Fritzis Scharade gedeckt hatte, verteidigte Fritzi. Aber Pawlowski wurde nur noch wütender. Hatte er sich doch den absoluten Rückhalt vom Kapitän erhofft. Immerhin war er der Zweite Steuermann. Na warte, dachte er zornig. Er würde die Matrosen schon noch dazu bringen, das Miststück wie eine Katze über Bord zu werfen. Die Männer würden zu ihm halten und seine Empörung teilen, schließlich hatte sie ja alle zum Narren gehalten und sich angemaßt, eine von ihnen zu sein. Verrückte Welt, am Ende wollten die Weiber noch ans Ruder und an Deck das Sagen haben. Das konnte er auf keinen Fall dulden. Den Hexen musste man zeigen, wo ihr Platz war. Wütend spuckte er die Portion Kautabak aus, die sich mit Blut vermischt hatte.

In dem Moment kamen die anderen Männer angesäuselt von ihrer Kneipentour zurück. Interessiert spitzten sie die Ohren und es entging ihnen kein Wort. Sie staunten nicht schlecht, als sie begriffen, worum es bei dem Streit ging.

Gorch betrat gerade schwankend das Schiff seines Vaters, als der Kapitän den Rest der Mannschaft spöttisch ansah. »Habt ihr etwa nicht gemerkt, dass ihr eine lütt Deern dabeigehabt habt?«

Nein, das hatten sie nicht. Sie starrten Fritzi mit großen Augen an, die gerade aus der Kabine gekommen war. Der Student Jonny ein Mädchen? Das konnte nicht wahr sein.

Fritzi starrte zurück. Sie hatte einen faulen Nachgeschmack auf der Zunge, sie spürte seine Hände noch immer an ihrer Brust. Dieses grauenhafte Erlebnis würde sich tief in ihre Seele brennen. Die Wut über diese Ungerechtigkeit bemächtigte sich ihres Verstandes. Sie hatte alles getan, um für ihre Leistung Anerkennung zu bekommen. Sie hatte bis zum Umfallen geschuftet und Sturm und Wellen getrotzt. Sie hatte ihre Haare, ihr weibliches Auftreten und, wie es schien, einen Finger geopfert. Alles für dieses eine Ziel. Und sie hatte es für einen kurzen Augenblick erreicht. Die Männer an Bord hatten sie akzeptiert und ihre Arbeit wertgeschätzt. Doch jetzt war sie von einem Augenblick auf den anderen, ohne eigene Schuld, zu einer Witzfigur geworden. Sie fühlte sich schmutzig. Jetzt war sie nicht mehr Jonny, der Student, der allen gezeigt hatte, dass er zupacken konnte. Jetzt war sie nur noch eine Frau, die sich erdreistet hatte, alle zu täuschen und Unglück an Bord und Spott über die Mannschaft zu bringen. Eine Frau, die man zur Strafe für ihre Unverschämtheit nach Herzenslust herumschubsen und begrapschen durfte.

Paul, der mit offenem Mund und den Händen in den Hosentaschen vor ihr gestanden hatte, konnte nur den Kopf schütteln.

»Ich habe mir doch gleich gedacht, dass da was nicht stimmt«, murmelte er. Damit war für ihn die Sache offensichtlich erledigt. Was interessierte ihn, ob Mann oder Frau. Hauptsache, der Neue hatte mit angepackt und ihm die Arbeit erleichtert.

Gorch, der neben ihr stand und gerade erst an Bord gekommen war, blickte dagegen ungläubig von Fritzi zu seinem Vater und zurück. Dann nahm er seine Mütze ab und rubbelte seine blonden Haare. Vielleicht half es ihm beim Denken, dachte Fritzi. Dann hellte sich sein Gesicht plötzlich und er begriff. Seine Augen blitzten und er nahm die Pfeife aus dem Mund, steckte sie in die Hosentasche und ging einen Schritt auf Fritzi zu.

Unwillkürlich ließ sie den Seesack und die Stiefel fallen und riss zur Deckung die Fäuste hoch vor ihr Gesicht, um sich nach Boxmanier zu verteidigen. Sie bemerkte, dass der Verband am rechten Finger durchgeblutet war. Die Wunde musste bei dem ganzen Tumult wieder aufgerissen sein. Doch erstaunlicherweise verspürte sie keinen Schmerz. Ihr Körper war mit Adrenalin vollgepumpt.

Doch die Hand, die Gorch vorstreckte, war nicht geballt, sondern offen. Er griff nach ihrer kampfbereiten linken Hand und schüttelte sie kräftig.

»Mensch, da hast du uns aber bannig verscheißert. Dass du 'ne Deern bist, hätt ich nie gedacht, so wie du zupacken kannst.« Dabei grinste er übers ganze Gesicht. Die Pfeife hatte er wieder in den Mund gesteckt.

Klaas wollte ihr gerade ebenfalls kameradschaftlich auf die Schulter klopfen, als Pawlowski wütend dazwischenging.

»Seid ihr total übergeschnappt? Begreift ihr denn nicht, dass das Weib euch zum Gespött gemacht hat?« Zornig streckte er seine Hand aus und zeigte anklagend mit dem Finger auf Fritzi. »Kapiert ihr das denn nicht, ihr Flachpiepen? Wenn diese Frau genauso anpacken kann wie ihr, dann gibt es dafür nur eine Erklärung: nämlich, dass ihr genauso schwach wie ein Weib seid, ihr Waschlappen.«

Empört protestierten die Männer gegen diesen Vorwurf. Pawlowski hatte sie an ihrer Ehre gepackt, und da kannten sie nun wirklich keinen Spaß. Fritzi spürte, dass die Stimmung kurz davor war, zu kippen. Einige der Männer, die gerade noch belustigt gewesen waren, schienen sich jetzt mehr und mehr zu empören. Es könnte Pawlowski durchaus gelingen, die Männer gegen sie aufzuwiegeln. Sie musste schleunigst abhauen.

Unverhofft stellte sich Gorch auf ihre Seite und wies den Steuermann zurecht. »Hast du etwa gerade gesagt, dass ich kein Mann bin? Willst du meine Fäuste spüren?«

Offensichtlich hatte Pawlowski keinen Bedarf, seine gerötete Nase erneut einem Schlag auszusetzen. Er spuckte aus, drehte sich um und ging laut fluchend unter Deck. Hier war kein Platz mehr für ihn. Die Mannschaft hatte keinen Respekt mehr vor ihm. Das Schiff war verflucht, seitdem die vermaledeite Deern an Bord gekommen war. Keine zehn Pferde würden ihn dazu bringen, diesen Unglückskahn noch einmal zu betreten. Sie konnten froh sein, dass sie in dem Sturm nicht gesunken waren. Im Gegensatz zu den meisten Fischern hatte er weder Frau noch Kinder. Er musste keine Mäuler stopfen. Er war sein eigener Herr und brauchte sich vor niemandem zu rechtfertigen außer vor Gott. Und der war sicherlich nicht damit einverstanden, dass die göttliche Ordnung auf den Kopf gestellt wurde. Die Frau hatte dem

Mann zu dienen und nicht umgekehrt. Dieses Mädchen hatte ihre ureigene Pflicht, Mutter zu werden und damit Gott und dem Volke zu dienen, abgelehnt. Das wollte, das konnte er nicht dulden. Er würde mit allen Mitteln verhindern, dass jemals eine Frau in der Seefahrt Fuß fassen könnte. Seine Kameraden würden ihn in seiner Meinung bestätigen und ihm zu einer neuen Arbeit verhelfen. Sein Schwager hatte ihn zu einem Treffen der neuen Bewegung mitgenommen. Dort hatte er sich erstmals in einer Gemeinschaft von Gleichgesinnten akzeptiert gefühlt. Gemeinsam würden sie gegen diese Frau kämpfen. Gott und der Führer würden ihn in seinem Kampf bestärken.

16

Nachdenklich betrachtete Fritzi den hässlichen Stumpf, der zurückgeblieben war, als der Wundarzt damals das letzte Fingerglied des rechten Mittelfingers amputiert hatte. Die Läsion war verheilt, der Schmerz vergangen. Nur der Stachel der Erinnerung an das demütigende Ende ihrer ersten Fahrt steckte immer noch tief in ihrer Seele.

Finn bemerkte ihren schmerzvollen Blick und nahm behutsam ihre Hand, führte die vernarbte Kuppe zum Mund und küsste sie zärtlich.

»Sei nicht traurig, meine kleine Piratenbraut. Der fehlende Finger entstellt dich nicht. Sieh es als Symbol deiner Stärke an. Du hast überlebt!«, versuchte er sie zu trösten. Fritzi nickte gedankenverloren und lächelte zaghaft. Sie war sich bewusst, dass er ihren niedergeschlagenen Blick fehlinterpretiert hatte. Der deformierte Finger erinnerte sie peinigend an die erniedrigenden Ereignisse an Bord. Niemals würde sie Finn die furchtbare Wahrheit erzählen können. Er hatte ja keine Ahnung, dachte sie, und so würde es hoffentlich auch bleiben.

Die Sonne verfing sich in seinen nassen Haaren und ließ die Tröpfchen glitzern. Als er sich über sie beugte, um sie zu küssen, fielen einzelne Tropfen auf ihren sonnengewärmten Bauch. Eine leichte Gänsehaut stellte die feinen Härchen an den Armen auf. Das Wasser der Ostsee war angenehm temperiert, wenn auch nicht mehr so warm wie im Hochsommer. Die meisten Feriengäste hatten den Ort verlassen und nur einzelne Strandläufer verirrten sich ans Meer. Fritzi streckte ihre Beine auf der Decke aus und räkelte sich müde in der sanften Wärme der tief stehenden Spätsommersonne.

An der Schwelle zum Einschlafen wanderten Fritzis Gedanken in die Vergangenheit zurück. Waren seit ihrem ersten Abenteuer an Bord wirklich schon drei Jahre verstrichen? Drei Jahre, in denen sie dem Wunsch ihres Vaters gemäß ihr Pädagogikstudium beendet hatte? Dickköpfig, wie ihr Vater war, ließ er auch nach ihrer Volljährigkeit nicht mit sich reden. Für eine höhere Tochter kam nur eine akademische Laufbahn infrage. Fritzi hatte sich den Forderungen ihres Vaters gefügt und das Examen erfolgreich abgelegt. Im Herbst würde sie ihre erste Schulklasse unterrichten. Was er allerdings nicht wusste: Sie hatte sich im letzten Monat wieder heimlich an Bord geschlichen. Günther Gerdes hatte sie nach intensivem Drängen unter dem Namen »Anton« auf seinem Fischdampfer »Neptun« untergebracht. »Jonny« und seine Geschichte kannte unter den Fischern inzwischen jeder. Kapitän Jakob Fock hatte sie trotz des Risikos, erneut entdeckt zu werden, mitgenommen. Er schätzte einen guten Seemann mehr als das Weibergewäsch der Hafenarbeiter, hatte er von Gerdes geantwortet, als er von ihm gefragt wurde. Zumal er für sie fast keine Heuer zahlen musste. Ihr Törn hatte sie für neun Tage in die nördlichen Fanggebiete zwischen England und Dänemark geführt und war reibungslos verlaufen. Kapitän Cordes hatte, nachdem er seinen Zweiten Steuermann gefeuert hatte, doch noch kalte Füße bekommen und die Sache unter den Teppich gekehrt. Obwohl er von ihrer Arbeitsleistung überzeugt war, weigerte er sich, Fritzi noch einmal an Bord zu lassen und noch mehr Unfrieden in der Mannschaft zu riskieren. Jakob Fock hatte natürlich auch von dem Malheur gehört. Es war ja *das* Gespräch unter den Seeleuten gewesen. Zum Glück hatte sich der Skandal nicht über die Grenzen des Hafens hinaus verbreitet, so dass ihr Vater von Details verschont blieb und Fritzis geschöntem Bericht vom anstrengenden, aber erfüllenden Bordleben Glauben schenken konnte. Lediglich das fehlende Fingerglied strafte sie Lügen.

Ihr Vater brauchte ja nicht alles wissen, dachte sie rebellisch. Vor allem nicht die Geheimnisse, die sie mit Finn teilte. Im vergangenen Sommer war sie dem jungen Mann endgültig nähergekommen. Näher, als in den Augen ihres strengen Herrn Vaters erlaubt war. Doch das Leben war eben einmalig und kurz. Fritzi wollte es auskosten und mit beiden Händen anpacken. Längst war sie nicht mehr der naive Backfisch. Finn hatte ihr weibliches Ich hinter ihrer vermeintlich spröden Fassade erkannt, hatte ihre Leidenschaft und ihre Sinnlichkeit entdeckt.

Ein Tropfen traf ihre geschlossenen Augenlider und holte sie augenblicklich in die Gegenwart zurück. Sie schlug die Augen auf und sah in Finns Blick, dass auch er an ihre intimen Momente dachte. Sie legte sanft die Hand an seinen Kopf, zog in zärtlich zu sich herab und küsste ihn leidenschaftlich. Bilder und Gefühle ihrer ersten gemeinsamen Nacht tauchten vor ihrem inneren Auge auf. Fast körperlich erinnerte sie sich an seine Küsse, die an ihrer Brust entlang zu ihrer Scham gewandert waren und den fauligen Geruch von Pawlowskis fordernder Gier endgültig weggewischt hatten. Ihr Körper hatte sich ganz dem Gefühl und den Erkundungen von Finn hingegeben. Seine Finger brachten sie dazu, leise zu stöhnen, und ein Gefühl ermächtigte sich ihrer, das sie bis dahin nicht gekannt hatte und auch nie mehr missen wollte. Durch die lustvollen Berührungen baute sich eine

Anspannung auf, die kaum noch auszuhalten war und die sich schließlich mit einer Intensität entlud, die ihr den Atem nahm. Verwundert hatte sie in sein verschmitztes Gesicht gesehen und alle Gedanken über eine moralische Deutung ihrer Zärtlichkeit weggewischt. Was konnte an diesem unglaublichen Gefühl falsch sein.

Finn zog ihre Hand zu seinem Mund, küsste ihre Finger und schob sie dann langsam, aber zielsicher über seine salzwasserfeuchte Brust. Schelmisch blickte er sich rasch nach allen Seiten um. Sie waren allein in den Dünen, die sie vor Blicken vom Strand abschirmten. Fritzi nahm den Moment in all seiner Intensität wahr. Den blassblauen Himmel über sich, den Wind in den Haaren, den weichen Sand unter sich. Dann schob sich Finns Gesicht vor den Himmel und füllte ihn ganz aus. Fritzi ließ sich fallen und überließ ihm die Führung. Sie betrachtete fasziniert, wie sich sein Gesicht, von der Lust erfasst, veränderte. Fritzi versank tief in seinen Augen, die sie ernst musterten. Die tiefe Verbundenheit, die sich zwischen ihnen entwickelt hatte, empfand sie als unbeschreiblich schön und intensiv.

Fritzi war ganz benommen von der Leidenschaft, die sie für den jungen Mann empfand und die er in ihr entfachen konnte, obwohl er so unscheinbar wirkte. Zum ersten Mal in ihrem Leben geriet ihr übermächtiger Wunsch nach einem selbstbestimmten Leben auf See ins Wanken. War sie wirklich bereit, ein Leben an Finns Seite gegen das einsame Leben an Bord zu tauschen? Ihre gemeinsame Zeit verging stets wie in einem Rausch, dem sie sich ungestüm hingaben. Waren sie sich doch bewusst, dass ihr Zusammensein begrenzt war. Zeitlich begrenzt, aber vielleicht dadurch umso intensiver und kostbarer. Dass sie keine gewöhnliche Beziehung führen würden, war beiden von Anfang an klar. Sie liebten sich leidenschaftlich, verbrachten jede Minute der Ferienzeit zusammen und genossen ihre Zweisamkeit, aber heiraten kam für Fritzi nicht infrage. Sie war schon verheiratet, mit ihrer größten Liebe, dem Meer. Das musste Finn akzeptieren, auch wenn er damit haderte. Sie ertrug den Gedanken nicht, gemeinsam in einem Haus zu wohnen, zu waschen, zu kochen und vollkommen auf ein selbstbestimmtes Leben an Bord zu verzichten.

Im Frühling hatte Finn die Aufnahmeprüfung am Dessauer Bauhaus bestanden und studierte nun in der Meisterklasse von Walter Peterhans, Druckgrafik und Fotografie. Er teilte sich ein kleines Apartment mit zwei Kommilitonen. Die Wohnung war so klein, dass an einen Besuch kaum zu denken war, auch wenn in der Junggesellenbude oft wild gefeiert wurde. Sie hatten verschiedene Lebensmodelle und waren übereingekommen, dies gegenseitig zu akzeptieren. Ihnen blieben daher nur die großen Sommerferien, um sich zu treffen, und die Reichspost, um sich ihrer Liebe zu versichern.

Finn hatte in seinem letzten Brief ein Foto beigelegt, das ihn mit seinen Studienfreunden auf einem schmalen Balkon eines Bauhausgebäudes abbildete. Unverwechselbar saß Finn im dunklen Anzug in der Mitte des Fotos und grinste in die Kamera. Er war von einem Dutzend Studenten in weißen Arbeitskitteln umringt. Lebensfreude und Selbstbewusstsein sprangen den jungen Männern aus dem Gesicht. Fritzi verstand, warum Finn begeistert war, an dieser außergewöhnlichen Hochschule studieren zu dürfen und ein Bauhäusler zu sein. Am Rande des Bildausschnittes stand, lässig an das Balkongeländer gelehnt, eine Frau inmitten der jungen Männer. Das weiße ärmellose Kleid umspielte ihre Figur und der kurze Haarschnitt sah modern und selbstbewusst aus. Emma hatte als einzige Frau die Aufnahme in die Meisterklasse bestanden. Fritzi brannte vor Eifersucht. Nicht nur in Bezug auf Finn, der geschworen hatte, Emma nicht anziehend zu finden, sondern auch auf ihr Privileg. Emmas Freiheit, sich nach ihrer persönlichen Leidenschaft selbst einen Beruf wählen zu dürfen. Warum gab es diese Möglichkeit nicht für alle Berufsgruppen und warum nicht für mich, fragte sie sich frustriert.

Sie lebten in verschiedenen Welten, das wurde Fritzi einmal mehr klar, als sie Finns begeisterten Erzählungen von seinem Studium und seinem Leben in Dessau lauschte. Im Gegensatz zu ihrer Hochschule, die Pädagogik strikt nach traditionellen Vorgaben dozierte, schienen im Bauhaus die starren Grenzen zwischen den Geschlechtern und sozialen Schichten aufzuweichen. Frauen durften ganz nach ihren Fähigkeiten arbeiten, obwohl sie meist in die Weberei gesteckt wurden und nicht in die freie Gestaltung. Dennoch schien dort ein moderner Wind zu wehen, der Fritzi beeindruckte. Sie beneidete Finn um dieses offene Studium und den Umgang der Studenten untereinander und mit ihrem Dozenten. Ebendieser Umgang war freundschaftlich und unterschied sich so gravierend von ihren Erfahrungen.

Sie schüttelte den Kopf. Träumereien halfen nichts. Sie musste sich der Realität stellen und ihren eigenen Weg beschreiten. Sosehr sie Finns freies Studentenleben bewunderte, sie würde dennoch nicht tauschen wollen. Kam doch nichts der Freiheit gleich, die sie auf dem Meer empfand, wenn die Wellen das Schiff trugen und die Alltagssorgen meilenweit entfernt zurückblieben. Das Festland erschien ihr dagegen zunehmend bedrückend und einengend. Die politischen Umschwünge erzeugten einen Sog, der immer durstiger zu werden schien. Eine Atmosphäre von siegestaumelnder Euphorie hatte einige Teile der Bevölkerung erfasst, eine schwere, düstere Depression die anderen. Dunkle Wolken der Veränderung lagen über dem Land. Fritzi wünschte sich sehnsüchtig unter den freien Sternenhimmel des Ozeans zurück. Wo sie in das unendliche Weltall schauen konnte und in ihrer eigenen Bedeutungslosigkeit für den Lauf der Welt Trost fand.

Das atemberaubende, intensive Gefühl echter Lebendigkeit aber stellte sich bei ihr nur ein, wenn sie gegen die Natur und ihre eigenen Grenzen ankämpfte. Diesen alles verzehrenden Rausch, bei dem sich ihr Geist löste und sie eins mit ihrer Umgebung wurde, hatte sie nur auf dem Meer erlebt. Selbst schwere Touren in den Bergen von Innsbruck, wo Wetterumstürze, Steinschläge und Lawinen sie in Lebensgefahr gebracht hatten, konnten diese Ekstase nicht auslösen, die sie auf dem Meer verspürte. Dann fühlte sie sich lebendig. Für diesen kostbaren Moment lebte sie. Auch wenn dies bedeutete, dass sie ihren Lebensweg allein beschreiten müsste. Ein Teil von ihr liebte Finn und träumte von einem normalen Leben an seiner Seite. Träumte von einem gemeinsamen Kind. Träumte von dem Gefühl, das Neugeborene im Arm zu halten, seinen Duft zu riechen und sein Glucksen zu hören. Doch der andere Part ihrer Seele verspürte den Trieb, zur See zu fahren und Abenteuer zu erleben. Dieser Trieb war ungleich größer. Dieser Leidenschaft war sie mit jeder Faser ihres Körpers verfallen und sie konnte nichts dagegen unternehmen. Sie war seesüchtig und wie jeder Süchtige wollte sie immer mehr von der kostbaren Droge, auch wenn es sie von Finn fortbrachte. Ernüchtert von diesen Gedanken setzte sie sich auf. Es war Zeit, zu gehen.

Der Sommer in Grömitz an Finns Seite verging zu schnell. Fritzi hatte tagsüber wieder für Ernst Kröger gearbeitet und beherrschte jeden Handgriff, der an Bord getan werden musste. Kröger war mächtig stolz auf »seinen Schüler«. Von dem Lohn, den sie dabei verdient hatte, kaufte sie sich ein Kanu. Zusammen mit ihrer besten Freundin Rike und deren älterem Bruder Hans, die aus Hamburg mit dem Zug nachgekommen waren, unternahm sie einen mehrtägigen Ausflug. Sie setzten die Faltboote auf die Achse eines ausgedienten Kinderwagens und zogen sie mit diesem improvisierten Bootswagen vom Bahnhof zum Hafen. Ole, ein Studienfreund von Finn, der mit ihm in Dessau studierte, hatte sein kleines Schifferklavier dabei und sie verbrachten die Abende singend am Lagerfeuer. Finn hatte sich als passabler Paddler herausgestellt und Hans führte die kleine Gruppe der Faltboot-Einer als Ältester an. Unerschrocken wagten sie sich sogar bei Windstärke acht bis in die Danziger Bucht. Tagsüber paddelten sie weite Strecken und abends bauten sie ihre Zelte auf und saßen unter dem weiten Sternenhimmel. Es war eine unbeschwerte Zeit gewesen, die sie in ihrer Leidenschaft, ein selbstbestimmtes, freies Leben führen zu wollen, nur bestärkt hatte. Fritzi vergeudete keinen Gedanken an eine Zukunft, die sie nicht selbst in der Hand hatte. Sie wollte nicht vorausdenken, sondern in der Gegenwart aufgehen. Das Dasein bot ihr jeden Moment neue Herausforderungen, da musste sie doch zugreifen und konnte sich nicht an einen Mann binden. Auch nicht an Finn. Sie hatte die Freiheit des Seins auf dem Meer gekostet und wollte mehr davon. Nach wie vor gab es für Frauen keine Möglichkeit, offiziell anzumustern und die Fahrtzeiten zu sammeln, die sie für die Aufnahme an der Seefahrtschule benötigte. Zwar hatte sie die Kapitäne der »Ingrid« und der »Neptun« überzeugen können, die Fahrten in ihrem kleinen Notizbuch abzustempeln, doch gaben ihr beide keine große Hoffnung, dass dieses Dokument je wie ein Eintrag in einem offiziellen Seefahrtbuch gewertet werden würde. Fritzi sah keine Möglichkeit, ihrer Berufung auf direktem Weg folgen zu können. Sie würde das System austricksen und mit den eigenen Waffen schlagen müssen, und sie hatte auch schon eine Idee, wie sie das anstellen wollte.

17

Die Abendsonne war hinter der Kirche abgetaucht. Rasch wurde es in dem kleinen Raum dämmrig. Fritzi zündete eine Kerze an. Fröstelnd erhob sie sich von ihrem Schreibtisch und warf einen Brocken Kohle in den alten Ofen. Kaum zu glauben, dass erst ein Monat vergangen war, seit sie mit Finn am Strand gelegen hatte. Die Herbsttage des Jahres 1934 waren mild und warm, doch sobald die Sonne unterging, wurde es empfindlich kalt. Sie steckte den Brief in ihren Rucksack, den sie soeben an ihren Freund geschrieben hatte. Sie hatte lange gezögert, ihm von dem Abend zu erzählen, der in ihr einen verwegenen Plan geweckt hatte. Zu präsent war ihr noch ihr letzter Abschied vor Augen. Der stumme Vorwurf in seinen Augen, als sie wieder vom Meer geschwärmt hatte. Sie hatte gespürt, dass ihn ihre Obsession zunehmend belastete. Wie lange würde er ihre Leidenschaft noch akzeptieren, deren Mittelpunkt nicht er war. Sie hatte ihn darauf angesprochen und er hatte ihr versichert, dass er zu ihr und ihrem Vorhaben stand. Doch konnte diese Fernliebe wirklich halten? Wieder wanderten ihre Gedanken zu dem Abend vor zwei Wochen zurück, der diesen verrückten Plan initiiert hatte. Damals hatte ihre Kanuabteilung des Eimsbüttler Turnvereins zu einem Vortrag geladen. Sämtliche Vereinskameraden hatten sich angemeldet und in den Räumen des Vereinshauses hatte dichtes Gedränge geherrscht. Fritzi erinnerte sich an das gemütliche Gefühl, zwischen ihren Vereinskameraden eingeklemmt auf der schmalen Holzbank zu sitzen, die sie aus der Turnhalle geholt hatten. Gespannt warteten alle auf den Redner. Aufgeregtes Gemurmel erfüllte den Sitzungssaal. Klaus Mewes war im Sommer die unglaubliche Heldentat gelungen, allein in einem besegelten Faltbootzweier die Strecke von Hamburg nach Helgoland zu paddeln. Er war damit der erste Mensch überhaupt, der diese Strecke ohne Hilfsmittel geschafft hatte. Endlich trat Mewes an das Pult und begann mit großer Euphorie und in allen Einzelheiten zu erzählen, wie er die gefährliche Etappe gemeistert hatte. Fritzi sah sich um. Die Augen der begeisterten Zuhörer um sie herum strahlten. Klaus Mewes endete seinen Vortrag unter tosendem Applaus. Er wartete den Beifall ab und beugte sich verschwörerisch vor, um noch eine Anekdote zu erzählen. Fritzi horchte elektrisiert auf.

»Vereinskameraden! Ihr werdet mir nicht glauben, was ich im Anschluss an meine sportliche Tat erlebt habe! Eine Woche nach meinem Törn bekomme ich einen schweren Brief, vom Seemannsamt. Im Begleitbrief stand, dass ich für die außergewöhnliche Leistung doch tatsächlich ein Seefahrtbuch bekomme. Ich schlage das dünne Büchlein auf und dort ist meine Paddeltour bereits als selbstständige Fahrt eingetragen!«, erzählte er belustigt. Ungläubiges Gemurmel breitete sich unter den Zuhörern im Raum aus. Das hatte man ja noch nie gehört!

»Das kann man auch noch nie gehört haben, da ich der Erste bin, der diese Leistung vollbracht hat! Wenn ihr mir nicht glaubt, könnt ihr gerne ins Buch schauen. Ich habe es als Beweis mitgebracht!« Mit diesen Worten legte er eine unscheinbare Kladde auf das Rednerpult. Fritzi war nicht mehr zu halten, sie sprang von der Bank auf und drängte sich zwischen den Zuhörern hindurch nach vorne. Sie hörte, wie

Mewes von einem Jungen gefragt wurde, ob er denn jetzt zur See fahren wollte.

»Ne, bestimmt nicht. Das ist nichts für mich. Da bleib ich lieber bei meinen Zahlen, immerhin bin ich Buchhalter im Teekontor der Speicherstadt. Da fange ich doch nicht als Moses auf irgendeinem alten Kahn an.«

Fritzi griff aufgeregt nach dem schwarz-grau melierten Büchlein. Sie blätterte es auf. Tatsächlich! Nach den ersten Seiten, in denen die Personenbeschreibung samt Lichtbild und amtlicher Beglaubigung eingetragen war, hatte das Amt seinen Törn nach Helgoland beurkundet.

Die Zuschauer lachten über diese Geschichte, aber für Fritzi offenbarte sich ein kleiner Spalt in der für Frauen verschlossenen Tür zum Kapitänspatent. Eine winzige Lücke, die sie dazu nutzen wollte, die Tür zur männlichsten aller Männerdomänen mit aller Macht aufzustoßen. Natürlich war dieser Weg überaus gefährlich. Genau das Richtige für mich, dachte Fritzi abenteuerlustig. Zugegeben unorthodox, aber immerhin eine Möglichkeit, zu einem Seefahrtbuch zu kommen und ihre Fahrten offiziell eintragen zu lassen.

»Dann paddele ich als erste Frau nach Helgoland!«, platzte es übermütig aus ihr heraus, bevor sie ihr Vorhaben in Ruhe überdenken konnte. Gelächter kam auf.

»Na klar, unsere Fritzi mal wieder!«, fiel ihr Bruder Karlo in den Spott ein. Hans, Rikes Bruder, knuffte sie ebenfalls kameradschaftlich. Doch die unverhohlene Überheblichkeit ihrer Vereinskameraden bestärkte sie nur umso mehr, das verrückte Abenteuer wirklich zu wagen. Sie fühlte sich an die ungläubige Reaktion der Clubmitglieder von Phileas Fogg erinnert, als er im Reformclub sein Vorhaben, in achtzig Tagen um die Welt zu reisen, vorgestellt hatte.

Zwei Wochen waren seit diesem Abend vergangen. Die

Idee war gereift. Die Umsetzung sollte auf dem Fuß folgen.

Früh am Morgen sprang Fritzi aus den Federn und schnappte sich das vorbereitete Gepäck. Heute war der große Tag. Heute würde sie Geschichte schreiben oder scheitern und untergehen. Fritzi fühlte sich großartig. Das Adrenalin schoss durch ihre Adern und beflügelte sie, das Risiko zu wagen. Alles würde gut gehen, da war sie sich sicher. »Und setzet ihr nicht das Leben ein, nie wird euch das Leben gewonnen sein.« Diese Worte von Friedrich Schiller hatten ihr während des Studiums offenbart, was sie gespürt, aber nicht hatte in Worte fassen können. Nur aus hohen Anforderungen erwuchsen große Leistungen. Das eigene Leben war es wert, dass man es für seine tiefe Bestimmung einsetzte. Es wurde in seiner Zerbrechlichkeit dadurch kostbarer. Fritzi war nicht lebensmüde, sie war sich vielmehr sehr sicher, dass sie es schaffen würde.

Sie trat mit aller Kraft in die Pedale. Wenn sie sich nicht beeilte, würde die Flut gegen sie statt mit ihr arbeiten. Die Reifen des alten Herrenrades holperten über die abgenutzten Pflastersteine der Elbstraße. Die aufgehende Sonne färbte den diesigen Himmel über Hamburg in ein schummriges Rot. Je näher sie der Elbe kam, desto lauter wurde das aufgeregte Geschrei der Möwen. Auf dem Weg zum Bootshaus warf sie den Brief an Finn, den sie noch am Abend zuvor geschrieben hatte, in den Briefkasten.

Sehnsüchtig stellte sie sich sein Haar vor, durch das sie ihre Hand so gern gleiten ließ, um die akkurate Frisur, die so gar nicht zu ihm passte, durcheinanderzubringen. Schade, dass sie sein Gesicht nicht sehen konnte, wenn er den Brief las.

Die Morgenluft war empfindlich kühl, als sie das Bootshaus ihres Sportvereins erreichte. Der Morgennebel hatte das Gras mit kleinen Wassertropfen überzogen. Fritzi zog die nach Algen, Seetang und Dieselmotoren riechende Luft ein. Routiniert legte sie die Einzelteile des Faltkanus, das sie mit dem Radanhänger hergebracht hatte, auf dem Rasen zurecht.

Das mit Sportwimpeln geschmückte Backsteingebäude lag mit seinen Bootsschuppen direkt an der Elbe zwischen dem Altonaer Fischmarkt und dem alten Hafen von Övelgönne. Von hier aus wollte Fritzi starten. Entschlossen verstaute sie ihr spartanisches Gepäck unter der Plane, das sie in einen wasserdichten Sack gepackt hatte. Dann nahm sie den Taschenkompass in die Hand. Sie genoss das Gewicht, das ihr ein Gefühl von Sicherheit vermittelte, bevor sie ihn in der Jackentasche verstaute. Er war ihr einziges nautisches Hilfsmittel, da Sextant und Logarithmustabellen bei Seegang und nächtlicher Fahrt nichts nützen würden. Die Elbmündung und offene Nordsee wären jetzt im Oktober sicher kappelig. Umso besser, dachte sie rebellisch, dann würde man ihr später nicht vorwerfen können, dass die Fahrt bei Sonnenschein und spiegelglatter See ja ein Kinderspiel gewesen sei und sie nur Glück gehabt habe. Sie wollte nicht nur »Glück gehabt« haben, sondern beweisen, dass sie die Strecke auch in den Herbstferien packte. Damit konnte sie der Kritik, die ihr entgegenschlagen würde, gleich die Basis entziehen. Außerdem belächelte sie selbst schönes Wetter und blauen Himmel, die jede Paddeltour zum Spaziergang machten. Stattdessen liebte sie die Herausforderung: Wenn die Wellen bei starkem Seegang auf und ab tanzten, wenn man klitschnass vom Dauerregen gegen die Strömung ankämpfte und stundenlang durchhalten musste. Dann fühlte sich in ihrem Element und bis in alle Zellen hinein lebendig. Zudem hatte sie in der Ostsee schon Windstärke acht getrotzt und starke

Oststürme, die sie an Helgoland vorbeitreiben würden, waren selten. Alle anderen Windrichtungen würden sie schon irgendwo wieder an Land treiben, beruhigte sie sich mit stoischer Gelassenheit.

In der kurzen Zeit hatte sie sich detailversessen Seekarten und Tabellen vorgenommen und die Seezeichen und Seeverkehrsregeln ebenso wie Wind- und Strömungsverhältnisse gelernt. Da gab es kein Vertun! Die Elbe war tückisch. Der Gezeitenstrom lief nicht einfach in die Elbe hinein und wieder hinaus, sondern verursachte durch stark wechselnde Verwirbelungen beträchtlichen Abdrift. Auch wenn die Vorbereitungszeit knapp bemessen war, musste sie jetzt sofort starten, ansonsten würden die Herbststürme ihr Unterfangen beenden oder ihr am Ende noch eine andere todesmutige Frau zuvorkommen. Sie wollte unbedingt als erste Frau allein von Hamburg nach Helgoland paddeln.

Akribisch kontrollierte sie ihre Ausrüstung und räumte die Seetasche noch einmal auf. Verdammt, schalt Fritzi sich selbst, ich habe die Taschenlampe vergessen. Die Lampe musste noch in ihrem Zimmer liegen, das sie zur Untermiete bewohnte. Sie überlegte hin und her, ob sich der Aufwand lohnte, die Strecke von St. Pauli nach Ochsenzoll noch einmal zurückzulegen, oder ob sie auf die Lampe verzichten könnte. Vielleicht sollte ich das Unternehmen gleich ganz lassen, dachte sie genervt, denn die Fahrt würde nicht nur Zeit, sondern auch Kraft kosten. Kraft, die sie dringend brauchte, wollte sie die Herausforderung meistern und nicht inmitten der Nordsee ertrinken. Missmutig entriegelte sie den Anhänger für den Bootswagen, mit dem sie das Kanu hergebracht hatte. Keuchend, in der kalten Luft kleine Dampfwolken ausatmend sprang sie auf das schwere Herrenrad und trat kräftig in die Pedale. Einige Möwen, die auf dem Weg liefen, hopsten aufgebracht zur Seite und kreischten ihr unheilvoll hinterher.

Die Sonne stand schon hoch am Himmel, als Fritzi endlich damit beginnen konnte, das Faltboot aufzubauen. Raschelnd entfaltete sie die Planen, spannte den Kiel ein und steckte das Paddel zusammen.

Verdammt, das konnte doch nicht wahr sein. Fritzi musste sich beherrschen, das Paddel nicht auf den Boden zu schmettern. Das Kanu ließ sich nicht aufspannen. Mit aller Kraft riss Fritzi an dem Mechanismus, mit dem sich das Boot aufklappen lassen sollte. Das Geräusch berstenden Holzes gab ihr den Rest. Ein Spant und ein Bodenrost brachen krachend unter ihrem Zug entzwei. Anklagend fiel ihr das zersplitterte Holz entgegen.

Nein, nein, nein, verdammt! Doch Aufgeben kam nicht infrage, nicht für Fritzi. Das unheilvolle Omen würde sie nicht von ihrem Entschluss abbringen. Fritzi gab nichts auf Spökenkiekerei, sondern war durch diese Rückschläge noch mehr als zuvor motiviert, die gefährliche Fahrt zu wagen.

Verärgert nahm sie die zerbrochenen Hölzer und brachte sie zur Werkstatt, die direkt neben dem Vereinsbootshaus lag.

Karl Wilkes erkannte seine Kundin gleich und ein Strahlen überzog sein faltiges Gesicht. Die junge Deern hatte im Sommer eines seiner Faltboote gekauft und er war nachhaltig beeindruckt von ihrem Fachwissen gewesen. Es war eine Freude, mit ihr über die verschiedenen Funktionsmerkmale der Holzarten zu reden, die er beim Bau seiner Kanus verwendete.

»Ich brauche sofort einen neuen Spann und ein Bodenrost!«, kam sie ohne Umschweife zur Sache. Sie liebte die Fachgespräche mit dem alten Bootsbauer, aber heute war ihr nicht nach einem langen Klönschnack zumute. Sie stand unter Druck, schnellstmöglich in die Puschen zu kommen.

»Wie hast du das denn gemacht?« Verdutzt betrachtete Wilkes die zerstörten Bretter.

»Das Kanu ließ sich nicht aufklappen, da habe ich wohl zu kräftig gezogen«, erwiderte sie zerknirscht und zuckte schuldbewusst mit den Schultern. Hauptsache, sie bekam schnell Ersatz und verlor keine Zeit mehr.

»Hast du die Verriegelung geöffnet, wie ich es dir gezeigt habe?«

Fritzi wurde heiß und kalt. Das hatte sie glatt vergessen. Auf der offenen See konnte so ein Fehler gravierende Folgen haben. Sie musste wirklich aufmerksamer sein und durfte sich nicht so leicht ablenken lassen. Ihr Versuch, die verlorene Zeit wieder aufzuholen, indem sie sich beeilte, hatte sie den Fehler begehen lassen. Dadurch hatte sich alles nur verschlimmert. Diese Ungeschicklichkeit durfte ihr nicht mehr passieren. Sie musste sich auf die Gegenwart fokussieren und nur an ihr Vorhaben denken.

Zum Glück konnte Karl Wilkes ihr die nötigen Ersatzteile verkaufen. Sicherheitshalber erklärte er ihr abermals, was sie zu tun hatte. Fritzi bemühte sich, geduldig und aufmerksam zuzuhören. Innerlich hielt sie es vor Unruhe kaum aus.

Fritzi wusste, wie man ein Faltboot aufbaute, und beherrschte die Technik eigentlich im Schlaf. Mist, sie ärgerte sich immer noch über sich.

Endlich nahm sie die Ersatzteile entgegen, bedankte sich und rannte zurück. Sie wechselte rasch die beschädigten Elemente aus und baute das Kanu fertig auf. Einzelne Tropfen fielen auf die Plane. Es begann zu regnen. Erst fein, dann immer stärker. Regentropfen liefen an Fritzis Gesicht herab und sie wusste nicht, ob sie nun lachen oder weinen sollte.

Zum Weinen war ihr zumute, aber das kam nicht infrage. Dann muss ich halt lachen, sagte sie sich und verstaute ihr Gepäck unter der wasserdichten Plane. Aufgeben kommt nicht, wiederholte sie trotzig ihre Prämisse.

Entschlossen schob sie ihr Faltboot in die Elbe und stieg vorsichtig ein, damit sie nicht schon beim Ablegen Wasser aufnahm und von unten nass wurde. Mit über zwei Stunden Verspätung tauchte sie endlich das Paddel in den Fluss. Der erste Schritt ihres waghalsigen Abenteuers war vollbracht. Fritzis Herz schlug vor Aufregung schneller, als ihr die Dimension ihres Vorhabens klar wurde. Sie maß sich an, etwas zu tun, was noch keiner Frau vor ihr gelungen war. Aber sie würde es schaffen, da war sie sich ganz sicher.

Im Gegensatz zu der Pfingstfahrt, bei der sie vor Neuwerk aufgegeben hatte, da ihr die sturmgepeitschten Wellen von oben ins Ölzeug gelaufen waren, war ihr die Elbe diesmal gnädig und sie kam zügig voran. Das erste Mal übernachtete sie in Glückstadt, das zweite Mal in Otterndorf. Sie kreuzte die Fahrtrinne und erwischte den Sog eines Fischdampfers, ließ sich in der Seitenwelle bis Cuxhaven mitziehen und konnte so einen Teil ihrer Verspätung wieder einholen und Kräfte sparen. An der Kugelbake, einem am Strand bei Cuxhaven stehenden, über dreißig Meter hohen Seezeichen aus Holz, paddelte sie aus dem Sog des Dampfers heraus, um nicht mit in die offene Nordsee gezogen zu werden. Rhythmisch tauchte sie das Blatt ihres Paddels in die kabbelige See. Im gleichmäßigen Bewegungsablauf verlor sie das Zeitgefühl und geriet schier in einen Rausch. Schon zog sie an Neuwerk vorbei. Es hieß, sich den Tidenplan in Erinnerung zu rufen. Sie überschlug die Fakten: Niedrigwasser in Cuxhaven um 10.15 Uhr bedeutete Ebbe für das zwanzig Kilometer entfernt liegende Scharhörn um 9.15 Uhr. Wegen des Wasserstaus in diesem Teil der Elbe würde die Flut erst mit eineinhalb Stunden Verspätung einsetzen. Also würde sie für die Strecke nur eine gute Stunde zur Verfügung haben. Energisch tauchte sie das Paddel ins Wasser und feuerte sich selbst an. Los, streng dich an, du musst es rechtzeitig vor dem Einsetzen der Flut schaffen. Kräftig durchpflügten die Paddelblätter die See und brachten sie Zug um Zug ihrem Ziel langsam näher. Doch die Zeit arbeitete erbarmungslos gegen sie.

Kurz vor Scharhörn rächte sich ihre anfängliche Verspätung. Die Brandungswellen der anrollenden Flut trafen mit voller Wucht ein. Sie kämpfte sich mit letzter Kraft durch die Brandungsdünung vor der Insel und konnte schließlich anlanden. Erschöpft zog sie sich aus dem Sitz. Sie stieg in den kalten Wassersaum am Ufer. Die auslaufenden Wellen umspülten ihre Gummistiefel mit weißem Schaum. Mit beiden Händen hob sie das Kanu an. Sie musste sich beeilen, wollte sie verhindern, dass das Meer es wieder zurückzog. Die Flut stieg schnell an und Fritzi trug das Kanu ein gutes Stück den breiten Sandstrand hinauf bis zur letzten Hochwassergrenze. Müde setzte sie das Kanu ab und nahm ihr Gepäck heraus. Zum Glück hatte die Plane das Spritzwasser der Dünung abgehalten und alles war trocken geblieben.

Fritzi beschloss, eine kurze Erkundungsrunde über die Vogelinsel zu machen, die zu dieser Jahreszeit menschenleer sein würde. Sie trug ihre Sachen über den breiten Sandstrand zur Düne und legte sie im trockenen Sand ab, dann stieg sie rasch die mit Dünengras bewachsene Erhebung hinauf. Aufgeregt stiegen einige Vögel auf und protestierten lautstark gegen ihr Eindringen, als sie sich näherte.

Am höchsten Punkt hielt sie inne und drehte sich nach allen Seiten suchend um. Der Wind zerrte an ihrer Kleidung und ließ sie frösteln. Die Hose, die sie sich in die Stiefel gesteckt hatte, flatterte wie ein Focksegel gegen ihre Beine. Die Kälte kroch in ihre Ärmel und sie zog ihre Wollmütze tiefer ins Gesicht.

Schlagartig wurde ihr klar, dass sie ganz allein war. Wie gerne hätte sie die Menschen, die sie liebte, in ihrer Nähe gespürt. Den Moment geteilt. Schmerzlich vermisste sie Finn. Sein Lachen schien im Wind zu hören zu sein. Was würde er ihr raten? Sollte sie dieses Abenteuer wirklich wagen? Wenn sie scheiterte, würde sie ertrinken und ihre Leiche im Meer versinken. Das würde ihre Mutter nicht überleben, kam Fritzi plötzlich in den Sinn. Ihr wurde bewusst, dass sie mit ihrer Entscheidung nicht nur den Verlauf ihres eigenen Lebens beeinflusste, sondern auch Verantwortung für das Glück der anderen trug. Sehnsüchtig dachte sie an die Zeit zurück, in der sie ihre Gedanken, Befürchtungen und Hoffnungen mit ihrer Mutter teilen konnte. Sie vermisste ihren wohlmeinenden Rat und sogar die Überzeugungen ihres Vaters. Je älter sie jedoch wurde, desto mehr entfremdete sie sich von ihren Eltern und fühlte sich unverstanden. Bestimmt hätten sie sie in ihrem Vorhaben nicht unterstützt. Nein, sie war auf sich gestellt und musste den Weg allein gehen. Entschlossen, sich nicht mehr von trübsinnigen Gedanken ablenken zu lassen, zog sie ihre Wetterjacke fester um sich und konzentrierte sich auf die Gegenwart. Sie musste sich einen Schlafplatz suchen, der sie vor Regen und Sturm schützte. Scharhörn war nicht bewohnt, wenn man von den unzähligen Vogelpopulationen und vereinzelten Ornithologen absah, die im Sommer für einige Stunden hierherkamen.

Fritzi sah aufs Meer hinaus. In der Ferne konnte sie trotz der Entfernung von über vierzig Kilometern die charakteristischen Umrisse von Helgoland erkennen. Die lange Anna wies wie ein dunkler Zeigefinger gen Himmel. Hoffentlich war dies kein mahnendes Zeichen, ihr Abenteuer aufzugeben. Einen Moment schlug ihr das Herz vor Aufregung bis zum Hals. Hatte sie wirklich den Mut, sich auf diese gefährliche Reise einzulassen, oder sollte sie lieber umdrehen und zurückfahren? Gab es wirklich keinen anderen Weg, an ihr Fahrtbuch zu kommen? War die Erfüllung ihres Lebenstraumes dieses Risiko wert?

18

Am höchsten Punkt der menschenleeren Insel suchte Fritzi die karge Landschaft mit den Augen ab. Sie brauchte dringend einen geschützten Unterschlupf, wollte sie sicher schlafen.

Von dem dunklen Dünengras hob sich ein heller Flecken von der eintönigen Umgebung ab. Fritzi stutzte und lief gespannt in die Richtung. Beim Näherkommen erkannte sie, dass es sich um eine eingefallene Bretterbude aus verwittertem Holz handelte, die einst wohl den Ornithologen für ihre Beobachtungen gedient hatte. Bingo! Fritzis Herz machte einen Freudensprung. Das war ein gutes Omen.

Erleichtert holte sie ihre Taschen vom Strand und legte sie in dem Schuppen ab. Zufrieden betrachtete sie ihr provisorisches Nachtlager. Das war komfortabler als erwartet. In den vergangenen Nächten hatte sie bei Bauern in der Scheune geschlafen. Diesen Luxus gab es auf einer unbewohnten Insel nicht, daher freute sie sich, die Nacht wenigstens wettergeschützt zu verbringen. Fröhlich pfeifend kehrte sie zu ihrem Kanu zurück und trug es auf die windgeschützte Westseite der Insel, von der sie am nächsten Abend ablegen würde. Sie sicherte es vorsichtshalber mit schweren Steinen gegen Flut und Sturmböen. Man konnte nie wissen, wie schnell das Wetter umschlug.

Das Nordseewasser war im Gegensatz zur Luft noch recht warm. Fritzi entledigte sich ihrer Kleidung und spurtete nackt über den Strand. Sie fühlte den feinen weißen Sand unter ihren Füßen und rannte frohgemut zum Wasser. Die Brandung lief mild auf, so dass sie problemlos ins Wasser kam. Mit einigen schnellen Zügen kraulte sie ein Stück hinaus. Legte sich auf den Rücken und ließ sich dann von den Wellen tragen. Dieser kurze, schwerelose Moment war magisch. Sie bewegte nur sacht Arme und Beine, um an der Oberfläche zu bleiben. Über ihr flogen Möwen und Austernfischer vorbei. Vereinzelte Wolken hingen tief am grauen Himmel. Jetzt war sie zuversichtlicher und genoss das Alleinsein in vollen Zügen. Ob sich Robinson Crusoe so wie sie gefühlt hatte? Der Gedanke gefiel ihr. Vielleicht könnte ich ja in die Karibik auswandern, wenn es mit der Seefahrt nichts würde und mir einen unbewohnten Strand suchen, um dort zu leben. Na ja, wahrscheinlich würde es mir auf einer Insel schnell zu langweilig werden, gab sie zu bedenken. Und warum sollte sie sich mit einer Karibikinsel zufriedengeben, wenn ihr die ganze Welt zur Verfügung stand. Als Seemann kann ich jeden Winkel der Erde befahren und fremde Kulturen und Länder erkunden. Mit diesen Gedanken an eine verheißungsvolle Zukunft hob sie die Arme und köpfte durch die schaumigen Wellen der Brandung hindurch.

Fröstelnd stieg sie die letzten Schritte aus dem Wasser und bekam im kühlen Wind eine Gänsehaut. Ihr Handtuch hatte sie ein paar Meter höher am Ufer liegen gelassen, damit es nicht vom ansteigenden Wellensaum fortgespült werden würde. Wärmend hüllte sie sich in das Frottee und ging in die Hocke. Ihr Blick schweifte übers Wasser, und sie lauschte dem Geräusch der auf den Strand schlagenden Wellen und der Vögel, die zwischen den Steinen nach Krebsen suchten. In der Ferne erkannte sie die Aufbauten eines Dampfers, der Richtung Elbmündung fuhr.

Schließlich nahm sie den Kochtopf, den sie an den Strand

mitgebracht hatte, und tauchte ihn ins Meer, bemüht, möglichst wenig aufgewirbelten Sand mit einzufangen. Eine schier unlösbare Aufgabe. Schließlich warf sie ihr Handtuch von sich und ging samt Topf wieder ins tiefere Wasser. Endlich konnte sie reines Meerwasser schöpfen. Sie hatte zu wenig Trinkwasser mitgebracht und musste das Experiment wagen, mit Salzwasser zu kochen.

Zurück in den Dünen baute sie in einer windgeschützten Senke einen Kreis aus großen Kieselsteinen. Sie füllte ihn mit kleinen Ästchen und trockenem Strandhafer. Schwefliger Geruch biss in ihre Nase, als sie das Zündholz, in der hohlen Hand vor dem Wind schützend, an das verdorrte Gras hielt. Wie Zunder schossen die Flammen empor. Doch das Gestrüpp erlosch nach wenigen Sekunden. Beim zweiten Versuch stopfte sie eines der zerbrochenen Holzbretter unter das Strandgras, bevor sie es anzündete. Funken tanzten fröhlich auf dem Holz und leckten gierig an den Kanten. Schließlich fassten sie Feuer. Rasch stellte sie den Topf auf die Flammen. Das Wasser begann sich zu erwärmen, während sie Kartoffeln schälte und mit Karotten, Sellerie und Pastinaken in den Topf warf. Sie freute sich wirklich, endlich etwas zu essen. Aber schon der erste Bissen ließ sie würgen.

Mist. Die Suppe war ungenießbar salzig. Hoffnungsvoll fischte sie sich ein paar Kartoffelstücke heraus und biss hinein. Es wurde nicht besser. Dann musste sie eben hungrig schlafen gehen. Und schade war es um die verschwendeten Lebensmittel. Aber ihr knapp bemessenes Trinkwasser durfte sie nicht dafür opfern.

Hungrig und todmüde von der körperlichen Anstrengung krabbelte sie in den provisorischen Unterschlupf und wickelte sich in ihre Decke. Der sandige Untergrund gab ein bequemes Bett ab. Sie schob sich ihren Pullover unter den Kopf und schloss die Augen. Der stete Wind ließ die losen Bretter knarren. Ein paar Regentropfen fielen leise und monoton auf das Holz und die Plane, und Fritzi fand endlich in den Schlaf.

Erst als die Intensität zunahm und das Trommeln der Tropfen lauter wurde, wachte Fritzi auf. Eine Weile lauschte sie dem Rhythmus, dann kam es ihr plötzlich in den Sinn. Süßwasser! Mit einer raschen Bewegung warf sie die Decke zur Seite und sprang nach draußen. Der Regen verdünnte den versalzenen Eintopf. Rasch stellte Fritzi noch ihren Trinkbecher auf. Wenn der Regen ergiebig genug war, konnte sie morgen eine wohlschmeckende Suppe essen. Ein warmes Gefühl des Glücks und der Dankbarkeit erfüllte sie.

Fritzi hoffte, dass der Regen bis zur nächsten Nacht aufhören würde, ansonsten wäre sie gezwungen, ihren Aufbruch um mindestens einen Tag zu verschieben und auf besseres Wetter zu warten.

Frierend kehrte Fritzi in ihren Unterschlupf zurück, froh, dass sich doch so manches Problem im Schlaf löste. Allerdings war der Regen inzwischen durch das undichte Dach gedrungen und hatte für das nächste Problem gesorgt. Ihre Kleidungsstücke waren vollkommen durchnässt. Sie spannte ihren Regenponcho über das Dach und sicherte ihn mit Schnürsenkeln davor, fortgeweht zu werden. Seufzend legte Fritzi sich hin und deckte sich mit ihrer feuchten Jacke zu. Zum Glück dauerte es nicht lang, bis sie erneut eingeschlafen war.

Die Sonne stand schon hoch am Himmel, als Fritzi die Augen aufschlug. Der Wind hatte zugenommen und sie nutzte den Luftzug zum Trocknen ihrer nassen Kleidung.

Nach einem kräftigenden Frühstück aus gezuckerten, mit Regenwasser aufgekochten Haferflocken ging sie auf Erkundungstour. Die vogelreiche Insel inmitten der Nordsee war ein eindrucksvolles Naturparadies. Lange blieb sie am Strand stehen, beobachtete den Vogelflug und ließ ihren Blick über die Nordsee schweifen. Sie hielt nach den sichtbaren Seezeichen Ausschau, die ihr den Weg nach Helgoland wiesen, und verglich sie mit ihrer Karte.

Als sie den Sonnenstand mit ihrer Uhr abgleichen wollte, musste sie feststellen, dass dieses für die Navigation so wichtige Messinstrument stehen geblieben war. Ihr Abenteuer schien wirklich nicht unter einem guten Stern zu stehen. Alles Spökenkiekerei, mahnte sie sich im nächsten Moment und machte eine wegwerfende Handbewegung.

Mit Taschenkompass und Sonnenstand errechnete sie die Uhrzeit und stellte die Zeiger neu ein. Zusätzlich zog sie die Uhr wieder auf. Hoffentlich war kein Salzwasser in das Gehäuse gedrungen. Zum Schutz vor Spritzwasser befestigte sie die Uhr nun unter ihrem Pullover am Schulterriemen ihrer Latzhose.

Als nichts mehr zu tun war, richtete Fritzi es sich gemütlich ein. Im Schneidersitz saß sie unter dem Holzverschlag, schaute verträumt in den Regen und nippte an einem abgestoßenen Emailbecher mit dampfendem Kaffee. Es regnete nicht mehr so heftig und im Westen klarte der Himmel auf. Der böige Wind, der ihrer Messung nach das Meer etwa mit Stärke sechs aufpeitschte, kam aus Ostsüdost und würde ihr später mit Glück etwas Rückenwind verschaffen. In ein paar Stunden würde sie die sichere Insel verlassen und allein auf der Nordsee treiben. In einem Boot, das kaum höher als die kippelige See war. Wieder kamen ihr Zweifel. Noch konnte sie die Entscheidung zur Umkehr treffen. Sie betrachtete den trüben, regendichten Himmel. War es vernünftiger, zurück ans Festland zu paddeln und den nächsten Anlauf auf das Frühjahr zu verschieben, oder sollte sie es wagen?

19

Die Strahlen der untergehenden Sonne tauchten den Himmel in farbintensive Rot-Orange-Töne. Fritzi bewunderte das Spektakel von ihrem Standort auf der Dünenkrone. Der Wind hatte nachgelassen, die See lag ruhig. Gerade berührte die Sonne den Horizont und bildete für den Bruchteil einer Sekunde ein grünes Licht. Fritzi strahlte. Noch ein gutes Zeichen. Nur selten zeigte sich das grüne Leuchten. Das Leuchten, das helfen sollte, sich in Liebesdingen zurechtzufinden. Als sie auf dem Rückweg durch die Dünenlandschaft über die alte Legende nachdachte, wanderten ihre Gedanken zu Finn. Das Foto aus Dresden kam ihr in den Sinn. Und die Frau auf dem Balkon. Ein eifersüchtiger Schmerz durchfuhr sie.

Zum Glück brauchte sie ihre ganze Kraft und Aufmerksamkeit jetzt für diese Kanufahrt. Es war meine eigene Entscheidung, nicht mit Finn nach Dessau zu gehen, rief sie sich in Erinnerung. Sie hatte sich für ein freies, selbstbestimmtes Leben entschieden. Jetzt galt es, auch den Preis dafür zu bezahlen. Dennoch konnte Fritzi nicht verhindern, dass das verlockende Bild eines gemeinsamen Lebens mit Finn immer wieder vor ihrem geistigen Auge auftauchte. Sein mitreißendes Lachen, sein verständnisvoller Blick, die Zärtlichkeit seiner Hände und die Begeisterung, mit der er ihr von seinem Studium erzählte. Sehnsucht erfüllte ihr Herz und brachte es fast zum Zerspringen. Nein, sie durfte nicht zurückblicken.

Sie musste sich ganz auf die bevorstehende Herausforderung konzentrieren.

Fritzi packte ihre Besitztümer zusammen. Zum Glück war die Kleidung im Lauf des Tages getrocknet. Sie warf sich die Pelerine über, bedeckte das gelöschte Feuer gründlich mit Sand und schulterte den Seesack. Kurz blickte sie sich um, ob sie etwas zurückgelassen hatte. Dann wandte sie sich zum Gehen. Schon bald würde der Wind ihre Spuren beseitigt haben.

Als sie auf dem Weg zur Westseite den Dünenkamm überquerte, blies ihr tüchtig der Wind um die Ohren. Sie blieb kurz stehen, um sich am Leuchtfeuer zu orientieren. Von ihrem erhöhten Standpunkt aus konnte sie deutlich die Brandung erkennen, die auf den Strand auflief. Hoffentlich wurde die enorme Dünung nicht zur Falle für ihr filigranes Klappkanu.

Rasch verließ Fritzi die stürmische Anhöhe und lief zu ihrem Kanu, das sie tags zuvor hier vertäut hatte. Der Rucksack landete mit einem satten Geräusch auf dem feuchten Untergrund. Fritzi breitete den Regenschutz aus und ließ sich darauf nieder. Mit den Armen umgriff sie ihre Knie und stützte ihr Kinn darauf ab. Ein klein wenig Zeit galt es noch abzuwarten.

Als die Uhr schließlich halb zehn anzeigte und der Mond die Umgebung in kaltes Licht getaucht hatte, stand Fritzi auf, klopfte den Sand ab und schulterte den Seesack. Entschlossen trug sie das Kanu bis zur Wasserlinie und begann es mit ihren Utensilien zu beladen. Das Gewicht gleichmäßig zu verteilen war wichtig, und es nahm einige Zeit in Anspruch, die richtige Balance zu finden. Zu viel Zeit. Die einsetzende Ebbe begann das Wasser von ihr fortzuziehen. Das Kanu lag schon wieder auf dem Trockenen und die Wasserlinie war mehr als einen halben Meter entfernt. Aus Angst, das beladene Kanu durch den Sand ziehen zu müssen und die Plane an einer scharfkantigen Muschelscherbe aufzuschlitzen und damit eine Undichte zu riskieren, blieb nur eine Möglichkeit, zum Wasser zu kommen. Sie musste das bepackte Kanu in Gänze anheben und ins Meer tragen. Fritzi ging in die Hocke, um die sperrige Last anzuheben. Stöhnend vor Anstrengung erhob sie sich und watete knietief in die Brandungswellen. Dann setzte sie das beladene Kanu wieder ins Wasser. Mit beiden Händen griff sie die Einstiegshilfe und zog sich geschickt in das kipplige Boot.

Der erste Paddelschlag versetzte sie in euphorische Stimmung. Mit jedem weiteren warf sie eine Schaufel voll flüssigem Silber auf. Es war das Meeresleuchten! Kleinste Organismen, das hatte sie gelesen, sandten bei Berührung ein kurzes Lichtsignal aus. Sie staunte verzückt, als das Wasser bläulich grün zu leuchten schien. Wenn das kein gutes Zeichen war. Entschlossen tauchte sie die Paddel ein und entfernte sich Meter um Meter vom sicheren Ufer.

Schon bald war sie in die unendliche Weite der nächtlichen See eingetaucht. Nachdem sie die Brandung und die starke Strömung rund um die Insel hinter sich gelassen hatte, lag das Kanu im Windschatten der Landerhebung für eine kleine Weile still im Wasser. Sie nutzte den Augenblick und entledigte sich vorsichtig der Stiefel samt nasser Socken und zog ein paar trockene Strümpfe an. Die nassen Stiefel verstaute sie in dem Hohlraum vor ihren Füßen, um sie bei der Landung auf Helgoland griffbereit zu haben. Sie zog sich die Mütze tief ins Gesicht und schnürte den Gürtel ihrer Regenjacke fest, um sich so gut wie möglich gegen Spritzwasser und eisige Windböen zu wappnen. In ihren Handschuhen lag der Kompass, mit dem sie hätte versuchen können, die

Sterne anzupeilen. Aber der Himmel hatte sich zugezogen und ließ keine Sternenpeilung zu. Das Wetter war reichlich unsichtig und sie konnte weder das Feuerschiff »Elbe 1« noch das Leuchtfeuer von Helgoland ausmachen. Der Mond war hinter den aufgezogenen Wolken verschwunden, die See in finstere Schwärze getaucht. Fritzi glitt über das pechschwarze Wasser. Es war nicht einfach, sich ohne Sicht der Strömung anzupassen. Inzwischen kam die Dünung, seit sie die offene Nordsee erreicht hatte, von der Seite. Doch nach einigen Wellenschlägen erkannte sie, dass die Wellen lang ausliefen und trotz der tanzenden Schaumköpfchen keine Gefahr darstellten.

Endlich brachen die Wolken auf und das kalte Mondlicht warf seinen fahlen Schein wieder auf die bewegte See. In dieser gespenstischen Beleuchtung wirkten das Meer und seine auf den Wellen wie Irrlichter tanzenden weißen Schaumköpfchen unheimlich. Immerhin, dachte Fritzi, gaben sie den auf sie zurollenden Wassermassen Konturen.

Und dann, als hätte jemand in der finsteren Nacht Kerzen angezündet, begannen plötzlich um sie herum auf den Wellen wieder die hellen Punkte zu glühen. Das Meeresleuchten wurde immer heller. Ringsum leuchteten die Schaumköpfe blendend weiß. Jeder Paddelschlag warf flüssiges Silber auf, und wenn das Boot aus einer Welle wieder auftauchte, war es ganz bedeckt von der glitzernden Pracht. Ein paarmal ging Fritzi eine Welle über den Kopf und sie schüttelte die nassen Spritzer lachend ab. Ihr gefiel die Vorstellung, dass sie nun selbst so silbrig glühte wie ihr Boot. Schade nur, dass sie sich nicht sehen konnte.

Am Scharhörn-Riff, das mit zahlreichen Wrackresten durchsetzt war, orientierte sie sich an den schwimmenden Seezeichen, den Bakentonnen, die die Rinne markierten. Sie war gezwungen, gegen die Brandung anzufahren und ihre direkte Fahrlinie zu verlassen. Mit ein paar kräftigen Schlägen änderte sie die Richtung und lachte erleichtert, als durch die Kurskorrektur »Elbe 1« und das Leuchtfeuer von Helgoland in Sicht kamen. Erleichtert tauchte sie die Paddel kraftvoll und gleichmäßig ins Wasser. Trotzdem machte sich ein mulmiges Gefühl in ihr breit, das sie so nicht kannte. Es war keine Angst oder Panik. Es war mehr das Bewusstsein, jetzt wirklich dieses unglaubliche Abenteuer zu erleben, aus dem niemand sie retten konnte.

Mit jedem Paddelschlag kam Fritzi dem verheißungsvollen Leuchtfeuer des Feuerschiffs »Elbe 1« ein Stück näher. Entschlossen kreuzte sie, in der Nähe des Lotsendampfers, das belebte Fahrwasser und fuhr durch den blendenden Scheinwerfer von »Elbe 1« auf Helgoland zu. Als der Lichtschein sie traf, hob sie zum Gruß winkend das Paddel aus dem Wasser, ohne zu wissen, ob ihr Zeichen gesehen oder erwidert wurde. Das Leuchtfeuer des Feuerschiffs tauchte das Meer in gleißendes Licht, dann herrschte wieder vollkommene Dunkelheit. Sie hatte Glück, dass die Fahrrinne kaum befahren war. Nur einmal kam ein Fischkutter auf sie zu. Der Blick in die ungläubigen Gesichter der Fischer an Deck, die ihr nachstarrten, als hätten sie den Klabautermann persönlich gesehen, ließ sie auflachen.

Nur die Spitze des Kanus im Blick glitt sie durch die dunklen Wassermassen. Ihre Gedanken wanderten zu dem letzten Abenteuer, das sie in die absolute Einsamkeit der Natur gebracht hatte. Sie hatte im vergangenen Jahr ganz allein weite Strecken Islands zu Fuß durchquert. Die Natur war in ihrer Einzigartigkeit überwältigend gewesen. Auch hier hatte sie demütig eine Landschaft erlebt, die gut ohne den Menschen auskam. Fritzi holte ihre Gedanken in die Realität zurück.

Auf keinen Fall wollte sie über ihren Erinnerungen einschlafen. Die gleichmäßige Bewegung ermüdete sie. Sie paddelte jetzt schon über sechs Stunden fast ununterbrochen. Die Kälte kroch ihr in die Knochen. Doch als sie am heftigsten unter dem mangelnden Schlaf litt, wich die Schwärze der Nacht endlich einem dunstigen Grau, das den Tag ankündigte.

Der neue Morgen brachte auch stärkeren Wind und höhere Wellen. Die noch vom fahlen Mondlicht angestrahlten Schaumkronen der sich überschlagenden Wellen und die weiße Gischt gaben dem Meer einen gefährlichen Anblick. Endlich tauchten aus der grauen Dämmerung die Umrisse der kleinen Insel vor Helgoland auf. Fritzi stieß einen kleinen Freudenschrei aus. Dieser verstummte allerdings rasch, als sie erkannte, dass sie zu weit abgetrieben war. Der mit der Flut einsetzende Strom hatte sie ein ganzes Stück östlich der als »Düne« bezeichneten Insel vor Helgoland versetzt. Verdammt, ärgerte sie sich. Sie hatte bei der Berechnung der Route die Windabdrift unterschätzt und nicht scharf genug gegengehalten. Jetzt hatte sie große Mühe, sich an die richtige Landestelle heranzukämpfen. Hunger, Schlafmangel und Kälte forderten jetzt ihren Tribut. Sie war bereits seit über acht Sunden am Paddeln. Entkräftet kämpfte sie gegen die Strömung an, die sie weiter aufs offene Meer zog.

Endlich hatte sie die mühsame Wegstrecke zurückgelegt und war auf der richtigen Route, aber das Schwerste kam erst noch. Auf dem Dünenschwanz stand eine heftige Brandung, die sie nicht umfahren konnte, weil sie damit ihren Weg gegen Strom und Wind zwischen Hauptinsel und Düne noch mal verlängert hätte. Fritzi war realistisch genug, zu erkennen, dass ihre Kraft am Ende war. Sie konnte keine Umwege mehr in Kauf nehmen, wollte sie noch genügend

Energie für die Fahrt durch die Brandung haben, die die Insel wie eine Art Wassergraben umgab. Es gab nur den einen Weg! Also hindurch!, feuerte sie sich grimmig an und legte ihre ganze Kraft in die Paddelschläge. Ihre Arme brannten und die Muskeln zitterten vor Anstrengung und Kälte.

Brecher um Brecher rauschten über sie hinweg. Was noch nicht nass war, wurde es jetzt. Und dann sah sie plötzlich, wie ein riesiger Wellenberg auf sie zurollte. Hoch wie eine große schwarze Wand, mit einer Hohlkehle unter dem gischenden Schaumkopf. Die Welle war ein Vielfaches höher als Fritzi in ihrem kleinen Kanu. Es gab nur einen Weg, um nicht zum Spielball der tosenden Kräfte der Natur zu werden. Sie musste ihren Mut zusammennehmen und sehenden Auges gradlinig durch die Welle hindurchtauchen. Sie nahm die Gefahr ins Visier, paddelte ihr ein paar kräftige Züge entgegen, um die Richtung zu korrigieren. Mit beiden Händen umklammerte sie das Paddel, so fest sie nur konnte, um es nicht zu verlieren, legte es längs aufs Deck und beugte sich so dicht wie möglich über ihr Kanu. Das kalte Wasser brach erbarmungslos über ihr zusammen. Das Salzwasser drang in ihre Nase ein und brannte in den Augen. Fritzi musste die Luft anhalten, während das Wasser unerbittlich um sie herumwirbelte. Sie konnte nur hoffen, schnell auf der anderen Seite der Welle wieder aufzutauchen und nicht von der Brandung quergelegt und mitgeschleift zu werden. Panik stieg in ihr auf. Sie musste dringend Luft holen. Endlich durchstieß die Spitze des Kanus auf der anderen Seite die Welle und tauchte auf. Das schmale Boot gierte noch ein wenig hin und her und fuhr dann ruhig weiter. Sie hatte den Brandungsgürtel hinter sich gelassen. Fritzi schrie ihre Erleichterung und Lebensfreude laut heraus. Sie spürte sich lebendig wie selten zuvor und trotzte den Wellen voller Begeisterung.

Nach einigen Metern ruhiger Fahrt im Windschatten zwischen den Inseln näherte sie sich schnell den hohen schaumgekrönten Wellen der letzten Durchfahrt auf ihrer Strecke zur Insel. Vor ihr tauchten schemenhaft und von Gischt umnebelt die grauen Umrisse der steinernen Mole auf. Hart schlugen die Wellen gegen die Mole und Fritzi musste aufpassen, dem gewaltigen Mahlstrom nicht zu nahe zu kommen. Mit gewaltiger Anstrengung hielt sie das Boot auf Kurs. Würde sie hier in der Brandung kentern, würde sie den aufgewirbelten Wassermassen nicht mehr entkommen.

20

Die feinen Wassertropfen der Gischt umhüllten Fritzi und nahmen ihr die Luft zum Atmen. Ihr kleines Faltboot schien ein Spielball der starken Brandung vor der Hafeneinfahrt von Helgoland zu sein, doch Fritzi gab nicht auf. Mit aller Kraft, die sie nach all den vielen Stunden körperlicher Höchstleistung noch aufbringen konnte, stieß sie das Paddel in die Fluten und stemmte sich gegen die schaumweißen Wellen. Und dann, endlich, drehte das Kanu seine Spitze in die Welle und schoss aus der Brandung hinaus.

Der auslaufende Schwung der Dünung trug sie in Sichtweite des Binnenhafens von Helgoland. Ihre Paddelschläge unterstützten die sanfte Fahrt. Vor ihr tauchten im Morgendunst nun die zweistöckigen Gebäude der kleinen Insel auf. Der Rauch, der aus den Schornsteinen quoll, wurde vom kräftigen Wind seitwärts fortgetragen. Einige Möwen umkreisten sie und schienen ihre Ankunft lautstark verkünden zu wollen.

Fritzi hörte die Turmuhr des Rathauses sieben Uhr schlagen. Sie zog ihre Uhr heraus. Erfreut sah sie, dass sie nur zwei Minuten nachging, obwohl sie sie ja nur mithilfe des Sonnenstandes gestellt hatte. Die Schmerzen und die Erschöpfung waren im Nu vergessen. Euphorisch paddelte sie durch das ruhige Hafenbecken, an Fischerbooten und Lastschuten vorbei. Ein Glücksgefühl überrollte sie wie die steilen Wellen der Brandung, die nun hinter ihr lag. Tränen stiegen auf und nahmen die ängstlichen Gedanken vor der lebensgefährlichen Reise mit sich. Erleichtert lachte sie auf. Sie hatte es wirklich geschafft! Allein mit dem Paddelboot von Hamburg nach Helgoland. Als erste Frau. Diesen Triumph würde ihr niemand nehmen können.

Unglaublich, dachte Fritzi, und der Stolz über ihre Leistung wärmte ihren durchgefrorenen Körper und setzte letzte Kräfte frei. Während die Bewohner von Helgoland noch in ihren Betten lagen, glitt sie fast geräuschlos an den Häusern vorbei, die sich im windgeschützten Bereich um die Hafeneinfahrt herum schmiegten. Am Kai angekommen wollte sie die unterste Sprosse der an der Hafenmauer angebrachten Leiter ergreifen. Doch ihre Finger waren taub und steif und ließen sich kaum vom Paddel lösen.

Zu ihrer Überraschung tauchte plötzlich eine kräftige Pranke in ihrem Blickfeld auf. Fritzi sah hoch und blickte in das wettergegerbte Gesicht des Hafenmeisters, der ihr seine Hand entgegenstreckte. Eine verblichene Cabanjacke spannte sich über seinen dicken Pullover und den blauen Arbeitsoverall, der voller Ölflecken war. Seine Beine steckten in schweren Stiefeln, die ihm guten Halt verliehen, als er Fritzi packte und über die Kante nach oben zog. Skeptisch musterte der Mann das zierliche Faltboot und die bis auf die Knochen durchnässte junge Frau, die nun strumpfsockig vor ihm stand.

»Deern, wo kommst du denn her?«, fragte er sie ungläubig, als wäre sie ein leibhaftiger Klabautermann in Frauengestalt.

»Ich bin gestern Abend um zehn von Scharhörn aufgebrochen und um sieben Uhr hier auf Helgoland angekommen. Können Sie mir Strecke, Windstärke und Fahrtzeit offiziell bestätigen?«, fragte Fritzi geradeheraus und holte flugs ihr schwarzes Notizbuch aus dem Seesack. Jetzt drückte sie es dem überrumpelten Mann in die Hand.

»Deern, willst du mich verscheißern? Du bist doch niemals nachts von Scharhörn rübergepaddelt! Bist du mit dem Fischdampfer gekommen oder hat dich ein Fischkutter mitgenommen und im Hafen ausgesetzt?«, knurrte er ungehalten. »Das war bestimmt Knutsen, der Wirt vom *Dorfkrug*, dem fallen immer solche Dummheiten ein. Aber mich hält der nicht zum Narren. Also, Deern, wo kommst du her.«

»Aus Hamburg. Ich bin vor drei Tagen in St. Pauli gestartet. Habe eine Nacht in Glückstadt und eine in Otterndorf geschlafen. Dann habe ich einen Tag Pause auf Scharhörn eingelegt und bin gestern Abend um zehn losgepaddelt und nach neun Stunden Fahrt hier angekommen«, erklärte Fritzi ihm die Einzelheiten ihrer Fahrt. Sie konnte sich kaum mehr beherrschen. Das fehlte ihr gerade noch. Ein Trottel, der ihr nicht glaubte, was sie geleistet hatte.

»Eine Frau? Allein in dieser Nussschale da? Niemals!« Er lachte abschätzig. Inzwischen hatten sich einige neugierige Hafenarbeiter und Fischer zu den beiden gesellt.

»Im Leben glaub ich nicht, dass du die Strecke allein gepaddelt bist. Noch dazu bei der aufgewühlten See und der steifen Brise der letzten Tage. Mensch, Deern, erzähl doch nicht so ein Seemannsgarn!« Unterstützung heischend drehte er sich zu den anderen Männern um, die in sein Gelächter einfielen. Ein jeder gab seine Meinung zum Besten. Das war in der Tat ungeheuerlich: ein junges Mädchen, das behauptete, mit dem Kanu von Scharhörn zu kommen. Unglaublich. Wo gab es den so was.

Fritzi stampfte vor Zorn mit dem Fuß auf. Das war doch zum Verrücktwerden. Warum wollte ihr keiner glauben? Was sollte sie denn noch alles machen, um den Respekt zu erfahren, den sie verdient hatte. Stattdessen wurde sie wieder einmal ausgelacht. Die unglaubliche Neuigkeit verbreitete sich wie ein Lauffeuer. Fritzi hatte genug. Unter dem dröhnenden Gelächter der Männer packte sie ihr Kanu und trug es zum Bootshaus. Sie nahm ihre persönlichen Sachen an sich und machte sich auf den Weg zu den Freunden ihrer Mutter, denen sie ihr Kommen vor ein paar Tagen telegrafisch angekündigt hatte.

Arne Hansen und seine Frau Lotta hatten ihr, als sie das letzte Mal bei ihren Eltern in Hamburg zu Besuch gewesen waren, versprochen, sie jederzeit gastlich aufzunehmen, sollte sie jemals auf die Insel kommen, um dort Urlaub zu machen. Als Fritzi nun tatsächlich vor der Tür stand, hielten sie Wort. Fassungslos lauschte das Ehepaar ihrem Bericht. Fritzi schwor, dass sie wirklich die 176 Seekilometer von Hamburg bis Helgoland gepaddelt war und nicht mit der Fähre gekommen war, wie sie es vorsichtshalber in ihrem Telegramm angekündigt hatte, um ihre Eltern nicht zu beunruhigen. Das Ehepaar Hansen gratulierte ihr gebührend und schickte sie nach einer warmen Mahlzeit mit einer Wärmflasche ins Bett, um wieder zu Kräften damit sie kam.

Gegen zwei Uhr mittags klingelte es an der Haustür. Kurz darauf klopfte es zaghaft an ihrer Zimmertür. Lotta Hansen steckte den Kopf durch den Spalt und grinste Fritzi an, die verschlafen die Augen geöffnet hatte.

»Kannst gleich weiterschlafen, Kind. Ich wollte nur schnell vertellen, dass der Hafenmeister gerade ganz kleinlaut vor der Tür stand. Die Besatzung der ›Elbe 1‹ und einige Fischer haben dich heute Nacht weit draußen allein im Meer paddeln gesehen und deine Version bestätigt«, platzte es aus der Frau heraus, obwohl sie Fritzi eigentlich schlafen lassen wollte. Jetzt war Fritzi nicht mehr zu halten. Sie sprang noch in Unterwäsche aus dem Bett und umarmte die Überbringerin der guten Botschaft stürmisch.

»Du bist halt doch die Tochter deiner Mutter. Klara war auch nicht aufzuhalten, wenn sie sich etwas in den Kopf gesetzt hatte«, erzählte Lotta munter. Doch plötzlich fiel ein Schatten auf ihr Gesicht und sie sah Fritzi einen Moment ernst an. »Kind, versprich mir, dass du deinen Träumen folgst und nicht zugunsten einer Ehe alles hintanstellst. So wie deine Mutter«, flüsterte sie.

Fritzi sah sie fragend an.

»Deine Mutter«, fuhr Lotta dann fort, »war früher in der Schule die gescheiteste und hübscheste Schülerin. Wir haben sie alle bewundert. Als sie Lehramt studiert hat, waren wir alle sicher, dass sie als Einzige von uns eine großartige, selbstbestimmte Karriere vor sich hatte. Die Lindenschule für höhere Töchter, an der sie angestellt war, hat ihr sogar die Rektorenstelle in Aussicht gestellt.« Sie seufzte und blickte an Fritzi vorbei in eine ferne Vergangenheit.

»Doch dann lernte sie deinen Vater kennen und gab alles für ihn auf. Sie hat sicherlich nie bereut, euch bekommen zu haben, aber sie wäre so gerne Rektorin geworden.«

Fritzi dachte an ihre Mutter, die nun all ihr Wissen und Können in die Erziehung ihrer Kinder fließen ließ. Und deshalb war sie wohl auch so hinterher gewesen, dass Fritzi die akademische Laufbahn einschlug und Pädagogik studierte. Über das unabhängige Leben ihrer Mutter in deren Jugend, vor der Familiengründung, wurde im Hause van Appen nie gesprochen. Vielleicht hatte ihre Mutter gehofft, dass Fritzi in ihre Fußstapfen treten und das Leben führen würde, das sie sich für sich selbst gewünscht hatte, und in ihrem Beruf ihre Berufung fand. Doch Fritzi war nicht wie ihre Mutter. Zwar war auch für Fritzi ihr Berufswunsch eine

Berufung, die ihr ganzes Denken beherrschte, aber diese Berufung galt der Seefahrt. Sie hatte andere Pläne für ihr Leben, als zu heiraten, Kinder zur Welt zu bringen und einen Haushalt zu führen. Vielleicht neidete die Mutter ihr, Fritzi, auch das Durchsetzungsvermögen, überlegte sie kurz, schob den Gedanken aber schnell wieder beiseite. Im Grunde war es egal: Es war das Problem ihrer Mutter, nicht ihres.

Lotta Hansen ging rasch zur Tür, um dem unangenehmen Gespräch, das sie angestoßen hatte, ein Ende zu bereiten.

»Ich sollte meine Gedanken besser für mich behalten. Wer bin ich, dass ich mir eine Meinung über das Lebensmodell meiner alten Schulfreundin anmaße und diese dann auch noch mit ihrer Tochter teile, zumal ich selbst der Liebe wegen sogar auf eine Insel gezogen bin«, schalt sie sich selbst.

Schnell wechselte sie das Thema. »Jedenfalls sollst du später mit deinem Notizbuch im Büro des Hafenmeisters vorbeikommen. Er trägt dir die Fahrt ein und bestätigt sie amtlich mit Stempel und Signatur. Er hat schon einen Brief an den Ruderverein aufgesetzt, um sie über dein geglücktes Unternehmen zu unterrichten. Herzlichen Glückwunsch, meine Liebe, jetzt kann dir das niemand mehr streitig machen.« Sie strahlte über das ganze Gesicht. »Aber schlaf dich erst mal aus, Mädchen. Der Hafenmeister kann sich ruhig noch in Geduld fassen, bis er seine Entschuldigung persönlich vorbringen darf.« Mit diesen Worten schloss sie sanft die Tür.

Fritzi kämpfte mit ihren Gefühlen. Tränen stiegen ihr in die Augen. Ihre Finger zitterten, als sie ihr schwarzes Notizbuch in die Hand nahm. Dieses unscheinbare Büchlein wurde nun endlich zum Fahrtbuch, und Fritzis erste Fahrt wurde ganz offiziell darin festgehalten. Von nun an war es ihr wertvollster Schatz. Sie stellte sich vor, dass bald weitere

Fahrten folgen würden, die sie um die ganze Welt herumführten. Nach Amerika, in die Karibik, nach Australien und Japan. Versonnen blätterte sie die verheißungsvoll weißen Seiten bis zum letzten Blatt um. Sie stutzte. Auf der letzten Seite war ein Eintrag. Aber er war nicht von ihr. Finn musste heimlich etwas hineingeschrieben haben, als sie ihm stolz das neu gekaufte Buch gezeigt hatte. Gerührt las sie die mit schwarzer Tinte geschriebenen Worte.

»Mut ist Wissen um die Gefahr, im Gegensatz zu Leichtsinn.« Plato
Meine Heldin. Meine Meerfrau. Meine Liebe!
Ich wünsche dir, dass dieses Büchlein einmal bis zur letzten Seite mit deinen Abenteuern gefüllt sein wird und du dein Glück auf dem Meer findest.

21

Mit hochgeschlagenem Kragen versuchte sich Heinrich Paulsen vor den böigen Windstößen zu schützen, die ihm kalte Nässe ins Gesicht bliesen. Seine schweren Lederstiefel wichen keiner Pfütze aus, hatte sein Bursche sie doch gut eingefettet. Unwirsch kämpfte er gegen den ekelhaften Dauerregen an, der von der Elbe her kam. Seitdem er zu einem Leben an Land gezwungen war, schienen ihn die Kapriolen, die das Wetter schlug, viel mehr zu stören. Verweichlicht!, dachte er verbittert. An Bord hatte er den Regen nicht einmal wahrgenommen, wenn er waagrecht kam und sich mit der Gischt vermischte.

Das Backsteingebäude in der Landstraße ragte wie eine Trutzburg vor ihm auf. Hier hatte er sein Büro, und Ehrfurcht erfüllte ihn jedes Mal, wenn er die prächtigen roten Fahnen über dem Eingang wehen sah. Nach seiner Entlassung hatte er den Seemannsberuf an den Nagel gehängt. Auf Anraten der neuen Kameraden hatte er seinen polnischen Namen arisiert und sich auf die Seite der aufsteigenden Macht geschlagen. Seine skrupellose Art verhalf ihm dazu, schnell aufzusteigen. Als Sachwalter »Seeschifffahrt« hatte er in der Auslandsorganisation der deutschen Arbeitsfront, DAF, nun eine Stellung inne, die es ihm erlaubte, über sämtliche Belange der Schifffahrt in Hamburg zu entscheiden.

Resolut trat er durch die Holztür, grüßte zackig das Wachpersonal und stieg entschlossen die Treppe hoch. Der

Nachhall seiner Schritte auf dem gewienerten Linoleum unterstrich seine forsche Ausstrahlung. Der geöffnete Militärmantel schwang in der Kurve nach, als könnte er seinem Besitzer kaum folgen. Der kalte Wind hatte sein Gesicht gerötet und die Narben hervortreten lassen. Aber das störte ihn nicht mehr, seit er mit so viel mehr Macht ausgestattet war. Sein entschlossenes Auftreten und seine Position in der Partei verhalfen ihm dazu, sich schöner, junger Damen bedienen zu können, die eine Arbeitsstelle in seiner Abteilung suchten.

Er blieb einen Moment vor der Tür seines Büros stehen und zog sein Taschentuch heraus, um das Messingschild neben der Tür zu putzen, auf dem sein Name stand. Dann trat er schwungvoll ein. Fräulein Ursula, oder war es Fräulein Marianne?, sprang umgehend auf und half ihm aus seinem nassen Mantel. Sie trug das schwere Kleidungsstück zum Ofen und hängte es an der daran angebrachten Trockenstange auf. Als sie sich zu ihm umdrehte, bemerkte er, dass der Mantel feuchte Flecken auf ihrer Bluse hinterlassen hatte. Die Umrisse eines spitzenbesetzten Büstenhalters zeichneten sich unter dem Baumwollstoff ab. Er spürte sein Gemächt in seiner straff sitzenden Uniformhose hart werden, doch dieses Vergnügen musste warten.

Carl Nagel, Gauinspektor aus Berlin, hatte seinen Besuch angekündigt. Paulsen schob den Ärmel seiner frisch gereinigten Uniformjacke zurück und kontrollierte seine Armbanduhr mit Handaufzug. Sie ging nicht immer zuverlässig und er konnte sich heute keinen Patzer erlauben. Nervös zog er die Manschetten des gestärkten Hemdes in Form und strich seinen Schnurrbart glatt. Nagel war sein direkter Vorgesetzter und leitete in der Hauptstadt die Sektion Energie, Verkehr und Verwaltung, der auch der Bereich Seefahrt unterstellt war. Er galt als scharfer Hund und man tat gut daran, ihn nicht zum Feind zu haben.

Unvermittelt wurde die Tür aufgerissen und Männer in Uniform füllten rasch das kleine Büro. Heinrich Paulsen war von seinem Schreibtischstuhl aufgesprungen, riss den Arm zum Gruß hoch und bot Gauinspektor Nagel seinen Stuhl an.

Carl Nagel war ein schmaler, fast schmächtiger Mann, der seine fehlende Größe durch übermäßige Lautstärke beim Sprechen kaschierte. Er hatte eine unangenehme, bedrohliche Ausstrahlung, wie sie kleinen Menschen nicht selten eigen ist, die über Macht verfügen. Seine Augen musterten sein Gegenüber durch dicke Brillengläser. Paulsen schien es, als ob der Blick allein auf seiner entstellten Gesichtsmitte ruhte. Unbehagen stieg auf und mischte sich mit Gereiztheit. Er würde sich von dem Großkopf aus der Hauptstadt nicht kleinmachen lassen. Selbstbewusst machte er sich lang und setzte eine herablassende Miene auf. Einen Moment verharrten die beiden in diesem männlichen Kampf um Überlegenheit und Respekt. Dann ließ Nagel ein leichtes Lächeln zu. Hier war der Mann, den er suchte. Ein ungehobelter Bursche, der Tacheles redete und den er als Verbündeten gut gebrauchen konnte.

Mit einem kleinen Signal seines Fingers verließen seine Adjutanten den Raum und nahmen das Fräulein mit hinaus. Paulsen sah durch das Milchglas der Tür, dass sie sich vor der Tür platziert hatten und sicher nicht gewillt waren, jemanden die Unterhaltung stören zu lassen.

Hektisch überschlug er in Gedanken seine letzten Handlungen. Hatte er sich einen Fehltritt erlaubt? War er jemandem auf die Füße getreten? Politik und Bürokratie waren immer noch böhmische Dörfer für ihn und er hatte gar nicht erst versucht, sich diplomatisch zu verhalten. Im Gegenteil, er hatte seine ungehobelte, angsteinflößende Art zu seinem Vorteil eingesetzt und war schnell an den Sesselpupsern und faden Buchhaltern vorbeigezogen. Vielleicht war sein Aufstieg zu rasch erfolgt und er hatte sich Feinde gemacht. Irgendetwas hatte sich jedenfalls bis nach Berlin rumgesprochen, sonst wäre Nagel nicht hier.

Der Gauinspektor musterte ihn weiterhin schweigend. Sein Schweigen kam Paulsen zunehmend bedrohlich vor. Dennoch hielt er dem prüfenden Blick stand. Nagel legte den Kopf leicht schräg. Seine Arme hatte er auf die Lehne gestützt, die feingliedrigen Finger zu einem Dreieck zusammengelegt. Mit sachter Bewegung wiegte er auf dem Schreibtischstuhl hin und her. Paulsen rannen Schweißtropfen den Rücken hinunter. Äußerlich die Ruhe zu bewahren, kostete ihn seine ganze Kraft.

»Soso, Sie sind also der Mann, der von einem Weib von Bord gejagt wurde«, spuckte Nagel die giftigen Worte aus.

Paulsen ballte die Fäuste, bis sich die Fingernägel schmerzhaft in das Fleisch bohrten, behielt aber die Nerven. Jedem anderen, der es gewagt hätte, ihn derart zu reizen, hätte er die Nase gebrochen, bei Nagel aber hielt ihn sein Verstand zurück.

Nagel grinste jetzt breit. »Ich weiß, dass Sie ebenso wie ich ein Verfechter der gerechten Sache sind. Mir ist zu Ohren gekommen, dass sich in Hamburg ebenjenes Fräulein erdreistet, ein Sonderrecht für sich herauszunehmen, um zur See fahren zu dürfen. Das muss mit allen Mitteln verhindert werden.«

Seine Fingerspitzen ruhten noch in der Luft, doch Paulsen spürte, wie die Fassade der zur Schau gestellten Ruhe bröckelte. In dem Mann tobte ebenso ein Kampf wie ihn ihm selbst. Es stimmte, sie waren Verfechter einer Sache. Die Anspannung ließ nach und Paulsen erlaubte sich, die starre Körperhaltung aufzugeben und das Standbein zu entlasten.

»Der Seemannsberuf ist kein Beruf für Frauen«, begann Nagel zu dozieren. Offensichtlich war er gewohnt, dass ihm die volle Aufmerksamkeit zuteilwurde, sobald er zu sprechen begann. Der Mann, der sein Publikum so subtil beherrschte, beeindruckte Paulsen. »Wenn auch in den Bemannungsrichtlinien der Seeberufsgenossenschaft weiblichen Personen die Betätigung in den Deckslaufbahnen an Bord nicht ausdrücklich untersagt wird, so ist doch der Gesetzgeber zweifellos davon ausgegangen, dass der Seemannsberuf infolge seiner Art und Schwere ausschließlich Männern vorbehalten ist.«

Paulsen konnte dem nur zustimmen.

Nagel hielt einen Moment inne, bevor er im Brustton der Überzeugung fortfuhr. »Jede Gleichsetzung der Rechte für Männer und Frauen und der damit verbundenen Pflichten ist riskant, weil eine solche Gleichsetzung die von der Natur gegebenen Unterschiede zwischen den Geschlechtern nicht berücksichtigt. Weiber können allein aufgrund ihrer Beckenstruktur keine schweren Lasten tragen. Sie haben ein geringeres Körpergewicht und kleineres Herz. Eine schwächere Körperkraft, einen höheren Puls und außerdem ist ihre Arbeitsleistung durch die Menstruation gefährdet.« Er schwieg kurz und vergewisserte sich, ob er noch die volle Aufmerksamkeit seines Zuhörers hatte. Er hatte sie. Paulsen beugte sich interessiert vor.

»An drei bis vier von achtundzwanzig Tagen ist die körperliche und geistige Leistungsfähigkeit von Frauen entscheidend vermindert. Wie sollte ein Weibsstück je die Führung an Bord übernehmen, wenn sie mitten auf hoher See ausfällt und das Leben ihrer Besatzung gefährdet. Erschwerend kommt dazu, dass der Körper und Charakter eines Weibs vor dem vierundzwanzigsten Lebensjahr nicht voll entwickelt ist. Auf den Punkt gebracht: Einige Berufe gefährden den Körper der Frauen, andere ihre Moral; in wieder anderen stellen Weibsbilder aufgrund ihres Körperbaus eine Bedrohung für die männliche Moral am Arbeitsplatz dar«, beendete Nagel seinen Vortrag und ließ die letzten Worte im Raum hängen.

»Zurzeit verhält es sich wohl recht ruhig um das Fräulein. Dennoch musste ich in letzter Minute die außerordentliche Ausfertigung eines eigenen Seefahrtbuches für Fräulein van Appen verhindern. Das Weib erdreistet sich zudem, unter dem Namen »Anton« oder »Jonny« als Mann verkleidet anzuheuern. Verschiedentlich hat sie die Dreistigkeit besessen, sich als blinder Passagier an Bord zu schleichen und sich erst auf hoher See zu erkennen zu geben. Derartiger Unsinn muss augenblicklich unterbunden werden. Die deutsche Seefahrt macht sich ja sonst lächerlich. Aus diesem Grund ist Ihre Organisation angewiesen, die Augen offen zu halten und mich stets über neue Entwicklungen zu informieren. Ich gehe davon aus, dass Sie mich unterrichten werden, sobald das Fräulein erneut versuchen sollte, eine seemännische Laufbahn einzuschlagen. Die Härte der Arbeit würde sie zwar sicherlich davon abbringen, den Beruf auszuüben, dennoch muss mit allen Mitteln verhindert werden, dass sie die deutsche Seefahrt der Lächerlichkeit preisgibt.«

Ein fieses Lächeln überzog Paulsens Gesicht. Mit Sicherheit würde er das Fräulein fest im Auge behalten. Sollte sie sich noch einmal erdreisten, an Bord zu gehen, würde er sie mit allen ihm zur Verfügung stehenden Mitteln bekämpfen. Und die Mittel waren gerade immens gestiegen, da sie von oben nicht nur gedeckt, sondern sogar ausdrücklich gefordert wurden.

»Ich sehe, wir verstehen uns«, schloss der Gauinspektor. Die Andeutung eines Lächelns ließen die Augen hinter dem runden Glas aufblitzen.

»Sie können sich in dieser Angelegenheit voll und ganz auf mich verlassen«, bestätigte Heinrich Paulsen, streckte stolz die Brust durch und schlug zackig die Stiefel zusammen.

»Berichte gehen direkt an mich.« Nagel erhob sich. »Der Reichsverkehrsminister erwartet mich. Ich höre von Ihnen.« Mit diesen Worten verabschiedete er sich und hob die Hand an seine Uniformmütze.

Paulsen nahm Haltung an und erwiderte den Abschiedsgruß. Dann sprang er zur Tür und hielt sie ihm auf. Die Adjutanten schlugen die Haken zusammen und streckten das Kinn hoch. Nachdem Nagel das Büro verlassen hatte, schlossen sich ihm die beiden Männer an und begleiteten ihn die Treppe hinunter.

Paulsen sah ihnen noch eine Weile hinterher. Fräulein Wie-hieß-sie-Noch kam um die Ecke und ging an ihm vorbei an ihren Schreibtisch. Paulsen schloss die Tür hinter ihr und drehte den Schlüssel um.

22

Rike trat vom Fenster zurück, von dem sie auf die ferne Elbe hinausgeblickt hatte, während sie Fritzi lauschte, die von ihrem Abenteuer erzählte und zum Abschluss das Telegramm des Hafenmeisters vorlas, das er dem Eimsbüttler Turnverein geschickt hatte.

»3. Oktober. Fräulein van Appen nachts um zehn von Scharhörn bei Windstärke 6 gestartet. Auf der Insel gelandet am nächsten Morgen um sieben. Genaue Berechnung des Kurses eigenständig erstellt. Zufall scheidet aus!«

»Unglaublich! Ich kann immer noch nicht glauben, dass du ganz allein über die Nordsee gepaddelt bist. In einer kleinen Nussschale, die keinerlei Schutz vor den Wellen bietet. Ist dir eigentlich klar, dass das ein echtes Himmelsfahrtskommando war?«, fragte sie vorwurfsvoll ihren Kopf schüttelnd.

Fritzi musste lächeln. Ihre langjährige Freundin würde sie wohl nie verstehen. Würde nicht nachvollziehen können, mit welcher Leidenschaft sie sich aufs Meer hinausgezogen fühlte. Würde nicht verstehen, dass sie sich an Land wie in einem Gefängnis fühlte. Sie hatten beide Pädagogik studiert, doch abgesehen von ihrer gemeinsamen Ausbildung waren sie so gegensätzlich wie Hund und Katze. Vielleicht war das auch das Geheimnis ihrer innigen Freundschaft, sinnierte Fritzi. Wir stehen uns nie im Weg, da wir andere Ziele verfolgen.

Rike hatte derweil ein Buch aus dem Regal geholt und es Fritzi stolz präsentiert. Sie zeigte Fritzi das wundervoll illustrierte Werk über flämische Malerei, das sie am Vortag erworben hatte. Vor kurzem hatte sie sich an der Volksschule Eppendorf als Lehrerin für Zeichnen und weibliche Handarbeit beworben. Jetzt wartete sie ungeduldig auf die schriftliche Antwort. Das Vorstellungsgespräch war gut verlaufen und der Rektor war von ihrem kulturhistorischen Wissen beeindruckt gewesen. Rike hatte bisher keine Anstellung gefunden, obwohl sie ihr Studium mit Auszeichnung bestanden hatte.

»Das ist wirklich unfair. Du willst gar nicht Lehrerin werden und hast nach der ersten Bewerbung gleich eine feste Zusage und ich bekomme eine Absage nach der anderen«, ärgerte sie sich gespielt vorwurfsvoll, aber Fritzi spürte die unterdrückte Verbitterung und die Angst. Sie verstand die Sorgen ihrer jüdischen Freundin darüber, dass sie von den öffentlichen Schulen ausgeschlossen wurde.

Das schrille Geräusch der Haustürklingel riss die beiden aus ihren trüben Gedanken.

»Das ist bestimmt der Postbote mit dem Vertrag, auf den ich warte!«, rief Rike hoffnungsvoll und sprang auf. Erwartungsvoll stürmte sie zur Eingangstür ihrer Etagenwohnung. Durch das geriffelte Glas erkannte sie schemenhaft die Umrisse ihres Bruders.

Rike riss die Tür auf und fiel ihm freudig um den Hals. Sie hatten sich seit der gemeinsamen Ostsee-Paddeltour im Sommer nicht mehr gesehen.

Hans schob sie von sich. Er nahm seine Mütze ab und drehte sie nervös in den Händen. Sein Blick war ernst.

»Ist den Eltern etwas zugestoßen?«, erkundigte sich Rike besorgt.

»Nein, mit unseren Eltern ist alles in Ordnung, jedenfalls noch«, erwiderte er.

»Wieso? Was meinst du?« Aber Rike ahnte schon, worum es ging.

»Kann ich erst mal reinkommen?«, fragte Hans und schob sich durch die geöffnete Tür, nachdem Rike zurückgetreten war. Er schloss die Tür hinter sich und legte die Sicherheitskette vor.

»Natürlich, komm in die Küche. Fritzi ist gerade da und hat mir von ihrer verrückten Paddeltour erzählt. Ich habe noch etwas Kaffee und Brot vom Frühstück. Ich gieße heißes Wasser nach.« Mit diesen Worten zog sie ihn in die Küche und ließ ihn am Tisch Platz nehmen.

Hans nickte Fritzi zu und gratulierte ihr zu ihrem Erfolg, der *das* Gespräch im Turnverein war. Fritzi errötete, freute sie sich doch sehr über sein Lob. Doch sein ernster Gesichtsausdruck verhinderte, dass sie das Thema noch einmal aufnahm, auch wenn sie zu gerne von ihrem Abenteuer erzählt hätte. Die angespannte Stimmung beunruhigte sie und sie fragte sich, ob es besser wäre, zu gehen, damit die Geschwister sich ungestört unterhalten konnten. Doch da sie durch ihre jahrelange Freundschaft irgendwie Teil der Familie war, blieb sie sitzen.

Hans beobachtete schweigend seine jüngere Schwester, während sie mit dem Wasserkessel hantierte, einen weiteren Becher aus dem Hängeschrank nahm und vor ihn stellte.

»Ich gehe ins Exil!«, brach es unvermittelt aus ihm heraus. Die Worte hingen wie ein Donnerschlag im Raum. Rike und Fritzi starrten ihn erschrocken an.

»Was? Du willst Deutschland verlassen?«, fragte Rike entgeistert.

»Ja, ich muss hier weg!«, wiederholte Hans.

»Aber wohin willst du gehen?«, meldete sich dann Fritzi erschüttert zu Wort. War denn die ganze Welt verrückt geworden?

»Nach Uruguay«, kam kaum hörbar die Antwort, als ob er Angst hätte, dass die Worte allein durch das Aussprechen Realität wurden.

»Uruguay? Südamerika? Aber das ist auf der anderen Seite der Welt!«, rief Rike und stockte einen Moment, um die Dimension zu begreifen. Dann stand sie abrupt auf. Ihr Stuhl fiel polternd um. »Und was wird aus mir?«, schrie sie ihren Bruder aufgeregt an. »Du lässt mich allein zurück? Und unsere Eltern?« Sie brach in Tränen aus.

»Rike, beruhige dich doch. Lass mich alles in Ruhe erklären.« Er rührte einen Löffel Zucker in eine Tasse mit aufgewärmtem Kaffee und trank einen Schluck.

»Vater ist doch Obmann des Aufnahmeausschusses im Verein selbständiger jüdischer Handwerker und Gewerbetreibender.«

Rike nickte ungeduldig. »Da erzählst du mir nichts Neues. Was hat das mit dir zu tun?«

»Vater will sich aus seinem Geschäft zurückziehen und mir die Leitung übertragen. Er hat beschlossen, dich auszubezahlen, damit du dein eigenes Leben führen kannst.« Wieder nickte Rike.

»Ich weiß«, erklärte sie wortkarg.

Fritzi wusste, dass dies ein sensibler Punkt zwischen den Geschwistern war. Rikes Vater hatte ihr zum Ausgleich dafür, dass ihr Bruder die Firma erben würde, eine Anstellung in der Buchhaltung angeboten, damit sie bis zu ihrer Hochzeit ein regelmäßiges Einkommen hätte. Doch Fritzi hatte Rike darin bestärkt, einen anderen Weg einzuschlagen. Mit einer richtigen Ausbildung könnte sie selbst bestimmen, wie sie ihr Leben führen wollte. Rikes Vater hatte eingewilligt, ihr Studium zu finanzieren, unter der Bedingung, dass sie auf ihre Ansprüche aus der Firma und auf ihren Erbteil verzichten würde.

»Aber wenn du das Geschäft übernehmen wirst«, hakte Fritzi jetzt irritiert nach, »warum willst du dann auswandern?«

»Ich habe mich in meinem Leben nie gefragt, ob ich das Geschäft überhaupt führen möchte. Von Anfang an habe ich meine Ausbildung nach den Zielen unseres Vaters ausgerichtet. Schule, Lehre, Ausbildung – alles, ohne einmal zu überlegen, was ich eigentlich möchte. Weißt du, ich habe mein Leben nie hinterfragt.« Er schüttelte den Kopf und trank noch einen Schluck.

Fritzi musterte ihn nachdenklich. Was hatte Rikes selbstsicheren Bruder so aus der Fassung gebracht, dass er alles infrage stellte, was ihn ausmachte.

»Gestern Abend habe ich Vater zur Sondersitzung der Handwerkervereinigung begleitet, da er mich dort als seinen Stellvertreter für die Funktion des Obmanns einführen wollte«, sagte er und sah Rike in die Augen. »Das war wie ein Schlag ins Gesicht! Ich, wir, unsere Familie leben in einer Scheinwelt, die nichts mit der Realität in Deutschland zu tun hat, Rike. Es war furchtbar. Der Versammlungsraum war bis auf den letzten Platz gefüllt. All diese Männer hatten ihre Arbeitsstelle verloren und standen jetzt arbeits- und oft mittellos auf der Straße.«

»Aber die hohe Arbeitslosigkeit ist doch nicht das Problem des Vereins. Ihr vertretet doch die selbstständigen Geschäftsleute«, fragte Rike nach. Fritzi schluckte, sie wusste, dass die Judenfeindlichkeit die Arbeitslosigkeit verstärkte.

»Stimmt. Aber die Not der Männer ist groß. Sie kamen in

der Hoffnung, von einem der anwesenden Händler Arbeit zu bekommen. Ich hatte geglaubt, der neu aufbrechende Antisemitismus würde vorbeigehen. Diese neue Bewegung, die sich erschreckend schnell etabliert, scheint aber nur ein Ziel zu haben. Uns Juden aus dem Land zu werfen. Ich habe nicht den Mut, diesen Kampf zu kämpfen. Ich werde gehen, wenn die Anfeindungen noch stärker werden. Viele Literaten und Künstler in Berlin haben schon das Land verlassen. Die geistige jüdische Elite verlässt gerade das Land aus Angst vor Verhaftung. Es wäre Wahnsinn, dennoch hierzubleiben. Ich werde alles vorbereiten, damit ich jederzeit fliehen kann. Und ich möchte, dass du und unsere Eltern mich begleiten.« Entschlossen setzte er seine Mütze wieder auf.

»Und was hält Erika von der Sache?«, fragte Rike leise. Sie wusste, dass Hans' Ehefrau eine resolute, im Leben stehende Frau war, die sich nicht so schnell die Butter vom Brot nehmen ließ.

Hans lächelte bitter. »Erwischt! Erika will von meinen Plänen nichts wissen. Sie findet meine Ängste übertrieben und glaubt nicht, dass wir als deutsche Familie etwas zu befürchten haben. Als Protestantin sieht sie nicht, welchen Anfeindungen wir Juden ausgesetzt sind.« Hans hielt inne und strich sich über die Augen. »Aber ich will dich nicht in meine Eheprobleme hineinziehen. Meine Frage lautet: Kommst du mit uns, wenn der Punkt erreicht ist, an dem ich gehe?« Wieder sah er Rike in die Augen. Sie war seine kleine Schwester und er fühlte die Last der Verantwortung schwer auf seinen Schultern.

Rike erwiderte seinen Blick. Um nicht zu weinen, biss sie sich fest auf die Unterlippe. War es wirklich nötig, ins Ausland zu fliehen? Ihr kam alles so absurd vor. Sie wollte nicht gehen. Sie wollte, dass alles so blieb, wie es jetzt war. Natürlich war sie nicht naiv. Sie wusste, dass es für die jüdische Gemeinde täglich schwieriger wurde. Freunde und Bekannte waren entweder ins Exil gegangen oder bereiteten ihre Flucht vor. Und doch klammerte sie sich immer noch an die Hoffnung, ihr Leben so weiterleben zu können. Sie hatte doch gerade erst ihr Leben zu leben begonnen. Sollten all die Studienjahre vergebens gewesen sein? Das konnte, nein, das durfte nicht sein.

»Hans, lass uns doch erst einmal abwarten. Vielleicht versinkt die neue Partei ja bald schon wieder in der Bedeutungslosigkeit. Du hast dir ein so gutes Leben aufgebaut, hast eine wunderbare Frau, ein liebes Kind«, versuchte sie ihn aufzumuntern.

Hans zog eine Augenbraue hoch. »Dein Wort in Ehren, aber ich glaube nicht daran, dass der Geist, der aus der Flasche gelassen wurde, sich einfach so wieder einstöpseln lässt«, erwiderte er. »Ich verspreche dir, nichts zu überstürzen, Rike. Ich will ja nicht sofort fliehen, aber ich werde mich auf alles gefasst machen, und wenn es so weit ist, verschwinde ich.«

Erleichtert, dass der Tag der Entscheidung noch in der Zukunft lag, stand Rike auf, um drei Schnapsgläser aus dem Schrank zu holen. Sie hatte einen kleinen Rest Himbeerschnaps aufbewahrt und jetzt schien ihr ein passender Moment, um auf die Entscheidung ihres Bruders, auf ihren vierundzwanzigsten Geburtstag und auf die tollkühne Fahrt ihrer Freundin anzustoßen.

Als Rike in die Küche ging, um den Schnaps zu holen, wandte sich Hans verschwörerisch an Fritzi. »Kann ich auf dich zählen?«

Fritzis Augen weiteten sich, als sie die Anspannung in seinem Gesicht sah. Stumm nickte sie.

»Wenn ich Hamburg doch schnell verlassen muss, brauche

ich hier eine Kontaktperson, über die ich mit meiner Familie in Verbindung treten kann. Fritzi, wir kennen uns seit Kindertagen. Ich vertraue dir. Würdest du mir helfen?«

Fritzi schluckte. Schon spürte sie die Last der Verantwortung auf ihren Schultern.

»Ich werde einen Teil meines Vermögens in Gold umwandeln und nach Übersee bringen, um ein Haus in Montevideo zu kaufen. Ich werde alles vorbereiten, um jederzeit fliehen zu können.«

»Montevideo?«, entfuhr es Fritzi lauter als beabsichtigt. Rikes Schritte waren bereits zu hören. Sie verstummte abrupt, als Hans sich den Finger auf die Lippen legte.

»Kein Wort! Zu niemandem! Auch nicht zu Rike.« Er schaute ihr tief in die Augen und reichte ihr die Hand, um die Ehrenverpflichtung zu besiegeln.

Wie betäubt über die Entwicklung der Dinge schlug Fritzi ein. Montevideo, dachte sie erschüttert, die Hauptstadt von Uruquay, wenn sie sich richtig an den Geografieunterricht erinnerte. Vor ihrem inneren Auge konnte sie sich wieder an die Fotos der südamerikanischen Stadt erinnern, die im Lehrbuch abgebildet war: Die spanisch geprägte Altstadt mit prächtigen Gebäuden im Kolonialstil, mit Art-déco-Fassaden und dem lebendigen Hafenmarkt. Am liebsten wäre sie selbst dorthin gereist. Dann schalt sie sich beschämt. Sie hatte ihre eigenen Beweggründe, Hamburg zu verlassen, das ihr zunehmend wie ein Gefängnis vorkam. Seine Beweggründe waren existenzieller Art und Fritzi konnte nur hoffen, dass seine Befürchtungen nie eintreten würden.

23

Das vertraute Geräusch tuckernder Dieselmotoren ließ Fritzis Herz vor Freude schneller schlagen. Mit tief ins Gesicht gezogener Mütze stand sie im Frühling des Jahres '35 an der rostfleckigen Reling des alten Fischdampfers »Hinrich Hay« der Reederei Fock und Pickenback zu Hamburg. Die Kaimauer im Altonaer Hafen mit all den Arbeitern, Fischern und Händlern verschwamm rasch zu einem flirrenden Farbfleck, als der Maschinist den Kessel unter Dampf setzte und Fahrt Richtung Nordsee aufnahm. Schon konnte sie den Fähranleger von Blankenese sehen. Hinter dem Anleger führte eine steile Treppe mit über hundert Stufen zur Richard-Demel-Schule hoch, in der sie seit einem halben Jahr als Hilfslehrerin unterrichtete. Sie hatte zwar versucht, sich damit abzufinden, Lehrerin zu sein und das unbändige Verlangen, zur See zu fahren, zu unterdrücken. Doch ihr gesunder Menschenverstand und ihr Pragmatismus befanden sich auf direktem Kollisionskurs mit ihren leidenschaftlichen Träumen. Bei jedem aufkommenden Wind lockten ihre Gedanken sie aufs Meer. Schließlich hatte sie der Verlockung nachgegeben und erneut versucht, inkognito anzuheuern.

Verzückt ging ihr Blick jetzt zurück an Land. Das historische Treppenviertel schmiegte sich idyllisch an den Süllberg. Unterhalb der Anhöhe standen vereinzelte Gebäude am Falkensteiner Ufer. Das Haus, in dem sie seit Schulbeginn ein bescheidenes Zimmer bewohnte, konnte sie von der Elbe aus an den sandsteingemauerten Türmen erkennen. Efeu und Goldregen hatten sich an der Fassade hinaufgerankt und verliehen dem Haus den Hauch eines Dornröschenschlosses. Der Himmel war aufgeklart und strahlte hellblau. Die Möwen kreischten über ihrem Kopf und Fritzi blieb einen Moment stehen, um ihren Flug zu betrachten.

»He, Mart! Hier wird nicht gekiekt, sondern gearbeitet. Pack mal mit an«, schrie ihr der Bestmann von der Brücke den Befehl zu.

Nichts lieber als das, dachte Fritzi glücklich. Sie hatte es wieder geschafft, unbemerkt anzuheuern. Die Arbeitslosigkeit war groß und eine Frau an Bord unerwünschter denn je. Die Bemannungsrichtlinien von 1934 schlossen sie praktisch von der Arbeit aus, da jetzt die Beschäftigung weiblicher Personen auf Seeschiffen ausdrücklich untersagt war.

Nur gut, dass dies nicht für Anton galt, dachte sie spitzbübisch. Der Dampfer würde sie über Aberdeen bis zu den Fischplätzen südlich von Island bringen. Sie hatte inzwischen so viel Routine an Bord eines Fischereischiffes, dass der Besatzung gar nicht auffiel, dass sie eine Frau war. Das Leben an Bord war ganz nach ihrem Geschmack. Und wie immer, wenn sie ihre männliche Seite ausleben durfte, die ungestüm, wild und abenteuerlustig war, wurde sie sich ihrer weiblichen Seite, die in sich trug, umso bewusster. Prompt kam ihr die zärtliche Berührung von Finn auf ihrer Haut in die Erinnerung. An Finns Seite fühlte sie sich attraktiv und fraulich. Aber was bedeutete das schon. Fraulich. Männlich. Hatte es doch immer schon Abenteurerinnen gegeben, die allein mit dem Auto die Wüste durchquerten oder sich in die Luft wagten. Und warum auch nicht?, dachte sie trotzig, schließlich sind die beiden Geschlechter in Wirklichkeit gar nicht so verschieden.

Zum Glück musste sie sich jetzt gerade darüber keine Gedanken machen, sondern konnte so frei atmen wie seit einer gefühlten Ewigkeit nicht mehr.

Die Arbeit als Lehrerin war angenehm, zumal sie mit den Fächern Mathematik und körperliche Ertüchtigung keine komplizierten Aufgaben zu bewältigen hatte. Der Direktor hatte zwar ihre Unterrichtsstunden in Sport erhöht, aber das bereitete ihr keine Mühe. Solange ihr Lehrplan von der neuen politischen Linie weitestgehend verschont blieb, war sie gerne bereit, mehr Zeit auf dem Sportplatz oder in der Halle zu verbringen. Ihre Kolleginnen waren dagegen angehalten, den Unterricht der neuen Doktrin entsprechend zu gestalten und Lehrfilme über Rassenkunde oder Vererbungslehre im Unterricht zu zeigen.

Von derlei politischer Einflussnahme blieb sie noch verschont, was nicht bedeutete, dass sie einen einfacheren Alltag hatte. Sie kämpfte gegen andere Windmühlen. Es war einfach nicht einzusehen, warum die Mädchen einen anderen Unterricht in körperlicher Ertüchtigung erhalten sollten als die Jungen. Der Rektor hatte ihr für die Osterferien den dringenden Rat mitgegeben, ihre Haltung zu überdenken, anderenfalls würde er ihr, nicht zuletzt auch auf Druck der Elternschaft, die Leitung der Mädchenklasse entziehen.

So ein Mist. Noch immer voller Wut zog Fritzi jetzt mit aller Kraft an dem dicken Tau, das eingerollt werden musste. Die Möwen, die sie seit dem Ablegen im Hafen in Hoffnung auf abfallende Beute begleiteten, ließen sich krächzend als »blinde« Passagiere auf dem Mast nieder.

Mit jedem Meter, den sie das Festland hinter sich ließen, verblasste auch die Wut in ihrem Bauch.

Vielleicht war das der Grund, warum die Seefahrt sie so vollkommen glücklich machte, dachte Fritzi, schlug doch ihr

Herz jedes Mal vor Glück, sobald das Schiff den Hafen verließ. Das Vibrieren des Schiffes unter ihren Füßen vermittelte ihr das Gefühl, als würde sie auf einem lebendigen Organismus fahren, als könnte sie den Atem des wogenden Meeres unter den Bootsdielen spüren. Eine Lebendigkeit, die stets im Wandel war, sich aufbäumte, aber auch still und friedlich sein konnte. Das Land kam ihr dagegen entseelt und stumm vor. Sie lechzte nach dieser Lebendigkeit, musste diese Energie, diese Kraft spüren, um sich selber lebendig zu fühlen.

Die Glocke dröhnte übers Deck. Wachablösung.

Die Routine an Bord nahm nun ihr ganzes Denken in Anspruch. Sie nahm die Arbeit auf und genoss die körperliche Anstrengung, bevor sie todmüde in ihre Hängematte kletterte und auf der Stelle einschlief.

Morgens um fünf brutzelten schon Speck und Spiegelei in der Pfanne. Der Geruch stieg Fritzi in die Nase und sie öffnete hungrig die Augen. Lächelnd reichte der Smutje ihr einen angeschlagenen Emailbecher. Der stark geröstete Kaffee schmeckte bitter und Fritzi gab ein paar Löffel Zucker hinein, nachdem sie sich an die blank gescheuerte Back gesetzt hatte. Die gesamte Freiwache hockte um die Back herum. Der Dampfer schwankte kräftig und Fritzi musste den Becher gut festhalten.

Und prompt meldete sich auch schon wieder die vermaledeite Seekrankheit zurück. Fritzi war immer noch nicht seefest und befürchtete, dass es sich auch nicht mehr ändern würde. Die ersten Tage waren nach wie vor sehr unangenehm. Der Smutje stellte einen Teller vor ihr auf den Tisch. Verbrannte Spiegeleier schwammen in einer fetten Soße aus Speck und Butter. Fritzi musste würgen, sprang auf und rannte unter Gelächter an Deck, um die Fische an ihrem Kaffee teilhaben zu lassen. Blass um die Nase und mit starrem Blick kam sie zurück, setzte sich stoisch an den Tisch und schluckte den Gallegeschmack mit bitterem Kaffee hinunter. Anerkennend schlug ihr ein Fischer auf die Schulter.

»Na, mien Jung, dat wird schon«, meinte er väterlich. Die anderen gaben ihren Senf dazu. Kleine Stänkereien an Bord gehörten einfach dazu. Und Fritzi merkte einmal mehr, dass sie sich in dieser Gemeinschaft zu Hause fühlte.

Aber dann fiel ihr auf, dass der neugierige Decksjunge sie allzu eindringlich musterte.

»Was guckst denn so, noch nie ’nen Matrosen reihern sehen?«, blaffte sie ihn unfreundlich an. Angriff war erfahrungsgemäß die beste Verteidigung an Bord, wo strenge Hierarchien herrschten.

»Einen Matrosen schon oft, aber noch nie einen Schlitzmatrosen«, antwortete er frech. Die launigen Gespräche verstummten augenblicklich und alle starrten sie an.

Fritzi wurde auf der Stelle knallrot, als ihre Identität auf so derbe Weise offenbart wurde. Sie schlug mit der Faust auf den Tisch. »Na und? Ich kann genauso gut zupacken wie jeder andere hier«, verteidigte sie sich lautstark.

»Alle herhören, wir haben Anton an Bord!«, setzte der Decksjunge nach und strahlte übers ganze Gesicht. Fritzi blieb der Mund offen stehen, als nun auch die anderen in das amüsierte Gelächter einfielen.

»Jo, Deern, du bist bekannt wie ein bunter Hund. Die Geschichten über dich sind ja ganz dolle. Man erzählt, dass du den ollen Stürmann Pawlowski von der ›Ingrid‹ verjagt hast. Aber genug geschnackt. Die Fische warten nicht. Lass uns die Netze einholen. Du sollst ja flink wie nichts Heringe kehlen können!«, feixte der Obermatrose.

Fritzi konnte ihr Glück nicht fassen. Sie war an Bord entlarvt worden und die Mannschaft akzeptierte sie, obwohl sie eine Frau war. Jetzt hieß es Leistung zeigen. Sie knüpfte das Ölzeug zu und zog den Südwester auf die kurzen Haare, um sich gegen die Wellen zu schützen, die seitwärts über das Deck brachen.

Doch schnell sprach sich die Neuigkeit herum und Knut, der beim Kapitän auf der Brücke Wache hatte, kam gegen die Neigung des Schiffes in der schweren See ankämpfend zu ihr.

»Na, hat der Kapitän geschimpft, dass ich heimlich mitgekommen bin?«, rief sie ihm verschmitzt zu und schob sich den Südwester aus der Stirn. Gischt und Spritzwasser liefen ihr übers Gesicht.

»Ne, er knurrt nur noch ein bisschen«, meinte Knut grinsend. »Aber er hat gesagt, dass wir dich zur Strafe ordentlich mit anpacken lassen sollen.«

»Das braucht ihr mir nicht zweimal sagen, das mach ich schon von selbst«, erwiderte Fritzi lachend.

Als sie tags darauf in Aberdeen Eis und Kohle an Bord nahmen, durfte die Freiwache an Land gehen. Fröhlich verließen die Männer umgehend das Schiff, um ihre Heuer umzusetzen. Zu gerne wäre Fritzi mit an Land gegangen und hätte sich die Sehenswürdigkeiten der schottischen Stadt angeschaut. Die Burg, die sie in der Ferne erahnen konnte, die Market Street, die vom Hafen in die Altstadt führte und die St. Machar's Cathedral. Doch Fritzis Wache musste an Bord bleiben und die letzten Kohlen aus dem Bunker durch den Tunnel schaffen. Der Kapitän kam mit festen Schritten die Stahltreppe in den Maschinenraum heruntergepoltert, um sicherzugehen, dass seine Männer die schmutzige Arbeit gründlich verrichteten. Erstaunt stellte er fest, dass sein blinder Passagier am eifrigsten mit anpackte. Die anderen Matrosen und Steuerleute verloren kein Wort mehr darüber, dass sie eine junge Frau an Bord hatten. Sie hatten sich längst an sie gewöhnt.

Endlich erreichten sie die fischreiche Region südlich von Island und arbeiteten ohne Unterbrechung rund um die Uhr. Fritzi konnte vor Müdigkeit und Erschöpfung kaum noch die Augen offen halten. Mit gebeugtem Rücken stand sie schon seit Stunden knietief in Blut und Fischabfällen, nahm den Fang aus und bedeckte ihn mit Eis.

Die Arbeit war körperlich wirklich hart und Fritzi konnte gut verstehen, warum sie für die meisten Mädchen zu anstrengend war. Jammernde und klagende Frauen konnte man an Bord natürlich nicht gebrauchen. Sie verstand auch, warum die Männer lieber unter sich blieben. Aber sie war nicht wie die meisten Mädchen und daher war auch gar nicht einzusehen, dass sie ihren Traum aufgeben sollte.

Obwohl sie nun durch die Schären zurückdampften, rauschte eine Welle nach der anderen über Deck und ging über Fritzi nieder, die das Deck von den Schlachtspuren befreite. Kaltes Wasser floss ihr in den Kragen und sie spürte, wie der dicke Wollpullover die Nässe aufsog. Sie würde mit dem Lotsen von Bord gehen, da die »Hinrich Hay« noch eine weitere Woche unterwegs war. Ihre Ferien jedoch waren um und sie musste im Hafen von Aberdeen auf einen anderen Dampfer mit Ziel Hamburg umsteigen. Der Lotse staunte nicht schlecht, als sie kurze Zeit später mit trockener Kleidung und Seesack vor ihm stand und sich der Mann, den er gerade noch beim Kapitän als tüchtigen Matrosen gelobt hatte, als junge Frau entpuppte.

Wehmütig erkannte sie die Leuchtfeuer der Elbmündung. Die Zeit an Bord neigt sich dem Ende zu und doch kann niemand glücklicher sein als ich, dachte sie ein bisschen wehmütig. Der Rausch, der beim Arbeiten über sie gekommen war, ebbte nun ab. Sie spürte die Anstrengung in ihren Knochen, die Hände waren aufgerissen und schwielig und dennoch genoss sie dieses Gefühl. Sie würde die See in sich tragen, wenn sie wieder an Land ging. Sie konnte es jetzt schon kaum erwarten, wieder in See zu stechen. Sie dachte an ihren jüngeren Bruder, der in ihre Fußstapfen getreten war und sie längst überholt hatte. Ein bitteres Gefühl von Neid beschlich sie, als sie daran dachte, wie leicht es für ihn gewesen war, eine Anstellung als Kadett bei der Marine auf dem Schulschiff »Gorch Fock« zu ergattern. Ob es ihr wohl jemals gelingen würde, unter ihrem Namen und als Frau an Bord anzuheuern?

24

Der Klang der Schulglocke dröhnte durch das Schulgebäude und erfüllte es augenblicklich mit dem Lärm schreiender Kinder, die nach Hause rannten. Nur noch wenige Tage und dann würden die großen Ferien beginnen.

Fritzi stand an ihrem Schreibtisch und verstaute die Unterrichtsutensilien in ihrer ledernen Schultertasche. Sie nahm das schon ganz zerlesene Buch von Joan Lowell in die Hand, das sie einst auf dem Weg nach Grömitz gekauft hatte, und strich liebevoll über den mit goldenen Lettern in das rote Leinen geprägten Titel *Ich spucke gegen den Wind*, aus dem sie der oberen Mädchenklasse gerade vorgelesen hatte. Sie hatte eine Unterrichtsstunde »Weltanschauung« gegeben, und was bot sich da besser an als die großartige Geschichte der jungen Frau, die an Bord eines Segelschiffes die kühnsten Abenteuer erlebte. Die Schülerinnen hatten den Worten begeistert gelauscht und konnten es kaum erwarten, die nächste Episode zu hören. Ein kurzes Klopfen, dann öffnete sich die Tür mit Schwung. Frau Müller, die Sekretärin des Direktors, steckte den Kopf durch die geöffnete Tür. Ohne Einleitung kam sie zum Punkt ihres Anliegens.

»Punkt fünfzehn Uhr im Rektorat«, befahl sie knapp und verschwand augenblicklich wieder.

»Frau Müller, warten Sie«, rief Fritzi, ließ ihre Tasche liegen und rannte der Schulsekretärin hinterher.

»Warum soll ich ins Rektorat kommen? Ich habe heute

Nachmittag Elterngespräche, die ich nicht einfach verschieben kann«, rief Fritzi ihr im Laufen zu. Als sie sie eingeholt hatte, legte sie ihre Hand auf den Arm der Sekretärin, um sie zum Stehenbleiben zu zwingen.

»Über den Gegenstand des Gesprächs kann und darf ich nichts sagen, aber soweit ich es verstanden habe, sind diese Elterngespräche der Grund für ihre Vorladung. Direktor Meyer hat ihre Termine bei den Eltern bereits abgesagt. Es steht Ihrem Erscheinen also nichts im Wege.« Mit diesen Worten entzog sie sich Fritzis Griff und ging mit festem Schritt den Gang hinunter.

Die Stille im Schulgebäude erschien Fritzi mit einem Mal bedrückend. Was hatte sie nun wieder angestellt, um zum Direktor vorgeladen zu werden. Sie blickte kurz auf ihre Armbanduhr. Zwanzig vor drei.

Nervös legte sie die restlichen Hefte in ihre Tasche und schloss den Riemen. Sie schwang die Tasche über die Schulter und lief den Flur entlang zum Ausgang. Zwei Stufen auf einmal nehmend stürmte sie die vielen Stufen zum Fähranleger hinunter. Schwer atmend lehnte sie sich an das Geländer. Mit geschlossenen Augen blieb sie einen Moment stehen und atmete die vertrauten Gerüche des Flusses ein. Es roch nach Kohlenruß, Tang und Schiffsdiesel. Eine Schar Möwen kreischte, als ein Fischkutter an der Anlegestelle vorbeiglitt. Die Geräusche des Wassers beruhigten sie auch dieses Mal. Innerlich gefestigt drehte sie sich um und spurtete die Stufen wieder hinauf, die zu dem Schulgebäude auf dem Süllberg führten. Mit klopfendem Herzen und schnellem Atem betrat sie das Schulhaus und ging geradewegs zum Sekretariat. Als sie um die Kurve kam und auf die Tür zutrat, stutzte sie. Auf den Stühlen vor dem Sekretariat saßen bereits zwei Kollegen, die ebenfalls zu warten schienen. Überrascht ließ sich

Fritzi auf den noch freien Stuhl fallen und versuchte, ihren Herzschlag zu beruhigen. Die kleine Flucht hatte ihr geholfen, einen freien Kopf zu bekommen, und jetzt musste sie sich erst zwingen, wieder ruhig und gleichmäßig zu atmen.

Fritzi drehte sich mit fragendem Gesichtsausdruck zu ihren Kollegen um. Rosemarie Schulze, die junge Biologielehrerin, war ebenso wie sie selbst erst für das laufende Schuljahr als Hilfslehrerin eingestellt worden. Balduin Walter war dagegen schon sehr lange an der Richard-Dehmel-Schule angestellt. Er unterrichtete in den höheren Klassen Geografie und Mathematik. Seine ruhige, sachliche Art gefiel Fritzi. Er war kein Mann der großen Worte, unterrichtete aber mit spürbarer Begeisterung für seine Fächer und war bei den Schülern sehr beliebt. Fragende Blicke erwiderten den ihren. Scheinbar wussten auch die anderen beiden nicht, warum sie zum Direktor zitiert worden waren.

In dem Moment öffnete sich die Tür mit kräftigem Schwung und Direktor Meyer trat mit zackigem Schritt heraus.

»Heil Hitler!«, schmetterte er ihnen mit kräftiger Stimme entgegen. Die Antwort der drei war ein gemurmeltes »Heil Hitler«, das vom Geräusch der über den Boden scharrenden Stühle verschluckt wurde. Wortlos drehte sich der Schulleiter um und sie folgten ihm schweigsam in sein Büro.

Vor dem massiven Eichenschreibtisch standen drei Stühle bereit, auf denen sie Platz nahmen.

»Mir ist«, kam er ohne Umschweife zur Sache, »vonseiten der Eltern und einiger Kollegen zu Ohren gekommen, dass sie den Deutschen Gruß in der Klasse und auf dem Schulhof nicht mit angemessener Überzeugung ausführen.« Der Vorwurf hing schwer in der Luft. Von dieser Seite wehte also der Wind. Die drei Angesprochenen wagten nicht, sich gegenseitig anzusehen.

»Ich habe den Vorfall dem Schulrat gemeldet. Seien Sie gewarnt. Wenn Sie bei der nächsten Flaggenhissung wieder nicht ordentlich zu grüßen verstehen, werde ich mich hinter Sie stellen und Ihnen so lange in den Hintern treten, bis Sie es gelernt haben«, bellte er und schlug mit der Faust auf den Tisch. »Zudem werden Sie künftig Ihre ganze Kraft dafür einsetzen, den Schülern die nationalsozialistische Weltanschauung beizubringen.«

Mit roten Ohren dachte Fritzi an das Buch in ihrer Tasche, aus dem sie in der letzten Schulstunde vorgelesen hatte. Es entsprach bestimmt nicht der dienstlichen Vorgabe und wog plötzlich schwer wie Blei.

»Fräulein Schulze, erneut muss ich Sie darauf aufmerksam machen, den Themen Rassenlehre und Vererbung höchste Priorität einzuräumen. Die Kinder müssen rechtzeitig über die schrecklichen Auswirkungen der Rassenschande aufgeklärt werden, bevor sie in Versuchung geführt werden«, wandte er sich an die Biologielehrerin.

Rosemarie nickte unglücklich. Sie dachte voller Mitleid an die Kinder in ihrer Klasse, die jetzt schon stark gehänselt wurden, weil sie einen jüdischen Elternteil hatten.

»Fräulein van Appen. Mir ist zu Ohren gekommen, dass Sie die höhere Mädchenklasse im Faustkampf unterrichten.« Er sah sie erwartungsvoll an.

Fritzi nickte, dies war in ihren Augen unproblematisch, hatte der Direktor sie ja explizit gebeten, Boxen in den Sportunterricht aufzunehmen, was sie ihm auch sagte.

»Natürlich bezog sich meine Anweisung ausschließlich auf die Knaben unserer höheren Lehranstalt. Zudem sollen Sie die Jungen in den unteren Klassen zu Nadelarbeit gezwungen haben und mit den Mädchen Fußball gespielt haben. Einige Väter haben bereits damit gedroht, ihre Töchter abzumelden und in eine andere Schule zu schicken. Das wäre eine Katastrophe. Mit sofortiger Wirkung entziehe ich Ihnen die Leitung der Mädchenklasse. Ein Kollege hat sich bereiterklärt, Ihre Verfehlungen auszubügeln und die Mädchenklasse mit fester Hand und nationalpolitischer Gesinnung zu übernehmen. Sie werden künftig nur noch die unteren Klassen unterrichten«, beendete er die Maßregelung.

Fritzi stand wie betäubt auf.

Enttäuscht und gekränkt verließ Fritzi das Schulgebäude. Sie bemerkte nicht, dass ihr Abgang aus einem Fenster des Klassenzimmers über ihr mit Genugtuung beobachtet wurde. Zufrieden faltete ihr Beobachter den Brief, den er gerade geschrieben hatte, zusammen. Er enthielt sämtliche Verfehlungen und Regelverstöße der jungen Lehrerin, die seinem Parteigenossen ein besonderer Dorn im Auge zu sein schienen. Jedenfalls war er vor kurzem auf ihn zugekommen und hatte ihn gebeten, das Fräulein ganz besonders zu beobachten und jede Kleinigkeit direkt an ihn zu melden.

Ohne zu ahnen, dass ihr Tun genaustens beobachtet wurde, stieg Fritzi derweil auf ihr Rad und fuhr nach Hause. Sie trat mit voller Wucht in die Pedale, froh, auf diese Weise ihre Enttäuschung abzulassen. Ihr war zum Heulen zumute und wieder einmal fragte sie sich, ob ihre Entscheidung, ein selbstbestimmtes Leben führen zu wollen, wirklich die richtige war. Sehnsucht nach einem sorgenlosen Leben an Finns Seite ergriff sie. Vielleicht musste sie ihre Entscheidung noch einmal überdenken. Wenn es ihr eh nicht gelang zur See zu fahren und sie stattdessen im Klassenraum stand, könnte sie auch ebenso gut zu Finn ziehen. Immer wieder versuchte Finn, sie bei ihren seltenen Treffen zu überreden, endlich zu ihm nach Dessau zu ziehen. Sie hatte ihm im Gegenzug vorgeschlagen, sein Studium nach Hamburg zu verlegen, worauf er nur kopfschüttelnd gelacht hatte. Denn ebenso wie sie war er nicht bereit, für ein gemeinsames Leben seinen Lebenstraum, am Bauhaus zu studieren, aufzugeben. Es war zu einem verletzenden Moment des Schweigens gekommen, in dem beiden schmerzlich bewusst wurde, wie schwierig ihr gemeinsamer Weg werden würde. Doch dann hatte er lächelnd den Arm um ihre Schultern gelegt und einlenkend gemeint, dass er ja nach dem Studium nach Hamburg ziehen könnte. Vielleicht könnte er sie ja sogar auf einer Fahrt begleiten und für ein Magazin eine Fotoreportage machen. Sie hatte ihn innig geküsst. Dankbar dafür, dass er sie verstand. Völlig überraschend war er plötzlich vor ihr auf die Knie gegangen und hatte sie gefragt, ob sie ihn dann heiraten würde. Fritzi hatte vor Rührung schlucken müssen. Auch wenn sie räumlich getrennt waren, gab es keinen zweiten Menschen, den sie so sehr liebte wie Finn, das war ihr in diesem Moment klar geworden. Vorsichtig hatte sie ihm erklärt, dass sie ihn heiraten würde, sobald sie ihr Kapitänspatent hätte. Finn hatte sie nachdenklich angesehen und dann stumm genickt. Seine Enttäuschung war mit Händen greifbar gewesen und sie brach Fritzi das Herz.

Doch sie konnte den Schritt nicht gehen, all ihre Träume für ein Leben als Ehefrau aufzugeben. Die mahnenden Worte der Helgoländer Freundin ihrer Mutter klangen ihr noch im Kopf nach. Schließlich waren sie gemeinsam übereingekommen, an ihrer besonderen Art von Beziehung festzuhalten. Zu kostbar war Fritzi diese Liebe, als dass sie sie ganz aufgeben wollte, nur weil sie sich nicht oft sehen konnten. Im Alltag konnte sie sich gut mit der räumlichen Trennung arrangieren, aber besonders in den Momenten des Kummers sehnte sie sich nach seiner tröstenden Nähe und seinem aufmunternden Lachen.

Vielleicht sollte sie wirklich ihren eigenen Traum begraben und sich stattdessen eine Lehrerstelle in Dessau suchen. Doch dann würde sie sich auch vom Wasser entfernen müssen. Sie dachte an ihre kleine Fluchten, die nur in Hamburg möglich waren. In den frühen Morgenstunden, wenn die Sonne aufging, war sie fast täglich mit dem Rad zum Altonaer Hafen unterwegs. Dort stand sie in den Morgenstunden, noch vor Schulbeginn, mit anderen berufstätigen Frauen im gewachsten Kittel und mit Kopftuch, in der Fischauktionshalle und nahm Fische aus. Der Job war knochenhart, wurde aber gut bezahlt. Die Bezahlung erfolgte nach Anzahl der ausgenommenen Fische und Fritzi konnte stets die meisten Fische vorweisen, da sie die Arbeitsschritte beherrschte und schnell arbeitete.

Das Geld, das sie zudem in den Ferien durch ihre Arbeit auf den Fischdampfern verdient hatte, lag ebenfalls in der Metalldose unter ihrer Matratze.

Fritzi verkniff sich jede unnötige Ausgabe und hatte fast dreihundertfünfzig Reichsmark zurückgelegt. Das war wirklich viel Geld, und sie hoffte, damit eine der begehrten Kadettenstellen an Bord eines Großseglers der Reederei Gustafsons zu ergattern. Sie hatte in der Zeitung gelesen, dass der finnische Reeder gegen Bezahlung auch Frauen als Kadetten an Bord nahm. Ebenso wie ihre männlichen Kollegen musste sie für die Ausbildung bezahlen und hoffte, dass ihr Erspartes reichte. Erneut beneidete Fritzi ihren jüngeren Bruder, der das Privileg genoss, die Ausbildung sogar noch vergütet zu bekommen. Dieser Weg war ihr verwehrt. Kein deutscher Reeder würde sie an Bord als Matrose, Decksjunge oder gar Kadett anheuern. Ihr blieb nur dieser eine Weg, wollte sie an Bord eines Großseglers um die Welt segeln. Und das wollte sie, und zwar mehr als alles andere.

Finn hatte vergeblich versucht, sie zu überreden, die Ferien bei ihm zu verbringen, statt sich auf die weite Reise nach Finnland zu machen. Doch die aktuellen Probleme an der Schule verdeutlichten ihr nur noch mehr, wie wichtig es war, ihren Weg weiter zu verfolgen und dem unbändigen Rufen des Meeres nachzukommen. Der Lehrerverdienst nährte ihren Magen, die Seefahrt nährte ihre Seele.

An dem alten Backsteingebäude angekommen, unter dessen Dach sie das kleine Zimmer bewohnte, schob sie ihr Rad zum Schuppen. Sie stellte es ab und ging rasch die wenigen Stufen zur Eingangstür hinauf. Auf den ausgetretenen Stufen lagen einige Briefe. Fritzi wollte schon darübersteigen, da sie nur selten Post bekam, als ihr ihr Name ins Auge fiel. Sie fischte den Umschlag heraus, der mit einer ausländischen Marke frankiert war. Ihr Herzschlag beschleunigte sich.

25

Das Fenster in der kleinen Wohnung am Falkensteiner Ufer stand weit auf. Die letzten Sonnenstrahlen des Nachmittags fielen ins Zimmer, bevor die Dämmerung einsetzte. Die Tage wurden spürbar wieder länger und das in der Luft liegende Vogelgezwitscher verlieh dem frühen Abend eine sommerliche Stimmung. Fritzi lehnte sich aus dem Fenster und sah verträumt auf die Elbe.

Das schrille Summen der Klingel ließ sie zusammenzucken. Sie erwartete keinen Besuch. Vorsichtig öffnete sie die Tür. Vor ihr stand Rike mit vom Fahrtwind zerzausten Haaren.

»Mannomann, ich dachte schon, jetzt kommt die Schulbehörde und führt mich ab, weil ich den Mädchen das Boxen beigebracht habe.« Erleichtert brach sie in Lachen aus. »Aber was machst du hier so plötzlich? Ist was passiert? Oder hast du es doch noch geschafft, eine Stelle als Lehrerin zu bekommen?«, bohrte Fritzi, während sie Kleider und Bücher vom Sofa nahm, damit Rike sich setzen konnte.

»Nicht, dass ich wüsste. Ich werde immer noch wütend, wenn ich darüber nachdenke, dass mir der Zugang zum Beruf verwehrt wird.«

»Ich bin mir gar nicht so sicher, ob du derzeit überhaupt noch Lehrerin sein möchtest«, meinte Fritzi und dachte daran, wie sehr sich auch ihr Unterrichtsalltag verändert hatte. Das Gift der nationalen Bewegung war überall eingesickert.

Es herrschte eine angespannte Stimmung tiefsten Misstrauens. Auch Fritzi musste inzwischen vorsichtiger sein und vermied es, sich an allzu öffentlichen Plätzen mit Rike zu treffen, aus Angst, von ihren »Kollegen« angeschwärzt zu werden. Die Ansprache ihres Direktors hallte ihr noch im Ohr.

Aus Angst davor, entlassen oder strafversetzt zu werden, war sie mit ihren Kollegen stillschweigend übereingekommen, sich künftig unauffällig zu verhalten und sich den Wünschen des Direktors zu fügen, auch wenn es ihnen schwerfiel. Keiner konnte in diesen Zeiten riskieren, entlassen zu werden und sich in das Heer der hungernden Arbeitslosen einzureihen.

Rike nickte. »Wahrscheinlich hast du recht. Ich habe so langsam das Gefühl, dass die Nationalsozialisten ihre schreckliche Idee, uns Juden zu vertreiben, wirklich ernst meinen. Dabei bin ich doch genauso deutsch wie sie. Mein Bruder hat im Weltkrieg Seite an Seite ehrenvoll mit ihnen gekämpft. Viele unserer Freunde haben ihre Brüder in diesem Krieg verloren und jetzt sind sie plötzlich Landesfeinde? Immerhin gibt es genügend Deutsche, die auf unserer Seite stehen, sonst würde mir wirklich angst und bange werden.« Sie versuchte die dunklen Wolken zu vertreiben. Das belastende Thema sollte ihr wunderbaren Neuigkeiten nicht überschatten, deretwegen sie gekommen war.

»Du errätst nie, was passiert ist!«, platzte es dann aus Rike heraus und ein Strahlen überzog ihr Gesicht.

»Sag nichts. Ich kann es an deinem Strahlen erraten. Du wirst heiraten!«, fiel Fritzi ihr ins Wort. Sie ergriff die Hände ihrer Freundin und gemeinsam drehten sie sich tanzend durch das kleine Zimmer.

»Aufhören, mir ist schon ganz schwindelig«, rief Rike und ließ sich rückwärts in die Kissen auf dem Bett fallen. »Außerdem hatte ich mich auf dein erstauntes Gesicht gefreut.« Sie verzog den Mund zu einem theatralischen Schmollen.

Fritzi setzte sich vor dem Bett auf den Boden und sah ihre Freundin gespannt an. »Los, erzähl. Wer ist es. Kenn ich deinen künftigen Bräutigam?«, fragte sie ungestüm. Sie hatte vor Aufregung selbst ganz rote Wangen bekommen und freute sich von Herzen mit ihrer Freundin.

Nur ein leiser Stich erinnerte sie wehmütig daran, dass sie selbst vor kurzem auf Finns Heiratsantrag nicht eingegangen war. Sie konnte nur hoffen, dass dies schmerzliche Opfer nicht vergebens war und sie es eines Tages schaffen würde, als Kapitänin an Bord zu gehen. Als Lehrerin könnte sie ohne weiteres seinen Antrag annehmen und zu ihm ziehen, doch das war nicht ihr Lebensweg, darin war sie sich sicher, trotzdem tat die Erinnerung an Finns Enttäuschung furchtbar weh.

»Nein, du kennst ihn nicht. Ich habe ihn selbst erst letzten Monat kennengelernt, als ich ihn bei der Möblierung seiner neuen Anwaltskanzlei beraten habe. Er ist Jurist«, fügte sie stolz hinzu.

»Ich freue mich sehr für dich. Aber du kennst ihn ja noch gar nicht so lange. Einen Monat, und dann wollt ihr schon heiraten?«

»Nein, wir wollen erst im nächsten Jahr heiraten, aber die Verlobung wollen wir jetzt schon feiern. Na, du weißt schon, falls etwas passiert«, schob sie errötend nach.

Fritzi wusste sehr wohl, was sie meinte. Sie konnte nur für ihre Freundin hoffen, dass ihr Verlobter wirklich zu seinem Wort stehen würde, falls »etwas passieren« sollte. Sie hörte ihrer Freundin noch einer Weile zu, die in höchsten Tönen von ihrem Verlobten schwärmte. Schließlich hielt sie es nicht mehr aus und platzte mit ihren eigenen Neuigkeiten heraus, die am Nachmittag mit der Post gekommen waren.

26

Ole Gustafsons war Seefahrer, Reeder, Investor und stolzer Besitzer einer Frachtflotte, die einzig aus Großseglern bestand. In seinem Büro in Finström auf der Insel Åland, etwa zehn Kilometer nördlich von Mariehamn, stand Fritzi im August des Jahres 1935 ehrfürchtig vor seinem Schreibtisch. Das Büro war vollkommen mit Mahagoniholz getäfelt und vermittelte Besuchern den Eindruck, sich an Bord in einer Kapitänskajüte zu befinden. Die Fenster, die wie die Heckfenster einer Kooge angeordnet waren, erlaubten den Blick auf die in der Ferne liegende Ostsee. Sie entdeckte die Mastspitzen der im Hafen von Mariehamn am Pier liegenden Viermaster, die mit ihren schaukelnden Masten munter dem Spiel der Wellen folgten. Einige der im Hafen liegenden Segelfrachtschiffe fanden sich in Miniaturnachbauten oder auf großformatigen Ölgemälden wieder, die den Raum schmückten.

»Oh, darf ich sie mir ansehen?«, eröffnete Fritzi das Gespräch in holprigem Finnisch. Gustafsons nickte. Bewundernd schritt sie die Wand entlang.

Gustafsons fing ihren interessierten Blick auf. Er saß entspannt in seinem Lederstuhl hinter einem massiven Schreibtisch aus geölter dunkler Eiche und folgte ihrem Rundgang mit vor der Brust überkreuzten Armen. Sein Gesicht war von Wind und Sonne gezeichnet und seine Augen hatten die durchdringende Farbe des Ozeans.

Er musterte die junge Besucherin, die extra aus Deutschland gekommen war, um ihn zu sprechen. Die leuchtenden Augen, mit denen sie die Schiffe betrachtete, ließen ihn an seine eigene Begeisterung in jungen Jahren denken. Mit nur zehn hatte er an Bord des Großseglers »Adele« als Kabinenboy angeheuert. Von da an hatte ihn die Seefahrt nie wieder losgelassen. Sein Herz und seine Liebe gehörten allein den großartigen Segelschiffen, mit denen er mehrfach die Welt umrundet hatte. Nachdenklich betrachtete er die junge Frau, die vor den Auszeichnungen seines wertvollsten Schiffes verweilte, der »Herzogin Cecilie«.

Unter dem grobkörnigen Schwarz-Weiß-Foto, das das stolze Schiff unter vollen Segeln zeigte, hingen mehrere Urkunden. Fritzi beugte sich vor, um besser lesen zu können, doch die Urkunden waren auf Finnisch ausgestellt. Immerhin konnte sie entziffern, dass Gustafsons die Auszeichnungen für den ersten Platz der sogenannten Weizenregatta erhalten hatte, den sein Schiff, die »Herzogin Cecilie«, bereits mehrfach gewonnen hatte. Soweit Fritzi wusste, wurde die Weizenregatta von Großseglern ausgetragen, deren Route von Australien nach Europa führte. Voraussetzung für den Sieg war der Weg über Kap Horn, also um die Spitze von Südamerika herum, die als besonders gefährlich galt. Eine Fahrt, bei der es eigentlich nur um Ruhm und Ehre ging. Doch die »Herzogin Cecilie« hatte die Regatta in diesem Jahr zum vierten Mal gewonnen. Fritzi betrachtete erneut das Foto dieses großartigen Schiffes. Zu gerne wäre sie an Bord des stolzen Seglers. Sie schluckte, um sich auf die Aufgabe zu konzentrieren, deretwegen sie den weiten Weg von Hamburg nach Mariehamn gekommen war. Nachdem sie mit dem Dampfer die Ostsee überquert und in Turku an Land gegangen war, hatte sie den größten Teil der Strecke mit ihrem Paddelboot bewältigt. Für die Distanz zu dem

Ort, der ihre Zukunft entscheidend prägen würde, hatte sie nur drei Wochen gebraucht.

Ole Gustafsons räusperte sich und bat Fritzi, Platz zu nehmen. Er bot ihr an, die Unterhaltung auf Deutsch fortzuführen. Eine Sprache, die finnische Kinder in der Schule lernten und die der Geschäftsmann, der häufig in Deutschland tätig war, fehlerfrei beherrschte. Obwohl seine Worte und sein Entgegenkommen freundlich waren, schwang ein Unterton mit, den Fritzi nicht deuten konnte.

»Sehr gerne. Vielen Dank, Herr Gustafsons, dass Sie sich die Zeit nehmen und mir die Möglichkeit geben, mein Anliegen persönlich vorzutragen«, begann Fritzi und spürte, wie ihr die Nervosität den Hals zuschnürte. Nicht die Person des Reeders schüchterte sie ein, im Gegenteil, er war äußerst zuvorkommend und höflich, sondern das Bewusstsein, dass sie jetzt endlich die Chance hatte, ihren Lebenstraum zu verwirklichen.

»Wie Sie meiner Bewerbung entnehmen können, habe ich seit meiner Kindheit nur ein Ziel, und das ist die Seefahrt. Seit meinem einundzwanzigsten Lebensjahr habe ich, als Mann gekleidet, an Bord einiger Fischdampfer angeheuert und die harte Arbeit ebenso effektiv erledigt wie meine Kameraden. Ich habe auf verschiedenen Fischmärkten Fische ausgenommen. Ich beherrsche die Navigation mittels Sextant und habe mich mit Sternenkunde beschäftigt. Ich bin allein und ohne Hilfsmittel im Herbst von Hamburg nach Helgoland gepaddelt und habe damit bewiesen, dass ich lange Wachzeiten ohne Schlaf durchhalten kann. Über Ostern war ich heimlich an Bord eines Hochseefischkutters im Kattegatt und wurde, als ich entdeckt wurde, von der Mannschaft als Arbeitskraft willkommen geheißen. An der Hamburger Seefahrtschule habe ich erfolgreich die Sportsee- und Sporthochseeschifferprüfung abgelegt. Im Sommer bin ich zu Fuß durch Island gewandert und habe jetzt die finnischen Fjorde mit meinem Kanu durchquert, um hierherzukommen. Alle maritimen Leistungen habe ich mir bescheinigen lassen.« Fritzi hielt kurz in ihrem Redefluss inne, griff in ihre lederne Umhängetasche und entnahm ihr das kleine schwarze Notizbuch. Ihr inoffizielles Dokument, das inzwischen bereits eine ganze Reihe von beglaubigten Einträgen enthielt. Ein offizielles Seefahrtbuch war ihr trotz der Helgolandfahrt verwehrt geblieben, da die Bemannungsrichtlinien eine erneute Anmusterung verboten. Entschlossen reichte sie dem Reeder das abgegriffene Notizbuch, der es nach kurzem Zögern entgegennahm.

»Beeindruckend«, murmelte Gustafsons, nachdem er das Büchlein nicht sonderlich beeindruckt durchgeblättert hatte. Stirnrunzelnd musterte er die junge Frau.

Das war also der Grund für ihren Besuch. Er hatte die junge Dame empfangen, da sie der Sekretärin einen Brief mit einer Einladung vorlegen konnte. Hätte er gewusst, dass es sich bei dem Bewerber um eine Frau handelte, hätte er sicher keine Einladung geschickt. Aber nun stand die energische junge Dame vor ihm und ließ sich bestimmt nicht so leicht abspeisen.

Er seufzte. Er musste seiner Sekretärin ins Gewissen reden, die den strikten Befehl hatte, weibliche Bewerber jeglicher Nation abzulehnen. Gereizt nahm er die Bewerbungsunterlagen zur Hand. Sein Blick fiel auf den Namen. Friederike – das erklärte alles. Er hatte die Unterlagen nur flüchtig gesichtet, die ihm vorgelegt worden waren. Natürlich war er davon ausgegangen, dass es sich um eine Variante des männlichen deutschen Namens »Friedrich« handelte. Wer konnte denn ahnen, dass sich eine Frau um die Stelle bewarb.

Er hatte sich in der Vergangenheit dazu überreden lassen, Finninnen an Bord zu nehmen, was er immer noch bedauerte. Warum nur maßten sich Frauen an, die vorbestimmten Geschlechterrollen umzudrehen und sich männliche Vorrechte zu erschleichen. Seit die internationalen Nachrichtenblätter über Lena Ringbom und Annette Brock berichtet hatten, kam es zwar vor, dass sich eine Frau bewarb, aber sie hatte sich stets leicht abwimmeln lassen. Um die finanziell angeschlagene Flotte seiner Großsegler in schwarze Zahlen zu bringen, war er auf zahlende Kadetten angewiesen. Nur aus diesem Grund hatte er den vermeintlichen jungen Mann aus Hamburg zum Bewerbungsgespräch geladen.

»Junges Fräulein«, begann er seinen Versuch, sie abzuwimmeln. »Ihr Ansinnen ist natürlich ganz und gar unmöglich. Eine junge Frau alleine mit über zwanzig Männern auf hoher See. Ihr guter Ruf wäre ruiniert, noch bevor Sie den Hafen verlassen hätten. Haben Sie bedacht, wie furchtbar das für Ihren Vater wäre. Seinen guten Namen entehrt zu sehen? Außerdem müssten Sie an Bord unschickliche Kleidung tragen. Schlagen Sie sich das aus dem Kopf.« Gustafsons warf die Unterlagen zurück auf den Tisch. Er strich sich über die Glatze und rückte seine Brille gerade. Danach erhob er sich umständlich und wandte sich zur Tür, um ihr den Weg hinaus zu weisen.

Fritzi fiel erst jetzt auf, dass der Mann beim Gehen das linke Bein nachzog und dadurch hinkte. Sie hielt die Luft an und ballte die Fäuste. Mit dieser deutlichen Ablehnung hatte sie nicht gerechnet. Zumal sie eine Einladung zum Bewerbungsgespräch erhalten und alle nötigen Papiere eingereicht hatte. Doch so leicht wollte sie sich nicht abweisen lassen. Dafür bin ich doch nicht drei Wochen lang quer durch Finnland gepaddelt, dachte sie empört.

»Nein, ich gehe erst, wenn ich einen Ausbildungsplatz als Offiziersanwärter an Bord eines Großseglers Ihrer Flotte in Händen halte«, verschaffte sie sich trotzig Gehör und blieb demonstrativ sitzen, obwohl er schon eine Hand auf der Türklinke liegen hatte. So leicht würde sie ihm die Entscheidung nicht machen. »Jeanne Day hat ihren guten Ruf auch nicht verloren, obwohl sie an Bord der ›Herzogin Cecilie‹ von Australien nach England gereist ist. Im Gegenteil, sie wurde in der Presse für ihre Leistung gelobt«, versuchte sie den Reeder zu überzeugen.

Die junge Frau, über deren Abenteuer internationale Zeitungen wochenlang berichtet hatten, hatte sich in den späten Zwanzigerjahren mit einem Fischerboot heimlich an Bord der Viermastbark bringen lassen, die vor dem Hafen ankerte. Erst nach vier Tagen, als das Risiko vorbei war, dass die blinde Passagierin wieder zurück an Land gebracht werden würde, hatte sie sich zu erkennen gegeben. Alan Villiers, ein zufällig mitreisender Autor, hatte über die gemeinsame Zeit an Bord ein Buch geschrieben. Fritzi hatte *Falmouth of Orders* mehrfach verschlungen.

»Ah, Jeanne Day, die hat mir gerade noch gefehlt«, erklärte der Reeder mit abschätziger Miene. »Die Frau hat mir genug schlaflose Nächte bereitet. Sie hat mit ihrer verrückten Idee nicht nur ihren eigenen, sondern auch meinen Ruf und den meines Schiffes aufs Spiel gesetzt. Ich konnte den ungeheuren Verdacht, dass die junge Frau als Mätresse an Bord geholt worden sei, nur entkräften, weil ich dafür gesorgt hatte, dass bei ihrer Ankunft im englischen Hafen zwei Frauenärzte warteten. Sie konnten zweifelsfrei bestätigen, dass Jeanne nicht von der Mannschaft an Bord gezwungen und vergewaltigt worden war. Die internationale Presse hatte sich auf die Geschichte gestürzt. Anstatt aber über den glorreichen Sieg der ›Herzogin Cecilie‹ als schnellstes Schiff bei der Weizenregatta zu berichten, überschlugen sich die Blätter mit Lobeshymnen auf die tollkühne Reise der Jeanne Day. Selbst der Chronist der Fahrt, Alan Villiers, ließ sich durch die überraschend positive Berichterstattung beeinflussen und hat die junge Frau in seinem Buch in gutem Licht erscheinen lassen.«

»Aber Alan Villiers war ein glühender Bewunderer von Jeanne«, warf Fritzi ein. Sie hatte jede Schlagzeile und jedes Wort, das über die Abenteuer der jungen Lehrerin gedruckt worden waren, verschlungen. Sie genoss den Gedanken, mit ihrer absoluten Hingabe für die Seefahrt nicht allein zu sein, sondern eine Seelenverwandte zu haben, die einen ähnlichen Kampf hatte ausfechten müssen. Auch sie war in Männerkleidung an Bord gekommen und hatte damit ihr altes Leben hinter sich gelassen. Augenscheinlich verband sie das gleiche Schicksal. Jeanne war bei ihrem Abenteuer ebenfalls Mitte zwanzig, wie sie selbst, und übte zudem denselben Beruf aus. Dennoch war es mehr, was sie teilten als diese Übereinstimmungen. Es war ihre absolute Sehnsucht nach einem Leben auf dem Meer. Eine Sehnsucht, die deutlich stärker war als sie selbst. Doch in einem war ihr Jeanne voraus – sie hatte es geschafft, an Bord zu gehen und eine mehrmonatige Reise anzutreten. Allerdings als blinde Passagierin.

Als die Einladung zum Bewerbungsgespräch kam, war Fritzi sich ganz sicher gewesen, dass sich ihr mit ihrem seemännischen Wissen eine echte Gelegenheit bieten würde. Doch diese Hoffnung basierte auf einem Missverständnis, wie sich jetzt zeigte. Würde es Fritzi dennoch gelingen, den Reeder von sich zu überzeugen und offiziell an Bord zu kommen?

27

Die Sonne stand hoch am Himmel und Fritzi blickte sehnsüchtig zum Fenster hinaus, zu den im Wellengang tanzenden Masten. Unvorstellbar, diesen Traum aufzugeben. In ihrem Kopf konnte sie die Geräusche des Meeres hören, unter ihren Füßen das gleichmäßige Atmen des Ozeans spüren, das sie über die Wellen schaukelte. Sie trug die See in sich und nichts würde sie davon abhalten, ihr Ziel zu verfolgen. Wenn die Gustafsons sich nicht mit Argumenten überzeugen ließ, musste sie eben ihre weibliche Seite anklingen lassen und an seine Liebe zur Seefahrt appellieren.

»Mein ganzes Leben, all mein Sehnen und Hoffen gilt nur einem Ziel.« Fritzi legte ihre ganze Leidenschaft in ihre Worte. »Ich will zur See fahren. Wie Sie sehen, habe ich nautische Fähigkeiten erworben, die andere Anfänger nicht haben und die mich für eine Anstellung als Kadett befähigen. Ich kann zupacken wie ein Vollmatrose. Nur auf dem Wasser fühle ich mich frei. Nur dort kann ich atmen.

Ich hoffe, dass ein Kapitän meine Gefühle versteht. Sie, verehrter Herr Gustafsons, sind Seemann durch und durch. Sie wissen, wie es sich anfühlt, wenn man zum Meer gehört. Ob Mann oder Frau, in uns allen fließt Blut. Unser Schweiß, unsere Tränen bestehen aus Salzwasser. In unseren Ohren braust der Wind und unser Herz schlägt für die Liebe zur See.« Verzweifelt hielt Fritzi inne. Tränen brannten in ihren Augen. Nicht weinen, dachte sie panisch. Das wird mir nur als weibliche Schwäche ausgelegt. Und dann habe ich erst recht keine Chancen.

Ole Gustafsons nahm die Hand von der Türklinke und ging nachdenklich zu seinem Stuhl zurück. Die junge Frau hatte eine Seite in ihm zum Klingen gebracht oder vielleicht eher einen wunden Punkt berührt. Er kannte die Sehnsucht des Seefahrers nur zu gut und spürte das schmerzhafte Sehnen jeden Tag, wenn er die Masten seiner Flotte sah. Doch er war zu alt und zudem körperlich angeschlagen und würde nicht mehr an Bord gehen und auf die Rah klettern können. Wenn es nach ihm ginge, würde er sofort den Ruhm und den Wohlstand, den er sich geschaffen hatte, gegen die Möglichkeit eintauschen, wieder zur See fahren zu dürfen. Noch einmal das Wasser unter den polierten Bootsdielen spüren, den Wind auf der Haut und die Weite des Meeres. Ja, er konnte sie verstehen. Konnte ihren Wunsch verstehen und doch war sie eine Frau und verstieß mit ihrem Wunsch gegen die natürliche Ordnung.

Gustafsons hatte in der Vergangenheit keine guten Erfahrungen mit Frauen an Bord gemacht. Sie wurden von der Mannschaft nicht akzeptiert und als leichte Beute gesehen. Der jungen Lena Ringbom war sogar Gewalt angedroht worden. Man wollte sie über Bord werfen, wenn sie noch einmal allein nach oben ginge, um die Positionslampen anzuzünden. Gustafsons wusste nicht, ob diese Drohung wirklich ausgeführt worden wäre, aber es hatte der jungen Frau sehr zugesetzt. Der Kapitän hatte sogar die Segel abnehmen lassen, die Lena repariert hatte, da die Mannschaft der Meinung war, dass ein von einer Frau genähtes Segel nicht halten und Unglück bringen würde.

Gustafsons hatte die junge Ringbom auf Drängen ihres Vaters an Bord genommen, sie jedoch als Passagierin und nicht als Offiziersanwärterin geführt, obwohl sie die doppelten Ausbildungsgebühren bezahlte. Trotzdem hatte er die Weiterführung ihrer Ausbildung an Bord, mit zugegebenermaßen fadenscheinigen Argumenten, abgelehnt. Sie hatte sich daraufhin enttäuscht von der Seefahrt zurückgezogen und geheiratet. Und das war in seinen Augen die Bestätigung dafür gewesen, dass er alles richtig gemacht hatte.

Auch Annette Brock war durch Fürsprache mehrerer Marineangehöriger an ihren Ausbildungsplatz an Bord der Viermastbark »L'Avenir« gekommen. Sie hatte sich in der Tat als äußerst tüchtige und nautisch gebildete Kadettin herausgestellt. Sie konnte so gut mit den Sextanten umgehen, dass ihr zuweilen das Kommando über die Wache gegeben wurde. Gustafsons musste zugeben, dass er von ihren seemännischen Fähigkeiten derart beeindruckt war, dass er ihr, mit Zustimmung des Kapitäns der »L'Avenir«, sogar eine Stelle als Matrose angeboten hatte. Was er indes nicht wusste: Sie hatte bereits heimlich geheiratet und die Hoffnung gehegt, gemeinsam mit ihrem Mann auf der »L'Avenir« fahren zu dürfen. Doch diese Möglichkeit schied aus, da Gustafsons keine Ehepaare an Bord duldete, ob Matrose oder Kapitän.

Gustafsons würde sich hüten, erneut so ein Wagnis einzugehen, auch wenn die junge Frau vor ihm durchaus das Potenzial zum Offizier hatte. Ihre Zeugnisse waren allesamt ausgezeichnet und ihre nautischen Fähigkeiten beeindruckend. Sie würde sich nicht so einfach abwimmeln lassen wie die übrigen Romantikerinnen, die sich in Scharen für die Ausbildung beworben hatten, weil sie sich nach einem Abenteuer unter echten Männern sehnten. Er würde ihr eine schwere Aufgabe stellen, die sie nicht würde lösen können. Und wenn doch, dann würde man weitersehen.

Schon am nächsten Morgen stand Fritzi in der Morgendämmerung vor der beeindruckenden Viermastbark am Pier. Sie blickte in die Masten hinauf und schickte ihre Sehnsucht gen Himmel. Über ihr stand in schwarzer Druckschrift neben dem eingeholten Anker der Name »Herzogin Cecilie« am Bug des weißlackierten Schiffs. Ihr Herz schlug heftig gegen ihren Brustkorb, während sie an die Herausforderung und die Möglichkeit dachte, als Kadett zur Offiziersausbildung zugelassen zu werden.

Neben ihr am Pier standen ein paar junge Männer. Fritzi schätzte sie auf etwa sechzehn, achtzehn Jahre. Ihr Bartwuchs ließ noch auf sich warten und die Arme baumelten noch ungelenk an den schlanken Jungenkörpern. Sie kam sich plötzlich mit ihren fünfundzwanzig Jahren unglaublich reif und erfahren vor.

Punkt sechs Uhr schlug die Glocke vom Deck und sie gingen hintereinander die Gangway hinauf. An Bord stellten sich alle in eine Reihe. Fritzi ganz außen. Sie streckte den Körper und hielt sich so aufrecht wie möglich. Gemeinsam hoben sie salutierend die Hand an die Schirmmütze und grüßten die Offiziere und den Reeder Gustafsons, die ihnen gegenüberstanden. Der Erste Offizier, der für die Anmusterung der Offiziersanwärter zuständig war, stellte die anderen Personen kurz vor, bevor er sie an den Mann verwies, der den Eignungstest abnehmen würde. Die Anwärter wurden in kleinere Gruppen unterteilt und mit verschiedenen Aufgaben betreut. Fritzi war bei jeder Aufgabe die Beste. Zum Schluss der praktischen Eignungsprüfung mussten die Bewerber ihre Geschicklichkeit beim Aufentern beweisen und in die Rah, die Querstange am Mast, steigen, um die Segel zu raffen. Fritzi erledigte auch diese Herausforderung schneller als ihre Kollegen. Da diese Aufgabe nur in der Gruppe zu bewältigen war, hatte Fritzi rasch das Kommando übernommen, die anderen eingewiesen und angeleitet, so dass ihre Gruppe als erste in die Takelage geklettert war. Das Hinaufklettern in den Mast stellte eine große psychische und physische Herausforderung dar, die Fritzi hervorragend meisterte, obwohl ihr die Oberarme brannten, als sie sich in den Tauen hielt. Doch wie immer: Aufgeben war keine Option. Ihr war klar, dass sie doppelt so gut sein musste wie ihre männlichen Mitbewerber, um einen Ausbildungsplatz zu erhalten.

Als alle wieder auf dem Oberdeck waren und sich in eine Reihe aufgestellt hatten, gratulierte Gustafsons den besten Absolventen und ließ sie vortreten. Fritzi war eine von vieren, denen diese Auszeichnung gewährt wurde, und sie trat stolz einen Schritt nach vorne. Der Wind spielte in ihren weißen Hosen, die von Gustafsons kritisch beäugt wurden. Wie allen Männern von Åhland waren ihm Frauen in Männerhosen suspekt. Diese Kleidung ziemte sich einfach nicht für junge Frauen. Überraschenderweise hatte das Fräulein aus Deutschland überragende Leistungen erbracht und ihre männlichen Mitbewerber ausgestochen. Es blieb ihm nichts anderes übrig, als sie zur theoretischen Prüfung zuzulassen.

Er stieß einen Pfiff aus und aller Augen richteten sich auf ihn. Die Bewerber, die bei der praktischen Prüfung versagt hatten, verließen das Deck mit hängendem Kopf. Dann forderte Gustafsons die ersten Bewerber im Alphabet auf, ihm in die Offiziersmesse unter Deck zu folgen. In Einzelgesprächen würden nun theoretische Fragen folgen, die von den Kapitänen, Offizieren und Ausbildungslehrkräften gestellt wurden.

Die Kommandanten verließen geschlossen das Deck. Fritzi wartete mit den anderen an der Reling, während die ersten Bewerber der theoretischen Prüfung unterzogen wurden.

Übermütig alberte sie mit den übrigen Anwärtern herum. Sie strotzte vor Energie und war stolz, dass sie den Männern durchaus das Wasser hatte reichen können. Vor den theoretischen Fragen hatte sie keine Angst. Sie war sich sicher, dass sie in den meisten Fachbereichen über gutes Wissen verfügte.

Als ihr Name aufgerufen wurde, zuckte sie dennoch kurz zusammen. Jetzt galt es. Würde sie die Fragen der acht Prüfer beantworten können, die an dem langen Tisch vor ihr saßen?

Einer nach dem anderen begann eine knifflige Frage zur Navigation oder Positionsberechnung zu stellen, die Fritzi allesamt ohne Vertun richtig beantwortete. Ole Gustafsons, der an der Stirnseite des langen Tisches Platz genommen hatte, nickte bei jeder ihrer Antworten und machte Notizen in sein Heft. Es trat eine kurze Stille ein, als die Offiziere und Schiffsführer, die bei Gustafsons' Reederei angestellt waren, keine Fragen mehr stellten. Sie schauten fragend von einem zum anderen. Gustafsons ging noch einmal seine Notizen durch und erhob sich schließlich. Die Augen sämtlicher Männer ruhten auf dem Reeder. Und auch Fritzi sah ihn gespannt an.

Ole Gustafsons räusperte sich. »Offiziersanwärter van Appen«, begann er förmlich, wurde dann aber fast väterlich, was Fritzi innerlich zur Weißglut brachte. Sie wollte nicht wie ein kleines Mädchen behandelt werden. »Bemerkenswerte Leistung«, sagte er lobend. Fritzi kam sich vor wie ein Hund, der brav das Stöckchen geholt hatte.

»Sie haben in der Tat sämtliche praktischen und theoretischen Prüfungen mit herausragendem Ergebnis bewältigt, was wir keineswegs von all unseren Bewerbern behaupten können«, führte er aus und ging dabei auf und ab. Er schien zu überlegen, wie er fortfahren wollte.

»Ich habe Ihnen versprochen, Ihre Bewerbung als Offiziersanwärterin zur seemännischen Ausbildung zu prüfen, wenn Sie die körperlichen und geistigen Bewerbungskriterien für männliche Kadetten erfüllen.« Er ließ eine kleine Pause vergehen, in der er nach den richtigen Worten zu suchen schien. Fritzi hielt die Anspannung kaum mehr aus. Sie knetete die Hände, um ihre innere Unruhe zu verbergen. Sie war ihrem Traum so nah.

»Sie haben den Einstellungstest bestanden«, beendete Gustafsons nun den Satz. »Und ich habe mich dazu durchgerungen«, fuhr er fort, während Fritzi kaum noch zuhören konnte, weil ihr Herz so laut schlug, »in Ihrem Fall eine Ausnahme zu machen und Ihnen eine Offiziersausbildung auf meinem Schiff zu ermöglichen, auch wenn mir Kadetten am liebsten sind, wenn sie in keiner Weise attraktiv sind.«

Die Männer um ihn herum rutschten unruhig auf ihren Stühlen herum. Hier und da wurde überrascht geflüstert. Ein alter Seebär am Ende der Back sprang sogar auf, sein grauer Bart zitterte vor Empörung und Wut, doch er wurde rasch von seinem Sitznachbarn auf seinen Platz gezogen. Es war bekannt, dass der ehemalige Kapitän Gustafsons auch an Land mit strenger Hand regierte und keinerlei Widerrede duldete – erst recht nicht von seiner eigenen Führungsmannschaft.

Fritzi dagegen konnte ihre Begeisterung nur schwer verstecken. Der Jubelschrei, der in ihrer Kehle steckte, würde sie ersticken, wenn sie ihn nicht bald herauslassen durfte. Doch etwas in der Körperhaltung und Ausstrahlung des Reeders hinderte sie daran, ihrer Begeisterung freien Lauf zu lassen. Sie spürte, dass es da noch etwas gab – ein »Aber«.

Und so war es.

»Jedoch gibt es eine Bedingung. Ich kann keinen meiner

ehrenwerten Schiffsführer zwingen, gegen seine Überzeugung eine Frau an Bord aufzunehmen. Hier in diesem Raum sind heute alle Kapitäne meiner Flotte versammelt. Wenn Sie einen von sich überzeugen konnten und er sich bereit erklärt, Ihrer Ausbildung auf seinem Schiff zuzustimmen, bekommen Sie den Vertrag«, schloss Gustafsons.

Fritzi konnte sein überhebliches Grinsen erkennen, das er krampfhaft zu verbergen suchte.

Die Männer am Tisch schwiegen, doch die Erleichterung jedes Einzelnen war greifbar. Sie waren aus dem Schneider. Zwar waren sie von der fachlichen Kompetenz der jungen Frau durchaus beeindruckt, aber sie auf ihrem eigenen Schiff unterzubringen, war natürlich vollkommen ausgeschlossen. Das Schweigen wuchs an, erfüllte den Raum und schien Fritzi die Luft zum Atmen zu nehmen. Ohnmächtige Verzweiflung stieg in ihr auf und schwemmte das Glücksgefühl hinfort, das sie eben noch gespürt hatte. Das war so ungerecht, dachte sie. Schließlich hatte sie alle Herausforderungen gemeistert. Würde sie jetzt doch noch an diesen traditionsverbundenen Kapitänen scheitern? Scheitern, nur weil sie eine Frau war?

28

Staubflocken tanzten auf den Sonnenstrahlen, die durch das kleine Bullauge in der Offiziersmesse fielen. Fritzi beobachtete das Spiel der tanzenden Stäubchen. Die Zeit schien wie Sirup zu zerfließen und mit ihr die Hoffnung. Endlich offiziell eine Ausbildung beginnen zu dürfen und sich nicht mehr heimlich wie ein Dieb, verkleidet als Mann, an Bord schleichen zu müssen.

Das plötzliche Geräusch eines schweren Stuhles, der über den dunklen Dielenboden zurückgeschoben wurde, riss Fritzi aus ihren trüben Gedanken.

Die Luft schien aus dem Raum zu entweichen, als sich, von allen Anwesenden angestarrt, ein grobschlächtiger Mann erhob.

Er hatte wässrig-graue Augen, eine Adlernase und einen schütter werdenden Haaransatz. Amüsiert drehte er sich um und schien die Empörung seiner Kollegen zu genießen. Er stellte sich Fritzi als Olaf Persson vor, Kapitän der »L'Avenir«, ebenjener Viermastbark, die im Jahr 1926 die Weizenregatta gewonnen hatte, wie er stolz fortfuhr.

Sofort wanderten Fritzis Erinnerungen zurück an Bord der »Ingrid«. Sie wusste noch genau um das Gefühl der Obhut, das ihr an Bord durch Kapitän Cordes und seinen Sohn Gorch vermittelt worden war. Und um das Gefühl der Demütigung und Gefahr durch den Zweiten Steuermann. Eine Demütigung, die sie sich beide gegenseitig zugefügt hatten.

Sie würde sich gegen die Schikanen an Bord durchsetzen können, da war sie sich sicher.

Persson räusperte sich. Sein Körper war drahtig und seine Stimme strotzte von natürlicher Autorität. Hier war ein Mann, der gewohnt war, dass seine Befehle ausgeführt wurden. Auf seinem Schiff war er der Kapitän, der Mann nach Gott.

»Offiziersanwärter van Appen, ich habe nur eine Frage. Fühlen Sie sich der Aufgabe gewachsen, für drei Jahre harte körperliche Arbeit zu absolvieren und mit etwa zwanzig Männern auf engsten Raum zusammenzuleben?«

»Jawohl, Käpt'n«, rief Fritzi enthusiastisch, ohne auch nur einen Moment nachzudenken.

»Sind Sie sich absolut sicher? Wir können an Bord keinerlei Rücksicht auf weibliche Hysterie oder Gezeter nehmen und weder umkehren noch anhalten«, hakte er noch einmal nach. Doch Fritzi nickte nur.

»Was willst du denn mit einer Frau an Bord. Brauchst du jemanden, der dir deine Kabine putzt und das Bett wärmt?«, spottete einer der Kollegen. Die anderen Männer schlugen vor Begeisterung auf die Tischplatte und von allen Seiten übertrafen sich die Männer mit anzüglichen Sprüchen. Fritzi ließ sie an sich abperlen. Sollten sie doch ihren Spaß auf ihre Kosten machen, das störte sie nicht. Sie fand die meisten Bemerkungen sogar sehr treffend beschrieben. Sie glaubte auch nicht daran, dass Frauen grundsätzlich in der Seefahrt arbeiten und ein Schiff führen sollten. Frauen nicht, aber sie. Für mich gilt dieses Klischee nicht, ich bin keine durchschnittliche Frau, dachte sie wieder mal. In meinen Adern fließt auch männliches Blut, auch wenn ich mir das nicht so recht erklären kann. Ich bin eine Frau, ich liebe einen Mann, und doch spüre ich männliche Abenteuerlust und Wildheit in mir und kann so gar nichts dagegen tun.

Gustafsons hatte sie still gemustert. Persson blieb bei seinem Angebot, auch wenn die anderen ihn dafür hochnahmen. Fritzi bewunderte seinen Mut, sich gegen die Kollegen durchzusetzen. Als Gustafsons aufstand, verstummten die Gespräche umgehend. Alle Aufmerksamkeit richtete sich auf den Mann, der mit verschränkten Armen zu Fritzi sah.

»Sie haben es gehört. Kapitän Persson würde Sie an Bord nehmen. Auch wenn ich der Meinung bin, dass Frauen nichts an Bord zu suchen haben und Ihre Anwesenheit nur Scherereien bringen wird, stehe ich natürlich zu meinem Wort.« Er hielt kurz inne und versicherte sich, ob Persson nicht doch noch seine Meinung änderte.

»Also gut! Sie können Ihren Seesack packen und am nächsten Ersten auf der ›L'Avenir‹ anheuern. Meine Sekretärin macht die Papiere fertig.«

Gustafsons nickte ihr zu, als wäre es das Normalste auf der Welt, eine Frau als Kadett anzuheuern.

Fritzi konnte es nicht glauben. Sie hatte es geschafft. Sie würde eine Ausbildung beginnen und an Bord gehen. Endlich. Ich werde Offizier, genau wie Karlo, allerdings nicht wie er bei der Marine, sondern auf einem zivilen Schiff. Fritzi dachte an die Länder, die sie nun zu sehen bekommen würde, dachte an die Äquatortaufe, von der sie schon so viel gehört hatte, und an Kokosnüsse aus der Karibik. Sie bedankte sich überschwänglich und wollte gerade den Raum verlassen, als Gustafsons erneut das Wort ergriff.

»Einen Moment, junges Fräulein! Wir haben noch nicht über die Kosten gesprochen«, begann er und in seiner Stimme schwang Belustigung und Häme mit. »Ich hoffe, Ihnen ist klar, dass es einen erheblichen Mehraufwand bedeutet, eine Frau an Bord zu nehmen. Schließlich benötigen Sie eine eigene Kabine. In der Regel teilen sich die zwanzig Kadetten einen einzigen Schlafraum. Die Einzelkabinen sind den Offizieren, Ausbildern und natürlich dem Kapitän vorbehalten.«

Die anderen Männer begannen zu tuscheln. Offensichtlich hatten sie einen Heidenspaß an dem Spektakel und warteten auf Fritzis Reaktion. Nur Kapitän Persson verschränkte genervt die Arme vor der Brust und starrte auf einen unsichtbaren Punkt an der Wand.

»Natürlich kann man Sie auch nicht für alle Bereiche an Bord einsetzen, da die meisten Aufgaben geistig oder körperlich anspruchsvoll sind und die komplizierten nautischen Aufgaben natürlich nur von Männern erledigt werden können. Zudem fallen Sie einmal im Monat wegen dieser Frauensache aus und sind dann zu nichts zu gebrauchen. Summa summarum kostet mich die Ausbildung daher viel Geld und es ist fraglich, ob ich Sie danach auf einem meiner Schiffe beschäftigen kann. Aus diesem Grund beträgt die von Ihnen zu entrichtende Gebühr für die Offiziersausbildung an Bord der ›L'Avenir‹ umgerechnet achthundertfünfzig Reichsmark.« Mit diesen Worten beendete er das Gespräch, das ohnehin im schadenfrohen Gelächter der Seemänner unterzugehen schien.

Hocherhobenen Hauptes verließ Fritzi den Raum. Die Blöße würde sie sich nicht geben, vor den Männern in Tränen auszubrechen oder zu betteln, auch wenn ihr die aufsteigende Wut die Luft zum Atmen nahm und sie die Hände zu Fäusten geballt hatte. Sie hatte gewusst, dass der Ausbildungsbeitrag immens hoch war. Auch Lena Ringbom hatte doppelt so viel bezahlen müssen wie die Männer. Aber der Preis, den der Reeder nun genannt hatte, war exorbitant. Sie verdiente sich in der Fischhalle sechs Groschen in der Stunde zu ihrem Lehrergehalt von dreißig Reichsmark die Woche dazu. Das Geld reichte gerade aus, um Lebensmittel und Holzkohle zu kaufen. Sie hatte jeden Groschen beiseitegelegt und stolze dreihundertfünfzig Reichsmark gespart. Und damit hundert Reichsmark mehr als normalerweise für die Ausbildung üblich. In ihren Augen ein Vermögen und doch reichte es jetzt nicht einmal für die Anzahlung.

Sie stieg die schmale Stahltreppe zum Oberdeck hinauf und trat an die frische Luft. Hier oben war sie eins mit dem Meer und der Unendlichkeit des Himmels. Von unten hörte sie die belustigten Gespräche und die derben Witze nachklingen. Sie brachen ihr das Herz. Sollte jetzt wirklich alles vorbei sein? Es war ihre letzte Möglichkeit gewesen, eine Ausbildung an Bord zu beginnen.

Fritzi hatte all ihre Hoffnung in diese Reise gesteckt. Zu Hause erwartete sie die Einsamkeit ihrer Wohnung und der ungeliebte Beruf, der sie von Tag zu Tag in ihrer Freiheit einengte. Und natürlich schossen ihr wieder einmal Zweifel in den Kopf, ob ihre Entscheidung, ihr Leben nicht mit Finn zu teilen, richtig war.

Angezogen von den Geräuschen des Wassers, das sich am Holz des Bugs brach und ihn umspülte, ging sie über die polierten Dielen zum Bugspriet, dem über das Schiff hinausragenden Rundholz. Sie legte sich flach auf den Holzbalken und rutschte so weit wie möglich zur Spitze. Sie hing nun fast schwerelos über dem Meer und konnte unter sich im klaren Wasser des Hafenbeckens Fische und Seetang erkennen.

In ihr braute sich ein Sturm zusammen. Er entlud sich mit aller Heftigkeit und mit ihm ihre Emotionen. Endlich erlaubte sie ihren Tränen, an die Oberfläche zu kommen und ihren Kummer wegzuspülen.

Fritzi warf einen Blick auf die bemalte Galionsfigur unter ihr. Das weiße Kleid kunstvoll um den Torso gefaltet, die Haare schwarz. Das junge Gesicht sah optimistisch in die Ferne, ein Lächeln umspielte den Mund, das der Holzschnitzer gut eingefangen hatte. Die Galionsfigur ähnelte ihr ein wenig, dachte Fritzi und verlor sich in einem Tagtraum, in dem sie ihren Platz mit dem der Figur tauschte. Wie gerne würde sie an ihrer Stelle mit dem prächtigen Schiff verwachsen sein und über dem Ozean schweben. Sich bei Sturm in die Wellen stürzen, deren Kraft spüren, wenn sie über ihr brachen, und doch stets die Gewissheit haben, dass die guten Winde sie wohlbehalten wieder nach Hause brachten. Das Meer war gewaltig, undurchdringlich, endlos. Wenn Fritzi auf das lebende Wasser sah, dann fühlte sie sich mit der Natur verbunden, auf eine Weise, die sich an Land nicht einstellte. Sie hatte dann das Gefühl, aus ihrem Körper herauszutreten, von außen auf sich zu schauen und zu erkennen, was im Leben Bestand hatte und wirklich wichtig war.

Wieso gab es überwiegend weibliche Galionsfiguren, warum trugen die meisten Schiffe weibliche Namen und warum gab es dann trotzdem keine weiblichen Seeleute, überlegte Fritzi voller Unmut. Es gab Frauen, die Flugzeuge lenkten, doch die Seefahrt schien die letzte Bastion der Männlichkeit zu sein. Vielleicht wurde sie deshalb so verteidigt. Ich will doch niemandem etwas wegnehmen, dachte sie verzweifelt, ich stelle mich nicht über die Männer oder zweifele ihre Position an. Ich möchte einfach nur das Recht haben, selbst zu entscheiden, ob ich zur See fahre oder nicht.

Sie war so müde. Der Kampf gegen die Ungerechtigkeit dauerte nun schon so lange und zermürbte sie. Sie dachte an all die Jahre, die sie damit verbracht hatte, ihr Ziel zu erreichen. An die glückliche Zeit in Grömitz, wo sie sich in Finn verliebt hatte. An die kurze, aber intensive Zeit zu zweit. An die Möglichkeit, ein Leben zu leben, das der Norm entsprach, als Ehefrau und Mutter. An sein versteinertes Gesicht, als sie seinen Heiratsantrag abgelehnt hatte. An die anstrengende Zeit auf den Hochseefischerbooten. An die Mühsal, morgens um fünf in der Fischhalle zu arbeiten. An den Mittelfinger, der ihr abgenommen wurde. An die langen Stunden, in denen sie allein nach Helgoland gepaddelt war, um ein Fahrtbuch zu erhalten. War das alles umsonst gewesen?

29

Der Ostwind blies mit eisiger Kälte durch die Häuserschlucht und wirbelte das nasse Herbstlaub auf. Der Geruch von Schnee lag in der Luft und kündigte den bevorstehenden Winter an. Tiefhängende graue Wolken verdunkelten den Tag. Der Mann schlug seinen Kragen hoch, als er verzagt vor einem mehrstöckigen Gebäude stehen blieb. Er zog einen Zettel aus der Manteltasche, las und sah dann auf die Hausnummer an dem Gebäude.

An der hohen Backsteinfassade hingen die roten Fahnen, schwer vom Regen. Auf dem polierten Messingschild neben dem Eingang stand der Name des Amtes: Deutsche Arbeitsfront, Auslandsorganisation. Fachamt Energie – Verkehr – Verwaltung.

Beschämt blickte sich der Mann nach allen Richtungen um. Doch niemand schien an diesem ungemütlichen Nachmittag von ihm Kenntnis zu nehmen. Die vorbeilaufenden Menschen hatten ihre eigenen Sorgen. Die Gefahr, beim Betreten des Gebäudes von jemandem, der ihn kannte, gesehen zu werden, war lächerlich gering. Zumal er sich weit entfernt von seinem Stadtteil befand und fast eine Stunde mit der Straßenbahn für die Strecke gebraucht hatte. Es war eher seinem schlechten Gewissen geschuldet, dass er sich erneut vergewisserte, von niemandem dabei ertappt zu werden, wie er die schwere Tür öffnete und schnell in das Gebäude huschte. Ein Schild wies ihm den Weg zur Sektion Seefahrt durch das

Labyrinth an Gängen, die durch die Behörde führte. Männer in braunen Uniformen und Lederstiefeln gingen eilig durch die Flure. Ihre Stiefel hallten an den nackten Wänden wider. Junge Frauen in weitschwingenden Röcken und weißen Blusen trugen Aktenordner und Mappen. Eingeschüchtert blieb er schließlich vor einer Tür stehen. Er klopfte zaghaft und betrat, nachdem ihm ein zackiges »Herein« entgegenschallte, den Raum. Unbeholfen schlug er die Haken zusammen und riss ungelenk den rechten Arm hoch.

»Heil Hitler, Parteigenosse Paulsen, ich melde mich zum Rapport.« Er nahm den Arm wieder herunter und spürte den Schmerz im Knöchel. Ungeschickt hatte er sich den harten Absatz seines Stiefels dagegengeschlagen.

»Heil Hitler, aber doch nicht so förmlich, mein Freund. Wir sind hier doch unter uns. Nehmen Sie doch Platz, mein Bester«, begrüßte ihn sein Gegenüber jovial. Doch der harte Blick verriet, dass er die Maske der Freundlichkeit nur selten aufsetzte.

Geduldig wartete Paulsen, dass sich der Besucher auf den Stuhl vor seinen Schreibtisch setzte. Geräuschvoll schlug er einen Stapel Papiere auf den Tisch, um die Kanten zu begradigen.

Im nächsten Moment trat nach kurzem Klopfen die Sekretärin ein und erkundigte sich, ob sie den beiden Männern etwas servieren dürfe. Der Mann wagte nicht, abzulehnen, und bat um ein Glas Wasser. Paulsen bestellte zwei Tassen Kaffee, zwei Gläser Wasser und etwas Gebäck. Er wollte seinen Lakaien bei Laune halten. Dieser dagegen wollte offensichtlich so schnell wie möglich wieder verschwinden. Paulsen genoss das Unbehagen des anderen und versuchte, es so lang wie möglich bestehen zu lassen. Der Mann hatte sich schließlich bereit erklärt, für ihn, Paulsen, zu arbeiten. Jetzt gab es kein Zurück. Er hatte von Paulsen zusätzliche Vergünstigungen und Buttermarken erhalten und musste jetzt seinen Anteil der Vereinbarung erfüllen. Eine Hand wusch die andere. So war das.

Die Sekretärin, Fräulein Lisbeth, kam mit den Getränken und einem Teller harter Kekse zurück. Sie stellte das Tablett ab und wandte sich zum Gehen. Paulsen gab ihr einen Klatsch auf den Hintern und amüsierte sich über ihren entrüsteten Blick und den kleinen erschreckten Hopser, den sie machte. Nur gut, dass der Kaffee schon abgestellt war. Wäre ja zu schade, wenn das dumme Stück etwas davon verschüttet hätte, dachte Heinrich. Sie hatte sich ihm gegenüber wenig kooperativ gezeigt und sich mit dem Hinweis auf ihren Verlobten gegen seine Übergriffe gewehrt. Dies hätte an sich für ihn keine Rolle gespielt, aber ihr Verlobter war ein Hauptmann der SS, so dass er lieber seine Finger von ihr ließ. Jetzt machte er ihr einfach das Leben schwer. Früher oder später würde sie den Antrag auf Versetzung stellen, und dann würde ihm eine andere Sekretärin zugeteilt.

Das Klappern der Kaffeetasse, die sein Gegenüber mit zittrigen Fingern zurück auf den Unterteller stellte, holte ihn aus seinen trüben Gedanken an unerfüllte Sexfantasien in die Gegenwart. Das kleine Lehrerlein hat Angst, dachte er hämisch. Das war gut. Sehr gut.

»Mein Bester, wie geht es der werten Gemahlin? Die Zuteilung der zusätzlichen Buttermarken hat sie erfreut?«, fragte er harmlos und wies damit den unglücklichen Mann gleichzeitig auf seine Bringschuld hin. Er genoss das Gefühl, Menschen in der Hand zu haben. Nichts war so berauschend, wie Macht über andere zu haben. Ein Gefühl, das er schon als Steuermann an Bord genossen und ausgenutzt hatte. Und an Land waren seine Möglichkeiten sogar noch größer, zumal er eine starke Partei im Rücken hatte.

Nervös fuhr sich sein Gast mit seinem Taschentuch über die Stirn. Sein unglücklicher Gesichtsausdruck sprach Bände. Umständlich zog er seine abgewetzte Ledertasche auf den Schoß. Sie war an einigen Stellen abgeschürft und die Pappe, mit der der Ranzen gestärkt worden war, lugte heraus. Er klappte sie auf und begann zwischen den Schulheften und Lehrbüchern nach seinem Notizbuch zu suchen.

Paulsen tippte ungeduldig mit den Fingern auf den Tisch. Das umständliche Getue des Schulmeisters ging ihm gehörig auf die Nerven. Wenn er nicht mit etwas wirklich Brisantem herausrücken würde, wäre seine Geduld am Ende. Für nichtssagende Informationen würde er den Schmarotzer nicht weiter durchfüttern. Er würde ihn so bald wie möglich durch einen anderen Informanten ersetzen.

»Also?«, fragte er fordernd und beugte sich vor. Er wollte die Sache abkürzen. Er war schließlich ein wichtiger Mann und konnte seine Zeit nicht ewig mit dem Informanten vertrödeln, auch wenn er sich an dessen Unbehagen weidete.

Der Lehrer blätterte in seinem Block.

»Also, Fräulein v. A. wurde die Leitung der Mädchenklasse entzogen, da sie den Mädchen Boxen beigebracht hat, außerdem mussten die Jungen Häkeln lernen, was die Väter auf die Palme gebracht hatte, und …«

»Der Schulkram interessiert mich nicht«, bellte Paulsen den armen Schulmeister an. Der Mann wusste doch genau, worauf es ihm ankam.

»Ja, Herr Reichsfachwalter. Ich wollte nur der Vollständigkeit halber von ihren Problemen an der Schule berichten. Sie wissen ja, wie sie ist: Sie legt sich mit allen Autoritäten an.«

Mit einer abschätzigen Handbewegung wischte Paulsen den Einwand weg. »Also, was gibt es über ihre ganz und gar widernatürliche Absicht zu berichten, an Bord zu gehen?«

»Sie war in Finnland und hat sich persönlich bei der Reederei Gustafsons um eine Stelle als Offiziersanwärter beworben«, ließ der Mann die Bombe platzen.

Paulsen starrte ihn mit offenem Mund an. Das war ja ungeheuerlich. »Was? Und hat er das verdammte Mannweib etwa angestellt?«, bellte er. Er konnte seinen Hass kaum verbergen. Sein Arm als Reichsfachwalter der Sektion Seefahrt reichte weit, aber nicht bis nach Finnland. Gegen eine ausländische Anstellung wäre er machtlos.

»Nein, natürlich nicht. Sie hat behauptet, dass er einen Wucherpreis von ihr verlangt hat, um die Ausbildung zu bezahlen, aber es gibt Gerüchte, die besagen, dass sie durch die Prüfung gefallen ist. Jedenfalls hatte ich gedacht, dass sie nun endlich zur Vernunft kommen würde, nachdem sie wie ein begossener Pudel von ihrer Finnlandfahrt zurückgekehrt war. Aber heute Morgen habe ich gehört, wie sie im Flur ihrer Kollegin erzählt hat, dass sie noch lange nicht aufgeben wird. Sie will sich, wieder als Mann verkleidet, in den Winterferien an Bord schleichen, weil die Heuer über Weihnachten hoch ausfällt. Ich bin gleich gekommen, um Ihnen sofort davon zu berichten. Sie haben doch die Mittel, das zu verhindern«, beendete er mit geröteten Wangen seinen Bericht. Froh, etwas ausgepackt zu haben, das neue Buttermarken wert war.

Heinrich Paulsens rotfleckiges Gesicht nahm an Farbe zu, die Narben schienen fast zu leuchten, als ein dreckiges Grinsen sein Gesicht überzog.

Das waren ja ausgezeichnete Neuigkeiten. Paulsen dachte einen Moment nach.

»Aber nein, mein Guter. Warum sollte ich das denn verhindern?«, fragte er mit weicher, hämischer Stimme und lehnte sich zufrieden in seinem Schreibtischstuhl zurück.

Dem Lehrer stellten sich die Nackenhaare auf. Dieser Mann war wirklich gefährlich. Aber er konnte nicht zurück. Seine drei Kinder hatten Hunger, die Lebensmittel waren knapp und der Winter würde kalt werden. Er war auf Paulsens Unterstützung angewiesen.

Paulsen war hingegen eine ausgezeichnete Idee gekommen, die seine Laune schlagartig verbesserte. Er brauchte nur abzuwarten, bis sein geliebter Feind sich selbst ans Messer lieferte. Wenn er die genauen Details wie Schiffsname, Ankunftszeiten und Liegeplatz in Erfahrung brachte, könnte er die Hexe auf frischer Tat ertappen. Er würde die Kriminalpolizei verständigen und im Hafen auf sie warten. Dann würde er zusammen mit der Schutzpolizei an Bord gehen und den Triumph genießen. Würde ihr eigenhändig die Kleider vom Leib reißen, um zu beweisen, dass sie eine Frau ist, und sie dann nackt in Handschellen von Bord führen lassen. Sie würde zum Gespött der Hafenarbeiter werden. Er spürte, wie der Gedanke an ihre Demütigung sein Gemächt hart werden ließ. Vielleicht sollte er doch noch so lange an dem Schulmeister festhalten, bis er genau wusste, wann sie an Bord gehen würde. Er würde, wie eine Spinne im Netz, darauf warten, dass dieser leckere Happen direkt in die Falle ging.

30

Rike musste niesen. Das passierte ihr immer, wenn sie in die Sonne blinzelte. Der Sommer zeigte sich von seiner schönsten Seite, doch die Mädchen waren nicht in der Stimmung, die Schönheit zu genießen. Die beiden Freundinnen saßen auf einer alten Wolldecke am Sandstrand von Blankenese und betrachteten den Schiffsverkehr auf der Elbe. Fritzi wie immer sehnsuchtsvoll, Rike nachdenklich. Fritzi spürte ihre Trauer. »Wie geht es dir? Kann ich irgendetwas tun, um zu helfen oder dich aufzumuntern?«, fragte sie vorsichtig.

»Ich weiß auch nicht«, erwiderte Rike eher verärgert als traurig. »Das Leben ist so verdammt ungerecht. Die Mädchen sind doch noch so klein, und ich weiß nicht, wie mein Bruder das jetzt schaffen will.«

»Ich kann es immer noch nicht glauben. Das ging alles so schnell. Es tut mir so leid für deinen Bruder und die Mädchen«, gab Fritzi anteilnehmend zurück. Ihre Gedanken wanderten zu der Beerdigung. Erika, Rikes Schwägerin, war plötzlich und unerwartet gestorben. Rike hatte erzählt, dass ihre Schwägerin vom Krebs gänzlich zerfressen worden war. Ihre Brüste hatten übelriechende Geschwüre entwickelt und waren voller harter Knoten gewesen. Der herbeigerufene Arzt hatte nur den Kopf geschüttelt, nachdem er Erika untersucht hatte. Binnen weniger Wochen war sie gestorben. Fritzi hatte Hans ihre Hilfe bei der Betreuung der schulpflichtigen Mädchen angeboten, doch er hatte abgelehnt und erklärt, dass er sich selbst um die beiden kleinen Mädchen kümmern würde. Natürlich war er am Boden zerstört gewesen und hatte das Geschäft während der Schiwa, der ersten Zeit der Trauer, geschlossen.

Fritzi schluckte, als sie an die Trauer dachte, die nun in dem großen Haus herrschte. Die Spiegel waren mit schwarzen Tüchern abgehängt, das fröhliche Kinderlachen, das sie hier so oft gehört hatte, war verklungen. Die Familie und die Angehörigen saßen auf niedrigen Stühlen und trauerten gemeinsam. Hans hatte sich, wie es der jüdischen Sitte entsprach, weder den Bart rasiert noch die Haare geschnitten. Bekannte und Nachbarn kamen vorbei und brachten Speisen für die Trauernden.

»Hans wird Deutschland verlassen«, brach es jetzt aus Rike heraus. »Er hat bereits einen Auswanderungsantrag für sich und die beiden Töchter gestellt«, erzählte sie mit belegter Stimme.

»Was?«, rief Fritzi erschüttert aus. »Erika ist doch erst vor wenigen Tagen gestorben.«

»Ja, das stimmt, aber Hans trägt den Plan schon seit langem in sich, wie du weißt. Er ist nur Erika und ihrer Familie zuliebe in Deutschland geblieben. Jetzt hält ihn hier nichts mehr.« Sie schluckte hart. Tränen stiegen auf, die sie erfolglos zu unterdrücken versuchte.

Fritzi beugte sich rasch vor und umarmte ihre Freundin und strich ihr sanft über den Kopf. Diese mütterliche Geste ließ die arme Rike nun vollends die Kontrolle verlieren und sie weinte ungehemmt. Schluchzend stammelte sie, dass niemand in der Familie Hans von seinem Vorhaben abbringen könne, nicht die Eltern und auch nicht sie selbst. Sein Entschluss stand fest. Fritzi versuchte, sie zu beruhigen, und flüsterte ihr tröstende Worte ins Ohr, aber die Freundin ließ sich nicht beruhigen. Hans war ihr Fels in der Brandung und sie würde sich jetzt sicher verloren und verlassen fühlen.

Fritzi dachte an ihren eigenen Verlust, den sie vor einem halben Jahr erlitten hatte. Ihr Vater war unerwartet nach einem Schlaganfall gestorben. Sein plötzlicher Tod hatte ein tiefes Loch gerissen. Ihre Mutter war in der Trauer versunken und unfähig, ihr alltägliches Leben allein zu gestalten. Auch wenn ihr Verhältnis zum respekteinflößenden Vater stets gespalten war, machte sich sein Fehlen doch übermächtig bemerkbar und Fritzi trug schwer an der Verantwortung. Gleichzeitig spürte Fritzi auch noch eine zweite Last. Sie hatte Hans das Versprechen gegeben, mit ihm in Kontakt zu bleiben und die Brücke zur Familie zu bilden.

»Und wo will er hin?«, fragte Fritzi harmlos, obwohl sie die Antwort schon kannte.

»Uruguay. Gestern hat er mir gestanden, dass er schon längst ein Haus in Montevideo gekauft hat. Sobald der Auswanderungsantrag genehmigt ist, wird er Hamburg verlassen.« Wieder brach ihre Stimme und Tränen liefen über ihre Wangen.

»Und was macht du? Gehst du mit?«, fragte Fritzi vorsichtig. Rike war ihre einzige Bezugsperson in Hamburg, außerhalb ihrer eigenen Familie. Ihre längste und liebste Freundin. Sie stellte sich vor, was sie selbst machen würde, sollte Karlo das Land verlassen wollen. Wobei, eigentlich hatte er das Land ja bereits verlassen. Er hatte seine Ausbildung zum Offizier erfolgreich abgeschlossen. Zurzeit war er auf dem kürzlich vom Stapel gelaufenen Panzerschiff »Admiral Graf Spee« angemustert. Sie sah ihn nur selten und vermisste ihn schmerzlich.

Energisch schüttelte Rike den Kopf. »Hans hat mich dazu gedrängt, mit ihm zu gehen. Doch das würde bedeuten, alles hinter mir zu lassen. Mein Zuhause, meinen Verlobten und auch meine Eltern, die nicht mitgehen werden.

»Und? Gehst du?«, fragte Fritzi noch einmal.

Nachdenklich verlor sich der Blick der jungen Frau im über der Elbe liegenden Nebel. Dann drehte sie sich abrupt zu Fritzi um. »Würdest du denn gehen?«, fragte sie zurück.

Fritzi dachte nach. Für sich selbst kannte sie die Antwort. Natürlich würde sie mitgehen. Was für eine Frage. Doch es ging nicht um sie, sondern um ihre Freundin. Was wäre das Beste für Rike, für ihren Bruder? Sie konnte Hans verstehen. Die Situation hatte sich für Juden enorm verschlechtert. Sie wurden verfolgt, denunziert und verhaftet. Die politische Lage war explosiv, seit die Partei an Macht und Einfluss gewonnen hatte und Kriegsgefahr in der Luft lag.

Fritzi interessierte sich nicht für Politik und doch wirkte diese zunehmend in ihren persönlichen Alltag hinein. Sie kroch in die Häuser und in die Familien. Sie war schon längst in das Schulgebäude gekrochen und infiltrierte den Lehrkörper. Auch Fritzi hatte sich dem Druck des Kollegiums gebeugt und war im letzten Herbst in die Partei eingetreten. Zum einen aus ehrlicher Überzeugung, einer guten Sache zu dienen, nämlich ihrer Heimat, zum anderen, weil sie hoffte, durch praktische Arbeit die Dinge zu ändern, die ihr nicht gefielen. Doch nichts hatte sich verbessern lassen. Im Gegenteil! Die Atmosphäre vergiftete sich zunehmend.

Fritzi war sich sicher, dass einer ihrer Kollegen sie bespitzelte. Wie sonst ließe sich erklären, dass die Reeder immer wieder einen Rückzieher machten und sie entließen, noch bevor sie einen Fuß auf das Schiff gesetzt hatte. Dennoch war sie in den Winter- und Osterferien an Bord gewesen. Heimlich, wieder einmal. Sie hatte sich wieder Jonny genannt und war mit zu den Fischgründen Islands und Norwegens gefahren. Zwar war ihre Verkleidung an Bord entlarvt worden, aber da sie anpacken konnte, hatte es keine Beschwerden gegeben. Im Gegenteil, die Kapitäne stellten ihr freiwillig ein gutes Zeugnis aus und trugen ihre Fahrten sogar in ihr improvisiertes Seefahrtbuch ein.

»Ich kann verstehen, dass Hans gehen will, wenn ihn nichts mehr hält. Aber du bist hier fest verwurzelt. Du hast hier deine Eltern, deinen Verlobten, deine Freunde«, versuchte sie ihre Freundin zu beraten. Sie bezweifelte, dass Rike in der Ferne glücklich werden würde. War sie doch eine Hamburger Deern und hier aufgewachsen und fest verwurzelt. Vielleicht wünsche ich mir das aber auch nur, gestand Fritzi sich ehrlich ein, vielleicht steht mein Wunsch, nicht allein zurückzubleiben, hinter meinem Rat.

Rike, die nicht ahnen konnte, wie es in Fritzi rumorte, nickte. »Ja, so sehe ich das auch. Ich habe hier meinen Lebensmittelpunkt. Was soll ich in Südamerika? Einem Land, dessen Sprache ich nicht spreche, mit einer fremden Kultur, die ich nicht kenne. Ich hätte nur meinen Bruder und seine Kinder. Ich kann mir nicht vorstellen zu gehen, aber ich möchte auch nicht allein zurückbleiben. Warum kann nicht alles wieder so sein wie früher«, schluchzte sie und drückte sich trostsuchend an Fritzis Schulter.

Fritzi nickte und legte den Arm um Rike. Sie wiegte den bebenden Körper leicht hin und her.

»Pst, alles wird gut. Man muss daran glauben«, flüsterte sie sanft und strich Rike über den Kopf. Auch wenn es nicht in ihrer Hand lag, würde sie nichts unversucht lassen, um ihrer Freundin beizustehen. Aus tiefster Seele wünschte sie sich, dass wirklich alles gut werden würde.

31

Fritzis Wunsch hatte sich nicht erfüllt. Der Sommer war vorbei, der Herbst stand vor der Tür und nichts war gut geworden.

Die Schulglocke der Blankeneser Gorch-Fock-Schule, wie sie nach ihrer Umbenennung nun hieß, schlug und die Kinder rannten lachend und kreischend aus dem Schulgebäude. Fritzi ordnete die eingesammelten Kladden auf einen Stapel und packte sie dann zu den Lehrbüchern in ihren Lederranzen. Sie hatte in der letzten Stunde vor den Herbstferien mit ihrer Klasse ein Diktat geschrieben. Nun waren die Kinder entlassen und einige freuten sich schon aufs Kastaniensammeln. Andere, weniger privilegierte erwartete jedoch zu Hause harte Arbeit. Sie schaute seufzend aus dem Fenster und hatte doch kaum ein Auge für die Schönheit ihrer Umgebung. Der Süllberg und seine an ihn geschmiegten Häuser lagen, von der Sonne beschienen, träge in der Mittagsruhe. Das Herbstlaub verfärbte sich bereits und der stetig wehende Nordwind riss die ersten Blätter von den Bäumen.

Sie schwang sich die Tasche über die Schulter, verschloss das Klassenzimmer und verließ das Schulgebäude. Ihr Fahrrad lehnte an einer Stange neben dem weiß getünchten Backsteingebäude. Sie schob es einige Meter, bevor sie sich ruckartig umdrehte. Das Gefühl, verfolgt zu werden, ließ sie heute nicht los. Reiß dich zusammen, schalt sie sich selbst. Solchen Spökenkiekereien durfte sie sich nicht hingeben, wer sollte sich schon für sie interessieren. Ihr Blick fiel zurück auf das Schulgebäude und das friedliche Bild, das sich ihr bot.

Rosemarie, die junge Biologielehrerin, unterhielt sich am Eingang mit einer Mutter, die ihr Kind abgeholt hatte. Ihr buntes Wollkleid schwang im Wind um ihre hübschen Knöchel. Oberlehrer Möbius hatte ebenfalls sein Rad von der Hauswand genommen und war stehen geblieben, um sich die Hosenklammern an die weiten Hosenbeine zu klemmen, damit sie nicht in die Kette gerieten. Alles schien ganz normal zu sein und doch beschlich Fritzi ein ungutes Gefühl. Sie ging ein paar Schritte und blieb dann wieder stehen. Möbius war inzwischen auf sein Rad gestiegen und fröhlich grüßend an ihr vorbeigefahren. Im Hintergrund stand ein grauer Mercedes. Skeptisch betrachtete Fritzi die beiden Männer in braunen Anzügen, die rauchend in dem Fahrzeug saßen und die Schule zu beobachten schienen. Sie atmete tief aus und schüttelte den Kopf. Da war nichts. Sie schob das Rad an, lief ein paar Schritte mit und sprang dann auf. Mit kräftigen Bewegungen trat sie in die Pedale und hatte Möbius schnell eingeholt, der nur langsam vorwärtszukommen schien.

Sie fuhr an ihm vorbei und schlug den Weg zu ihrer Wohnung am Falkensteiner Ufer ein. Der Gegenwind blies ihr schon die Gerüche der Elbe ins Gesicht. Es roch nach Seetang und Schiffsdiesel. Das herbe Aroma brachte Fritzi jedes Mal zum Träumen. Vor dem alten Gebäude aus rotem Backstein, mit der Hausnummer 70, sprang sie vom Rad. Das Gewicht ließ sie schwer ausatmen, als sie das Rad anhob und die wenigen Stufen zum Garten hochtrug. Sie schloss das Gartentor hinter sich und hatte gerade noch die Hand auf der Klinke liegen, als sie das graue Automobil vorbeifahren sah. Überrascht konnte sie just noch einen Blick auf die Insassen werfen, um sicher zu sein, dass es sich um dasselbe Auto handelte, das sie bereits vor dem Schulhof bemerkt hatte. Seltsam. Heute kam ihr alles merkwürdig vor. Sie löste den Haltegurt und nahm ihren Ranzen vom Gepäckträger herunter. Als sie den kleinen Weg zum Haus ging, der sich durch den verwilderten Garten schlängelte, wurde sie plötzlich am Arm gepackt und ins Gebüsch gezogen. Eine Hand legte sich über ihren Mund und hielt sie davon ab zu schreien.

»Pst, ich bin's«, flüsterte Rike ihr ins Ohr und Fritzi ließ jede Gegenwehr sein.

»Was soll das denn!«, zischte sie empört zurück. Rike blickte sich nervös nach allen Seiten um und legte Fritzi einen Finger auf den Mund.

Tatsächlich fuhr in dem Moment das graue Auto mit den beiden Männern wieder am Haus vorbei. Diesmal im Schritttempo. Dann blieb es direkt vor dem Gartentor stehen. Der Beifahrer nahm sein Fernglas und versuchte, in die oberen Fenster des Mehrfamilienhauses zu sehen. Mit dem Fernstecher vor den Augen sagte er etwas zu seinem Fahrer und setzte das Glas ab, hob es dann erneut und beobachtete damit den Eingang und den Garten. Fritzi und Rike hatten sich flach auf den Boden gelegt und widerstanden dem Impuls, den Kopf zu heben.

Als der Wagen sich schließlich entfernte, atmeten sie erleichtert aus. Vorsichtig blickten sie zur Straße. Zum Glück war alles still. Nach wenigen Momenten aber tauchte ein Fahrradfahrer auf. Es war Möbius, dessen Kopf über die Heckenkrone hinausragte. Den Blick stur geradeaus gerichtet, radelte er gemächlich am Grundstück vorbei, Richtung Rissen.

»Jetzt erzähl, was ist los!«, fuhr Fritzi Rike entnervt an, als sich ihre Anspannung löste. Der unfreundliche Ton tat ihr umgehend leid, als sie in das bleiche Gesicht ihrer Freundin sah. Sie hatte ihre Freundin noch nie so erschüttert gesehen. Ihre Augenlider waren gerötet und sie zitterte am ganzen Körper.

»Sie sind da und wollen uns holen«, versuchte sie zu flüstern, doch das Entsetzen bahnte sich seinen Weg und sie schluchzte laut auf.

»Wer will euch holen«, flüsterte Fritzi, obwohl ihr eher zum Schreien zumute gewesen wäre. Sie befürchtete das Schlimmste. Man hörte ja in letzter Zeit die abscheulichsten Geschichten.

»Hans ist weg. Er hat die Mädchen von der Schule abgeholt und ist mit ihnen geflohen. Sie haben gestern sein Geschäft geplündert, da hat er noch in der Nacht alles gepackt und sein Motorsegelboot beladen. Heute Morgen ist er in aller Frühe mit der Ebbe aufgebrochen. Er hat sich nicht mal bei mir oder den Eltern verabschieden können«, schluchzte Rike.

»Pst, beruhige dich. Er hatte ja schon lange vor zu gehen.«

»Ja, ich weiß und es ist in Ordnung, dass er gegangen ist. Er hatte ja recht.« Rigoros wischte sie sich die Tränen ab, und Fritzi spürte auch die Wut, die in der Bewegung zum Ausdruck kam. »Ich bin ja auch nicht auf ihn wütend, sondern auf mich! Ich bin so ein Sturkopf! Stell dir vor, letztes Wochenende hat er mich noch versucht zu überreden, mit ihm zu gehen, aber ich habe ihm gesagt, dass ich weder unsere Eltern noch meinen Verlobten oder meine Freunde zurücklassen möchte.« Sie hielt erneut inne und putzte sich mit ihrem Spitzentaschentuch die Nase.

»Als ich heute Morgen meine Eltern besuchen wollte, standen zwei Autos vor unserem Haus. Ich habe mich in dem Garten der Nachbarn versteckt und vorsichtig durch die Hecke geschaut.« Sie stockte. »Die Männer haben Vater verhaftet. Sie haben ihn in das eine Auto gesetzt und sind mit ihm weggefahren.« Allein beim Gedanken an die furchtbaren Ereignisse schlug sie sich die Hand vor den Mund, um nicht laut aufzuschreien.

In diesem Moment hielt das graue Auto vor Fritzis Haus. Zwei Männer stiegen aus, drückten auf die Klingel und traten durch das Gartentor. Schnellen Schrittes kamen sie auf das Haus zu, direkt an Fritzi und Rike vorbei, die unter dem immergrünen Kirschlorbeer kauerten und die Luft anhielten.

Lotte war an die Haustür gekommen und sprach mit den Männern. Nach einer kleinen Weile schüttelte Lotte den Kopf und schloss die Tür. Die beiden schienen sich zu beraten, schauten zu Fritzis Fenster hinauf und wandten sich dann unverrichteter Dinge zum Gehen.

»Ich bin mir sicher, dass sie sich hier versteckt«, war der eine Mann zu vernehmen. »Paulsen hat gesagt, dass die beiden eng befreundet sind und schon früher zusammengewohnt haben. Sie weiß bestimmt, wo wir ihren Bruder finden, und wird es uns sicher gerne erzählen.«

Der andere lachte dreckig und erwiderte etwas, das Fritzi und Rike nicht mehr verstehen konnten.

Mit zusammengepressten Lippen warteten die beiden jungen Frauen eine ganze Weile ab, bevor sie sich wieder zu bewegen wagten. Fritzi waren in der unbequemen Haltung die Füße eingeschlafen, sie erhob sich und stampfte vorsichtig auf. Im selben Moment aber griff Rike nach ihrem Arm und riss sie wieder auf den Boden. Der Kopf von Oberlehrer Möbius erschien erneut über der Hecke.

Das war ungewöhnlich, dachte Fritzi sofort. Er war schon auf dem Nachhauseweg gewesen. Was machte er um diese Uhrzeit wieder hier?! Sollte er etwa …? Ein furchtbarer Verdacht stieg in ihr auf. Jetzt streckte Möbius auch noch neugierig den Kopf über die Hecke, als versuchte er, etwas im Hausinneren zu erkennen. Dann drehte er den Kopf, schien jemandem etwas zu signalisieren. Ein eiskalter Schauer fuhr Fritzi über den Rücken.

Es gab nur eine Erklärung dafür, auch wenn sie ihr nicht passte: Möbius spionierte sie aus! Er war der Maulwurf und hatte dazu beigetragen, dass sie immer wieder von Bord geholt worden war. Und jetzt schadete er womöglich auch noch Rike und deren Familie.

Der kalte Schauer verwandelte sich in flammende Hitze, als sie an die unzähligen, unbedarften Gespräche dachte, die sie mit ihm oder in seiner Gegenwart mit Lotte geführt hatte. Verdammt, sie war so naiv gewesen. Aber wer war dieser Paulsen, von dem der Mann gesprochen hatte. Der Name sagte ihr nichts. Im Lehrerkollegium gab es niemanden, der so hieß.

»Fritzi, du musst mir helfen. Ich muss hier weg«, flüsterte Rike in diesem Moment. Fritzi starrte wachsam in den Garten, doch ihr Blick bemerkte weder das bunte Herbstlaub noch die Sonnenstrahlen, die das graue Elbwasser zum Funkeln brachten. Rike hatte recht, es war mit Sicherheit besser für sie, das Land zu verlassen. Doch wie sollte sie ihrer Freundin helfen. Ihre Wohnung wurde bewacht und sie hatte kein Motorboot wie Hans, um Rike außer Landes zu bringen. Sie würde sie ja wohl kaum in ihrem Kanu nach Uruguay paddeln können.

32

Ein Gedanke schoss Fritzi in den Kopf. Es war waghalsig, zugegeben, aber denkbar. Fritzi flüsterte Rike aufgeregt ins Ohr, die nickte. Der Plan war wirklich verrückt! So verrückt, dass er womöglich aufgehen könnte. Sie verabschiedeten sich mit einer herzlichen Umarmung, dann kroch Rike unter der Hecke durch ins Nachbargrundstück. Dort verschwand sie im Dämmerlicht. Fritzi blieb einen Augenblick lang reglos hocken. Zu viele Gedanken stürzten auf sie ein. Während in ihrem Kopf ein Sturm aus Gefühlen, Ängsten und Fragen tobte, blieb es im Garten um sie herum mucksmäuschenstill. Endlich wagte sie es, sich aus ihrer Starre zu lösen. Sie kroch aus der Hecke und schlich sich an der rückwärtigen Seite des Hauses entlang, spähte vorsichtig auf die Straße. Dort stand noch immer der Wagen.

Fritzi betete, dass Rike ihnen nicht direkt in die Arme gelaufen war. Fast geräuschlos öffnete sie die schwere Klappe des Kohlenkellers und sprang über die Brikettrutsche in den Keller. In der Dunkelheit blieb sie lauschend stehen. Sie hörte ihren eigenen, schnellen Herzschlag dumpf in ihren Ohren hämmern. Doch im Haus schien alles still zu bleiben. Die knarzenden Stufen auslassend schlich Fritzi sich die Treppe hinauf. Erleichtert, dass ihr Kommen von niemandem bemerkt worden war, schloss sie ihre Zimmertür hinter sich ab. Dann schob sie zur Sicherheit einen Stuhl unter die Klinke. Erst jetzt erlaubte sie sich, durchzuatmen. Im Spiegel über der Waschschüssel blickte sie in ihr kohlenstaubgeschwärztes Gesicht. Die Spannung löste sich und sie lachte hysterisch auf. Sie wusch sich gründlich das Gesicht, bevor sie sich angezogen ins Bett legte. Ihren Wecker stellte sie auf Mitternacht.

Schon beim ersten schrillen Ton sprang Fritzi auf. Verdammt war das laut. Erschrocken lauschte sie. Das Klingeln zu dieser ungewohnten Zeit war bestimmt in sämtlichen Zimmern des Hauses zu hören gewesen. Doch nichts rührte sich. Fritzi stieg in ihre Seemannskluft, setzte die Wollmütze auf, schob die Haare darunter und malte sich mit einem Stück Kohle aus dem Ofen einen Bartschatten aufs Kinn. Zufrieden betrachtete sie sich im Spiegel. Hallo, Anton, schön, dich zu sehen, begrüßte sie ihr geliebtes Alter Ego.

Leise schlich sie sich aus dem Haus, nahm ihr Fahrrad und schob es durch den Garten des Nachbarhauses auf die Straße. Im Licht der Laterne erkannte sie den Wagen, der unverändert an der gleichen Stelle vor dem Gartentor stand. Die Männer erwarteten ihre Rückkehr. Fritzi grinste. Sollten sie warten!

Einen kleinen Umweg nehmend radelte Fritzi keuchend durch die mondhelle Nacht. Der Seesack, den sie geschultert hatte, war schwer und sie hatte Gegenwind. Trotz der Gefahr, der sie sich aussetzen würde, klopfte ihr Herz vor Freude, als sie die Hafengeräusche hörte, die durch die Nacht zu ihr drangen. Von Abenteuerlust erfüllt erreichte sie das Wasser.

Vor dem Tor des Rudervereins hielt sie an, nahm ihren Schlüssel aus der Tasche und schloss auf. Geräuschlos öffnete sie das Metallgitter und rollte ihr Rad hindurch. Das Bootshaus war zum Glück offen. Rasch huschte sie hinein und versuchte sich in der Dunkelheit zu orientieren. Hier musste doch irgendwo das Zweierkanu von Hein Bruck liegen, erinnerte sie sich. Endlich stießen ihre tastenden Finger auf das glatte Material eines Kanus. Erleichtert lachte sie auf und hielt sich augenblicklich die Hand vor den Mund. Doch alles blieb ruhig. Sie zog am Bug des Kanus, das auf einem Trailer mit Rollen stand, und schob es hinaus.

Der Hafen mit seinen Lichtern spiegelte sich auf der Elbe, auf deren Oberfläche sanfte Wellen spielten. Vereinzelt verrieten sich bewegende Positionslichter einen Kutter auf seinem Weg zur Elbmündung. Der Wind kam mit mäßiger Geschwindigkeit von Nordost. Fritzi würde keine Schwierigkeiten haben, sich in der Dunkelheit auf der Elbe zu orientieren, da der Mond genügend Helligkeit schenkte und die Leuchtfeuer nachts gut zu erkennen waren.

Sie löste die Halteriemen und hob das Kanu aus dem Trailer. Rasch trug sie es zum Steg und ließ es ins dunkle Wasser gleiten. Sie sicherte es mit einem Seil, verstaute dann ihren Seesack und richtete sich auf. Wo blieb Rike nur? Hatte ihre Freundin Angst bekommen und ihre riskante Absprache verworfen?

Dann fiel ihr ein, dass sie Hein besser eine kleine Nachricht hinterlassen sollte. Nicht, dass er noch die Polizei einschaltete. Sie nahm Stift und Zettel aus ihrem Seesack, schrieb eine kurze Entschuldigung und befestigte den Zettel am Trailer.

Nervös nestelte sie an ihrer Jacke und zog ihre Uhr hervor. Rike war schon fast eine halbe Stunde zu spät. Hoffentlich war nichts passiert. Fritzi erinnerte sich schaudernd an die uniformierten Männer. Hatten sie vor Rikes Wohnung gewartet und sie mitgenommen? Die Unruhe erfasste Fritzi mit aller Wucht. Sie spürte, wie die Enge in ihrer Brust zunahm.

Ein metallisches Klirren ließ sie zusammenfahren. Dann sah sie Rike, die in wilder Fahrt durch das geöffnete Metalltor fuhr, absprang und das Gitter hinter sich zuschlug. Sie ließ das Schloss einschnappen, nahm ihre Taschen vom Rad und rannte auf Fritzi zu. Jetzt erfasste grelles Scheinwerferlicht die beiden Frauen. Rike schrie auf, während Fritzi ihre Hand packte und sie hinter sich herzog.

Der Wagen hielt mit quietschenden Reifen auf dem taunassen Rasenstück neben dem Zaun. Ein Mann mit langem Mantel sprang heraus und rannte zum Tor. Wütend rüttelte er an dem verschlossenen Gitter und rief seinem Partner etwas zu.

Die beiden Frauen erreichten schwer keuchend die Pier. Fritzi verstaute Rikes Gepäck und half ihr beim Einsteigen. Das wackelige Zweierkanu schwankte bedrohlich. Das schwarze Elbwasser gluckerte unheimlich unter dem Kanu. Immer wieder sah sich Fritzi besorgt nach ihrem Verfolger um.

In diesem Moment stieß Rike einen spitzen Schrei aus und zeigte zum Tor. Der Mann war über den Zaun geklettert und kam über den Kiesweg zum Ufer gerannt. Fritzi drückte sich vom Steg los und beide zogen sie ihr Paddel energisch durchs Wasser. Mit gleichmäßigen kräftigen Schlägen entfernten sie sich rasch.

Wie viel Zeit vergangen war, bevor sie wagten, sich wieder umzusehen, hätte weder Fritzi noch Rike zu sagen gewusst. Als die Arme irgendwann so brannten, dass sie das Tempo reduzieren mussten, stellten sie endlich fest, dass sie ihren Verfolger abgeschüttelt hatten. Und wie auf Kommando prusteten sie beide los. Die Anspannung durfte sich lösen.

»Wie siehst du eigentlich aus? Das ist ja zum Fürchten.«

»Na, ich bin eben immer für eine Überraschung gut!«, erwiderte Fritzi. »Du aber auch. Ich wusste gar nicht, dass du so gut paddeln kannst.«

»Das hat mir Erich im Sommer beigebracht.« Trauer legte sich auf ihr Gesicht. »Ich konnte mich nicht einmal von ihm verabschieden, sein Haus wurde bewacht. Ich habe ihm geschrieben, dass es leider keine Zukunft für uns geben darf.« Ihre Stimme brach, doch sie schüttelte ihre Gefühle tapfer ab. »Weißt du, Fritzi, wir hatten das Glück, uns lieben zu dürfen. Das Glück ist nun zerbrochen, aber nicht die Liebe, die uns verbindet.« Rike brach ab.

Auch Fritzi schluckte. Beide ließen sie ihre Liebe zurück, wenn auch aus unterschiedlichen Gründen. Das Ergebnis war dasselbe. Rike musste alles zurücklassen, ihre Heimat, ihr Elternhaus, ihre Liebe. Fritzi hoffte, dass ihre Freundin die richtige Entscheidung getroffen hatte. Aber letztlich wusste sie, dass Rike keine Wahl hatte.

33

Die Schrift war kaum zu entziffern. Die Wörter, in Sütterlinschrift geschrieben, waren nass und verlaufen. Paulsen hielt den Zettel gegen das Licht seiner Schreibtischlampe und fluchte laut. Stümper, alles musste man selbst machen. Seine Adjutanten hatten ihm berichtet, dass die beiden jungen Frauen mit einem Kanu entkommen waren. Er schüttelte den Kopf. Stümper. Zwei kräftige Männer hatten sich von zwei dummen Gänsen an der Nase herumführen lassen. Das Kanu hatte man am folgenden Tag auf der Elbe treibend gefunden. Leer. Von den geflüchteten Insassen keine Spur. Kurz machte ein Gerücht die Runde, die beiden seien ertrunken, aber er schenkte dem Gerücht keinen Glauben. Nein, Unkraut verging nicht und diese Frau war nun wirklich das schlimmste Unkraut, das ihm je begegnet war.

Erneut versuchte er, die Schrift zu entziffern. Es war hoffnungslos. Fischer, sein Assistent, hatte den Zettel entdeckt. Allerdings erst, nachdem ihn eine Windbö erfasst und in eine Pfütze geweht hatte.

Paulsen überlegte einen Moment. Dann griff er entschlossen zum Telefonhörer seines schwarzen Diensttelefons, das vor ihm auf dem Schreibtisch stand. Er ließ sich beim Fräulein vom Amt mit dem Hafenmeister verbinden und erteilte ihm den Auftrag, eine Liste sämtlicher Schiffe zu erstellen, die gestern nach Mitternacht den Hafen Richtung Elbmündung verlassen hatten. Er vermutete, dass die jungen Frauen heimlich an Bord eines Dampfers gegangen waren, der sich zum Auslaufen vorbereitete. Sie würden sich bestimmt versteckt halten, bis sie auf offener See waren. Es klopfte an der Tür. Die Sekretärin brachte die Zusammenfassung und legte sie ihm auf den Schreibtisch. Er hatte immer noch keine neue Kraft und musste mit Fräulein Lisbeth vorliebnehmen.

Entschlossen widmete er sich der Aufstellung. Verdammt, fluchte er leise. Es waren mindestens dreißig Schiffe, die im Morgengrauen ausgelaufen waren, zudem unzählige Fischkutter und Elbsegler aus Finkenwerder, Altona und Blankenese.

Einzig die Schlepper und Schuten konnte er wegstreichen, da sie den Hamburger Hafen nicht verließen. Unmöglich, herauszufinden, auf welchem Schiff die Frauen gelandet waren. Wütend fegte er die Liste vom Tisch. Und mit ihr einen ganzen Stapel Unterlagen. Egal, sollte doch Fräulein Lisbeth die Unordnung beheben.

Er lehnte sich zurück und versuchte, sich mit der unvermeidbaren Niederlage abzufinden. Der Vogel war ausgeflogen. Das stand fest. Rike Stein würde sicherlich versuchen, sich zu ihrem Bruder durchzuschlagen. Er beschloss, dass er die Fährte dieser Frau und ihres Bruders nicht weiter verfolgen würde. Die Kapitalflucht der beiden Juden war nicht sein Problem. Das war die Aufgabe seiner Parteigenossen von der SS. Er hatte nur geholfen, die Spur der jungen Frauen aufzufinden. Sein Interesse galt alleine Friederike van Appen. Er war sich sicher, dass sie nicht mit ihrer Freundin das Land verlassen hatte, sondern zum Ende der Ferien wiederkommen würde. Sie hatte schließlich Verpflichtungen. Der Gedanke hellte seine Laune sofort wieder auf. Sie würde bei ihrer Rückkehr in seinem Spinnennetz hängen bleiben, das er in der Zwischenzeit zu spinnen gedachte.

34

Zwei Wochen waren seit ihrem waghalsigen Abenteuer vergangen. In der Dunkelheit waren sie an Bord des Frachters »Carl Stangen« geklettert. Fritzi hatte wie nebenbei den Hafenmeister ausgefragt und sich die Namen der Schiffe eingeprägt, die Rotterdam oder Antwerpen anfuhren. Die »Carl Stangen« war der kleinste der auslaufenden Frachter. Gemeinsam waren sie vom Kanu aus die Bordwand am Fallreep hinaufgeklettert und hatten sich unter der Plane des Rettungsbootes versteckt. Erst nachdem sie das deutsche Hoheitsgebiet verlassen hatten und auf offener See waren, hatten sich die beiden aus ihrem Versteck getraut. Kein Frachter würde wegen zwei blinden Passagieren seine Route ändern und die Ausreißer zurückbringen, da war sich Fritzi sicher. Und so hatten sich die beiden jungen Frauen gestellt.

Nachdem sie den Tobsuchtsanfall des Kapitäns über sich hatten ergehen lassen, bot Fritzi ihm einen Handel an. Sie würde ohne Lohn die volle Arbeit eines Matrosen erledigen, dafür würde er Rike in Rotterdam unbehelligt an Land gehen lassen. Sie nahm ihm das Versprechen ab, absolutes Stillschweigen über ihre Flucht zu wahren. Rike hatte wie ein Häufchen Elend neben ihrer Freundin gestanden, wissend, dass sie der Gnade dieses Mannes ausgeliefert waren. Schließlich willigte Kapitän Günther Möller knurrend ein. Zu ihrem Glück war das Schiff unterbesetzt und er konnte jede anpackende Hand gebrauchen. Die beiden Mädchen saßen während der gesamten Passage an Deck und klopften Rost. Trotz der beschwerlichen Arbeit genossen sie die letzten gemeinsamen Stunden.

Als der Hafen von Rotterdam in Sicht kam, rief der Kapitän sie zu sich, um sie zu warnen. Andere Schiffer hätten gefunkt, dass einlaufende Schiffe von der Hafenpolizei kontrolliert wurden. Fritzi befürchtete sofort, dass ihre Verfolger die Polizei informiert haben könnten. Sie beschlossen, sich als Männer verkleidet von Bord zu schleichen. Rike hatte sich von einem der Matrosen Kleidung geliehen, der in etwa ihre zierliche Statur hatte. Das Glück war auf ihrer Seite und sie kamen unerkannt im Hafen an.

Wehmütig dachte Fritzi an den Moment ihrer Verabschiedung zurück. Die beiden Frauen hatten sich lange innig umarmt, wissend, dass sie sich vielleicht nie wieder sehen würden. Wie gerne hätte Fritzi ihre Freundin auch auf der nächsten Reiseetappe noch begleitet, doch sie musste sich beeilen, wieder an Bord der »Carl Stangen« zu kommen, die ihre Ladung gelöscht, neue aufgenommen hatte und sich zur Abfahrt bereit machte.

Wieder zurück an Bord konnte Fritzi den tiefen Ton aus dem Schlot des Ozeanriesen hören, der mit Ziel Südamerika in See stach. Fritzi konnte nur hoffen, dass alles gut gehen und ihre Freundin unbeschadet den weiten Weg zu ihrem Bruder zurücklegen würde. Einen Moment lang hob sie die Hand, um zu winken, auch wenn ihr klar war, dass Rike sie unmöglich erkennen konnte.

Die Arbeit an Bord lenkte Fritzi von den trüben Gedanken ab und nahm sie ganz in Beschlag. Der Kapitän zeigte sich beeindruckt von ihren nautischen Fähigkeiten. Sie bat ihn, ihre Arbeit offiziell in ihr Fahrtbuch einzutragen. Staunend blätterte er in dem kleinen Notizbuch, das jetzt schon reichlich mit Zeugnissen der unterschiedlichsten Touren gefüllt war.

»Tausend Höllenhunde, Deern. Wer hätte gedacht, dass unser blinder Passagier ein waschechter Seemann ist«, brummte er anerkennend.

Fritzi freute sich über das Lob. Er hatte sie tatsächlich als Seemann bezeichnet.

»Ich kann so jemanden wie dich gut gebrauchen. Wenn du willst, heuere ich dich für meine nächste Tour als Jungmann an. Mit anständigem Lohn«, schob er hinterher, als er Fritzis entgeistertes Gesicht sah.

War das zu glauben? Sie hatte schon alle Hoffnung aufgegeben. Das Angebot war verlockend, aber Fritzi war klar, dass sie nicht ewig als Matrose an Bord eines Frachters arbeiten könnte. Sie wollte doch weiterkommen. Und wenn sie jetzt wieder von vorne anfangen müsste, würde sie nie als Kapitän von Bord gehen. Sie hatte genügend Fahrzeiten gesammelt, um sich offiziell auf der Seefahrtschule bewerben zu können und ihr Steuermannspatent abzulegen. Vor kurzem hatte sie daher noch einmal den Versuch gewagt und einen Antrag gestellt, hatte ihm sämtliche beglaubigten Zeugnisse sowie Abschriften ihres provisorischen Seefahrtbuches beigelegt. Sehnsüchtig wartete sie täglich auf den Bescheid.

Kapitän Möller ließ sie nur ungern ziehen. Aber Fritzi bot an, in den kommenden Ferien gern an Bord zu kommen. Die beiden besiegelten die Vereinbarung mit einem festen Handschlag.

Fritzi musste lächeln, als sie an das Gespräch dachte, während ihr der Regen ins Gesicht peitschte. Mit gemischten Gefühlen betrachtete Fritzi das Leuchtfeuer von Blankenese. Sie stand mit einem der Matrosen an der holzverkleideten

Reling und bereitete die Fender fürs Anlegen vor. Die lange Latzhose steckte in kniehohen Wasserstiefeln. Der unförmige Regenmantel bedeckte ihren Oberkörper und verschmolz mit dem Südwester, den sie tief ins Gesicht gezogen hatte, um sich vor dem beständigen Nieselregen zu schützen. Optisch war sie nicht von den anderen Seeleuten der »Carl Stangen« zu unterscheiden, die an Bord arbeiteten.

Die Pier von Altona kam in Sicht. Unzählige Hafenarbeiter liefen vor der Auktionshalle mit Schubkarren umher und brachten die Fische in die Lagerhallen. Sie ließ ihren Blick über den Anleger schweifen, um zu sehen, wo die Festmacher waren. Schließlich sah sie die Männer, die lässig an dem massiven Poller lehnten und auf das einfahrende Schiff warteten, um die Festmachleine entgegenzunehmen und zu sichern.

Fritzi warf die Fender über Bord, die dumpf gegen die Bordaußenseite schlugen. Sie sollten verhindern, dass das Schiff zu nah an die Kaimauer gedrückt wurde und sich dabei beschädigte. Als sie wieder aufsah, blieb ihr fast das Herz stehen.

Neben den beiden Festmachern, die aufgesprungen waren und nach dem dicken Tau gegriffen hatten, standen drei Männer in langen Mänteln und schweren Stiefeln. Die Polizei! Sie beobachteten das einlaufende Schiff. Fritzi erkannte augenblicklich einen der Männer wieder. Verdammt, das war einer ihrer Verfolger. Er hatte ihr Haus nicht aus den Augen gelassen und sein Partner hatte Rike bis zum Bootshaus verfolgt. In ihrer Panik hätte sie sich am liebsten hinter den Taurollen versteckt, doch es war zu spät. Trotz ihrer männlichen Kleidung hatte der Mann im langen Mantel sie in dem Moment erkannt, als sie ihn angestarrt hatte. Sein zufriedenes Grinsen ähnelte dem Ausdruck einer Katze, die vor dem Mauseloch saß und wusste, dass es für ihre Beute kein Entrinnen gab.

Das Schiff stoppte die Fahrt, als die Festmacherleinen sich

strafften. Fritzi konnte nicht verhindern, dass die Planke an Deck gelegt wurde und die Männer aufs Schiff kamen. Das Herz schlug ihr bis zum Hals. Sie überlegte panisch, ob sie über Bord springen sollte. Doch ein Blick auf die belebte Hafenmauer ließ sie die Idee verwerfen. Sie würde sich nur zum Gespött machen und wie ein begossener Pudel aus dem Wasser klettern. Und dann würde sie vor aller Augen festgenommen werden.

Fritzi versteckte sich hinter den Aufbauten und beobachtete die Uniformierten, die an Bord gekommen waren. Einer der Männer redete energisch auf den Kapitän ein. An seiner Armbinde erkannte sie, dass er von der Deutschen Arbeitfront war. Fritzi erstarrte. Es war nicht das erste Mal, dass sie von der Hamburger Auslandsorganisation der deutschen Arbeitsfront Steine in den Weg gelegt bekam. Sie hatten sie immer wieder mit Hilfe der Polizei von Bord holen lassen. Fritzi seufzte, derartige Schikane war sie gewohnt. Sie hatte schon lange vermutet, dass die Organisation hinter ihrem Rücken ihre Anstellung bei Reedern und Schiffseignern verhinderte. Sie konnte sich nur nicht so recht erklären, warum die DAF sie so derart auf dem Kieker hatte. Es gab doch gewiss genug andere Probleme, um die sie sich kümmern könnten, statt einer unbedeutenden Frau das Leben schwer zu machen.

Der Kapitän ließ sich von den Männern nicht besonders beeindrucken, er schüttelte ebenso stur den Kopf. Fritzi betete, dass der Mann sein Versprechen hielt, nicht zu verraten, dass Rike an Bord gewesen war. Panik ergriff Fritzi, als sie über die Konsequenzen nachdachte. Ihre einzige Hoffnung war, dass der Kapitän sich selbst in Schwierigkeiten brachte, wenn er kooperierte. Hoffentlich war er schlau genug, den Mund zu halten, sonst würde auch er wegen Fluchthilfe verhaftet und angeklagt werden. Fritzis einziger Trost war der

Gedanke, dass es für die Häscher zu spät war. Rike war längst außerhalb ihres Einflussbereichs.

Nach einer Weile aber schien der Kapitän tatsächlich einzuknicken. Er deutete eingeschüchtert in Fritzis Richtung. Judas, dachte Fritzi enttäuscht.

Überraschenderweise aber bekam Fritzi ausgerechnet Hilfe von der Polizei. Fritzi staunte, dann erkannte sie einen der Uniformierten. Es war Piet Harmsdorf, ein ehemaliger Kamerad aus dem Schwimmverein, den sie seit dem gewonnenen Wettkampf am Elbstrand nicht mehr gesehen hatte. Er zwinkerte ihr diskret zu und Fritzi zitterten vor Erleichterung die Beine.

»Ganz ruhig, Herr Fischer. Wir haben von unserem Hauptmann den Befehl erhalten, eine Frau vom Schiff zu entfernen und zu verhindern, dass sie erneut an Bord gehen kann. Ein Haftbefehl liegt uns nicht vor. Oder haben Sie einen schriftlichen Verhaftungsbefehl?«, fragte er ruhig.

»Kommen Sie bitte, Fräulein van Appen«, wandte er sich dann an Fritzi. »Verlassen Sie umgehend dieses Schiff.«

Nichts lieber als das, dachte Fritzi, froh über die unvermutete Hilfe. Gemeinsam gingen sie die Gangway hinunter. Fritzi raunte ihrem ehemaligen Vereinsfreund ihren Dank zu. Piet grinste verschwörerisch. Fischer kochte vor Wut, konnte aber nichts ausrichten. Fritzi überlegte keine Minute und rannte los, sobald sie festen Boden unter den Füßen spürte. Im Laufen fing sie ihren Seesack auf, den einer der Matrosen ihr zuwarf. Als sie sich wenige Meter später umdrehte, sah sie, wie die beiden Beamten Fischer daran hinderten, ihr nachzulaufen. Das war knapp gewesen! Sie musste in Zukunft vorsichtiger sein. Sie konnte sich nicht darauf verlassen, dass jemand sie vor den Schikanen der DAF rettete.

35

Am nächsten Morgen lag das Falkensteiner Ufer friedlich im sanften Licht der Morgendämmerung. Fritzi war in aller Frühe zur Bäckerei Körner geradelt und hatte ihre Bezugsmarken gegen einen ganzen Laib Brot getauscht. Hungrig freute sie sich schon darauf, gleich in das frische Brot zu beißen. Sie hatte sich sogar ein kleines Stück Butter aufgespart. Ihr lief das Wasser im Mund zusammen, als sie an den Geschmack des goldenen Fetts auf ihrer Zunge dachte. Vor Energie strotzend trat sie in die Pedale, um schnell in ihre Wohnung zu kommen und zu frühstücken.

Sie genoss ihren letzten Ferientag, so gut es ging.

Ihr Blick fiel sehnsüchtig auf den Elbstrand, der sich auf der anderen Seite des Fahrweges ausdehnte. Spontan beschloss sie, ihren Plan zu ändern und erst schwimmen zu gehen. Schließlich hatte sie Ferien. Da konnte sie auch ebenso gut noch vorm Frühstück schwimmen gehen, entschied sie gutgelaunt. Sie ließ das Rad ausrollen und sprang vom Sattel. Schnell war es im Schuppen verstaut und Fritzi rannte den geschlängelten Weg durch den Garten zum Haus zurück, um ihren Badeanzug anzuziehen.

Mit wenigen großen Schritten rannte Fritzi die Treppe hinauf und öffnete die Tür. Auf dem Boden lag ein ganzer Pack Briefe, die während ihrer Abwesenheit von ihrer Zimmernachbarin für sie angenommen und verwahrt wurden. Offenbar hatte sie gehört, dass Fritzi wieder zurück war, und hatte sie unter der Tür durchgeschoben, während Fritzi beim Bäcker war. Achtlos hob Fritzi sie auf und warf sie auf ihren kleinen Holztisch. Das konnte warten. Ihr Körper kribbelte vor Vorfreude, als sie an das kühle Nass dachte, in das sie gleich eintauchen würde. Schnell noch das Badetuch um den einteiligen Badeanzug gewickelt und in die Sandalen geschlüpft und schon war sie bereit. Sie rannte die Treppe wieder hinunter, überquerte die Straße und lief über den Sandstrand. Die Kälte des Elbwassers ließ sie für einen Moment nach Luft schnappen. Der Herbsttag war mild und hatte sommerliche Wärme vorgetäuscht. Das Wasser konnte aber nicht mehr als fünfzehn Grad haben, stellte Fritzi fröstelnd fest. Trotzdem kraulte sie mutig los und versuchte, das gegenüberliegende Ufer der Elbinsel Neßsand zu erreichen. Schnell merkte sie jedoch, dass durch die abfließende Ebbe die Strömung zu stark und das Wasser zu kalt war. Vernünftigerweise gab sie ihr Vorhaben auf und kraulte noch ein wenig zwischen den beiden Staks hin und her, die den Strand vor Korrosion durch die Wellen der vorbeifahrenden Schiffe bewahrte.

Die nassen Füße hinterließen Spuren im weißen Sand und Tropfen flogen nach allen Seiten, als Fritzi ihr kurzes Haar schüttelte. Sie warf das Handtuch auf den Sand und ließ sich darauf fallen, streckte sich aus und genoss das Gefühl, sich verausgabt zu haben. Die Briefe! Unvermittelt fiel ihr ein, dass sie vor den Ferien ja noch den Antrag auf Aufnahme an der Seefahrtschule gestellt hatte. Das hatte sie über der Aufregung um Rikes Flucht glatt vergessen. Vielleicht war ja inzwischen eine Antwort gekommen. Mit einem Satz sprang sie auf. Der nasse Badeanzug klebte an ihrer Haut. Schnell wickelte sie sich das Handtuch um ihren Körper, zog die Sandalen an und rannte zurück.

Sie riss die Tür auf, rannte zum Tisch und blätterte rasch den Stapel Briefe durch.

Als Erstes fiel ihr die bunte Postkarte auf. Noch bevor sie die Absender der Briefe gelesen hatte, machte ihr Herz einen freudigen Sprung. Es war eine Postkarte aus Rio. Aufgeregt begann sie zu lesen.

Liebe Friederike,
herzliche Grüße aus dem Urlaub. Südamerika ist herrlich. Gestern habe ich am Strand eine Glücksmuschel gefunden. Das Wetter ist wunderbar.
Dein Vetter Anton

Tränen der Erleichterung bahnten sich ihren Weg. Sie drückte die Karte an ihre Brust, küsste sie und betrachtete genauer das Bild auf der Rückseite. Die Postkarte zeigte die Jesusfigur in Rio de Janeiro. Neben der Figur waren mit Kugelschreiber vier kleine Strichmännchen auf den Hügel gemalt. Man konnte einen Mann, eine Frau und zwei kleine Mädchen mit Zöpfen erkennen. Rike hatte es geschafft. Sie war bei ihrem Bruder gelandet. Alles war gut. Eine Woge der Erleichterung erfasste Fritzi und sie genoss dieses Gefühl. Rike war in Sicherheit. Vor lauter Begeisterung hätte sie fast vergessen, dass sie ja einen anderen Brief erwartete. Sie nahm den Stapel wieder auf und griff nervös nach dem Umschlag mit schreibmaschinengetippter Adresse. Sie stieß einen unterdrückten Schrei aus, als sie erkannte, dass der Brief in Berlin abgestempelt war. Mit pochendem Herzen drehte sie ihn um. Das Schriftstück war vom Reichsverkehrsminister.

Fritzi musste sich erst einmal setzen, bevor sie den Brief öffnen konnte. Dabei fiel ihr Blick auf ihren Badeanzug, den sie immer noch trug. Ich kann auf keinen Fall Post aus Berlin in diesem Aufzug öffnen, dachte sie und sprang auf, um sich vernünftig anzuziehen. Dann nahm sie den Brief erneut in die Hand. Das musste die Antwort auf ihre Anfrage sein. Jetzt würde sich entscheiden, ob sie endlich an der Seefahrtschule die nautische Ausbildung beginnen durfte. Sie hatte ihr Fahrtbuch bei der zuständigen Behörde prüfen lassen. Die handschriftlich eingetragenen Zeugnisse bescheinigten ihr, inklusive der Paddeltouren und der Zeiten an Bord der Fischkutter, eine Fahrzeit von insgesamt dreißig Monaten. Eigentlich genug, um die nautische Befähigung nachzuweisen und die Ausbildung beginnen zu dürfen. Jeder Mann würde mit diesen Voraussetzungen umgehend aufgenommen werden und dürfte das Steuermannspatent absolvieren. Aber sie war eben kein Mann.

Fritzi starrte auf den Umschlag. Die Minuten verstrichen. Sie brachte einfach nicht den Mut auf, den Brief zu öffnen. Sie hob ihn an und wog das Gewicht. Er war federleicht. Der Umschlag konnte nicht mehr als ein Blatt Papier enthalten. Ihr Antrag hatte aus sechzehn Seiten bestanden.

Ach, was sollte sie länger warten. Mit zittrigen Fingern riss sie das Kuvert auf.

Der Reichsverkehrsminister

An
Fräulein Friederike van Appen
Rissen bei Hamburg
Falkensteiner Ufer 70

Zur Eingabe vom 6. Juli 1938
Gebührenpflichtige Dienstsache

Berlin, den 15. August 1938

Sehr geehrtes Fräulein van Appen,
wenn Sie die vorgeschriebenen Bedingungen hinsichtlich der praktischen und theoretischen Ausbildung der Seeschiffer und Steuerleute erfüllen, steht einer Zulassung zur entsprechenden Prüfung nichts im Wege.
Im Auftrag
Gez. Wolfsburg

Der Briefbogen entglitt ihren Fingern. War das zu glauben? Das Reichsministerium erlaubte ihr, die Ausbildung offiziell aufzunehmen.

Sie schrie all ihre Anstrengung und die vielen Enttäuschungen der vergangenen Jahre in einem einzigen lauten Schrei hinaus. Nichts hielt sie mehr auf dem Stuhl. Sie sprang auf und tanzte durch ihr kleines Zimmer. Was für ein Tag. Rike war in Sicherheit und sie würde ihr Steuermannspatent ablegen. Endlich! Ein Klopfen an der Tür unterbrach ihren Glückstanz. Sie riss die Tür auf.

Erschrocken trat Lotte einen Schritt zurück. »Alles in Ordnung? Ich dachte schon, es ist was passiert, so wie du geschrien hast«, fragte sie besorgt.

Ohne etwas zu sagen, überreichte Fritzi ihr das Anschreiben und fiel ihr dann um den Hals. »Ist das zu fassen? Endlich darf ich offiziell zur See fahren.«

»Aber Fritzi, du bist doch schon fast dreißig, willst du wirklich noch mal ganz von vorn anfangen? Die anderen Seefahrtschüler werden kaum älter als zwanzig sein«, gab sie zu bedenken. »Und du hast einen guten Beruf.«

»Das ist mir egal. Alles ist egal, Lotte! Ich kann endlich an Bord. Nicht bei Nacht und Nebel, als blinder Passagier oder als Mann verkleidet. Nein, ich, Friederike van Appen, darf offiziell beim Hafenmeister anmustern.«

Atemlos ließ sie sich auf ihr Bett fallen, das bedenklich knarzte.

Lotte setzte sich zu ihr. Sie hielt immer noch den Brief in der Hand. »Dann willst du es wirklich wagen? Und deine Stelle als Lehrerin? Was ist damit? Du kannst doch jetzt nicht alles hinschmeißen. Hat der Direktor dir nicht sogar eine Festanstellung nach den Ferien angeboten?«

36

In der Schule herrschte unter dem neuen Direktor ein zackiger, fast militärischer Ton. Das Aufstellen der Schüler aller Altersklassen auf dem Schulhof wirkte wie auf einem Kasernenhof. An dem Backsteingebäude wehte die rote Flagge mit dem weißen Emblem der Hitlerjugend im Wind. Die Schüler standen nach Geschlecht getrennt, mit erhobenem rechtem Arm, während die Flagge hochgezogen wurde. Vor ihnen standen der neue Direktor und der gesamte Lehrkörper der Gorch-Fock-Volksschule. Nur der Wind scherte sich nicht um die Ordnung und brachte die Röcke der weiblichen Lehrkräfte und der Mädchen durcheinander.

Das Horst-Wessel-Lied schallte vielstimmig über den Schulhof. Fritzi ließ den Blick zum bewaldeten Süllberg mit dem Grand Hotel schweifen. Der Himmel war hellblau und die Luft trotz der frischen Brise noch sommerlich warm. In der Ferne konnte Fritzi einige Schiffe erkennen, die gemächlich über die Elbe glitten. Aufgeregt kreischende Möwen umkreisten die Masten der heimkehrenden Fischkutter in der Hoffnung auf unbrauchbaren Beifang, der über Bord geworfen wurde.

Nachdem die Schüler verstummt waren und in die einzelnen Klassen gingen, begannen einige Vögel ihr Morgenlied zu trällern. Eine friedliche Atmosphäre lag auf dem Schulhof. Fritzi erinnerte sich an die Zeit, als sie das erste Mal als Junglehrerin hier stand. Waren seither wirklich erst ein paar

Jahre vergangen? Es schien Fritzi wie eine Ewigkeit. Sie hatte sich in der letzten schlaflosen Nacht zu einer Entscheidung durchgerungen, die ihr nicht leichtfiel, bedeutete sie doch, alle Sicherheit aufzugeben und vollends aus der gesellschaftlichen Norm herauszutreten.

Sie betrat nun auch das Schulgebäude und nahm auf dem Stuhl vor dem Zimmer des Direktors Platz. Sie war zu früh und nutzte die Zeit, um ihre Entscheidung noch einmal zu überdenken.

Der Direktor hatte sie vor den Ferien zu sich gebeten und ihr eine Festanstellung und Verbeamtung angeboten. Das Angebot hatte sie erschüttert, würde es doch bedeuten, dass sie für alle Zeiten ihren Traum von einem Leben auf See aufgeben würde. Sie hatte sich bisher zwar notgedrungen mit der Situation arrangiert und ihren Beruf als Lehrerin ernst genommen, doch es war nach wie vor nicht ihre eigentliche Berufung, zu unterrichten.

Im Gegenteil. Sie ertappte sich dabei, die schulischen Leistungen der Schüler, die aus Seefahrerfamilien stammten, besonders in den Blick zu nehmen und jede Gelegenheit zu nutzen, die Eltern aufzusuchen. Zunächst stand natürlich die Leistung des Schülers im Vordergrund, rasch aber wechselte Fritzi dann das Thema und man sprach stundenlang über die Seefahrt. Glücklicherweise gab es unzählige Kinder von Kapitänen, Matrosen oder Fischern an der Schule.

Dennoch schien es ihr unmöglich, ihren Lehrberuf weiter auszuüben. Sie hatte es wirklich versucht, aber ihr Herz und ihre Begabung lagen auf einem ganz anderen Gebiet. Ihre Schüler achteten und respektierten sie, aber in Gedanken war sie ständig auf dem Meer.

Die Bücher, die sie im Unterricht lasen, handelten von Seefahrern, in Handarbeit ließ sie die Kinder Knoten üben, in Geografie nautische Positionen auf einer Seekarte eintragen. Mit den Mädchen trainierte sie heimlich Eskimorolle, und den Jungen brachte sie bei, Netze zu flicken.

Trotz der klaren Haltung war Fritzi jetzt enorm angespannt. Die Entscheidung würde ihr gesamtes Leben beeinflussen.

Nervös tippte sie mit den Schnürschuhen auf den Linoleumboden.

»Weißt du nicht, wie du zu grüßen hast, wenn du mein Zimmer betrittst!«, hörte sie durch die geschlossene Tür die bedrohliche Stimme des Direktors brüllen.

Fritzi hatte den schüchternen Jungen aufmunternd angelächelt, der kurz zuvor an der Hand seiner Mutter den Raum des Schuldirektors betreten hatte. Offenbar wusste der Junge dann doch, wie er sich zu benehmen hatte, denn die Stimme des Direktors wurde freundlicher. Fritzi schüttelte den Kopf. Sie war entschlossener denn je.

Schließlich kam der Junge mit hochrotem Kopf an der Hand seiner Mutter heraus. Streng auf ihn einredend zog sie ihn hinter sich her. Fritzi sah den beiden nach, bis sie um die Ecke des Schulflurs gebogen waren.

Ihr Anliegen ließ sich jetzt nicht mehr hinausschieben. Fünf Jahre Ausbildung, unzählige Stunden des Lernens und Studierens würde sie jetzt mit einem Satz für nichtig erklären. Gut, dass ihr Vater das nicht mehr erlebte. Fritzi war sich sicher, er wäre vor Zorn explodiert. Ein schlechtes Gewissen verspürte sie lediglich ihrer Mutter gegenüber, der sie doch eigentlich nach dem Tod des Vaters beistehen wollte. Aber Fritzi spürte gleichzeitig, dass ihr Entschluss wirklich feststand.

Sie atmete einmal tief durch und drückte auf die Türklinke. Mit festem Schritt ging sie auf den Schreibtisch des

Schulrektors zu. Sie verzichtete auf die gewünschte Begrüßung und nickte Oberstudienrat Hörniger mit einem vagen Lächeln zu. Dieser musterte sie durch seine goldgerahmten Brillengläser, runzelte die Stirn und wies sie mit einer Geste an, Platz zu nehmen.

»Nun, Fräulein van Appen, haben Sie sich mein großzügiges Angebot durch den Kopf gehen lassen?«, fragte er mit Süffisanz in der Stimme, als könne er immer noch nicht fassen, dass jemand solch ein großartiges Angebot überdenken musste. Fritzi war sich des Privilegs sehr wohl bewusst. Eine Festanstellung in diesen Zeiten bedeutete ein festes Einkommen und besondere Vergünstigungen. Ihre Freundinnen hätten alles für diese Möglichkeit gegeben. Rike war der Weg vollkommen verschlossen geblieben, obwohl sie für den Beruf der Lehrerin gebrannt hatte. Ihre Kollegin und Mitbewohnerin Lotte war verhaftet worden, weil sie »Rassenschande« betrieben hatte. Ihr Verlobter hatte jüdische Vorfahren. Sie war zwar inzwischen wieder auf freiem Fuß und durfte, nachdem sie die Verlobung aufgelöst hatte, als Hilfslehrerin weiterarbeiten, aber eine unbefristete Einstellung war ausgeschlossen.

»Ich weiß Ihr Angebot sehr zu schätzen«, antwortete Fritzi mit fester Stimme, »aber ich kann es nicht annehmen.«

»Was?«, brüllte der Direktor und ein fieses Lächeln trat in sein Gesicht. »Ihnen ist doch hoffentlich klar, dass ich Sie mit dieser Einstellung nicht einen Tag länger unterrichten lassen kann. Ihnen fehlt offensichtlich das Pflichtgefühl, unsere Schutzbefohlenen im nationalsozialistischen Geiste zu erziehen. Sie sind fristlos entlassen.« Er schlug mit der Hand auf den Tisch. »Und jetzt raus hier!«

Das ließ sich Fritzi nicht zweimal sagen. Der Rock raschelte fröhlich, als sie aufsprang und zur Tür eilte. Sie stürmte hinaus und lief den Flur entlang zu ihrem Klassenzimmer. Vor der Tür blieb sie kurz stehen und lauschte. Lottes klare Stimme drang heraus. Sie unterrichtete Heimatkunde in ihrer Klasse. Fritzi klopfte und öffnete entschlossen die Tür. Es ihren Schülern zu sagen, fiel ihr schwerer als dem Direktor. Überrascht drehte sich Lotte von der Tafel um. Die Kinder sprangen von ihren Sitzen auf und riefen gutgelaunt »Guten Morgen, Fräulein Lehrerin«. Aller Augen waren auf sie gerichtet. Fritzi wurde schwer ums Herz. Sie hatte die Kinder liebgewonnen und kannte die meisten seit ihrer Einschulung.

»Guten Morgen, Klasse, setzen«, antwortete sie reflexartig, bevor ihr klar wurde, dass es ja gar nicht mehr ihre Klasse sein würde. »Ich komme soeben vom Direktor und möchte euch mitteilen, dass ich ab sofort nicht mehr eure Klassenlehrerin bin. Fräulein Lotte Holm wird für mich einspringen und die Klasse künftig leiten«, erklärte sie, ohne dass dies mit dem Direktor abgesprochen wäre. Sie ging einige Schritte auf das Pult zu, um ihre persönlichen Sachen in ihre Tasche zu packen. Die Schulbücher, die der Schule gehörten, ließ sie zurück. Als sie sich bückte, um ihre Stifte aus der Schreibtischschublade zu nehmen, merkte sie, dass sie von den Schülern umringt war. Kleine Hände streckten sich ihr entgegen, um sich zu verabschieden. Emmi, die Tochter des Bäckers, fiel ihr um den Hals und drückte sie. Gerührt strich Fritzi ihr durch das blonde Haar. Dann bedankte sie sich bei allen Kindern, wünschte ihnen mit belegter Stimme alles Gute für ihre Zukunft und umarmte Lotte.

»Auf Wiedersehen, Fräulein Lehrerin!«, riefen die Kinder und winkten ihr nach. Fritzi winkte zurück und schloss dann schnell die Tür, damit die Kleinen nicht ihre Tränen sahen, die ihr vor Rührung in die Augen getreten waren. Jetzt hatte sie wirklich alle Brücken hinter sich abgebrochen und war frei – endlich. Sie konnte jetzt als Friederike van Appen an Bord gehen, Fahrzeiten ansammeln und die Seefahrtschule besuchen. Und irgendwann würde sie das Kapitänspatent erlangen.

37

Das Leben war herrlich, dachte Fritzi und stellte sich breitbeinig dicht hinter die verkleidete Reling, um vom starken Seegang nicht umgeworfen zu werden. Der eisige Wind rötete ihre Wangen und drang in die Ritzen ihrer Kleidung. Gisch spritzte am Bug hoch. Sie strahlte. Endlich war sie in ihrem Element.

Der Fischkutter »Seelöwe« dampfte durch die kalte Winternacht. Sie hatten gerade das Leuchtfeuer von Cuxhaven passiert. Jetzt bewegten sie sich auf die freie Nordsee zu. Ihre Route führte sie an der dänischen Küste entlang, bis hoch hinauf in den Norden. Bis zu den fischreichen Fanggründen südlich von Norwegen. Bei jedem Brecher der tosenden See, der gegen das Schiff prallte, flog die Gischt in Fontänen hoch und übergoss jeden, der in der Nähe stand. Fritzi schüttelte das eiskalte Meerwasser ab, das ihr in Strömen über den Südwester rann. In den langen Wasserstiefeln hatten sich die Socken vollgesogen und das Wasser darin gluckerte bei jedem Schritt. Hier an Deck war Fritzi eins mit dem Meer, spürte seinen Atem mit den Bewegungen des Schiffes, das sich gegen die Naturgewalt stemmte. Weil sie noch immer mit der vermaledeiten Seekrankheit zu tun hatte, musste sie an Deck bleiben.

Noch im September, direkt nach ihrer Kündigung als Lehrerin, hatte sie als Leichtmatrose auf dem Fischdampfer »F/D Friesland« auf eine sechzehntägige Fischfahrt Richtung Kattegat und Island angeheuert. Nachdem sie die Genehmigung vom Reichsminister aus Berlin vorlegen konnte, hatte sich das Seemannsamt bereit erklärt, ihr ein Fahrtbuch auszustellen. Endlich! Zudem wurden sämtliche absolvierten Fahrten nachträglich eingetragen, bei denen sie ein beglaubigtes Zeugnis des jeweiligen Kapitäns vorweisen konnte. Das Heuerbüro nahm ihren Namen in seine Kartei auf und vermittelte sie an die Reeder. Es herrschte Mangel an Matrosen in der Seefahrt. Daher dauerte es keine zwei Tage, bis das Telegramm kam, in dem sie aufgefordert wurde, sich am nächsten Tag an Bord der »Friesland« einzufinden.

Die Besatzung der »Friesland« war froh über jede helfende Hand gewesen, die zusätzlich an Bord kam, trotzdem dauerte es ein paar Tage, bis Fritzi die Vorurteile und Ablehnung der anderen abbauen konnte. Aber nach einer Weile dachten die Männer nicht mehr darüber nach, dass sie eine Frau war. Fritzi genoss das freundschaftliche Gefühl der Seekameradschaft an Bord. Der Kapitän bescheinigte ihr in seinem Zeugnis sehr gute Arbeit und so war es nur eine Frage der Zeit gewesen, bis sie wieder vermittelt wurde. Dass sie eine Frau war, hatte weder an Bord der »Friesland« noch bei der neuen Heuer zu Problemen geführt.

Seit Mitte November stand sie jetzt als Matrose auf der »Seelöwe« unter Kapitän Hinnerk Jessen im Dienst. Und sie genoss die beglückende Arbeit auf hoher See. Die Zeit verging wie im Flug, und wäre nicht vor ein paar Tagen Weihnachten gewesen, hätte Fritzi nicht geglaubt, dass sie heute schon das alte Jahr 1938 verabschieden würden.

Die gesamte Mannschaft hockte um die Back herum und feierte Altjahrsabend. Es gab echten Bohnenkaffee, Specksuppe und hartes Brot. Die Männer rissen sich Stücke vom Laib ab und tunkten sie in die dicke, fetthaltige Suppe.

Fritzis Gedanken wanderten zu ihrem Bruder Karlo. Was er wohl sagen würde, wenn er sie so zwischen den hartgesottenen Matrosen sitzen sehen würde, an der Back eines alten Fischdampfers. Wahrscheinlich trug er im Gegensatz zu ihr gerade seine Paradeuniform, saß in der Offiziersmesse am reichlich gedeckten Tisch und ließ sich von einem Steward Wein nachschenken.

Ein kleiner Seufzer entfuhr ihr und doch beneidete sie ihn eigentlich nicht. Denn sie war jetzt endlich auch auf dem Weg, Steuermann zu werden. Das alles würde sicherlich nicht einfach werden, aber immerhin zeichnete sich nun ein Weg ab.

Nach dem Essen wanderte eine Flasche Rum von Hand zu Hand und von Mund zu Mund. Es sollte nicht die letzte bleiben. Nach einiger Zeit aber wurde es Fritzi zu eng. Am liebsten wäre sie aus der Kabine gestürzt, um an Deck frische Luft zu schnappen und auch, um das Nordlicht zu sehen, das um diese Zeit nicht selten am Himmel erschien. Die Tage wurden wieder länger und die Polarnächte kürzer. Doch sie war fest zwischen Johann und Malte eingeklemmt. Piet nahm sein kleines Akkordeon zur Hand und spielte einige der Lieder, die alle kannten.

Als er ein melancholisches Heimatlied anstimmte, waren die Gedanken der Seemänner bei den Eltern, Frauen und Kindern. Erst leise, dann kräftiger stimmten die meisten mit rauer Stimme in den Text mit ein. Als Nächstes entschied sich Piet für eine fröhliche Polka und einige begannen zu schunkeln. Die Laune besserte sich. Johann und Malte schlugen den Rhythmus mit der flachen Hand auf der Back mit. Die Stimmung heizte sich immer mehr auf. Höchste Zeit, zu verschwinden, dachte Fritzi, bevor sich ihre Kameraden noch der Tatsache besonnen, dass sie eine Frau war.

Außerdem stand der Wachwechsel bevor. Fritzi wand sich aus der engen Sitzecke und stieg die Treppe hinauf aufs Oberdeck.

Viel lieber, als in dem stickigen Raum zu sitzen, übernahm sie die Wache am Ruder und blickte auf die ruhige See. Nur vereinzelt tauchten in der Ferne die Positionslampen anderer Fischkutter auf. Backbord Nordwest zerschnitt der Lichtkegel eines Leuchtfeuers immer wieder die Dunkelheit. Ein sphärisch waberndes grünes Schimmern tauchte über ihr auf, das sich wie in Wellen über den Horizont zu bewegen schien. Fritzi nahm die Nacht mit ihren Geräuschen, Gerüchen und Farben in sich auf.

Endlich war sie am Ziel ihrer Träume. Sie war Matrose vorm Mast. Die Seefahrtschule hatte ihr mitgeteilt, dass sie mit sechsunddreißig Monaten Fahrzeit ihre nautische Ausbildung an der Schule beginnen durfte. Und noch viel wichtiger: Sie war für die Prüfung zugelassen, wenn sie die praktischen und theoretischen Ausbildungsvoraussetzungen erfüllte. Es fehlten ihr nur noch einige Monate Fahrzeit. Wenn alles gut lief, würde sie im neuen Jahr schon ihre Ausbildung an der Seefahrtschule in Hamburg beginnen können. Sie blickte zuversichtlich auf das kommende Jahr 1939, das gerade begann. Eine Sternschnuppe schoss über den Nachthimmel und nahm ihre geheimen Wünsche mit sich ins Universum. Fritzi hoffte, dass ihr das himmlische Zeichen Glück bringen würde und sich all ihre Herzenswünsche erfüllen würden. Ihre Gedanken wanderten zu Finn. Würde der Schmerz über ihre räumliche Trennung denn nie vergehen?

38

Es war in den frühen Morgenstunden des neuen Jahres. Der Mond beleuchtete das Büro der Auslandsorganisation der Deutschen Arbeitsfront mit seinem fahlen Silberschein. Während von draußen noch der Lärm der letzten nachtschwärmenden Menschen hereinschwappte, saß Heinrich Paulsen zu früher Stunde an der Arbeit. Er hatte die Füße auf den Schreibtisch gelegt und sich in seinem Stuhl zurückgelehnt. Ruhig zog er an seiner Zigarette und beobachtete, wie die Rauchschwaden in der mondsilbernen Dunkelheit aufstiegen. Erneut nahm er das Telegramm in die Hand, das er tags zuvor erhalten hatte. Er brauchte kein Licht anzumachen, um den Text zu lesen. Es reichte ihm, das Papier zu spüren. Die Zeilen hatten sich ihm tief eingebrannt.

Deutsche Reichspost
Frau an Bord der HC 298 Seelöwe
Ankunft Fredrikstad 10. 1. 1939
Hafenmeister Hanke

Lässig schnippte Paulsen Zigarettenasche auf den Boden. Er dachte nach. Das Telegramm war von einem seiner willigen Helfer gesendet worden, die er mit der Überwachung von Friederike van Appen beauftragt hatte. Der Hafenmeister hatte ihm auf der Suche nach Staatsfeinden und Kapitalflüchtlingen schon so manchen Tipp gegeben. Paulsens Netz spannte sich immer enger um sein Opfer. Die Polizei vor Ort war schon informiert und dem Reeder würde er jetzt schreiben. Er würde die Frau entlassen müssen, sofern sie nicht über eine eigene Kabine verfügte. Fräulein van Appen würde direkt nach ihrer Ankunft in Fredrikstad abgemustert werden und von Bord gehen müssen. Er wusste zwar, dass sie eine Genehmigung vom Reichsministerium hatte. Diese hatte sie der jeweiligen Polizei schon mehrfach präsentiert. Mit Genugtuung hatte er ihre Wut genossen, ihren ohnmächtigen Protest, wenn er sie in Handschellen von Bord holen ließ. Leider hatten die Beamten sie kurz darauf stets wieder gehen lassen müssen, aber er setzte auf die Politik der kleinen Nadelstiche und hoffte, dass sie irgendwann entnervt aufgeben würde. Zudem hatte er die meisten Reedereien bereits informiert und von ihnen das Versprechen bekommen, die Frau nicht auf ihren Schiffen anzuheuern. Die Kapitäne konnten es sich nicht leisten, mit reduzierter Mannschaft zu fahren, nur weil Friederike van Appen von Bord gebracht wurde. Ein Grund mehr, davon Abstand zu nehmen, die Frau überhaupt anzuheuern und sich der Gefahr einer Abmusterung im nächsten Hafen auszusetzen.

Schwungvoll nahm er die Beine vom Tisch und knipste die Schreibtischlampe an. Er spannte ein neues Blatt in die Schreibmaschine ein und begann mit zwei Fingern zu tippen. Diesen Brief wollte er lieber nicht von seiner Sekretärin schreiben lassen. Es war besser, wenn sie und ihr Verlobter bei der SS nicht zu genau über seine Aktivitäten informiert waren.

Deutsche Arbeitsfront
DAF
Fachamt Energie – Verkehr – Verwaltung

An das Reichsverkehrsministerium
Wilhelmstraße 80
Berlin, 1. Januar 1939

Betrifft: Ausschaltung von Fräulein Friederike van Appen aus der Schiffsoffizierslaufbahn

Sehr geehrter Herr Ministerialrat!

Bezugnehmend auf das mit Ihnen geführte Telefongespräch bitte ich Sie, aus grundsätzlichen weltanschaulichen Erwägungen heraus von einer Patentverleihung an Fräulein Friederike van Appen abzusehen. Desgleichen bitte ich, durch geeignete Maßnahmen ihre Weiterbeschäftigung in der Seefahrt zu verhindern. Es entspricht nicht der Auffassung der Bewegung, eine Frau den schweren Dienst eines Schiffsoffiziers verrichten zu lassen, zumal hierdurch das Ansehen der deutschen Seeschifffahrt gefährdet würde.
Heil Hitler!
gez. Paulsen

Mit einem Ruck zog Heinrich Paulsen das Blatt aus der Maschine, kontrollierte den Text auf Fehler und faltete das Blatt dann zufrieden zusammen. Einen ganz ähnlichen Text hatte er bereits an den Leiter der Parteikanzlei geschrieben. Mit der Bitte, dem Führer den Fall zuzutragen und ihn davon zu überzeugen, dass man handeln musste, wollte man nicht riskieren, den männlichsten aller Berufe an die Frauen zu verlieren. Paulsen war sicher, dass der Führer ihm zustimmen würde, dass es richtig war, die Frau ihrer natürlichen Berufung zuzuführen. Fritzis gerötetes Gesicht erschien vor seinem geistigen Auge. Ihre nackte Brust, die schwer in seiner

Hand lag. Die Erinnerung erregte ihn noch immer, ebenso wie ihn ihre Zurückweisung und die erfolgte Kündigung noch immer zur Weißglut brachte. Er musste diese Frau vernichten, um sich von der Schmach zu befreien.

Er fuhr sich mit der Zunge über die Lippen und konzentrierte sich auf den nächsten Brief. Er würde ihn etwas ausführlicher gestalten müssen, um den Reeder zu überzeugen.

An die Reederei Erlenbrink
Hafenstrasse 17–19
Hamburg-Altona
»Seelöwe« HC 298

Der Deutschen Arbeitsfront, Fachamt Energie – Verkehr – Verwaltung, ist zur Kenntnis gekommen, dass Fräulein Friederike van Appen als Matrose an Bord des Hochseekutters HC 298 »Seelöwe« unter der Leitung von Kapitän Hinnerk Jessen in Ihrem Lohn steht. Ich fordere Sie hiermit auf, die Anstellung umgehend zu beenden und Fräulein van Appen von Bord zu entfernen.

Aus grundsätzlichen, weltanschaulichen Erwägungen ist die Beschäftigung von Frauen an Deck gänzlich unmöglich. Fräulein van Appen verfügt zwar über eine Sondergenehmigung des Reichsministeriums, die ihr die Tätigkeit an Bord erlaubt. Diese vorläufige Genehmigung gilt jedoch nur, wenn sie auf dem Schiff eine eigene Unterbringung vorweisen kann. Ist dies nicht der Fall, verstoßen Sie als Reederei gegen die Bemannungsrichtlinien. Falls Sie Fräulein van Appen in diesem Fall nicht umgehend von Bord schicken, werden wir diesen Verstoß strafrechtlich verfolgen. Eine weitere Beschäftigung hätte zudem eine hohe Geldstrafe zur Folge. In Ihrem eigenen Interesse soll-

ten Sie daher von einer Beschäftigung Abstand nehmen, zumal die Beschäftigung einer Frau Ihre Reederei der Lächerlichkeit preisgeben würde.
Es wird erwartet, dass Sie sich unserem Bemühen anschließen und sich der widernatürlichen Beschäftigung von Frauen in der Seefahrt entgegenstellen.
Heil Hitler!
gez. Reichsfachwart H. Paulsen

Lächelnd zog Paulsen das Blatt aus der Schreibmaschine und adressierte den Umschlag. Genüsslich malte er sich aus, wie dieses unerhörte Weibsstück von Bord gejagt würde. Gestrandet im Ausland, ohne Geld und Möglichkeiten, nach Hause zu kommen. Und sollte es ihr wirklich gelingen, trotz seiner Intervention wieder an Bord zu gelangen, würden seine Helfer sie schon bei ihrer Ankunft erwarten. Zudem würde in Hamburg eine weitere Überraschung auf sie warten. Paulsen war besonders stolz auf diese Aktion, die sie vollkommen vernichten würde, und konnte es kaum erwarten, dass sie sein Geschenk öffnete. Zu schade, dass er nicht dabei sein konnte.

39

Der alte Holzsteg im Hafen von Fredrikstad war leer. Wütend stapfte Fritzi mit dem Fuß auf. Das war doch zum Verrücktwerden. Sie starrte zur Anlegestelle, an der noch vor kurzem die »Seelöwe« gelegen hatte, bevor Fritzi von der Hafenpolizei verhaftet und von Bord gebracht worden war. Schon wieder. Würde das denn nie aufhören? Da half es nichts, dass sie von den Beamten gleich wieder freigelassen wurde, nachdem sie den Bescheid vom Reichsministerium vorgelegt hatte. Die »Seelöwe« hatte abgelegt – ohne sie!

Nur langsam beruhigte sie sich. Sie war die ganze Strecke durch Fredrikstad gerannt, von der Polizeiwache bis zum Hafen. Doch sie war zu spät gekommen. Die »Seelöwe«, die hier nur Proviant und Schiffsdiesel aufnehmen wollte, hatte den Hafen bereits verlassen. Fritzi war fassungslos! Dass die Arbeitsfront ihr das Leben schwer machte, war sie ja gewohnt. Auch wenn sie nicht begriff, warum man sie so streng überwachte. Aber dass sie fern von der Heimat von Bord gezerrt und ihrem Schicksal überlassen wurde, ließ sie vor Wut beben.

Fritzi schluckte, als ihr die ganze Dimension ihres Dilemmas bewusst wurde. Sie hatte weder die Mittel, sich in einem Hotelzimmer einzuquartieren, noch dafür, die Rückreise nach Hamburg als Passagier anzutreten. Sie war darauf angewiesen, erneut an Bord zu gehen und sich ihre Rückfahrt zu verdienen, wollte sie nicht als Prostituierte in einer Hafenspelunke landen. Das hieß: Sie würde wieder gegen die Regeln der Arbeitsfront verstoßen müssen. Vom Geschrei der Möwen begleitet, die einen heimkehrenden Fischkutter umschwirrten, machte sie sich auf den Weg zum Heuerbüro. Doch die Arbeitsfront hatte bereits Stimmung gemacht und der Hafenmeister weigerte sich, sie zu vermitteln. Enttäuscht verließ sie das kleine Holzhäuschen.

In düstere Gedanken versunken, ging sie zum verlassenen Anlegesteg zurück. Wie nur sollte sie ihr Problem lösen? Sie wusste keinen Ausweg. Aber dann erstarrte sie. Spielten ihre hoffnungslosen Gedanken ihr einen Streich? Aufgeregte Möwen umkreisten einen Kutter, der in diesem Moment anlegte. Die Hafenarbeiter vertäuten die schweren Tampen über den Pollern. Fritzi rannte schnell hin und packte mit an, um das Schiff festzumachen. Der Fischkutter schaukelte am Pier im leichten Wellengang. Fritzi konnte die Kennzeichnung auf dem Heck lesen. Es war die »Josepha« aus Hamburg. Der hölzerne Landgang schlug auf dem Pflasterstein auf und Fritzi ging schnell über das wackelige Brett an Bord. Bevor der Kapitän mit dem Hafenmeister sprechen konnte.

Kai Lührs, Kapitän der »Josepha«, war ein Seebär, wie er im Buche stand. Sein grauer Vollbart täuschte vermutlich über sein wahres Alter hinweg. Fältchen umrahmten seine wassergrünen Augen. Die dunkelblonden Haare hatte er fast vollständig unter einer Pudelmütze verborgen. Seine wettergegerbte Haut ließ keinen Zweifel daran, dass er von früh an ein Mann der See war.

Lührs entpuppte sich auch als Eigentümer des kleinen Kutters. Er stellte keine Fragen, sondern nickte nur, als sie ihre Arbeit anbot. Wortlos ging er unter Deck und zeigte ihr eine freie Hängematte. Fritzi atmete erleichtert auf, dass sie so schnell eine Lösung gefunden hatte. Das Schiff war auf dem Rückweg von einer Fangroute, hatte den Bauch voller Fisch und würde Hamburg in zwei Tagen anlaufen.

Lührs war ein stiller, introvertierter Mann, der nicht fragte, warum eine junge Deutsche ausgerechnet hier in Frederikstad an Bord gehen wollte. Im Gegenteil, Fritzi stellte schnell fest, dass der Kutter unterbesetzt war und eigentlich gar nicht auslaufen dürfte. In der Tat konnte der Kapitän ihre helfende Hand gebrauchen.

Erleichtert verstaute Fritzi ihren Seesack mit den persönlichen Sachen in der Bootskiste, als schwere Stiefel über das Deck donnerten. Sie erstarrte. Die Schritte näherten sich der Treppe, kamen dann polternd die steilen Stufen herunter. Fritzi erkannte den rotgesichtigen Polizisten wieder, der sie bereits von Bord der »Seelöwe« geholt hatte.

»Aha, Fräulein van Appen!«, bellte er sie vorwurfsvoll an. »Ich habe Ihnen doch ausdrücklich verboten, wieder an Bord zu gehen, wenn Ihnen keine eigene Schlafmöglichkeit zur Verfügung steht.«

Hinter ihm erschien das Gesicht des Kapitäns. Er zeigte wütend auf den Platz im Rumpf des Kutters.

»Hier hat niemand eine eigene Koje. Auch ich als Kapitän nicht. Aber wenn es hilft, tausche ich gerne den Platz«, meinte er und schob ein Leintuch zur Seite, das, an der Decke befestigt, seinen Schlafbereich von dem der Matrosen abtrennte.

Der Polizist schüttelte den Kopf. »Nein, das reicht nicht. Die vorgelegte Bescheinigung ist nur gültig, solange Fräulein van Appen einen getrennten Schlaf- und Waschraum vorweisen kann. Kommen Sie bitte unverzüglich mit von Bord. Ich muss Sie sonst wegen Widerstands gegen die Staatsgewalt und Ungehorsams festnehmen. Und dann werden Sie nicht so schnell wieder fortkommen, das kann ich Ihnen versprechen.« Seine Stimme duldete keinen Widerspruch.

Kapitän Lührs lief rot an. Gerade wollte er dem Polizisten lautstark seine Meinung sagen. Aber Fritzi hielt ihn mit einem Kopfschütteln davon ab. Aus Erfahrung wusste sie, dass es sinnlos war und dem Kapitän nur Ärger bringen würde. Daran wollte sie nicht schuld sein. Resigniert schulterte sie ihren Seesack und folgte dem Polizisten an Deck.

Doch Kai Lührs gab nicht so schnell auf. Er stellte sich dem Polizisten breitbeinig in den Weg.

»Jetzt hören Sie mal gut zu. Diese Frau hat mich gebeten, sie nach Hamburg zu bringen. Sie ist zahlender Passagier und hat mir einen guten Preis für Überfahrt und Verpflegung bezahlt. Und genau deshalb dulde ich sie an Bord. Wer erstattet mir meinen Ausfall, wenn Sie die Reise nicht gestatten? Sie selbst etwa?« Er trat bedrohlich nah an den Polizisten heran. »Wie kommen Sie darauf, dass ich eine Frau als Decksjungen anheuern würde. Wollen Sie mich beleidigen? Eine Frau als Seemann, das ist ja lächerlich.« Lührs' Stimme hatte sich erhoben. Abschätzig fixierte er Fritzi. Diese wollte sich gerade empört gegen diese Herabsetzung wehren, als sie ein schelmisches Funkeln in Lührs' grünen Augen wahrnahm.

Der Polizist musterte den Kapitän irritiert. Sagte er die Wahrheit? Nun, dachte er dann, das konnte er nicht überprüfen, aber mit der Abreise der jungen Frau wäre die unangenehme und lästige Angelegenheit endlich für ihn aus der Welt geschafft.

Ungelenk gab er Fritzi ihre Papiere zurück. »Wenn das so ist und Sie das Schiff ausschließlich als Passagier betreten, dürfen Sie an Bord gehen. Aber ich werde den Hafenmeister in Hamburg informieren, dass er das Schiff bei Ankunft kontrolliert und Sie von Bord begleitet.« Er warf der jungen Frau und dem Kapitän einen letzten skeptischen Blick zu. Die beiden nickten und sahen dem Polizisten nach, wie er das Deck verließ.

Kapitän Lührs bezahlte die Kisten mit Briketts, die ihm die Hafenarbeiter derweil an Bord gebracht hatten, und verstaute das frische Eis im Lagerraum, wo die gefangenen Fische in Holzkisten lagerten.

Fritzi kribbelte es in den Fingern, als sie Lührs und den anderen Männer beim Schleppen zusah. Sie hätte so gern mit angepackt. Aber sie war sich sicher, dass der Hafenmeister am Fenster des Hafenbüros stand und ihr Treiben beobachtete. Betont desinteressiert stellte sie sich an Deck. Was gäbe sie jetzt für eine Kamera. Sie würde ein paar Fotos machen, die sie Finn zeigen könnte.

Finn. Wieder einmal wurde ihr bewusst, wie schmerzlich sie ihn vermisste, wenn sie unterwegs war. Ihre ungewöhnliche Liebe hatte schon ähnlich vielen Stürmen getrotzt wie ihre Seefahrerkarriere. In letzter Zeit war es immer häufiger zu vorwurfsvoller Stille zwischen ihnen gekommen, Fritzi spürte, dass sich Finn immer mehr zurücknahm, wenn sie zusammen waren. Hatte er früher jedes ihrer Worte, von ihren Abenteuern aufgesogen und genossen, schien es ihr inzwischen, als versteife er sich innerlich jedes Mal, wenn sie einen Satz mit den Worten »bei uns an Bord« anfing. Seine Küsse waren dagegen voller Intensität und ihre Leidenschaft auf den Körper des anderen ungebremst. Doch konnte die sinnliche Zweisamkeit die vielen Monate der Trennung immer noch auffangen?, dachte Fritzi. War sie ehrlich zu ihnen beiden? Wäre sie wirklich bereit, irgendwann einmal gemeinsam an Land zu leben, wie sie es Finn gegenüber immer wieder beteuerte?

Sobald sie Finn besuchte, überkam sie nach einigen Tagen diese unstillbare Unruhe, die nicht selten im Streit endete. Fritzi liebte Finn. Immer wieder erklärte sie ihm, dass andere Männer an Bord keine Gefahr darstellten. Im Gegenzug nahm ihre Eifersucht auf Emma stets zu und sie hatten sich bei ihrem letzten Treffen wieder einmal deswegen gestritten. Sobald sie in der Ferne weilte, waren alle Probleme weggewischt, die ihr kompliziertes Zusammenleben erschwerten, und sie konnte sich wieder in ihre Sehnsucht vertiefen. Fritzi schluckte. War die Leidenschaft und Liebe, die sie für Finn empfand, überhaupt real oder hatte sie sich durch die jahrelange Entfernung eine Art Idealbild geschaffen?

Seufzend sah Fritzi zurück auf Fredrikstad. Jetzt, wo sie wusste, dass sie in Sicherheit war, konnte sie die Schönheit des Ortes genießen. Die bunten Holzhäuser, die sich idyllisch zwischen Hafen und den grünen Hügel anschmiegten. Für einen Moment genoss sie ihre Rolle als Passagierin. Endlich gab der Kapitän das Kommando, die Leinen zu lösen. Die »Josepha« verließ langsam den Hafen und machte sich auf den Weg nach Hamburg.

Kaum waren sie auf offener See, ging Fritzi unter Deck und zog ihre wasserfesten Hosen und die Wasserstiefel an. Kapitän Lührs grinste sie an, als sie plötzlich in Matrosenkleidung vor ihr stand.

Tom, der Bestmann, schob sich seinen Südwester in den Nacken und wischte sich über die Stirn. Er war ein kräftiger Mann mit klarem Blick. »Nur gut, dass das der Hafenmeister nicht mehr sieht, der hätte dich glatt über Bord geworfen«, meinte er trocken. »Meiner Meinung nach ist es besser, wenn die Weiber an Land bleiben, aber wenn du schon mal hier bist, muss ich mich wohl damit abfinden.«

Auffordernd reichte Tom Fritzi ein Messer. Sollte sie erst

einmal unter Beweis stellen, was sie konnte. Fritzi setzte sich zu ihm auf eine Kiste und fing an, frisch gefangene Fische auszunehmen. Sie setzte das scharfe Messer unterhalb des Waidlochs an und zog es Richtung Kopf, entnahm dann die Innereien samt Kiemen mit sanftem Ruck und schabte die Nieren mit dem Daumennagel ab. Schwungvoll warf sie den ausgenommenen Fisch in die Kiste zu den anderen.

Das Meer war ruhig und die Arbeit ging den Seeleuten leicht von der Hand. Tom hatte Fritzi aufgefordert, zu erzählen, wie sie nach Norwegen gekommen und dort gestrandet war, und Fritzi genoss die Möglichkeit, sich endlich einmal alles von der Seele zu reden. Lührs stand in Hörweite am Steuer und gab ab und zu einen Kommentar ab oder stellte eine Frage.

Fritzi kam in den Sinn, dass sie an Bord eigentlich immer mit Männern zu tun hatte, die sie an Land nicht einmal gegrüßt hätte. Hier aber arrangierte man sich und sie war so manches Mal überrascht, welch angenehme Person unter der rauen Schale zum Vorschein kam.

Viel zu schnell konnte sie das Leuchtfeuer von Cuxhaven ausmachen. Und schon liefen sie den Hafen von Altona an. Von weitem konnte Fritzi das geschäftige Treiben auf den Kaimauern erkennen. Kutter wurden entladen. Frauen mit bunten Schürzen standen neben den Fischerbooten und versuchten, direkt mit den Fischern handelseinig zu werden. Der Fang war rationalisiert und musste in der Fischhalle abgegeben werden. So mancher Fischer aber tauschte unter der Hand einen Fisch gegen Butter oder einen Laib frisches Brot.

Fritzi hoffte, ohne Aufhebens von Bord gehen zu können. Sie hatte sich schon in Höhe der »Alten Liebe« dankbar von der Mannschaft und dem Kapitän verabschiedet. Nervös stand sie an Deck und beobachtete das Treiben, als die »Josepha« unsanft gegen die Kaimauer stieß und die Fender außenbords gequält quietschten. Tom warf den schweren Tampen an Land, wo er von kräftigen Festmachern aufgehoben, über den Poller geworfen und festgeschnurrt wurde. Zwei Hafenarbeiter schoben die Gangway an Deck und Fritzi warf sich entschlossen ihren Seesack über die Schulter. Sie wollte gerade das Schiff verlassen, als sich ein großgewachsener Mann vor ihr aufbaute.

»Na, Fräulein van Appen? Wohin so schnell des Wegs?«, erkundigte er sich betont gelassen.

Sosehr Fritzi erschrak, so erleichtert war sie im nächsten Moment. Es war Polizist Petersen. Der Mann kannte sie seit ihrer Kindheit und würde sie sicherlich unbehelligt von Bord gehen lassen.

Doch Fritzi sollte sich täuschen.

»Der Auslandsdienst hat mich darüber informiert, dass du dich trotz wiederholter Strafandrohung unrechtmäßig an Bord aufhältst. Die Konsequenzen deines Handelns muss ich dir ja wohl nicht erklären. Du bist hiermit aufgrund vehementer Missachtung der Vorschriften verhaftet, außerdem beschlagnahme ich im Namen des Kreiswarts dein Seefahrtbuch. Ich würde dir raten, junges Fräulein, keinen Widerstand zu leisten. Deine Situation ist schon prekär genug.« Ohne sie anzusehen, legte er Fritzi, nachdem sie ihm unwillig ihr Fahrtbuch ausgehändigt hatte, die Handschellen an. Das Buch war ihr kostbarster Besitz und sie konnte nur hoffen, dass sie es schnell zurückbekam.

Am Ende des Piers entdeckte sie das verhasste Gesicht von Fischer. Er trug die auffällige Nadel der DAF am Revers. Sein dünner Schnurrbart konnte das überhebliche Grinsen nur schwer verbergen. Petersen hielt direkt auf ihn zu. Fritzi folgte mit hocherhobenem Kopf. Ihre Augen funkelten und ließen keinen Zweifel an ihrem Zorn.

»Willkommen in Deutschland, Fräulein van Appen. Wir haben Sie schon erwartet. Ich hoffe, Sie haben Ihre Ferienreise nach Norwegen genossen. Das war ihr letzter Aufenthalt an Bord, dafür hat der Leiter der Sektion, Reichsfachgruppenverwalter Heinrich Paulsen persönlich gesorgt!«, beendete er seine Begrüßung spöttisch, drehte sich um und ließ sie wortlos stehen. Petersen löste die Handschellen, grinste sie herablassend an und ging dem Mann im langen Mantel zügig nach.

Fritzi starrte den beiden nach. Nachdenklich rieb sie sich die Handgelenke. Sie war froh, doch nicht verhaftet worden zu sein, doch sie ahnte, dass Fischer und sein Chef Paulsen etwas viel Schlimmeres im Sinn hatten. Nicht, dass sie erneut von Bord geholt worden war, machte ihr Sorgen, sondern die boshafte Gewissheit, mit der Fischer ihr seine Drohung an den Kopf geworfen hatte. Was hatte Paulsen gegen sie unternommen? Warum hatte die DAF sie so sehr auf dem Kicker? Was hatte sie falsch gemacht?

40

Gänzlich unverdächtig lag das hübsch verpackte Geschenk oben auf dem Stapel Post, der bei Fritzis Rückkehr in ihrem Zimmer auf sie wartete. Lotte hatte während ihrer Abwesenheit den Briefkasten geleert. Erschöpft von den Strapazen der vergangenen Tage ließ sie den Seesack auf den Boden fallen.

Dann griff Fritzi nach dem Stapel und ließ sich auf dem Bett nieder. Das Geschenk war mit einer roten Kordel verschnürt. Neben ihren Namen hatte jemand in Schönschrift »Herzlichen Glückwunsch« geschrieben. Fritzi hatte keine Ahnung, von wem das Geschenk stammen könnte, erst recht nicht, da sie erst im kommenden Monat Geburtstag hatte. Die Handschrift kannte sie nicht. Ihren ersten Gedanken verwarf sie gleich wieder. Finn konnte es nicht gewesen sein, da das Päckchen nicht mit der Reichspost versendet worden war. Es war nicht frankiert, sondern war offenbar persönlich eingeworfen worden. Schließlich siegte die Neugier und sie riss das Papier auf.

Zu ihrem Erstaunen kam eine Zeitschrift zum Vorschein. ›Der deutsche Seemann‹. Kein Brief, kein Anschreiben. Merkwürdig, dachte sie. Fritzi kannte das offizielle Blatt der deutschen Seefahrtsbehörde, das, neben »Köhlers Flottenkalender« und einem zerfledderten Pin-up-Kalender, oftmals die einzige Lektüre an Bord war. Fritzi begann die Zeitschrift durchzublättern. Vielleicht fand sich hier ein Hinweis auf den Absender. Auf einer der letzten Seiten entdeckte sie ein Eselsohr. Fritzi schlug die Seite auf und begann den mit einem Ausrufezeichen markierten Titel erst interessiert und dann zunehmend schockiert zu lesen.

Das hat uns gerade noch gefehlt
Eine Frau will Kapitän werden

Seit einiger Zeit geistert in der deutschen Seeschifffahrt ein von Natur aus zum Weib bestimmtes Wesen herum, das sich in den kahlgeschorenen Kopf gesetzt hat, Kapitän zu werden. Das ist kein Witz, sondern blutige Tatsache: Fräulein Friederike van Appen aus Blankenese will ihr Patent erwerben und dieses vermutlich auch zur Bekleidung einer entsprechenden Stellung nutzen, falls sich ein deutscher Reeder findet, der sein Schiff einem Kapitän im Rock anvertraut.

Fritzi schnappte unwillkürlich nach Luft. Da stand ihr Name. Schwarz auf weiß. Unwiderruflich und für alle Zeiten war ihr Name nun beschmutzt. Sie musste sich zwingen, den Artikel weiterzulesen. Sie holte einmal tief Luft und las weiter.

Wir haben diesen Karnevalsscherz von Anfang an verfolgt, bisher aber geschwiegen, weil wir uns nicht gern mit Lächerlichkeiten befassen. Außerdem ist von berufener Seite, nämlich der Deutschen Arbeitsfront, bereits ein entschiedenes Veto eingelegt worden.

Paulsen!, dachte Fritzi zornig. Wie konnte er es wagen. Daher wehte also der Wind. Die DAF hatte diese Schmiererei zu verantworten.

Nun versteht es Fräulein van Appen aber, für Interesse in breiter Öffentlichkeit zu sorgen. Eine Hamburger Tageszeitung besitzt tatsächlich die Geschmacklosigkeit, den Ruhm der angehenden Kommodoren zu verbreiten. Zwar hat das ›Hamburger Tageblatt‹ schon in erfreulicher Weise dagegen Stellung genommen, aber das ›Hamburger Fremdenblatt‹ irrt, wenn es schreibt, dass ›Matrose Friederike von nun an zwar mit kurzem Haar, aber letztlich ungeschoren weiter zur See fahren kann‹.

Fritzi konnte es nicht fassen. Offenbar waren sie und ihre ungewöhnliche Lebensweise während ihrer Abwesenheit zum Gegenstand diverser Artikel worden. Ohne auch nur ein Wort mit ihr zu sprechen, hatten sich Journalisten erlaubt, über sie und ihre Arbeit zu urteilen.

Wir haben nicht die Absicht, uns auf eine Auseinandersetzung mit Fräulein van Appen einzulassen.

Pff, entfuhr es Fritzi, wer hatte die Auseinandersetzung denn angefangen. Fritzi bestimmt nicht. Sie zwang sich, den bösartigen Artikel weiterzulesen.

Selbst wenn wir unterstellen, dass die berühmte »unbezwingbare Liebe zur See« als Triebfeder für jenes für uns unverständliche Bemühen anzusehen ist, so genügt der Hinweis, dass es ausreichend Frauenberufe in der modernen Passagierschifffahrt gibt, die dem Fräulein offenstehen. Die Beharrlichkeit aber, mit der sie den unbestritten männlichsten aller Berufe ergreifen möchte, ist einer Frau bestimmt nicht gemäß.
Was soll man dazu sagen, wenn eine Frau (sie hat bereits

auf einem Fischdampfer gefahren) 18 Stunden am Tage die Schwerstarbeit eines Fischdampfermatrosen in eisiger Kälte und meist gebückter Haltung leistet. Wenn Fräulein van Appen bei maßgeblichen Stellen Unterstützung finden sollte, so möge sie diesen Stellen einmal darlegen, ob sie gar keine Bedenken hat, bei solcher Tätigkeit ihre Pflicht, gesunde und kräftige Kinder zur Welt zu bringen, noch richtig wird erfüllen können. Sie möge denselben Stellen erklären, wie sich ihr Wunsch, an der blutigen Walschlächterei teilzunehmen, mit den jedenfalls bei uns Männern gebräuchlichen Begriffen des weiblichen Empfindens, des zarten Gemüts und des Schönheitssinns der Frau vereinbaren lässt. Es ist doch immerhin denkbar, dass sie, nachdem sie derbe Schuhe und Strümpfe, Hosenrock und Lederjacke wieder abgelegt hat, einmal in den Hafen der Ehe einläuft. Und dann wird es ihr leidtun, an Liebreiz, natürlicher Anmut und Gebärfähigkeit verloren zu haben.

Das ist, was wir Fräulein van Appen als Frau entgegenzuhalten haben. Über die seemännische Seite dieser Angelegenheit sprechen wir mit ihr nicht.

In dem Bemühen aber, die deutsche Seeschifffahrt vor lästigen Störungen und lächerlichen Experimenten zu bewahren, werden wir alle Mittel zum Einsatz bringen. Wir setzen dabei auf die Unterstützung der deutschen Reeder und der Reichsverkehrsgruppe Seeschifffahrt.

Der Kleiderbügel verfehlte nur knapp den filigranen Lampenschirm. Fritzi pfefferte alles an die Wand, was sie zwischen die Finger bekam, und zerriss den Artikel in tausend Fetzen. Außer sich vor Wut schritt sie in ihrem Zimmer auf und ab. Alles war vorbei. Jetzt, wo sie endlich die Genehmigung hatte, an die Seefahrtschule zu gehen. Das war so ungerecht. Jeder Matrose, Schauermann und Reeder – alle kannten nun ihre Geschichte.

Der Schreiberling, der auch noch anonym blieb, diffamierte nicht nur ihre Arbeit, sondern sprach ihr auch noch das Recht ab, eine normale, weibliche und vor allem begehrenswerte Frau zu sein. Hinter diesem abscheulichen Angriff konnte wirklich nur eine Person stehen. Paulsen! Sicherlich hatte er Stimmung gegen sie gemacht und vielleicht sogar den Artikel selbst verfasst.

War das der Moment, aufzugeben? War es all diese Anstrengungen, Enttäuschungen, Anfeindungen vielleicht nicht wert? Sollte Fritzi sich von ihrem Traum nicht wirklich ein für alle Mal verabschieden? Gab es im Leben nicht noch andere Möglichkeiten? Die Gedanken in ihrem Kopf überschlugen sich. Erschöpft ließ sie sich auf den Stuhl sinken. Es gab kein Halten mehr für ihre Tränen.

Finn kam ihr schmerzlich in den Sinn. Er liebte und begehrte sie, so wie sie war. Er stellte keine Forderungen. Er hatte ihr sein Herz geschenkt. Ach, Finn, dachte sie und ihr Herz drohte vor Sehnsucht zu zerspringen. Warum hatte sie ihren Wunsch zur See zu fahren über das Glück gestellt, das sie an Finns Seite erlebt hatte. Würde sie zu Finn zurückkehren können? Würde er sie noch begehrenswert finden? Jetzt, wo sie »Liebreiz« und »natürliche Anmut« verloren hatte?

41

Fritzi konnte den Blick nicht von der Landschaft lösen, die vor dem Fenster an ihr vorbeiflog, und nahm sie doch nicht wirklich wahr. Sie fuhr mit der Reichsbahn von Hamburg Richtung Dessau und mit jedem Meter, der sie ihrem Ziel näher brachte, beschleunigte sich ihr Herzschlag und die nervöse Vorfreude stieg. Sie würde Finn wiedersehen. Endlich. Nach so langer Zeit, in der sie sich nur geschrieben hatten, weil Fritzi stets an Bord gewesen war.

Vielleicht hatte der furchtbare Artikel doch noch etwas Gutes, überlegte sie hoffnungsvoll. Dieser Vernichtungsstoß hatte sie wachgerüttelt, aktiv zu werden und ihr Schicksal selbst in die Hand zu nehmen. Sie hatte kein Fahrtbuch mehr, und nach den Angriffen der DAF würde sie sicherlich auch so schnell keine Heuerstelle mehr bekommen. Der verheerende Artikel hatte sich wie ein brennendes Schwert in ihr Herz gebohrt.

Finn fand sie begehrenswert und liebte ihre wilde Art. Sie war eine Närrin gewesen, seinen Heiratsantrag abzulehnen, nur um die Freiheit zu haben, zur See fahren zu können. Wer hatte denn gesagt, dass sie nicht beides haben konnte? Nur ihre eigene Dickköpfigkeit. Finn hatte ihr zugesagt, dass er nichts gegen ihre nautische Karriere hatte.

Ihr Atem hinterließ einen zarten Nebel auf dem kühlen Glas des Zugfensters. Fritzi malte mit dem Finger ein F auf die beschlagene Scheibe. Und erschrak sich sogleich über diese für sie ungewöhnlich romantische Handlung. Energisch wischte sie mit dem Ärmel über die Scheibe.

Schließlich lief der Zug in Dessau ein. Fritzi erkannte einzelne Menschen, die frierend am Bahnhof warteten. Wider alle Vernunft, wie sie sich eingestehen musste, suchte sie die Menge nach Finn ab, suchte nach seinem lausbübischen Gesicht mit den Sommersprossen, nach seinen unordentlichen blonden Haaren. Sie hatte ihm ja gar nicht Bescheid gegeben, dass sie kommen würde, sondern war einfach losgestürmt. Finn konnte nicht wissen, dass sie hier war. Trotzdem hoffte sie, ihn zu sehen. Sie überlegte zerknirscht, dass es vielleicht doch besser gewesen wäre, wenn sie ihm telegrafiert hätte. Oder mindestens bei seiner Vermieterin angerufen und ihren Besuch angekündigt hätte. Aber dafür würde sie gleich mit seinem verdutzten Gesichtsausdruck entschädigt werden, wenn sie an seiner Tür klingelte.

Sie nahm ihren Koffer, in den sie nur das Nötigste gepackt hatte, und verließ den Zug. Die vielen Fahrgäste, die mit ihr ausstiegen, schoben sie den Bahnsteig entlang zum Ausgang. Es war kälter als in Hamburg und Fritzi schloss fröstelnd ihren dicken Mantel bis zum Hals und legte ihren Schal über den Kopf. Fritzi konnte ihre Vorfreude kaum noch zügeln. Sie lief mit leichtem Schritt die Straßen entlang und musste sich bremsen, nicht zu rennen. Sie hatte schließlich ihre neuen Lederschuhe an, die jetzt schon unangenehm drückten, obwohl sie nur Zug gefahren war.

Schließlich erreichte sie das große Backsteinhaus in der Burggasse. Die Haustür stand offen, was Fritzi als gutes Zeichen nahm. Sie sprang, zwei Stufen auf einmal nehmend, die alte Holztreppe bis ins Obergeschoss hinauf. Atemlos blieb sie vor der Wohnungstür stehen und stützte sich auf ihren Oberschenkeln ab, um erst einmal wieder zu Atem zu kommen.

Dann drückte Fritzi auf die Klingel. Das schrille Geräusch war ohrenbetäubend. Nichts rührte sich. Einen Moment lang dachte Fritzi schon, dass Finn vielleicht gar nicht zu Hause wäre. Doch dann hörte sie Schritte und die Tür öffnete sich einen Spalt. Frank, Finns Mitbewohner, trat heraus und sah sie fragend an. Dann erkannte er die eingemummelte Gestalt und ein Strahlen überzog sein Gesicht. »Mensch, Fritzi, mit dir habe ich gar nicht gerechnet, was machst du denn hier?«, begrüßte er sie freundlich und bat sie herein.

»Hallo Frank, schön, dich zu sehen. Ich muss ganz dringend mit Finn sprechen, ist er da?«, fragte sie und ging, ohne eine Antwort abzuwarten, auf Finns kleines Zimmer zu. Sie hatte Angst, dass sie der Mut verließ, wenn sie erst noch erklären musste, warum sie da war. Sie musste jetzt erst zu Finn.

Erschrocken sah Frank Fritzi an. »Was willst du denn?«

»Ich will zu Finn. Was sonst?« Irgendwie kam Frank ihr merkwürdig vor.

»Hör zu, Fritzi, ich koche uns erst einmal einen Kaffee, oder hast du Hunger? Es ist noch etwas Eintopf übrig.«

Obwohl Fritzi ihren leeren Magen spürte, hatte sie keinen Hunger. Sie wollte Klarheit.

»Wo ist Finn?«, fragte sie nachdrücklich.

»Finn? Also, hör zu, ich dachte, du wüsstest … Ach so, deswegen bist du in die Wohnung gestürmt …«, setzte Frank stockend an.

»Ich wüsste was?« Fritzi spürte, wie ihre Beine zu zittern begannen. Sie wollte die Antwort lieber nicht hören. Noch mehr schlechte Nachrichten? Hörte das denn nie auf?, dachte sie verzweifelt. Sie ließ sich auf den Küchenstuhl sinken, in ihrem Blick eine Mischung aus Flehen und Hoffen.

»Na, dass Finn geheiratet hat. Ich dachte, er hätte dir geschrieben, das hat er mir jedenfalls erzählt. Soweit ich weiß, warst du zu dem Zeitpunkt irgendwo an Bord. Er hat versucht, dich zu erreichen, um es dir persönlich zu sagen.« Mit sanfter Stimme offenbarte Frank die Wahrheit, offenbar ahnend, wie verletzend sie für Fritzi sein würde.

»Geheiratet? Aber wie … und wen?« Fritzi sah ihn ungläubig an.

»Emma, er hat Emma geheiratet. Die beiden haben zusammen studiert. Im letzten Jahr ist Finns Vater unerwartet gestorben. Du kanntest ihn, oder?«, fragte er, als Fritzi zusammenzuckte. Sie konnte nur stumm nicken. »Durch seinen plötzlichen Tod musste Finn das Studium abbrechen und das Geschäft seines Vaters in Grömitz übernehmen, um seine Mutter und die Geschwister weiter ernähren zu können. Emma ist dann mit ihm gegangen.« Er hielt inne und Fritzi spürte, dass er ihr noch etwas verschwieg. Etwas Schmerzhaftes.

»Warum hat er nicht gewartet, bis ich zurück war? Wir waren doch verlobt!«, schob sie fast flüsternd den letzten Satz nach.

Unbeholfen legte er seine Hand auf ihre.

»Sie mussten heiraten. Es gab, äh, sie war …« Ihm fehlten die richtigen Worte, aber Fritzi brauchte keine Erklärung mehr. Das flammende Schwert, das sich in ihr Herz gebohrt hatte, verwandelte sich nun noch in einen Eisblock. Finn würde Vater werden, ein Kind bekommen. Das Kind, das sie mit ihm hätte haben können. Natürlich musste er Emma heiraten, versuchte sie sein Handeln als ehrenwert zu rechtfertigen und dabei noch einen Platz für sich zu finden. Finn war ein Ehrenmann, dachte sie, er würde die schwangere Emma heiraten, auch wenn er doch eigentlich Fritzi noch liebte. Doch liebte er sie wirklich noch? Oder klammerte sie sich wider jede Vernunft an einen Strohhalm? Wie wäre ihr Leben verlaufen, wenn sie seinen Antrag angenommen hätte. Wäre sie dann jetzt vielleicht auch in anderen Umständen gewesen und hätte sich in dem kleinen Dorf an der Ostsee eingerichtet? Und hätte sie das Leben als Hausfrau und Mutter wirklich gewollt?

Sie biss sich auf die Lippe und stand entschlossen auf. Sie musste gehen, wollte sie nicht erneut hilflos ihren Emotionen ausgesetzt sein. Das Leben an Land war einfach nichts für sie. Sollte vielleicht auch gar nicht sein. Sie vermisste das Meer. Vermisste die Flucht und die Einsamkeit, in der sie von der Zweisamkeit träumen konnte und von der Realität verschont wurde.

Auf dem Weg zurück zum Bahnhof nahm sie nichts um sich herum wahr. Sie konzentrierte sich ganz auf all ihre Gefühle und Gedanken, die auf sie einstürmten. Ohne es zu merken, rempelte sie eine alte Frau an, entschuldigte sich und stolperte weiter. Als sie im Zug nach Hamburg saß, konnte sie sich nicht daran erinnern, eine Fahrkarte gekauft zu haben. Sie starrte aus dem Fenster. Im Getümmel tauchte plötzlich ein Mann mit blondem Haarschopf auf, der versuchte, die Menschenmenge zu durchtrennen. Unhöflich schob er sich an den Wartenden vorbei, rannte zum Zug und sprang auf. Fritzis Puls beschleunigte sich. War das Finn oder bildete sie sich wieder etwas ein? Wollte er sie vielleicht aufhalten? Gab es noch eine Möglichkeit auf eine gemeinsame Zukunft?

42

Zurück in Hamburg konnte sie sich nicht mehr vor der Realität verschließen.

Sie bückte sich, um die auf dem Boden verstreut liegenden Briefe aufzuheben, die sie in ihrem Wutanfall über den furchtbaren Artikel gleich mit auf den Boden gepfeffert hatte. Sie zuckte, als sie den Brief von Finn erkannte. Hätte ich den bloß gleich gesehen, ärgerte sie sich, dann hätte ich mir die peinliche und schmerzliche Fahrt nach Dessau sparen können.

Entschlossen öffnete sie den Umschlag und zog den Brief heraus.

Meine wilde Seefrau,
ich hoffe, du wirst deinen großen Traum von einem unabhängigen Leben auf dem Meer verwirklichen. Ich möchte, dass du weißt, dass ich deine Entscheidung immer respektiert habe, aber ich kann mich nicht länger an eine aussichtslose Liebe binden. Deshalb möchte ich dich bitten, unsere Verlobung aufzuheben. Du bist mit dem Meer verheiratet! Ich habe so sehr versucht, auf dich zu warten. Doch mein Leben hat sich verändert und ich kann nicht mehr nur für mich alleine entscheiden. Mein Vater ist letzten Herbst verstorben und ich werde sein Geschäft weiterführen müssen. Ich trage jetzt die Verantwortung für meine Mutter und für meine jüngeren Geschwister.

Zudem werde ich Vater. An dieser Verantwortung trage ich schwer. Emma ist an meiner Seite und wir werden heiraten. Ich muss nach vorne schauen. Du und ich, Fritzi, wir können dieses Leben nicht gemeinsam leben, das ist mir schmerzhaft klar geworden. Das Schicksal hatte einen anderen Plan für uns, dem wir uns fügen müssen. Ich wünsche dir von ganzem Herzen, dass du dein Glück findest, an Bord oder an Land.
Finn

Fritzi entglitt der Brief. Die Realität brach wie eine hohe Welle auf stürmischer See über ihr zusammen. Sie hatte zwar gespürt, dass ihre Liebe die Entfernung nicht mehr abpuffern konnte, doch sie hatte verzweifelt daran festgehalten. Ihre Vernunft flüsterte ihr zwar ein, dass sie wahrscheinlich niemals zusammengekommen wären, da sie ihren Traum nie aufgegeben hätte, doch sie hatte diesen Umstand nie wahrhaben wollen. Jetzt konnte sie nicht mehr in einer Traumwelt leben. Tränen stiegen auf, auch wenn sie gedacht hatte, dass nach der langen Zugfahrt nach Hamburg zurück keine mehr da wären. Das Gefühl unendlicher Einsamkeit schnürte ihr die Kehle zu. Vielleicht nahm die ganze Geschichte sie auch nur deswegen so mit, weil ihr der Boden unter den Füßen weggezogen war und ihr alles, wofür sie gekämpft hatte, zu entgleiten schien. Ein Unglück kam selten allein, dachte sie schmerzlich, als sie auch noch eine Mitteilung vom Reichsverkehrsministerium unter dem Papierstapel entdeckte. Aufs Schlimmste gefasst riss sie den Umschlag auf und überflog rasch den Brief. Darin wurde ihr mitgeteilt, dass aufgrund der Willensmeinung des Führers die bereits erteilte Genehmigung zur Ablegung der Prüfung zum Steuermann zurückgezogen würde. Der Leiter der Reichsseefahrtschule wäre darüber bereits in Kenntnis gesetzt worden. Zudem wünsche der Führer, dass Frauen in Zukunft die seemännische Laufbahn nicht ergreifen dürften und der Einsatz von Frauen im Decksdienst der Seeschifffahrt auszuschließen sei.

Fritzi war fassungslos. Jetzt hatte sie wirklich alles verloren, an dem ihr Herz hing. Sie hatte alles auf eine Karte gesetzt. Ihre Liebe, ihre Berufung zum Meer. Alles war vergiftet. Doch neben der alles verschlingenden Verzweiflung stieg auch ein anderes Gefühl auf. Ein Gefühl, das ihr in ihrem Schmerz willkommen war. Heiße Wut!

Paulsen! Was hatte sie dem Mann getan, dass er sie so hasste. Der widerliche Mistkerl hatte es geschafft, hinter ihrem Rücken Stimmung gegen sie zu machen und ihren beruflichen Werdegang zu sabotieren. Fritzi stellte sich seine Genugtuung vor, die er empfinden würde, wenn er sich vorstellte, welchen Schmerz er ihr zufügte, wenn sie den Brief öffnete. Er hatte gewonnen. Diese Runde! Aber der Kampf war noch nicht zu Ende. Sie würde nicht aufgeben.

Im Boxtraining hatte Fritzi gelernt, dass nur der letzte Schlag galt, der K.-o.-Schlag, nicht das Taumeln oder Stolpern. Sie war angeschlagen, sicher, aber er würde sich vor ihr hüten müssen. Was hatte sie denn jetzt noch zu verlieren, dachte sie grimmig. Sie musste auf keinen Menschen mehr Rücksicht nehmen. Weder auf ihren Ruf, den der Artikel zerstört hatte, noch auf ihren strengen Vater oder auf ihren geliebten Finn. Jetzt würde sie noch härter für die Erfüllung ihres Traumes kämpfen. Sie hatte alles auf eine Karte gesetzt! Noch gab sie nicht auf. Nicht am absoluten Tiefpunkt! Von jetzt an konnte es nur bergauf gehen. Sie musste durchhalten und noch einmal alle Kräfte mobilisieren.

Jetzt war sie wirklich frei, und sie würde den ihr hingeworfenen Fehdehandschuh aufnehmen.

Entschlossen stand sie auf. Unter ihrem Bett, staubsicher in einem Seesack verpackt, stand ihre Schreibmaschine. Routiniert stellte sie die schwarze »Urania« auf den Tisch und spannte ein Blatt Papier ein. Papier war knapp und sie überlegte sich jedes Wort genau, bevor sie die Tasten anschlug.

Sie würde nicht kampflos aufgeben. Paulsen hatte den Briefweg gewählt und die oberste Führung angeschrieben, dann würde sie das eben auch machen. Berief er sich auf die Partei, dann würde sie sich eben auch auf die Partei berufen und an das Reichsverkehrsministerium, die DAF, die Reichsfrauenführerin und den Stellvertreter des Führers schreiben. Sie würde Paulsen mit seinen eigenen Waffen schlagen, seine Argumente entkräften, ihre Sichtweise erklären und eine Sondergenehmigung erwirken.

An den Reichsverkehrsminister

Betrifft: Frauen in der Seemannslaufbahn

Auf meine Eingabe vom 6.7.1938 bekam ich die Antwort, dass meiner Zulassung zur Seeschiffer- und Steuermannsprüfung nichts im Wege stände, wenn ich die vorgeschriebenen Bedingungen hinsichtlich der praktischen und theoretischen Ausbildung erfüllte. Daraus haben die Seemannsämter, Reeder und Kapitäne, mit denen ich zu tun hatte, ersehen, dass es mir gestattet ist, Fahrzeit zu erwerben. Ich habe seit dem Bescheid als Leichtmatrose und Matrose angeheuert. Aus meinen Zeugnissen geht hervor, dass ich meine Arbeit stets zur vollsten Zufriedenheit der Kapitäne ausgeführt habe. Wenn ich trotzdem in einem halben Jahr nur drei Monate Fahrzeit hatte, liegt das an den Schwierigkeiten, die mir von Land aus bereitet wer-

den. Die Deutsche Arbeitsfront hat es immer wieder fertiggebracht, sich mit der Polizei oder dem Reederverband in Verbindung zu setzen und meine Abmusterung zu erwirken.
Zuletzt bestand die DAF am 10. 1. 1939 auf meine Abmusterung in Norwegen und teilte mir mit, dass die Arbeit an Deck für Frauen insbesondere in der Hochseefischerei, aber auch in der Frachtfahrt unmöglich sei. Allein in der Passagierfahrt sei eine Berufsausübung als Stewardess möglich und wünschenswert. Die DAF begründete ihre Haltung mit dem Argument, dass in der Schiffsbesetzungsordnung nur von den Rechten und Pflichten des »Schiffsmanns« gesprochen wird.
Des Weiteren wurde mir mitgeteilt, dass auf Wunsch von Herrn Hitler ein Gesetz in Vorbereitung sei, das jegliche Arbeit an Deck für Frauen verbietet. Wenn dem so ist, möchte ich Sie freundlichst darum ersuchen, in meinem Falle eine Ausnahme zu machen.
Ich hänge wirklich mit Leib und Seele an der Seefahrt und kann mich in keinem anderen Beruf wohlfühlen. Gewiss ist Muttersein das höchste Ziel einer jeden Frau; aber genau wie bei Männern, die Väter werden, kann es darüber hinaus noch eine andere Bestimmung geben. Ich habe die Seefahrt im Blut, und ich werde nicht aufgeben, dafür zu kämpfen. Ich will keine Sonderregelungen, keine Ausnahmen, keine Erleichterungen. Ich will nur die Möglichkeit haben, zur See zu fahren. Nichts anderes verlange ich.
gez. Friederike van Appen

43

Der Herbst brachte neben Kälte und Nässe auch Hunger und Not. Am ersten September hatte Deutschland einen Krieg begonnen, der Europa in den Abgrund zu reißen drohte. Fritzi stand am Elbstrand von Blankenese und sah voller Unruhe auf den Fluss. Dann lief sie ein paar Schritte neben dem schweren Herrenrad her, um Schwung zu holen, und sprang auf. Wie üblich trug sie Hosen, wenn sie mit dem Rad den langen Weg zum Hafen fuhr. Kreischende Möwen begleiteten ihren Weg und ließen sich von dem starken Wind tragen. Fritzi betrachtete die Leichtigkeit, mit der die Seevögel am Himmel schwebten. Sie lächelte bei dem Gedanken daran, dass sie schon eine Reihe kleiner Schritte auf dem steinigen Weg geschafft hatte. Sie würde ihr Unglück überwinden und ihr Ziel erreichen, Davon war sie überzeugter denn je. Sie hatte alles verloren, jetzt gab es nur ein Ziel, eine Richtung – nach vorne. Sie würde nicht vorher ruhen, bis sie Kapitän wäre. Ihr Briefwechsel mit Berlin hatte bewirkt, dass sie ihr Seefahrtbuch zurückerhalten hatte, zusammen mit dem positiven Bescheid, ausnahmsweise wieder an Bord gehen zu dürfen. Ebenso war ihr erlaubt worden, ihr Studium an der Seefahrtschule Hamburg fortzusetzen, wenngleich auch ohne Garantie auf einen zertifizierten Abschluss. Neben ihrer Ausbildung an der Seefahrtschule hatte sie sich daher erneut bei den Hamburger Heuerstellen beworben. Viele junge Männer waren jetzt eingezogen worden, und so herrschte an Bord Mangel an Matrosen. Das kam Fritzi zupass, sie bekam ihre Chance.

Der Wind kam von Nordwest und schob Fritzi kräftig an. Sie dachte mit Sorge an ihren Bruder Karlo, der bei der Kriegsmarine als Erster Leutnant zur See fuhr. Seit Kriegsausbruch war es verboten, privaten Kontakt zur Panzerkorvette »Admiral Graf Spee« aufzunehmen. Das Kriegsschiff steuerte die Gewässer vor Südamerika an. Fritzi versuchte sich damit zu beruhigen, dass der Krieg sicher nicht lange anhalten würde und Karlo immerhin weit weg von den Kampfhandlungen wäre.

Als sie sich der Hamburger Innenstadt näherte, umfing sie von allen Seiten hektische Betriebsamkeit. Panzer und Truppentransporter rollten durch die Straßen. Die ausdruckslosen Gesichter der uniformierten Männer, die auf den Pritschen saßen, ließen Fritzi frösteln. Die Soldaten waren so jung.

Sie musste sich beeilen. Die »Olivia« würde nicht auf sie warten und ohne sie ablegen, wenn sie nicht rechtzeitig an Bord käme. Die Heuerstelle hatte ihr einen Platz an Bord eines Versorgungsschiffes der Kriegsmarine angeboten, den sie gerne annahm. Endlich durfte sie auf einem größeren Schiff arbeiten und musste nicht mehr die knochenharte Arbeit auf einem Fischdampfer erledigen.

Doch als sie an Bord kam, machten beunruhigende Gerüchte die Runde. Die Nachrichten von den ersten Seegefechten des seit Kriegsbeginn in atlantischen Gewässern operierenden Kreuzers »Spee« waren das Gesprächsthema an Bord der »Olivia«. Die »Graf Spee« war angegriffen worden. Fritzi erstarrte. Ihr Bruder war an Bord. Begierig versuchte sie sämtliche Informationen zusammenzutragen. Verschiedene Gerüchte waren im Umlauf. Abgehörte Funkgespräche der anderen Schiffe brachten immer neue, manchmal widersprüchliche Details. Fritzis sorgenvolle Gedanken galten den Verletzten und Verstorbenen und natürlich in erster Linie ihrem Bruder. Voller Angst lauschte Fritzi daher den Gesprächen. Dann verkündete das Horn ihre Abfahrt und Fritzi konnte sich mit der Arbeit, die routinemäßig erledigt werden musste, ablenken.

Ihr Schiff hatte am Morgen den Hamburger Hafen mit dem Auftrag verlassen, die Versorgung der Armee im Marinestützpunkt Gotenhafen in Polen zu gewährleisten. Obwohl sie nicht in Kampfhandlungen verwickelt waren, war der Auftrag trotzdem gefährlich. Die »MS Olivia« war unbewaffnet und konnte sich im Falle eines Angriffs nicht verteidigen. Fritzi war sich der Gefahr sehr wohl bewusst, aber als sich ihr die Gelegenheit geboten hatte, an Bord zu gehen, hatte sie dieses Risiko in Kauf genommen.

Nachdenklich betrachtete sie ihren rechten Mittelfinger, der in einem ledernen Fingerling steckte. Mit Grausen erinnerte sie sich daran, wie ihr das letzte Glied amputiert worden war, weil sich die Schnittwunde, die sie sich auf ihrer ersten Reise beim Ausnehmen der Fische zugezogen hatte, entzündet hatte. Das Leder war vom vielen Tragen speckig und weich. Sie hatte sich diese Wunde bei ehrlicher, harter Arbeit zugezogen und brauchte sich dafür nicht zu schämen. Entschlossen streifte sie jetzt den Fingerling ab. Diese Verletzung, dachte sie, zeigt, dass auch Frauen ihren Mann stehen. Sie gehört zu mir genauso wie der unstillbare Trieb, zur See fahren zu müssen. Sie stand auf, setzte den Südwester auf und zog die dunkelgrüne Regenjacke aus wasserabweisendem Material über Latzhose und Pullover.

Das Wetter hatte umgeschlagen und ein eisiger Wind aus Nordost brachte schneidende Kälte mit sich. Ihre Wache begann. Auf dem Weg von den Mannschaftskabinen zum Steuerhaus schlug ihr der Regen ins Gesicht. Sie versuchte sich so gut wie möglich im Windschatten der Schiffsaufbauten zu halten, doch auf der exponierten Treppe war sie den Elementen schutzlos ausgesetzt. Als die Tür des Steuerhauses hinter ihr zuschlug, schüttelte sie erleichtert ihre nasse Jacke ab und hängte sie auf. Hier im Steuerhaus war es dank eines kleinen Ofens mollig warm. Der Regen prasselte gegen die großen Scheiben. Die Scheibenwischer kämpften dagegen an. Zum Glück musste sie heute nicht in den Ausguck, sondern konnte am Kartentisch die Position des Schiffes eintragen und die weitere Fahrtrichtung bestimmen. Diese Aufgabe wurde normalerweise vom Ersten Offizier oder vom Steuermann erledigt, doch schnell hatte der Kapitän festgestellt, dass sie den anderen in der Kenntnis der Navigation überlegen war. Sie bekam die Aufgabe übertragen, musste dafür aber eine längere Wache schieben.

Fritzi war froh. Sie brauchte nur wenig Schlaf und liebte es, auf der Karte den Kurs des Schiffes abzustecken. Mit dem Zirkel und dem Winkelmesser maß sie Entfernungen, trug gepeilte Landpunkte ein und korrigierte die Richtung. Die Arbeit brachte ihr große Befriedigung. Und an Bord der »MS Olivia« hatte sie sogar eine eigene Kabine. So konnte die DAF endlich nichts mehr gegen sie ausrichten.

Fritzi musste unwillkürlich schmunzeln. Sie hatte sich wie eine Laus in das Fell des Feindes gesetzt. Nun konnten Paulsen und seine Organisation nichts mehr gegen sie vorbringen, ohne sich selber zu schwächen. Dies war ihre letzte Fahrt. Mit ihr hatte sie ihre nötigen Fahrzeiten zusammen, um das Steuermannspatent beantragen zu können. Nun lag ihre Zulassung für die Prüfung zum Steuermann beim Reichsverkehrsminister in Berlin. Sie wusste, welche Ränke nach wie vor hinter ihrem Rücken geschmiedet wurden. Die Frauenbeauftragte der DAF hatte ihr mitgeteilt, dass Paulsen nach wie vor diffamierende Briefe nach Berlin und an die engsten Kreise des Führers schickte und dazu aufforderte, Frauen aus der Seefahrt zu eliminieren. Doch solange sie keine Absage erhielt, klammerte sie sich an die Hoffnung, dass ihre Angelegenheit unter Berücksichtigung ihres persönlichen Werdegangs und ihrer einzigartigen Laufbahn gerecht geprüft würde.

Kaum hatte sie sich nach Dienstende in ihre Kabine zurückgezogen, klopfte es laut an der Tür. Fritzi fuhr zusammen und sprang auf.

Der zweite Funker übergab ihr einen Zettel. »Ist gerade reingekommen«, meinte er kurzangebunden und war schon wieder verschwunden, bevor sie sich bedanken konnte.

Fritzi wagte kaum, das gefaltete Blatt aufzuschlagen. Ein Funkspruch auf offener See bedeutete in der Regel, dass es sich um eine Nachricht der Kriegsmarineadmiralität handelte und den Tod des Soldaten übermittelte. Fritzi zitterte. Sie ließ sich auf die Kante ihres Bettes sinken. Vielleicht wäre es besser, die Nachricht gar nicht erst zu lesen. Doch das wäre feige und sie war nicht feige. Entschlossen öffnete sie den Zettel. In der offiziellen Mitteilung wurde sie darüber informiert, dass die gesamte Besatzung der »Graf Spee«, darunter auch ihr Bruder, in Montevideo interniert worden war. Trotz der furchtbaren Nachricht, die ihr den Boden unter den Füßen wegzuziehen drohte, spürte sie einen leisen Hoffnungsschimmer. Immerhin! Ihr Bruder lebte.

44

Die »MS Olivia« lag wieder im Hafen von Altona. Fritzi hatte nach über einem Jahr an Bord für die Weihnachtsfeiertage freibekommen. Das Schiff würde erst im Januar 1941 wieder auslaufen. Sie würde das erste Mal seit Jahren über die Festtage wieder an Land sein. Voller Vorfreude dachte sie an die besinnlichen Tage, die sie mit ihrer Mutter verbringen wollte. Auch wenn ihre Gedanken immer wieder zu ihrem Bruder Karlo wandern würden, von dem sie seit der offiziellen Mitteilung nichts mehr gehört hatten. Inoffiziell hatte sie jedoch erfahren, das Rike und ihr Bruder Hans sowie weitere Exildeutsche mithilfe ihrer Motorjachten tatkräftig bei der Rettung der Besatzung der »Graf Spee« geholfen hatten. Nach der Internierung und Verschickung der Gefangenen nach Buenos Aires hatten sie jedoch seine Spur verloren. Beim Gedanken an ihren Bruder seufzte Fritzi schwer. Wie es ihm wohl ging?

Der kalte Gegenwind zog an ihrer Kleidung und trieb ihr kleine Tränen in die Augen. Sie radelte am Elbufer entlang. Einige Mütter kämpften sich mit Kinderwagen durch den eisigen Wind. Der Anblick versetzte ihr einen Stich. Würde sie je ein Kind gebären? Ach, Finn. Sie fühlte sich noch immer so unendlich einsam ohne seinen Rückhalt. An Bord konnte sie die Erinnerung an ihn und ein Leben zu zweit zurückdrängen. Allein schon deshalb, weil es immer etwas zu tun gab und man auf einem Schiff nie allein war. Zu Hause aber zermarterte sie sich den Kopf, ob ihr Opfer gerechtfertigt war und sie wohl jemals wieder dazu bereit wäre, ihr Herz für jemanden Neues zu öffnen? An der Seefahrtschule hatte ein Kommilitone versucht mit ihr zu flirten. Doch seine Avancen perlten wie Regentropfen an der Pelerine ab. Obwohl er attraktiv und stattlich war, konnte er ihr Herz nicht berühren. Er war einfach nicht Finn.

Rike hatte Fritzi telegrafisch gebeten, bei ihren Eltern vorbeizuschauen. Sie machte sich Sorgen, weil sie die beiden nicht erreichte. Daher war Fritzi gleich am Tag nach ihrer Heimkehr zum Elternhaus ihrer Freundin geradelt. Mit von der Fahrt gerötetem Gesicht und klammen Händen lehnte sie das Rad an die Hecke und streckte sich, um durch das breite Fenster ins Wohnzimmer hineinzuschauen. Im diffusen Licht konnte sie die Umrisse der Möbel und Vorhänge erkennen, die mit Laken zugedeckt schienen. Von den Bewohnern fehlte jede Spur. Das stattliche Haus, in dem Rikes Eltern seit über vierzig Jahren wohnten, sah verlassen aus.

Fritzi ging verwundert um das Haus herum. Der Rasen war mit Herbstlaub bedeckt. Das Haus war verlassen. Rikes Befürchtungen schienen sich zu bestätigen. Ihre Eltern waren nicht mehr hier.

Als sie durch die Gartenpforte wieder auf die Straße trat, stieß sie mit dem Postboten zusammen, der sich über den Briefkasten gebeugt hatte. Fritzi erschrak zu Tode.

»Oh, entschuldigen Sie bitte, Fräulein, ich habe Sie nicht bemerkt. Sind Sie die neue Eigentümerin?«, fragte er freundlich, ihren Blick aufs Haus falsch interpretierend. Sein Atem hatte in der gefrierenden Luft Eiskristalle in seinen Schnurrbart gezaubert.

»Ich?«, stammelte Fritzi überrascht. »Äh, nein. Ich bin eine Freundin der Familie Stein, die hier wohnt, seit ich denken kann«, erklärte sie. Dann bemerkte sie, dass sich der Postbote unangenehm berührt wegdrehte und sein Fahrrad vom Ständer hob.

»Dann entschuldigen Sie die Frage. Schönen Tag noch«, murmelte er verlegen und stieg auf.

Geistesgegenwärtig legte Fritzi ihre Hand auf den Lenker und hielt ihn davon ab, loszufahren. »Moment mal. Wo ist Familie Stein, die hier gewohnt hat?«, fragte sie besorgt.

»Die Familie Stein, hm, ich weiß nicht, ob ich Ihnen Auskunft geben darf«, stotterte er unbeholfen und schaute über die Schulter, um sicherzugehen, dass niemand ihre Unterhaltung beobachtete. »Aber es weiß ja eh die ganze Straße«, fuhr er dann flüsternd fort. »Letzten Monat sind sie mit dem Zug Richtung Osten gebracht worden. Aber jetzt muss ich los.« Und damit sprang er aufs Rad, das Fritzi entgeistert losgelassen hatte.

Kopfschüttelnd sah sie ihm nach. Das waren keine guten Nachrichten. Sie ahnte, was es damit auf sich hatte. Nein, sie wusste es. Trübe Gedanken begleiteten ihre anstrengende Fahrt zurück nach Blankenese. Der Wind hatte an Intensität zugenommen und blies ihr frostig ins Gesicht. Weihnachten, dachte sie bitter. Wie konnte man diesen Tag feiern, wenn um einen herum die Welt in Scherben zu liegen schien. Sehnsüchtig dachte sie an die unbeschwerte Zeit ihrer Kindheit, an die Aufregung, von der Heiligabend geprägt war. Alle Räume waren festlich geschmückt, Tannen- und Plätzchenduft hing in jedem Zimmer und das Licht unzähliger kleiner Kerzen spiegelte sich in den Weihnachtskugeln.

Morgen würde sie allein mit ihrer Mutter Weihnachten feiern. Fritzi hatte der Aufforderung in der Zeitung Folge geleistet, die Lebensmittelmarken der kommenden Woche schon zu verwenden, da dann die Geschäfte geschlossen wären. Von Gorch, den sie immer wieder einmal im Hafen traf, hatte sie zwei prächtige Seezungen geschenkt bekommen. Die Fische würde sie in Butter braten und mit einer Handvoll Kartoffeln servieren, die sie gegen Mehl getauscht hatte. Das Stück Butter, das sie ergattert hatte, war ihr ganzer Stolz. Ihr lief das Wasser im Munde zusammen, als sie an die goldgelb herausgebratene Seezunge dachte.

Es hatte zu schneien begonnen und Schneeflocken sammelten sich auf ihrem dunkelblauen Seemantel. Sie schüttelte den Schnee ab, als sie vor ihrem Haus ankam, und schob das Rad durch den Garten. Vor der Tür saß eine zerlumpte Gestalt, den Kopf auf die angewinkelten Beine gelegt. Eine feine Schicht Schnee bedeckte sie. Aus der zerrissenen Hose schauten dünne Beine heraus, die in abgelaufenen Schuhen steckten. Das hat mir heute gerade noch gefehlt, dachte Fritzi. Ein Landstreicher, genau vor unserer Haustür.

Halb genervt, halb besorgt sprach sie ihn an. Der Mann hob den Kopf. Fritzi starrte ihn an. Diesen Blick aus wasserblauen Augen würde sie auch in hundert Jahren erkennen. Der raue Kragenstoff des löchrigen Mantels scheuerte an ihrer Wange, als sie ihn umarmte und an sich drückte.

45

Der Mann in der verschlissenen Kleidung umfasste seinen dampfenden Becher mit zittrigen Händen. Es schien ihn seine gesamte Willenskraft zu kosten, den Becher mit gesüßtem Tee zu halten und langsam zum Mund zu führen. Zum Schutz gegen die Kälte hatte er löchrige Socken um seine knochigen Hände gewickelt. Von den Schuhen waren die Sohlen abgerissen. Der lange Uniformmantel war abgewetzt und starrte vor Dreck. Fritzi musste den Impuls unterdrücken, Karlo auf der Stelle auszuziehen, zu reinigen und seine ausgezogenen Kleider zu verbrennen, um sich kein Ungeziefer in die Wohnung zu hohlen. Mit jedem Schluck des heißen Getränks schienen die Lebensgeister in seinen abgemagerten Körper zurückzukehren.

Fritzi wartete geduldig, bis er so weit war, mit ihr zu sprechen. Sie konnte noch immer nicht fassen, dass ihr Bruder vor ihr saß. Er verschluckte sich und hustete kraftlos.

»Kann ich mich erst mal waschen und bei dir ausruhen?«, fragte er und in seiner Stimme schwang grenzenlose Erschöpfung.

»Natürlich, ich mache dir Wasser warm. Dann kannst du dich mit dem Waschlappen abseifen. Und selbstverständlich kannst du dich in mein Bett legen und ausruhen. Ich laufe solange los und gebe Mutter Bescheid. Sie wird ihr Glück nicht fassen können.«

Keine halbe Stunde später kehrte Fritzi mit ihrer Mutter zurück. Die alte Frau war gänzlich außer Atem und in Tränen aufgelöst. Die Begrüßung und Wiedersehensfreude aller trieb auch Fritzi noch einmal die Tränen in die Augen. Gemeinsam beschlossen sie, das gute Weihnachtsessen an diesem wunderbaren Tag vor Heiligabend auf den Tisch zu stellen. Einen besseren Augenblick, um Weihnachten zu feiern, als jetzt zusammen mit Mutter und Bruder konnte sich Fritzi nicht vorstellen. Sie zündete Holz im Ofen an und stellte einen Topf mit frischem Wasser auf den Herd. Und dann begannen Mutter und Tochter gemeinsam Kartoffeln zu schälen.

»Mein Gott, ist das schön, wieder zu Hause zu sein«, flüsterte Karlo kaum hörbar und stellte die leere Tasse auf den Tisch. Frisch gewaschen und mit einer Hose und einem Pullover von Fritzi bekleidet, saß er auf einem Stuhl am Küchentisch und sah den beiden zu. Seine verschorfte Hand griff gierig nach einem geschälten Erdapfel, doch Fritzi schlug ihm sanft auf die Finger.

»Die Knolle muss erst gekocht werden, sonst bekommst du Bauchschmerzen. Warte, ich kann dir ein Stück Brot geben, bis das Essen fertig ist«, bot sie an und reichte Karlo einen Kanten Brot und ein winziges Stückchen Butter. Den Rest brauchte sie zum Kochen.

Als die Seezunge schließlich in der Pfanne im Fett brutzelte, zog Karlo den Geruch der heißen Butter mit vornübergebeugtem Kopf ein. Mit Schwung landeten die Fische auf dem Essgeschirr. Fritzi goss den Rest goldgelben Fetts über die Kartoffeln und trug die angerichteten Teller zum Esstisch.

Das weiße Porzellan hatte kaum den Tisch berührt, als Karlo schon seine Gabel in dem weichen Fischfleisch versenkte und es von den Gräten zog. Einzelne Buttertropfen blieben auf seinen verschorften Lippen haften, bevor er sie mit der Zunge ableckte. Fritzi spürte die unendliche Erleichterung darüber, dass ihr Bruder wieder zu Hause war. Die Last, die Sorge um ihn fiel zentnerschwer von ihr ab. Glücklich beobachtete sie ihn dabei, wie er gierig den Fisch aß. Ihr Blick ruhte auf dem erfüllten Gesicht ihrer Mutter. Nie hatte sie schöner ausgesehen als in diesem Moment des Glücks. Gemeinsam aßen sie schweigend, in ihrer Wiedersehensfreude und ihrem Glück vereint. Es war schon nach Mitternacht, als Fritzi ihrer Mutter aufhalf und sie nach Hause begleitete.

Als sie zu ihrer Wohnung zurückkehrte, war ihr Bruder längst unter ihre Daunendecke geschlüpft und in einen unruhigen Schlaf gefallen. Fritzi beugte sich über ihn, um ihm einen Kuss auf die Stirn zu geben. Er schrak zusammen, beruhigte sich aber sofort, als er sie wahrnahm.

»Psst. Schlaf jetzt. Morgen kannst du alles erzählen.« Freundlich legte sie ihre Hand auf seinen Arm.

Der nächste Morgen begann mit Sonnenschein. Fritzi, die sich einen provisorischen Schlafplatz auf dem Boden zurechtgemacht hatte, schlug die Augen auf und betrachtete die Eisblumen, die der Frost auf die Fensterscheibe gemalt hatte. Im Sonnenlicht glitzerten sie wie Diamanten. Sie nahm das ruhige Atmen in dem Bett neben sich wahr und fühlte, wie sie von einem Glücksgefühl erfüllt wurde. Jetzt, wo ihr Bruder zurück war, würde alles ins Lot kommen, dachte sie. Hauptsache, ihre Familie war, bis auf ihren verstorbenen Vater, wieder vereint. Voller Tatendrang erhob sie sich. Karlo stöhnte leise und drehte sich herum, um weiterzuschlafen.

Sie schlich sich aus dem Haus und radelte ins Dorf. Beim

Krämer tauschte sie ihre lederne Schultasche gegen eine kleine Tüte Kaffeebohnen, einen ganzen Laib Brot, Eier und ein Glas Honig.

Die Freude über den unerwarteten Besuch war dieser Tausch allemal wert. Heute war Heiligabend und nie war ihr dieser Tag heiliger erschienen. Der Geruch von frisch aufgebrühtem Bohnenkaffee erfüllte kurz darauf die beengte Wohnung.

»Frohe Weihnachten«, begrüßte Fritzi ihren Bruder gutgelaunt, als dieser endlich aufgestanden war.

Karlo nickte stumm. Gerührt sah er auf den Tisch, der mit Butter, Brot, Honig und einem hartgekochten Ei reich gedeckt war. Verstohlen wischte er sich eine Träne aus dem Augenwinkel und beugte sich zu Fritzi, um ihr einen Kuss auf die Stirn zu drücken.

»Danke«, war alles, was er herausbrachte. Mit zitternden Fingern griff er nach dem Becher und trank vorsichtig einen Schluck Kaffee mit Zucker und Milch. Mit beiden Händen umfing er die Tasse und genoss die Wärme. Und es dauerte noch eine ganze Weile, bis er leise anfing zu sprechen. Und dann platzte alles aus ihm heraus, er erzählte von all dem Leid und Unglück, das er erfahren hatte.

»Es war furchtbar. Granaten schlugen an Deck ein. Männer wurden von der Explosion zerfetzt«, kam er schließlich auf den Angriff zu sprechen. »Das Schiff rettete sich danach in den Hafen von Montevideo. Nicht kampfunfähig, aber schwer angeschlagen.«

»In der Zeitung stand, dass die ›Spee‹ nur im Hafen lag, um Proviant aufzunehmen und leichte Reparaturen durchzuführen«, erwiderte Fritzi erstaunt.

Karlo nickte. »Ja, das war die offizielle Lesart. Der Befehl aus Berlin aber war unmissverständlich. Kämpfen bis zum letzten Mann und das Schiff zur Not in der Schlacht versenken.«

Fritzi zuckte zusammen. Es wäre das Todesurteil für über tausend junge Rekruten gewesen. Über tausend Familien, die ihre Söhne, Brüder oder Verlobten verlören. Die meisten Besatzungsmitglieder an Bord waren nicht mal zwanzig Jahre alt.

»Der Kapitän gab mir beim Verlassen der Offiziersmesse ein Zeichen, ihm zu folgen. Er fragte mich, ob ich unbemerkt mit Hans Kontakt aufnehmen und ihn um Hilfe bitten könnte, das Schiff zu evakuieren.«

Fritzi unterbrach ihn. »Woher kannte dein Kapitän denn Hans? Aus Hamburg?«

»Nein, er kannte ihn nicht persönlich. Ich hatte ihm einmal von ihm erzählt. Und dann habe ich Hans in seinem Haus in Montevideo besucht und ihn angefleht, uns zu helfen und die Besatzung zu retten. Hans hatte zunächst ungerührt an die Decke gestarrt. Nach einer Weile sagte er: ›Warum sollte ich deutschen Soldaten helfen? Je weniger den Kampf überleben, desto schneller ist der Krieg zu Ende.‹ Doch dann war er aufgestanden und hat mich fest umarmt. ›Trotzdem helfe ich dir. Ich sage den anderen Bescheid. Eine Hand wäscht die andere. Deine Schwester hat meine Schwester gerettet.‹« Karlo drückte zärtlich die Hand seiner Schwester.

Fritzi stand auf, um den Kaffeesatz noch einmal zu überbrühen, der zweite Aufguss war zwar bitter, aber besser als nichts. Währenddessen erzählte Karlo von der anschließenden Internierung. Karlo kam zu Gutsbesitzern, die in der Nähe der Grenze zu Uruguay eine Plantage bewirtschafteten. Die Arbeit war hart und sie warteten nur auf eine Gelegenheit zur Flucht, die sich bald bot. Mit zwei ehemaligen

Matrosen der »Spee« schwamm er über einen schmalen Fluss. Sie schlugen sich bis Montevideo durch und schmuggelten sich an Bord eines deutschen Frachters, der nach Rotterdam fuhr. Wie er es letztendlich nach Hamburg und ans Falkensteiner Ufer geschafft hatte, wusste er selbst nicht mehr, da er seit Tagen nichts mehr gegessen hatte. Erschöpft schloss er die Augen.

Fritzi zündete eine Kerze auf dem Tisch an und ließ ihre Gedanken schweifen. Ihr Mutter würde in ein paar Stunden wiederkommen und mit ihnen Weihnachten feiern. Fritzi schaute voller Zuversicht auf die Feiertage und den kommenden Jahreswechsel. Sie hatte noch über zwei Wochen frei, bevor sie wieder an Bord der »Olivia« ging. Sie freute sich auf die gemeinsame Zeit mit ihrer kleinen Familie, die nun wieder vereint war, doch auch die Vorfreude, wieder an Bord gehen zu dürfen, stieg.

Nach einer kurzen Weile schlug Karlo die Augen wieder auf. Er sah sie eindringlich an, als hätte er sich die ganze Zeit überlegt, was es zu sagen galt. »Und, liebe Fritzi, wie ist es dir in der Zwischenzeit ergangen?«

Wo sollte sie anfangen zu erzählen?

46

Die »MS Olivia« lag länger als geplant im Hafen von Gotenhafen in der Danziger Bucht, da es Probleme mit dem Dieselmotor gab. Fritzi saß bräsig mit den anderen Matrosen, die gerade Freiwache hatten, auf der Kaimauer und sah dem geschäftigen Treiben im Hafen zu. Aus Richtung Danzig kommend fuhr ein alter Fischkutter ein, der von einem aufgeregten Schwarm Möwen umkreist wurde. Immer wieder stießen einzelne Vögel herab, um die an Deck liegenden Fischabfälle zu stibitzen.

Fritzis Gedanken schweiften in die Vergangenheit. Sie dachte an ihre erste aufregende Fahrt an Bord eines Fischkutters, als sie sich die Haare abschneiden musste, um an Bord gehen zu dürfen. An die verdutzten Gesichter, als sie sich zu erkennen gegeben hatte, und, ja, auch an den bitteren Geschmack von Pawlowskis Zudringlichkeit. Fritzi konnte noch immer seine groben Hände auf ihrer Brust spüren, noch immer den Ekel, der sie nie wieder losgelassen hatte.

Fritzi blinzelte, die Sonne hatte sich in dem Moment hinter den Wolken hervorgeschoben und hatte damit auch die trüben Gedanken aufgelöst.

Fritzi genoss den kurzen Augenblick der Langeweile. Schon bald würden sie wieder auslaufen. Wenn der Krieg sie etwas gelehrt hatte, dann, die Kostbarkeit eines jeden Atemzugs zu schätzen. Tief dröhnte plötzlich das Schiffshorn über die Pier und die Männer sprangen auf, um ihre Posten einzunehmen.

Die Festmacher hoben gerade die schweren Trosse über die mannsgroßen Poller, als schrille Sirenen den Lärm im Hafen übertönten. Augenblicklich unterbrachen alle Männer an Deck und an Land ihre Arbeit und sahen sich um. Am Hafenkai stoppten vier Krankentransportfahrzeuge vom Roten Kreuz. Zwei Männer in blutverschmierten Kitteln sprangen heraus und rannten zur Anlegestelle. Polternd stürmten sie über die Gangway herauf. Fritzi konnte sehen, dass sie eindringlich auf den Ersten Offizier einredeten. Dieser nickte ernst und brachte sie auf die Kommandobrücke.

»Das sind bestimmt Verwundete von der Front«, meinte Heinrich, der Matrose neben ihr.

Sie gehörten zwar alle der Kriegsmarine an, hatten aber das Glück, nicht in Kämpfe verwickelt zu werden. Ihre Aufgabe bestand lediglich darin, die Versorgung der Truppe zu gewährleisten und dafür die relativ ungefährliche Fahrt von Hamburg nach Gotenhafen und zurück durchzuführen. Sie boten den feindlichen Flugzeugen ein deutliches Ziel. Wiederum waren die Flugzeuge ein offensichtliches Ziel für die abwehrstarke Flak entlang des Kanals, die ihre Fahrt sicherte.

Keiner sprach ein Wort, als kurz darauf etwa ein Dutzend schwerstverwundeter Soldaten auf Tragen an Bord gebracht wurden. Fritzi konnte den Anblick der Männer kaum ertragen. Sie waren nur wenige Luftlinien von der Front entfernt, an der Menschen starben. Sie schauderte, als sie daran dachte, dass sich auch ihr Bruder wieder zum Dienst gemeldet hatte und an die Ostfront geschickt worden war. Dann kam der Befehl des Kapitäns, die Plätze einzunehmen. Mit ernstem Gesicht wartete er, bis absolute Ruhe herrschte, die nur von Möwen gestört wurde.

»Männer, wir haben schwerverletzte Offiziere aufgenommen, darunter General von Finkenstein. Wir haben daher die Plicht und den Befehl, Gotenhafen sofort zu verlassen und die Verletzten nach Kiel zu bringen, wo sie im Hospital des Marinestützpunktes Holtenau versorgt werden. Aufgrund der Vielzahl der Versehrten und der betreuenden Sanitäter, die uns begleiten, werden die Kabinen neu verteilt. Alle Matrosen teilen sich ihren Schlafplatz im Wachwechsel. Das heißt je drei Männer eine Koje. Das Schiff wird in zehn Minuten auslaufen«, beendete er seine kurze Ansprache und ging, begleitet von den Offizieren, zur Kommandobrücke zurück.

Kaum war die Admiralität außer Hörweite, beschwerten sich die Besatzungsmitglieder lauthals über die Anordnung. »So eine Sauerei. Wir müssen uns eine Koje teilen und die oberen Herren haben eine ganze Kajüte für sich alleine, sollen sie doch ihr Bett für die Verletzten hergeben«, regte sich Heinrich auf, der immer als Erstes die Klappe aufriss.

Fritzi hörte stumm zu. Sie wagte keinen Kommentar abzugeben. Möglichst unauffällig verschwand sie unter Deck, bevor sie aufgrund ihres Sonderstatus angegriffen wurde.

Ob sie auch ihre Kabine räumen musste? Sie ging an den Bullaugen der Gruppenschlafräume vorbei zur Kommandobrücke. Sie hatte jetzt Wache und war wieder einmal fürs Navigieren eingeteilt.

Die Stahltür fiel schwer hinter ihr ins Schloss, nachdem sie den Raum betreten hatte. Aller Augen richteten sich umgehend auf sie und ihr wurde erneut klar, dass sich die meisten der hier anwesenden Männer noch nicht an ihren Anblick gewöhnt hatten. Der Kapitän, der mit dem Steuermann am Ruder stand, sah auf und signalisierte ihr mit einem kleinen Nicken, näher zu kommen.

Kapitän Clausen war ein stämmiger Mann, dessen mächtiger Bauch die Uniformjacke zu sprengen drohte. Er strahlte mit jeder Pore Autorität aus, die niemand anzuzweifeln wagen würde.

»Matrose van Appen. Die Regelung betrifft auch Ihre gesonderte Unterbringung. Sie werden ab sofort in der Gemeinschaftsunterkunft der Matrosen schlafen«, sagte er streng. Fritzi nickte, und damit war die Sache geklärt. Kommentarlos ging sie an ihren Platz und besprach mit dem Navigator den geplanten Seeweg über die Ostsee. Es hatte Meldungen von Seeminen in der Danziger Bucht gegeben. Gewissenhaft trugen die beiden die Koordinaten ein, die vom Funker gebracht wurden. Auf der Brücke herrschte angespannte Ruhe.

Doch Fritzi wusste, wie trügerisch der Eindruck war. Unter Wasser lag unsichtbar der Feind, der nur darauf wartete, seine zerstörerische Kraft an ihnen anzuwenden. Der Kapitän stand selber am Steuerrad und navigierte, den Blick fokussiert auf den Kompass. Schweißtropfen bildeten sich auf seiner Stirn. Erst als sie die verminte Bucht hinter sich gelassen hatten, atmete er erleichtert auf, überließ das Steuer wieder dem Ersten Offizier und verließ die Brücke. Die Spannung löste sich. Der Erste Offizier pfiff ein Lied. Der Smutje kam herein und brachte für alle Kaffee und belegte Brote. Fritzi biss hungrig in die Stulle. Sie konnte nur hoffen, dass sie unbeschadet nach Kiel kommen würden.

47

Die Geräuschkulisse, die stickige Luft, der strenge Geruch der Männer um sie herum hielt sie wach. Doch sie vermisste ihr Privileg einer eigenen Kabine nicht eine Sekunde. Dass sie hier im Mannschaftsraum schlafen durfte, war für sie ein heimlicher Triumph. Endlich wurde sie gleichberechtigt behandelt und bekam keine Sonderbehandlung mehr.

Als das Signal zur Wachablösung ertönte, sprang sie aus der Koje, rollte ihr Bettzeug zusammen und verstaute es in ihrer Seekiste. Der nächste Mann stand schon bereit, um ihren Platz einzunehmen. Er breitete seine Bettwäsche aus und legte sich müde zum Schlafen nieder.

An der langen Back saßen etwa zwanzig Matrosen und aßen Haferbrei. Zum Glück hatte der Smutje seine Beziehungen genutzt, um in Gotenhafen etwas Kaffee zu organisieren. Das dampfende Gebräu weckte Fritzis Lebensgeister. Sie saß wie so oft neben dem Schiffsingenieur Emil Boysen. Mit ihm tauschte sie sich gerne über die technischen Details des Schiffsdieselmotors aus.

Fritzi hatte Emil, der als Maschinist an Bord angestellt war, kennengelernt, als sie bei einer ihrer Erkundungstouren an Bord an der offenen Tür zum Maschinenraum vorbeigekommen war. Ohne groß nachzudenken, war sie die Sprossen hinuntergestiegen. Das Geräusch ihrer Schritte auf dem schweren Metallboden war durch den Lärm geschluckt worden, der von dem Dreizylinder ausging. Fritzi hatte den großräumigen Kessel umrundet, der dunkel den Maschinenraum beherrschte. Sie erinnerte sich noch gut an das Gefühl, in das Innere eines ungestümen Tieres hinabgestiegen zu sein. Es kam ihr vor, als könnte sie den Geruch und den Raum noch immer sehen. Ringsumher waren unzählige Rohre, Ventile, Zähler an der Bordwand angebracht. Im Schein der sparsam leuchtenden Deckenlampe und des flackernden Feuerscheins, der durch das Glasfenster des Dampfkessels in den Raum fiel, hatte plötzlich Emil vor ihr gestanden. Seine Latzhose hatte wohl einst die Farbe blauen Tuchs gehabt, war aber übersät mit schwarzen Ölflecken, die keine Wäscherin der Welt entfernen könnte. Das Maschinenöl hatte seine Hände geschwärzt. Schweißperlen rannen ihm über die Stirn, die er mit einem Stofftuch wegwischte. Fritzi brach ebenfalls der Schweiß aus. Im Bauch des Schiffes hatte es mindestens vierzig Grad. Emil hatte sie überrascht angesehen, als sie aus der Dunkelheit zu ihm ins Licht trat. Sie hatte sich dem Maschinisten vorgestellt und ihn mit Fragen gelöchert, die er mit nordischer Gelassenheit beantwortet hatte. Dabei hatte er versucht, sich seine Hände an dem Lappen sauber zu wischen. Ein Versuch, der kläglich scheiterte. Und dann hatte Emil ihr voller Stolz gezeigt, wie die dieselbetriebene Dreifach-Expansionsmaschine funktionierte, und ihr erklärt, wie sechshundertfünfzig Pferdestärken auf die Schraube wirkten und die »Olivia« auf elf Knoten beschleunigen konnten.

Seit diesem Treffen war Fritzi immer wieder in sein heißes Reich hinabgestiegen, um sich mit Emil zu unterhalten. Und jedes Mal hatte sie das Gefühl, danach wie »Alice« aus einem Wunderland wieder aufzusteigen.

Emil Boysen war ein zierlicher Mann, nur etwa einen halben Kopf größer als Fritzi, und doch fühlte sie sich in seiner

Gegenwart stets geborgen. Emil begegnete ihr auf Augenhöhe und gab ihr das Gefühl, gleichwertig zu sein. Die beiden verstanden sich, und nicht nur Fritzi fiel auf, dass Emil immer öfter ihre Gesellschaft suchte. Sie konnte mit ihm fachsimpeln, und Fritzi war beeindruckt von seinem fundierten Fachwissen. Außerdem ließ sich mit ihm wunderbar Quatsch machen und lachen.

Nicht selten gab sie ihre laute Lache von sich, die sie sich als »Jonny« angewöhnt hatte. Als sie aber irgendwann die Blicke der anderen auffing, die sich gegenseitig anstupsten und kichernd auf sie deuteten, verstummte Fritzi umgehend. Errötend rückte sie ein Stück von Emil weg und schwieg. Ernüchtert ermahnte sie sich, dass sie vorsichtig sein musste, wollte sie nicht den Vorurteilen Vorschub leisten, dass Frauen an Bord nur Schwierigkeiten brachten.

Emil verstand ihre ablehnende Reaktion nicht, rückte nach und beugte sich zu ihr. »Alles in Ordnung?«, fragte er sanft.

»Ja, ja, es ist nur –« Sie verstummte, weil sie nicht wusste, wie sie ihm erklären sollte, dass die anderen sie für ein Liebespaar hielten, ohne ihn zu brüskieren oder zu verletzen. Sie hatte ja keine Ahnung, ob er überhaupt in diese Richtung dachte. Sie betrachtete ihn. Sein zierliches Gesicht war ebenmäßig geschnitten und er wirkte eher elegant denn derb. Seine Augen waren himmelblau und schienen immer zu lachen. Fritzi konnte ihn gut leiden. Doch was sah er in ihr, war er wirklich an ihr als Frau interessiert?

Fritzi hatte diese Gedanken lange unterdrückt, dennoch ertappte sie sich dabei, dass sie eine zurückweisende Antwort von ihm mehr schmerzen würde als die Häme der anderen. Sie hatte es so satt, ständig ihre Gefühle und Bedürfnisse als Frau zu unterdrücken. Sie sehnte sich nach körperlicher Nähe und nach dem Gefühl, begehrt zu werden. Sie war eine sinnliche Frau, trotz ihrer männlichen Abenteuerlust.

Er drehte sich um und schien zu begreifen, als er die feixenden und obszönen Gesten der Kameraden sah.

»Siehst du? Es liegt nicht an dir. Das Problem bin ich«, sagte sie matt. »Die Männer werden mich an Bord niemals akzeptieren.«

»Die Männer nicht, aber ich schon«, konterte er ein wenig unbeholfen.

»Das wird sich nicht ändern. Nicht, solange ich nicht das Kapitänspatent habe. Als Kapitän würde ich respektiert werden, aber nicht als Matrose.« Und dann berichtete sie ihm von ihrem Kampf mit den Behörden, von den unzähligen Briefen, die sie an die oberste Führung geschrieben hatte, von den Fahrten als blinder Passagier und von ihrem Steuermannspatent, das sie trotz der Hindernisse zwar mit Auszeichnungen bestanden hatte, das aber noch immer nicht anerkannt war. »Außerdem«, fuhr sie fort, »stehen mir nicht nur die Männer skeptisch gegenüber, sondern auch die verheirateten Frauen. Sie fürchten, dass ich ihre Gatten an Bord verführe.«

»Dann musst du eben einen Seemann heiraten«, sagte er schlicht und grinste sie an.

»Das dachte ich auch schon, aber woher nehmen. Wer will denn schon eine Frau heiraten, die nur das Meer im Kopf hat«, konterte sie selbstkritisch und rührte in dem faden Brei. Sie spähte hinüber zum Smutje. Wenn er nicht aufpasste, konnte sie vielleicht ein wenig Zucker stibitzen.

Emil lächelte sie an, ohne etwas zu sagen.

»Was denkst du?«, erkundigte sich Fritzi nach einer Weile verunsichert.

»Ich denke, dass du das Problem doch ganz einfach lösen kannst, indem du mich heiratest.«

Fritzi starrte ihn sprachlos an. Tausend Gedanken schossen ihr gleichzeitig durch den Kopf. Emil heiraten? War die Lösung wirklich so einfach? War das überhaupt denkbar? Würde sie dann ungestört an Bord gehen können? Wollte sie es sich so einfach machen? War das nicht eigentlich ein Verrat an ihrem Lebensziel, aus eigener Kraft ans Ziel zu kommen, und vor allem, war das ein Verrat an Finn? Würde sie Emil denn lieben können?

Emil lächelte sie weiter an. Er schien wirklich ein geduldiger Mensch zu sein und ließ ihr die Zeit, sich zu sammeln.

»Aber du kennst mich doch gar nicht. Ich bin keine Frau für Haus und Garten. Ich will zur See fahren und werde nur selten an Land sein. Wie stellst du dir das denn vor?«, fragte sie verwirrt.

»Und ich bin kein Mann für Haus und Garten. Ich bin auch immer an Bord. Meine Verlobte hat mich betrogen, als ich auf See war. Als ich zurückkam, hat ein anderer Kerl in unserem Haus gewohnt und mich rausgeworfen. Ich bin fast pleite und ich trinke gern.«

»Oh, dann bist du ja eine richtig gute Partie«, sagte sie und musste lachen. Sie war sich nicht sicher, ob er sie nicht doch nur hochnehmen wollte.

Er stimmte in ihr Lachen ein. »Also gut«, sagte er dann, ich habe ein bisschen übertrieben. Ich war noch nie verlobt und bin auch nicht pleite. Aber das mit dem Trinken stimmt.«

An den Humor könnte ich mich gewönnen, dachte Fritzi. Vielleicht wären wir ja wirklich ein ganz gutes Gespann. Sie war vor kurzem dreißig Jahre alt geworden und nicht nur ihr Bruder neckte sie damit, dass sie eine alte Jungfer bleiben würde. Wenn die wüssten, dachte sie. Nur gut, dass vieles im Verborgenen blieb, aber welcher Mann würde schon verstehen, dass sie in ihrer Ehe immer zu dritt wären. Die ungeheure Liebe zum Meer wäre stets dabei. Vielleicht wäre da die Ehe mit einem Mann, der die See auch liebte und die auf Freundschaft gründete, ein vielversprechender Weg.

Die Frage war nur, würde er ihre Beziehung auf platonischer Ebene sehen oder auf die Einhaltung ihrer ehelichen Pflichten bestehen? Konnte sie sich die Zärtlichkeiten, die sie mit Finn ausgetauscht hatte, mit Emil vorstellen? Sie erinnerte sich an die Lust, die sie empfunden hatte. Sollte sie wirklich für alle Zeiten darauf verzichten müssen? Sie betrachtete ihn. Emil war auf seine Art attraktiv, wenngleich er nicht das schiefe Lachen und die Sommersprossen von Finn hatte. Aber sie musste den Gedanken an Finn endlich begraben, dachte sie erneut seufzend. Diese Liebe war verloren. Ein für alle Mal. Es war Zeit, wieder nach vorne zu sehen und sich für ein neues Abenteuer zu öffnen, auch in der Liebe, dachte sie.

Fritzi betrachtete Emil mit neuem Blick. Sie hatte den Gedanken an ein Glück zu zweit tief vergraben, doch jetzt grub er sich mit aller Kraft an die Oberfläche. Ja. Emil war durchaus ein Mann, in den sie sich verlieben könnte.

»Die Sache hat einen Haken«, sagte sie schießlich. »Ich war verlobt, bin nicht pleite und trinke nicht. Du siehst, wir passen überhaupt nicht zusammen. Such dir doch lieber eine Frau, die mit Kindern zu Hause auf dich wartet«, sagte sie frech und war sich sicher, dass das Thema damit abgeschlossen war.

Doch er sah ihr tief in die Augen. »Ich meine es ernst.«

»Ich denke darüber nach, Emil, aber erwarte nicht zu viel.« Sie stand auf und trug ihr Geschirr weg. Dann hielt sie einen Moment inne und drehte sich noch einmal zu ihm um. Seine blauen Augen funkelten erwartungsvoll.

»Danke, dass du mir angeboten hast, dein Leben mit mir zu teilen. Das weiß ich sehr zu schätzen«, sagte sie und lächelte ihn an, bevor sie sich umdrehte und zur Kommandobrücke eilte. Der diensthabende Offizier pfiff gerade das zweite Mal zur Wachablösung, als sie die Kommandobrücke betrat.

»Ah, van Appen. Sie sollen sich umgehend beim Käpten melden«, begrüßte sie der Erste Offizier, ohne bei ihrem Eintreten das Fernglas abzusetzen, durch das er den Horizont gewissenhaft nach feindlichen Schiffen absuchte.

»Zu Befehl«, antwortete sie und machte auf der Stelle kehrt, um die Offiziersmesse aufzusuchen, in der sich der Kapitän mit seiner Führungsriege während der Freiwache aufhielt. Sie wagte nicht, beim Essen zu stören. Die Messen waren streng nach Hierarchie getrennt und den unteren Rängen war es nicht gestattet, die Kabine unerlaubt zu betreten. Der Steward eilte mit einem Tablett mit Käse an ihr vorbei, und sie drückte sich an die Wand, um ihn nicht zu behindern. Trotzdem war ihre Anwesenheit vom Kapitän wahrgenommen worden, der sie in dem Moment durch die geöffnete Tür sah, als der Steward eintrat. Er tupfte sich mit der Serviette den Mund ab und forderte sie auf einzutreten.

»Fräulein van Appen. Kommen Sie bitte herein. Nur nicht so schüchtern. Sonst fehlt es Ihnen doch auch nicht an Selbstbewusstsein«, sagte er und ließ ein tiefes Lachen hören. Verunsichert betrat sie den Raum. Waren ihr langes Gespräch und die Vertraulichkeiten mit Emil schon dem Kapitän gemeldet worden? Ihr war strengstens jeglicher intime Kontakt mit den Kameraden untersagt. Würde ihr ein Disziplinarverfahren drohen?

Nervös knetete Fritzi ihre Matrosenkappe, die sie beim Betreten der Messe abgenommen hatte. Aller Augen waren auf sie gerichtet. In Erwartung eines Donnerwetters zuckte sie zusammen, als der Kapitän zu sprechen begann.

»Also gut, da Sie scheinbar vollkommen ahnungslos sind, warum ich Sie herbestellt habe, will ich Sie mal nicht weiter auf die Folter spannen«, meinte er jovial und lachte erneut sein tiefes Lachen.

»Der Funker hat soeben eine Depesche aus Berlin vom Reichsministerium erhalten«, fuhr er fort, öffnete dabei eine flache Pappmappe, in der einige Papiere lagen, und zog das oberste Blatt heraus. Er machte eine kleine Bewegung mit dem Finger, die Fritzi dazu veranlasste, näher zu treten und ihre Hand auszustrecken.

Das braune Papier zitterte in ihren Fingern und sie musste es mit der zweiten Hand festhalten, um die Schreibmaschinenschrift lesen zu können.

Der Bericht war an sie persönlich adressiert.

Erst beim zweiten Lesen begriff sie die Dimension der Worte.

Unter Aufhebung meines Erlasses an den Herrn Reichsstatthalter in Hamburg vom 14. August 1941 teile ich Ihnen mit, dass Sie ausnahmsweise unbeschränkt zur seemännischen Laufbahn zugelassen sind. Ihre an den Führer gerichteten Eingaben vom 3. September 1941 und 28. August 1941 sind hiermit erledigt. Der Herr Reichsstatthalter in Hamburg ist unterrichtet.
In Vertretung
Georg von Schattern

48

Heinrich Paulsens zitterte, als er den an ihn adressierten Brief des Reichsverkehrsministers las. Mit jeder Zeile stieg seine Wut. Dieses Miststück hatte es geschafft, seinen perfekt eingefädelten Plan auszuhebeln. Er war extra nach Berchtesgaden gereist, um beim Führer Stimmung gegen diese Frau zu machen. Doch der Reichsminister hatte die Frechheit besessen, die Aussage des Führers nach eigenem Ermessen zu interpretieren und den Befehl dahin auszulegen, dass dieser nur wünsche, dass Frauen zukünftig der Zugang verwehrt wurde. Wütend knallte er den Brief auf den Tisch. Was erlaubte sich der Mann, einfach so die Hoheitsgewalt für die Interpretation von Hitlers Befehlen an sich zu reißen und dann der Frau diese Entscheidung auch noch umgehend mitzuteilen, statt sie unter den Tisch fallen zu lassen. Er nahm den Brief wieder auf, um ihn noch einmal zu lesen, vielleicht hatte er ja etwas falsch verstanden. Nein! Hier stand klar und deutlich, dass der Wunsch des Führers, grundsätzlich Frauen die seemännische Laufbahn nicht zu ermöglichen, nur auf die Zukunft gerichtet sei. Da im Fall van Appen die Genehmigung jedoch bereits erteilt worden war, konnte diese nicht mehr zurückgenommen werden. Paulsens Zorn entzündete sich am letzten Satz der offiziellen Mitteilung, in dem ihm der Minister unverblümt mitteilte, dem Führer diese Angelegenheit nicht einmal zur Kenntnisnahme vorgelegt, sondern selbst entschieden zu haben.

Paulsen ließ den Brief sinken. Das war ja allerhand. Dennoch wusste er, dass es sinnlos war, diesen Vorwurf weiter zu verfolgen.

Er war nicht befugt, an der Parteiebene über ihm Kritik zu äußern. Zudem ärgerte er sich, dass seine eigene Organisation vor einigen Jahren der Unbedenklichkeitserklärung zugestimmt hatte, wenn auch damals mit dem Hintergedanken, dass die Schwere des gewählten Berufes Friederike van Appen ohnehin früher oder später von der Weiterführung abhalten würde.

Dennoch gab ihm ein kleiner Nebensatz Hoffnung, den er beim ersten Lesen übersehen hatte. Unter »Bedenken grundsätzlicher Art« gehörte die anrüchige Unterbringung in einer Mannschaftskabine. Sein letzter und stärkster Joker!

Ein fieses Grinsen überzog sein Gesicht. Er dachte an das Telegramm, das er vor einer Viertelstunde von Bord der »Olivia« durch seinen Spitzel erhalten hatte. Trotz der Entscheidung aus Berlin war der Kampf noch nicht zu Ende. Noch hatte er ein Ass im Ärmel.

Entschlossen stand er auf, zog die Uniformjacke an und stürmte aus seinem Büro. Er musste sich beeilen. Diesmal wollte er sie persönlich in flagranti erwischen. Seine langen Beine nahmen zwei Stufen auf einmal, als er die Treppe des Verwaltungsgebäudes hinunterrannte. Es war bereits nach Dienstschluss und seine Schritte hallten in dem nahezu verlassenen Gebäude. Sein Fahrer Gustav, der im Dienstbotenzimmer auf ihn wartete, sprangt sofort auf und reichte Paulsen seinen Mantel. Die beiden Männer eilten den Hauptausgang hinaus und rannten auf den Parkplatz hinter dem respekteinflößenden Backsteingebäude, an dem die roten Fahnen im Wind knatterten. Heinrich Paulsen ließ sich in das weiche Leder des Rücksitzes fallen und gab Gustav seine

Anweisung. Dieser nickte, startete den Dienstwagen und rollte vom Hof. Nervös schlug sich Paulsen mit dem Handschuh aufs Knie. Er musste rechtzeitig im Kieler Hafen sein, sonst war alles vorbei.

Fritzi ahnte nichts von dem Unheil, das sich über ihr zusammenbraute. Sie hatte sich die Matrosenmütze tief ins Gesicht gezogen, um sich vor der steifen Brise zu schützen. Im Windschutz der Aufbauten eilte sie das Deck entlang. Ihre Schritte schlugen dunkel auf dem Metallboden. Sie riss die Tür zu ihrer Kabine auf. Der faulige Geruch, der ihr augenblicklich entgegenschlug, nahm ihr einen Augenblick den Atem. Schlagartig wurde ihr klar, dass sie einen kapitalen Fehler begangen hatte. Dies war nicht mehr ihre Kabine, in die sie gestürmt war, sondern eine Krankenstation. Schuldbewusst drehte sie sich auf dem Absatz um, doch ein tiefes Stöhnen ließ sie innehalten. Im Dämmerlicht der kargen Beleuchtung sah sie einen schwerverletzten Mann auf der schmalen Koje liegen. Eine blutverschmierte Binde bedeckte seine Augen und Teile des Schädels. Die Gesichtshaut war stellenweise verbrannt und blasig. Sein Körper war von einem Laken zugedeckt. Fritzi hörte seinen schweren Atem und einzelne Silben.

»Bitte, bleib«, hörte sie schwach seine Stimme flüstern. Seine Lippen waren aufgeplatzt und schorfig. Fritzi näherte sich vorsichtig und setzte sich auf den Schemel, der vor seinem Bett stand. Sie ergriff sachte seine Hand, die unverletzt zu sein schien. Die Berührung wurde mit leichtem Druck erwidert. Sein Mundwinkel zuckte leicht, in der Andeutung eines Lächelns.

»Danke«, meinte Fritzi zu hören.

Fritzi wagte nicht, ihre Sitzposition zu verändern oder etwas zu sagen. So verharrte sie stumm bei dem Mann.

Plötzlich öffnete sich die Kabinentür und ein kurzer Windstoß fuhr in die Kammer. Im Eingang erschien ein Sanitäter. Er zuckte zusammen, als er Fritzi bemerkte.

»Äh, Sie kennen Leutnant Friedrich Kull?«, fragte er überrascht.

Fritzi schüttelte rasch den Kopf. »Nein, ich bin aus Versehen eingetreten, da dies meine ehemalige Kabine ist. Und er bat mich zu bleiben.« Sie zog ihre Hand zurück.

»Nein, bitte, bleiben Sie noch. Niemand sollte allein sterben müssen.«

Erschrocken zuckte Fritzi zusammen. »Er wird … ich meine, er …« Ihr fehlten die Worte.

Der junge Mann nickte stumm, während er eine kleine Glasampulle aufzog, die Morphium enthielt. »Wir hatten gehofft, dass wir ihn retten können. Aber ich kann nichts mehr für ihn tun, außer ihm eine hohe Dosis Morphium zu geben. Er wird schmerzfrei einschlafen. Bleiben Sie bitte noch solange hier.« Dabei bekreuzigte er sich kurz und drückte den Kolben durch.

Der Patient wurde unmittelbar ruhiger. Die Atmung flacher. Seine Hand entspannte sich. Mit einem letzten rasselnden Atem entwich die Luft aus seinem Brustkorb. Es war vorbei. Erschüttert eilte sie aus der Kabine.

Nie waren ihr Wind und Gischt willkommener als in diesem Moment. Sie stürzte zur Reling und wäre dabei beinahe mit einem Mann zusammengestoßen, der sie gerade noch festhalten konnte. Es war Emil. Er schaute sie besorgt an und diese zärtliche Fürsorge brach alle Dämme bei ihr. Sie ließ sich in seine Arme sinken, die sie festhielten, und ließ ihren Tränen freien Lauf. Es war ihr in dem Moment gleichgültig, ob sie jemand sah und anschwärzen würde. Ein tiefes inniges Gefühl überkam sie, und sie fand Kraft und Trost in den

Armen dieses Mannes. Zum ersten Mal seit langem fühlte sie sich geborgen und beschützt. Sie löste sich langsam aus der Umarmung und küsste ihn. Emil erwiderte erst zögernd, dann intensiv den unerwarteten Kuss. Fritzi versank einen Augenblick in seinen Augen. Sie sah in eine Seele, die ihr nah war. Lächelnd löste sie sich und ließ den verdutzten Mann stehen.

Dann aber kam die Vernunft zurück. Ihr Dienst hatte bereits begonnen. Sie hatte die Zeit über dem traurigen Ereignis im Krankenzimmer völlig vergessen und musste sich sputen.

Fritzi hatte sich zum Dienst auf der Brücke gemeldet und stand nun in der Kommandobrücke und trug die Daten auf der Karte ein, die der Navigator mithilfe der Sonne ermittelt hatte. Sie würden bald im Kieler Hafen einlaufen, die verwundeten Offiziere von Bord bringen und dann ihren eigentlichen Auftrag wieder aufnehmen und nach Gotenhafen zurückkehren.

Die Schiffssirene ertönte und die Männer beeilten sich, für das Anlegemanöver an ihre Posten zu gelangen. Die Matrosen der Freiwache stellten sich in Reih und Glied zur Parade auf, um ein prächtiges Bild abzugeben, wenn das Schiff in den Hafen von Kiel einfuhr. Die »Olivia« legte ohne Probleme an der Hafenmauer an und Fritzi konnte von der Kommandobrücke aus die Krankenwagen des Roten Kreuzes ausmachen, die bereits am Hafen auf sie warteten. In dem Moment kam ein dunkler Mercedes mit hoher Geschwindigkeit auf dem gepflasterten Vorplatz zum Stehen. Zwei Männer in langen Militärmänteln sprangen aus dem Wagen und rannten die Gangway herauf. Keine zwei Minuten später wurde die schwere Tür der Kommandobrücke aufgerissen. Die beiden Männer platzten in den Raum herein.

Fritzi wurde schlecht, als sie das gerötete Gesicht von Pawlowski erkannte. Sie hatte den Mann seit der schrecklichen Szene an Bord nicht mehr gesehen, und doch hatte er sie nicht nur in ihren Träumen verfolgt, wie sie nun erkannte. Sein Gesicht war noch vernarbter, als sie es in Erinnerung hatte. Er war offenbar zu Macht gekommen, wie sein Auftreten bewies.

Er nickte den auf der Kommandobrücke anwesenden Offizieren zu, sah dann Friederike und baute sich breitbeinig vor ihr auf.

»Friederike van Appen! Sie haben sich wiederholt strafbar gemacht, indem Sie gegen die Bedenken grundsätzlicher Art der Verwendung von Frauen in der Seefahrt verstoßen haben. Sie wissen genau, dass es Ihnen unter Androhung von Strafe verboten ist, die Schlaf- und Waschräume mit männlichen Besatzungsmitgliedern zu teilen«, brüllte Pawlowski, ohne Luft zu holen. Fritzi wurde heiß und kalt, als sie an die vergangene Nacht dachte, die sie in der Gemeinschaftskabine der Matrosen verbracht hatte. Verdammt, dachte sie, woher wusste er das nun schon wieder? Er musste an Bord einen willigen Helfer haben. Fritzi dachte an die vielen Spitzel, die ihr stets auf den Fersen gewesen waren. Sollte Pawlowski etwas damit zu tun gehabt haben?

»Ich habe ein Recht, an Bord zu sein, Pawlowski«, erwiderte sie äußerlich ruhig, um von dem leidigen Thema der getrennten Schlafräume abzulenken.

Er zuckte zusammen, als er seinen Namen hörte. »Paulsen!«, brüllte er. »Mein Name ist Heinrich Paulsen. Ich bin Reichsfachgruppenverwalter der Sektion Seefahrt bei der DAF, und in dieser Funktion werde ich trotz des letzten Erlasses, den Sie vom Reichsministerium erhalten haben, weiter mit allen Mitteln gegen Sie arbeiten. Diesen Kampf werde ich erst aufgeben, wenn ich einen dienstlichen Befehl dazu bekomme«, brüllte er weiter, ohne Fritzis Einwand zu beachten.

Er beugte sich bedrohlich über sie. Fritzi roch seinen Atem dicht vor ihrem Gesicht. Ekel erfasste sie. Jetzt fügte sich alles zusammen. Er steckte hinter all den Anfeindungen, die sie von der Arbeitsfront zu spüren bekommen hatte. Paulsen war Pawlowski. Der Mann hatte seinen Namen geändert, um in der Partei aufzusteigen, und ihr in den letzten Jahren einen Wackerstein nach dem anderen in den Weg gelegt. Hatte sie beschattet, bespitzelt und von Bord holen lassen. Pawlowski! Eine unglaubliche Wut stieg in ihr auf. Dieser Mistkerl. Das war so ungerecht. Aber sie riss sich zusammen und hob stolz den Kopf. Sie würde ihm keine Genugtuung gönnen.

»Sie waren das!«, zischte sie voller Verachtung.

Sein bösartiges Grinsen nahm zu. Er trat näher zu ihr heran. »Ja, ich war das. Alle deine Schwierigkeiten in den letzten Jahren hast du mir zu verdanken. Meine Organisation hat jeden deiner Schritte verfolgt. Ich weiß alles über dich«, flüsterte er und wollte sich gerade selbstsicher und zufrieden aufrichten, als eine saftige Ohrfeige in seinem Gesicht landete.

»Was habe ich Ihnen getan, dass Sie mich ruinieren wollen. Hassen Sie mich deshalb so sehr, weil ich es gewagt habe, mich gegen Ihre Aufdringlichkeiten zu wehren?«, schrie sie ihm ins Gesicht.

Pawlowski oder Paulsen, wie er sich nannte, wollte sich mit krebsrotem Kopf auf sie stürzen. Doch der Erste Offizier schob sich vor Fritzi. Außer sich vor Wut schlug Paulsen um sich. »Du verdammte Hure. Was bildest du dir ein!«

»Es reicht«, meldete sich der Kapitän zu Wort, der inzwischen auf die Brücke gekommen war und das Ende der Auseinandersetzung mitverfolgt hatte. »Ich kann Ihnen versichern, dass nichts im Benehmen der jungen Dame anrüchig war oder gegen die Richtlinien der DAF verstößt. Fräulein van Appen hat auf meinen Befehl hin ihre Kabine für einen medizinischen Notfall zur Verfügung gestellt, um einem Schwerverletzten ihr Bett zu überlassen. Ihrem Rang entsprechend wird Steuermann van Appen heute erneut eine eigene Kabine mit separatem Waschraum beziehen. Ich nehme an, dass damit alles geklärt ist. Selbstverständlich werde ich die Admiralität über den Vorfall in Kenntnis setzen«, setzte er wie nebenbei nach.

Paulsen riss sich los. Respektsperson hin oder her. Er war außer sich vor Wut. »Hat die Schlampe Sie etwa verführt? Warum sonst stellen Sie sich hinter dieses Weibsstück?«, spie er seinen Hass nun dem Kapitän ins Gesicht. »Ich kann's mir schon denken. Sie wärmt Ihnen das Bett.«

»Raus hier, bevor ich mich vergesse. Verlassen Sie sofort mein Schiff«, schrie der Kapitän ihn an.

Paulsen zuckte zusammen. Mit geballter Faust und ohne noch ein Wort zu verlieren, stürmte er mit seinem Fahrer von der Brücke.

Fritzi sah ihnen verdutzt hinterher. Widersprüchliche Gefühle wirbelten durch ihren Kopf. Hatte das Machtwort des Kapitäns den Kampf wirklich besiegelt oder hatte die neuerliche Demütigung nur noch mehr Öl ins Feuer gegossen? Würde sie jemals Ruhe vor seinen Anfeindungen finden?

49

Der Wind aus Nordost hatte zugenommen. Besorgt suchte Fritzi durch die matten Scheiben des kleinen Ruderhauses den Horizont nach Anzeichen eines aufziehenden Sturms ab. Noch lag die Nordsee friedlich vor ihr und der sanfte Wellengang plätscherte gemächlich gegen die Bordwand des leicht im Wasser liegenden Küstenmotorschiffs, das ohne großen Tiefgang eine Fahrt dicht entlang der schützenden Küste erlaubte. Doch das Hydrometer war gefallen und zeigte ein sich näherndes Tiefdruckgebiet an. Das aufziehende Unwetter konnte jedoch nicht die Hochstimmung trüben, in der sie sich seit der Abfahrt aus Hamburg befand. Ein Jahr war seit dem Vorfall an Bord der »Olivia« vergangen. Ein Jahr, in dem sich in ihrem privaten Umfeld alles zum Guten gewendet hatte, als wäre mit dem Sieg über Pawlowski ein Fluch von ihr abgefallen.

Das Ruder fest in der Hand stand sie beim leichten Schlingern des Schiffes breitbeinig vor dem Steuerrad. Sie fixierte das Steuer und holte wohl zum hundertsten Mal den Brief aus ihrer Jackentasche. Sie konnte den Inhalt des offiziellen Papieres aus Berlin immer noch nicht ganz glauben, in dem ihr mitgeteilt worden war, dass sie das Steuermannspatent erlangt hatte. Glücklich presste sie den Brief an ihre Brust. Nun standen ihr alle Türen offen. Den ersten Schritt hatte sie bereits gemacht. Der Direktor der Hamburger Seefahrtschule hatte ihr persönlich das Steuermannspatent überreicht. Als Steuermann war sie für die weitere Ausbildung zum Kapitän befähigt. Doch auch mit dem Empfehlungsschreiben der Hamburger Seefahrtschule ausgestattet, hatte sie erneut nur Absagen von den Hamburger Reedereien erhalten. Einzig die Kriegsmarine hatte ihr ein Kommando angeboten, zu dem sie als Steuermann befähigt war. Sie sollte Verpflegungsnachschub nach Norwegen bringen. Obwohl sich Fritzi sehr wohl bewusst war, dass diese Reise gefährlich war, war sie bereit gewesen, anzuheuern und das Kommando zu übernehmen.

Endlich durfte sie ein Schiff unter ihrem Kommando führen. Da war es auch egal, dass es sich bei dem Kümo, der »Nord 128«, um ein sehr kleines Schiff handelte und neben ihr nur noch ihr Ehemann, ein Decksjunge und drei Hühner an Bord waren. Ihr Ehemann, lächelte sie glücklich. Sie dachte an ihre Hochzeit zurück, die im familiären Kreis stattgefunden hatte. Sie hatte ein langes wollweißes Kleid getragen und einen Kopfschmuck aus gewebtem Stoff mit aufgestickten Blumen. Emil hatte ihr einen ganzen Arm gelber Gladiolen überreicht, die sie kaum mit einem Arm tragen konnte. Die Ehe ermöglichte es ihr, gemeinsam mit ihrem Mann ein Schiff zu führen. Zudem genoss sie seine Gegenwart mehr, als sie je gedacht hätte. Sie hatte ihren Frieden gefunden und die lähmende Einsamkeit war einer beglückenden Gemeinschaft gewichen. Die Wunden ihrer Verletzung durch Pawlowski heilten ebenso wie der Schmerz über die Erinnerungen an Finn.

Nie hatte sie sich glücklicher gefühlt als mit ihrer kleinen Familie an Bord der »Nord 128«. Und natürlich mit Thula, dachte sie lächelnd, als sich der gescheckte Münster-Collie zärtlich um ihre Beine schlängelte. Die Hündin hatte sich geweigert, das Schiff zu verlassen, als sie es vom vorherigen

Besitzer übernommen hatte, und war ihr sogleich ans Herz gewachsen. Scheinbar liebte sie die Seefahrt genauso kompromisslos wie sie selbst.

Über Funk hatte sie erfahren, dass sich feindliche Kriegsschiffe in Höhe der dänischen Küste aufhielten, sie würde daher möglichst nah an der Küstenlinie fahren müssen, wo ihr der schwere Kreuzer nicht folgen konnte. Sie nahm ihr Büchlein heraus, in das sie akribisch die Gezeiten eintrug. Der Weg dicht am Ufer konnte nur gelingen, wenn dort Hochwasser war. Bei Ebbe würden sie aufsetzen und mindestens sechs Stunden lang eine perfekte Zielscheibe abgeben, bis sie vom zurückkehrenden Wasser wieder angehoben würden. Das wollte sie auf jeden Fall vermeiden.

Die Tür des Fahrhauses wurde aufgerissen und Emil steckte seinen windzerzausten Kopf herein. Er beeilte sich, schnell in das schützende Ruderhaus zu kommen, und zog die schwere Tür mit einem kurzen Stöhnen zu.

»Der Wind hat ganz schön aufgefrischt«, meinte er und versuchte, mit einer Hand seine Haare zu glätten.

Fritzi nickte ihm kurz zu und vertiefte sich in den Gezeitenkalender. Wieder wurde die Tür aufgerissen und Volker platzte mit einem Tablett durch die Tür. Den Decksjungen hatten sie gleich bei ihrer ersten Fahrt angeheuert. Er stach mit seiner Begeisterung fürs Maritime aus dem Heer der Jungen hervor, die sich im Hafen herumtrieben, um Arbeit zu finden. Fritzi hatte sich dem Jungen gleich verbunden gefühlt. Stolz stellte er das Tablett auf den Kartentisch und überreichte ihnen jeweils einen Becher Kaffee. Fritzi blies in das heiße Getränk und der Duft von frischgemahlenen Bohnen stieg ihr in die Nase. Mein Gott, dachte sie zufrieden, war das Leben nicht wunderbar?

Sie betrachtete den Jungen. Mit seinen von der Sonne gebleichten Haaren sah er wie der Lausebengel aus, den Fritzi sich immer als Sohn gewünscht hatte. So wie es jetzt ist, ist es gut, dachte sie erfüllt – diese beiden Menschen sind nun meine eigene kleine Familie. Schließlich hatten nur die wenigsten Frauen das Glück, sich Mann und Kind selbst aussuchen zu können. Thula schien ihre Gedanken zu lesen und brachte sich mit einem Stupsen in Erinnerung. Lachend kraulte Fritzi sie hinter den Ohren, was die Hündin mit einem wohligen Brummen quittierte. Ich habe meine Art von Glück gefunden, dachte Fritzi erfreut. Auch wenn ich mit Finn eine große Liebe verloren habe, so habe ich doch in Emil einen guten Freund und Partner gefunden. Einen Kameraden, der meine Leidenschaft zum Meer nicht nur versteht, sondern auch teilt.

Tiefe Zufriedenheit erfüllte und wärmte sie. Sie hatte das Glück, einen Menschen an ihrer Seite zu haben, der sie respektierte, bewunderte und immer für sie da war. Zudem würde er an Bord nie fremdgehen können, schmunzelte sie beim Gedanken an ihre zärtlichen Nächte. Sie hatte auf die Liebe zu Finn verzichtet und dafür so viel mehr gewonnen. Sie hatte eine Familie, führte ein Schiff und durfte endlich ihre tiefe, innige Liebe zum Meer leben. Durfte ihren ganz eigenen, besonderen Lebensweg gehen, den ihr kaum jemand zugetraut hatte.

Epilog

1955, Seefahrtschule zu Hamburg
»Ich möchte die hier anwesenden Festgäste nun bitten, sich zu erheben und einer Frau Respekt zu zollen, die es geschafft hat, als erster weiblicher Absolvent das deutsche Kapitänspatent A6 auf großer Fahrt zu erhalten. Frau Friederike Boysen, geborene van Appen, hat die Prüfungen mit herausragenden Noten absolviert.

Frau Kapitän, würden Sie bitte vortreten und Ihr Kapitänspatent sowie das Geschenk zur Ehrung Ihrer ausgezeichneten Leistungen entgegennehmen«, beendete der Direktor der Hamburger Seefahrtschule seine Ansprache und trat unter lautem Applaus vom Pult, um Fritzi mit einem Blumenstrauß und einem vergoldeten Sextanten zu empfangen. Fritzi schritt an den Reihen der Gratulanten vorbei. Sie hatte es geschafft. Endlich. Sie hatte ihre Prüfung erfolgreich abgelegt und war jetzt Kapitän. Als erste Frau in der noch jungen Republik. Doch neben der Freude über diesen Triumph über ihre Kritiker, die es ihr nicht zugetraut hatten, spürte sie auch eine große Erschöpfung. Der Weg war steinig und hart gewesen. Unzählige Widerstände hatte sie überwinden müssen. Immer wieder hatten die Zweifel an ihr genagt, ob das Ziel das Opfer wirklich wert war. Oder war ihr Lebenstraum das Hirngespinst eines Fiebertraums, aus dem sie nicht erwachen konnte. All die Entbehrungen, Mühsal und Verzweiflung fielen von ihr ab. Stolz hob sie den Blick und schritt voran.

So viel Zeit war vergangen, seit sie mit abgeschnittenen Haaren und in Männerkleidung an Bord geschlichen war. Jetzt war sie fünfundvierzig und sie hatte sich aufgrund ihres profunden Wissens und ihrer Erfahrung Respekt verschafft und war akzeptiert und integriert gewesen.

Das bewies nicht zuletzt auch der langanhaltende Applaus, der sie nun auf dem Weg zum Pult nach vorne begleitete. Auf diesen Moment hatte sie so lange gewartet. Ihn sich in ihren Träumen tausendfach ausgemalt und vorgestellt. Und nun war es so weit.

Der Dekan überreichte ihr lächelnd die eingerahmte Urkunde über das A6-Patent, Kapitän auf großer Fahrt. Mit beiden Händen ergriff sie die Urkunde und wandte sich zum begeistert klatschenden Publikum. Ihr Blick wanderte zu Emil, der in der ersten Reihe stand und begeistert applaudierte, und dann weiter über die Köpfe der Menschen hinweg, die vor ihr standen. Fritzis Blick verlor sich. Durch die hohen Scheiben am Ende des Saals konnte sie die im Hafen liegenden Masten der Großsegler und die rauchenden Schornsteine der Frachtdampfer sehen, die träge in der sanften Dünung auf und ab wippten. Alle Anspannung und jeder Zweifel fielen von ihr ab und die Woge des Glücks über ihre Leistung und das erreichte Ziel überschwemmte sie. Die Welt stand ihr von nun an offen. Jeder Mast, jeder Schornstein barg ein Abenteuer. Sie würde ferne Länder und Häfen erkunden, würde die Südsee bereisen und den Amazonas befahren. Es gab keine Einschränkungen mehr, keine Hindernisse, die aus dem Weg geräumt werden mussten. Endlich hatte sie ihr Ziel erreicht: Sie war die erste Frau Kapitän Deutschlands.

Nachwort

Der vorliegende Roman mit seinen Protagonisten, Handlungen und Orten ist meiner Fantasie entsprungen. Jedoch gibt es ein reales Vorbild. Frau Kapitän, Annaliese Teetz, geb. Sparbier, hat wirklich existiert und mit ihr eine Lebensgeschichte, die es wert ist, erzählt und gehört zu werden.

Annaliese hat ihr Leben mit einer Leidenschaft gelebt, wie man es sonst so konsequent vielleicht nur von KünstlerInnen, MusikerInnen oder ExtremsportlerInnen kennt. Sie drang in eine männerdominierte Welt ein und hatte nur ein Ziel – dort respektiert, anerkannt und gleichberechtigt behandelt zu werden. Dieser unbändige Lebenswille hat mich nachhaltig beeindruckt. Und so habe ich mich auf die Reise begeben, um nach Spuren ihres abenteuerlichen Lebens zu suchen, bevor die Zeit sie vollkommen verweht.

Für meine Recherche habe ich viel Zeit in Hamburg verbracht, habe Zeitzeugen gesucht und gefunden, Orte erkundet und Museen und Archive durchforstet. Der Roman versucht Annalieses Lebensspur zu folgen, doch der vorliegende Text ist rein fiktiv.

Annaliese wurde am 5. Juni 1910 im Hamburger Stadtteil Eimsbüttel als Tochter des Ehepaares Julius und Anna Sparbier geboren. Beide Ehepartner waren als Lehrer tätig und engagierten sich intensiv im Eimsbüttler Turnverein ETV. Julius Sparbier galt zu seiner Zeit als »Turnvater Jahn« von

Hamburg und verfasste zwei Bücher zur Leibesertüchtigung. Annaliese hatte drei Brüder, Karlheinrich, Werner und Hartwig.

Ihr Bruder Hartwig, geboren 1916, war auf der »Graf Spee«, als diese versenkt wurde. Nach seiner Internierung kam er nach Deutschland zurück und wurde an die Ostfront geschickt, wo er im März 1945 fiel. Annaliese lernte 1943 an Bord eines Versorgungsschiffes den Schiffsingenieur und Maschinisten Ernst Teetz kennen. Sie heirateten am 26. Oktober 1944.

1928 machte Annaliese in Hamburg Abitur und studierte Pädagogik. Ihr Studium beendete sie 1932 erfolgreich. 1931 überredete sie den Reeder Gerd von Eitzen, sie im Rahmen der Recherche für ihre Examensarbeit an Bord zu lassen. Er willigte unter der Voraussetzung ein, dass sie als Mann verkleidet an Bord ging. Von da an schlich sie sich immer wieder an Bord, mal unter dem Namen »Jonny« oder »Anton«, mal als blinder Passagier. Sie überredete die jeweiligen Kapitäne, ihr die Reisen in einem Notizbuch zu bestätigen, das sie als inoffizielles Fahrtbuch verwendete.

Am 4. Oktober 1934 paddelte sie als erste Frau allein in einem Kanu nach Helgoland. Der Hafenmeister Amandus Hamel bestätigte ihr die erbrachte Leistung. Über die Fahrt verfasste sie einen Artikel, »Im Faltboot nach Helgoland«, der in der Eimsbüttler Vereinszeitschrift veröffentlicht wurde.

Wenn sie nicht an Bord war, arbeitete sie als Hilfslehrerin in Blankenese. Und auch in der Fischhalle war sie immer wieder anzutreffen. Als sich einmal der verletzte Mittelfinger infizierte, musste ihr das vordere Glied abgenommen werden.

Vom 8. bis 18. August 1935 paddelte sie vom finnischen Åbo bis nach Mariehamn, um sich bei dem Reeder Gustav

Erikson für eine Kadettenstelle auf seinem Großmastsegler zu bewerben. Sie erhielt die Stelle, konnte sie aber aufgrund der exorbitanten Gebühren nicht antreten.

Im Winter 1935 arbeitete Annaliese erneut an Bord und wurde, wie so oft, von der Deutschen Arbeitsfront (DAF), Sektion Seefahrt, von Bord geholt.

Vom 4. Juli bis zum 17. August 1936 durchquerte sie zu Fuß Island.

1938 erhielt sie die Möglichkeit einer Festanstellung als Lehrerin und kurze Zeit darauf die Zusage für die Aufnahme auf der Seefahrtschule. Sie entschied sich für die Ausbildung auf dem Fischdampfer »Finkenwerder« als Jungmann.

1938 bis 1941 sammelte sie Fahrzeiten als Decksjunge, Leichtmatrose, Matrose, Motorenhelfer, Bestmann und Motorführer. Zwar war ihr 1938 die Genehmigung erteilt worden, als Leichtmatrose anzuheuern, doch bewirkte die DAF, dass sie wieder von Bord gehen musste. Der ausführliche Briefwechsel ist gut dokumentiert und umfasst nahezu hundert Seiten.

1939 erschien in der Zeitschrift ›Der deutsche Seemann‹ ein diffamierender Artikel mit der Überschrift »Das hat uns gerade noch gefehlt«. Immer wieder machte die DAF ihr das Leben schwer und verhinderte ihre Einstellung oder ließ sie mithilfe der Polizei von Bord holen. Sie protestierte schriftlich und erwirkte 1942 eine Sondergenehmigung. 1939 bis 1942 durfte sie zeitweise an Bord des Versorgungsschiffes »Olivia« arbeiten.

Am 18. Dezember 1943 erwarb sie das Steuermannspatent für große Fahrt. Sie konnte zu diesem Zeitpunkt schon über zehn Jahre an Bord nachweisen. Sie wurde als Zweiter Offizier an Bord der »Eschenburg« angeheuert, wo sie auch ihren späteren Ehemann kennenlernte. Direkt nach ihrer

Hochzeit erhielt sie das Kommando über das kleine Küstenmotorschiff »Nord 128«, das Versorgungsgüter nach Norwegen brachte. Mit an Bord: ihr Ehemann und ein Decksjunge.

Der Krieg endete mit ihrer Internierung. Annaliese Teetz brachte die beschlagnahmte Flotte deutscher Schiffe zurück nach Hamburg und übergab sie den siegreichen Alliierten. Ihr Elternhaus war jenem Bombensturm zum Opfer gefallen, der fast ganz Hamburg vernichtet hatte.

Nach dem Krieg blieb Annaliese nichts anderes übrig, als erneut als Lehrerin in Blankenese zu arbeiten, um den Lebensunterhalt zu sichern. Ihr Gehalt reichte für ein kleines Haus am Rissener Ufer.

Doch auch wenn ihr das Unterrichten Freude machte, verlor sie ihr eigentliches Ziel nicht aus den Augen. Ihre Liebe zur See! Sie verbrachte weiterhin jede freie Minute in der Seefahrtschule und belegte sämtliche notwendigen Kurse, um ihren Abschluss zu machen

1952 konnte sie erneut als Nautischer Offizier anheuern. Sie fuhr als Alleinsteuermann auf Kümos der Reederei Frieseke aus Blankenese und als Zweiter Offizier bei der Reederei Stinnes.

1955 hielt Annaliese Teetz als erste Frau Deutschlands das Kapitänspatent A6 in den Händen. Die Gesellschaft der jungen Republik war jedoch nicht so weit. Die Wirtschaft fing an zu wachsen, der Platz der Frau aber war in diesen Jahren mehr denn je zu Hause. Kein Reeder wagte es, sie als Kapitän einzustellen. Obwohl sie die besten Eignungsbescheinigungen vorweisen konnte, wurde sie allenfalls als Erster Offizier angeheuert.

1992 ertrank Annaliese Teetz, geb. Sparbier, im Alter von 82 Jahren beim Paddeln in der Elbe. So war sie im Tod mit dem Element verbunden, das sie am meisten liebte: dem Wasser.

Danksagung

Die Idee für diesen Roman entstand in einem Gespräch mit meinem sehr geschätzten Agenten: Als ich ihm erzählte, dass ich am liebsten über die erste deutsche Kapitänin schreiben würde, war Thomas Montasser gleich angetan. Danke dafür!

Die Recherche für den Roman hat unzählige Erinnerungen an meine eigene Kindheit an der Elbe heraufbeschworen und mich veranlasst, den Geburtsnamen meiner Großmutter als Pseudonym für dieses Buch zu wählen. So weiß ich mich ihr allemal verbunden.

Da mein früh verstorbener Vater Kapitän auf großer Fahrt und später Kanallotse in Brunsbüttel war, gehören Geschichten von Bord zu meinen frühesten Kindheitserinnerungen. Schon als kleines Kind durfte ich ihn an Bord begleiten und mit bis zur Lotsenstation Nübbel auf dem Nord-Ostsee-Kanal fahren. Auch jetzt noch, nach all diesen Jahren, habe ich den Geruch der Dieselmotoren, ihr hämmerndes Geräusch und die Klänge von Schritten auf den Stahlleitern im Kopf. Danke, posthum, lieber Vater, für diese wunderbaren Kindheitserinnerungen, die du mir geschenkt hast!

Später hat mir dann mein großer Bruder Holger Jelken, ebenfalls Kapitän und Elblotse, Geschichten und Abenteuer von Bord mitgebracht. Von Amazonasfahrten und dem Zauber der Karibik, aber auch von Piraten und Überfällen, die ihn bis ins Mark erschüttert hatten. Holger, vielen Dank für deine wertvolle Hilfe und Inspiration bei der Umsetzung dieses Projektes.

Bei meiner Recherche vor Ort in Hamburg bin ich dank des Blankeneser Heimatvereins schnell auf einen Zeitzeugen gestoßen, der mir als pensionierter Lotse und ehemaliger Schüler von Frau Teetz ein großartiger Ratgeber war. Lieber Klaus Schade, ich danke dir für deine freundliche Unterstützung und deine Hilfe, Informationen über Annaliese zusammenzutragen und den Kontakt zur Familie herzustellen.

Allergrößten Dank an dich, liebe Ute, dass du mich an deinen privaten Erinnerungen an deine Tante hast teilhaben lassen und mir Einblick in ihre persönlichen Unterlagen gewährt hast. Ich weiß das wirklich sehr zu schätzen.

Ein großes Dankeschön gilt auch Friederike van der Laan und ihren ehrenamtlichen HelferInnen beim Eimsbüttler Turnverein, die sich durch die Archive gearbeitet und interessante Fakten ausgegraben haben, etwa den von Annaliese selbst verfassten Artikel über ihre Helgolandfahrt.

Ich danke all den Menschen, die mich in der Zeit der Recherche begleitet und unterstützt haben, wie meinem jüngeren Bruder Volker, der mich in Hamburg bei sich wohnen ließ, Patty Witzigfrau, die ich immer anrufen durfte, um von ihrem Fachwissen zu profitieren, oder Christine Keitsch, Leiterin des Schifffahrtsmuseums Unterweser in Brake, für ihre kompetente Hilfe und die inspirierenden Telefongespräche.

Zudem möchte ich mich bei meiner Lektorin Friederike Zeininger für die großartige Zusammenarbeit bedanken.

Zum Schluss danke ich von Herzen den wichtigsten Menschen in meinem Leben. Meiner Familie. Stefan, Moritz und Beatrice. Ihr seid die Besten.